KB263981

작은 친구들의 행성

FUZZY NATION
Copyright © 2011 by John Scalzi

No part of this book may be used or reproduced in any manner
whatever without written permission except in the case of brief quotations
embodied in critical articles or reviews.

Korean Translation Copyright © 2013 by HYUNDAE MUNHAK CO.,LTD,
Korean edition is published by arrangement with Ethan Ellenberg Literary Agency through
BC Agency, Seoul.

이 책의 한국어판 저작권은 BC 에이전시를 통한
저작권자와의 독점 계약으로 출간한 (주)현대문학 폴라북스에 있습니다. 저작권법에 의해
한국 내에서 보호를 받는 저작물이므로 무단전재와 복제를 금합니다.

작은 친구들의 행성

존 스칼지 장편소설 • 이수현 옮김

폴라북스

차 례

이 책을 다음 사람들에게 바친다.

좋은 친구이자 더 좋은 작가인 메리 로비넷 코월에게.
그리고
이 작업을 성사시키기 위해 누구의 기대보다 더 많은 일을 해준
이선 엘렌버그에게. 그의 노력에 깊이 감사한다.
이에 더하여 작가는 H. 빔 파이퍼 방향으로
깊이 고개를 숙인다. 이유야 뻔할 것이다.

『작은 친구들의 행성Fuzzy Nation』은 H. 빔 파이퍼가 쓴 1962년 휴고상 후보작 『작은 보송이Little Fuzzy』의 줄거리와 사건들을 다시 상상해 쓴 소설이다. 『작은 보송이』의 대체적인 줄거리를 가져왔을 뿐 아니라, 등장 인물들의 이름과 구성 요소들도 가져다가 완전히 새로운 요소와 등장 인물과 사건에 결합시켰다. 최근에 J. J. 에이브럼스가 만든 〈스타트렉〉 영화판 리부트와 크게 다르지 않은(그러나 바라건대 과학적인 면에서는 더 나은) 보송이 우주의 '리부트'로 생각해달라.

　『작은 친구들의 행성』은 『작은 보송이』의 속편이라기보다는 재상상인 까닭에, 독자들은 파이퍼의 소설을 읽지 않아도 이 작품을 즐길 수 있다. 다시 말해서, 저자는 『작은 보송이』를 읽지 않은 여러분이 그 책을 읽고 싶다고 생각해주기를 진심으로 바란다. 『작은 보송이』는 읽을 가치가 있는 훌륭한 책이다. 『작은 친구들의 행성』은 『작은 보송이』를 대체하거나 개선하려는 소설이 아니고, 그럴 수도 없다. 이 소설은 그저 반세기 전 파이퍼가 확립해둔 이야기와 사건과 등장인물의 변주일 뿐이다.

존 스칼지

1장

잭 할로웨이는 제비정(skimmer, 공중부양차의 이름―옮긴이)을 '공중 정지' 상태에 놓고, 의자를 빙글 돌려서 칼을 보았다. 그는 서글프게 고개를 저으며 말했다.

"이런 일을 또 겪어야 하다니 믿을 수가 없구나. 널 이 팀의 일원으로 높이 평가하지 않는다는 뜻이 아니야, 칼. 난 널 중요하게 여겨. 정말로. 하지만 어떤 면에서는 도무지 말이 통하지 않는다는 생각을 할 수밖에 없어. 이 일을 하는 게 벌써 몇 번째지? 열 번? 스무 번? 그런데도 매번 이 꼴이잖아. 네가 배운 걸 죄다 잊어버렸다는 듯이 말이야. 정말 좌절스럽다. 내가 무슨 말을 하는지 이해한다고 해다오."

칼은 할로웨이를 올려다보고 짖었다. 칼은 개였다.

"좋아. 그러면 이번에는 괜찮겠지."

할로웨이는 저장통에 손을 뻗더니 한 손으로 점토 같은 덩어리를 들어 올렸다.

"이건 접착식 음파 폭탄이야. 이걸 어떻게 한다고?"

칼이 고개를 살짝 기울였다.

"어서, 칼. 내가 맨 처음에 가르쳐준 거잖아. 이걸 절벽면 요소요소에 설치하는 거야. 오늘 일찌감치 해치운 것처럼 말이야. 기억하지? 너도 같이 있었잖아."

할로웨이는 '칼의 절벽' 쪽을 가리켰다. 높이 200미터에, 바위 표면 대부분을 초목이 덮고 있는데도 긁힌 듯한 줄무늬가 두드러져 보이는 육중한 노두였다. 칼은 눈으로 할로웨이의 손가락을 따라갔는데, 주인이 자기 이름을 따서 붙인 절벽보다는 손가락에 더 관심이 있었다.

할로웨이는 폭발물을 내려놓고 더 작은 물건을 집어 들었다.

"그리고 이건 원격으로 조종하는 폭파 뇌관이야. 이걸 음파 폭탄에 붙이면 터뜨릴 때 가까이 있을 필요가 없지. 그랬다간 쾅이거든. 쾅에 대해 우리가 어떻게 생각하지, 칼?"

칼은 개 얼굴에 걱정스러운 표정을 지었다. '쾅'은 칼이 아는 단어였다. 칼은 '쾅'을 좋아하지 않았다.

"그렇지."

할로웨이는 뇌관의 수신기가 정지 상태인지 확인하고, 폭발물에서 멀찍이 떨어진 곳에 뇌관을 내려놓았다. 그리고 세 번째 물건을 집었다.

"그리고 이건 원격 기폭장치야. 이거 기억나지, 칼?"

칼이 짖었다.

"왜 그래, 칼? 음파 폭탄을 터뜨리고 싶어?"

칼이 다시 짖었다.

할로웨이는 의심스럽다는 투로 말했다.

"모르겠다. 원칙적으로, 지각이 없는 종족 구성원이 고성능 폭약을 터뜨리게 허락하는 건 자라투스트라 기업의 안전노동 관행에 어긋나거든.”

칼은 할로웨이에게 다가서서 얼굴을 핥으며 끙끙거리는 소리로 ‘제발 제발 제발’이라는 뜻을 전했다.

할로웨이는 개를 막으며 말했다.

“아, 좋아. 하지만 이번이 마지막이야. 적어도 네가 이 일의 기본을 다 뗄 때까지는 말이야. 이제 게으름 부리면서 힘든 일은 다 나에게 떠맡기면 안 돼. 난 감독을 하라고 돈을 받는 거라고. 알아듣겠지?”

칼은 한 번 더 짖더니 꼬리를 흔들며 입을 다물었다. 칼은 다음 순서를 알고 있었다.

할로웨이는 기폭장치의 영상 패널을 내려다보고, 기폭장치가 폭약 안에 집어넣은 폭파 뇌관에 명확히 맞춰져 있는지 폭약을 설치한 후 세 번째로 확인했다. 그는 자동화된 안전 질문이 나올 때마다 ‘네’를 누르고, 기폭장치가 지리상의 위치 좌표상 어느 폭약의 폭발 반경에서도 안전하게 벗어나 있음을 확인하는 동안 기다렸다. 무시할 수도 있는 과정이었지만, 그러자면 해킹을 해야 했고, 어쨌든 할로웨이도 가능하면 폭발에 날려가지 않는 편이 좋았다. 그리고 칼은 쾅 소리를 별로 좋아하지 않았다.

기폭장치의 화면에 글자가 나타났다.

폭약 준비 완료. 폭파하려면 패널을 누르세요.

“좋아.”

할로웨이는 그렇게 말하고 기폭장치를 제비정 바닥, 자기 자리와 칼

사이에 내려놓았다. 칼이 기대하는 얼굴로 올려다보았다.

"기다려."

할로웨이가 말하고, 의자를 빙글 돌려서 절벽을 마주했다. 칼이 흥분해서 꼬리로 나무상자를 때리는 소리가 들려왔다.

"기다려."

할로웨이는 한 번 더 말하고, 절벽에서 그날 일찍 구멍을 뚫고 그 속에다 제비정을 발판 삼아 폭약을 삽입하고 고정시켜두었던 지점을 찾아보려 했다.

칼이 작게 끙끙거렸다.

"발파!"

할로웨이는 그렇게 말하고 개가 잽싸게 앞으로 움직이는 소리를 들었다.

절벽의 네 지점에서 연기가 피어오르며 돌과 흙이 쏟아져 내리고 식물이 몇 미터 밖까지 날아올랐다. 절벽면에 자란 초목에 둥지를 틀고 있던 새들이(정확하게 말하자면 이곳에서 새에 해당하는 날짐승들이) 소음과 갑작스러운 폭발에 놀라 날아오르는 바람에 절벽 표면이 시커메졌다. 몇 초 후 서로 가까이 붙은 네 개의 균열이 제비정의 열린 조종석 안에 든 공기까지 뒤흔들면서 마침내 폭발음이 할로웨이와 칼에게 도달했다. 큰 소리였지만, 칼이 걱정했던 '쾅'은 없었다.

할로웨이는 오른쪽으로 음향 영상 프로그램이 돌아가고 있는 인포 패널을 건너다보았다. 그가 절벽 위와 주위에 설치해둔 음파 탐침들이 날것 그대로의 생생한 자료를 프로그램에 토해내고, 프로그램은 그 자료를 대조하고 결합하여 절벽의 내부 구조를 나타내는 3차원 영상으로 바꾸었다.

"좋아."

그는 의자를 빙글 돌리고, 아직도 혀를 길게 빼물고 기폭장치 위에 앞발을 올리고 있는 칼을 바라보았다.

"착한 녀석!"

할로웨이는 저장통에서 아직 고기가 묵직하게 붙은 자라랩터 뼈를 하나 꺼냈다. 할로웨이가 저장용 비닐을 벗겨내고 던져주자 칼은 행복하게 달려들었다. 기폭장치를 누르면, 뼈다귀를 받는다. 그런 약속이었다. 칼이 기폭장치를 정확하게 누르도록 하기까지 한두 번 훈련을 시킨 게 아니지만, 그런 노력을 기울일 만한 가치가 있었다. 어차피 측량 여행에는 칼을 데리고 다녀야 했다. 기왕이면 녀석이 쓸모 있거나, 재미있기라도 한 편이 좋지 않겠는가.

자, 개에게 폭파를 맡긴 것은 정말로 자라투스트라 기업 안전노동 관행에 어긋나는 일이었다. 하지만 할로웨이와 칼은 이 행성에 있는 자라 기업 지역 본부에서 수백 킬로미터, 지구에 있는 기업 본부에서는 178광년 떨어진 곳에서 따로 일을 했다. 엄밀하게 말하면 할로웨이는 자라 기업의 고용인도 아니었다. 이곳 자라 XXⅢ에서 일하는 다른 모든 탐사 및 측량 기사들과 마찬가지로 계약직이었다. 이렇게 인력을 굴리는 편이 더 싸게 먹혔다.

할로웨이는 손을 내리고 애정을 담아 칼의 머리를 쓰다듬었다. 랩터 뼈다귀에 몰두해 있던 칼은 그에게 아무 관심도 보이지 않았다.

할로웨이의 인포패널에서 다급한 알림음이 났다. 패널을 집어 들고 보니 자료 전송량이 갑자기 주파수 대역폭을 관통하여 치솟고 있었다.

낮게 웅웅거리는 소리가 제비정 조종석까지 울리더니, 멈추지 않고 점점 커졌다. 칼이 뼈다귀에서 고개를 들고 낑낑거렸다. 이 소리는 위험천만하게도 '쾅'에 가까웠다.

할로웨이가 고개를 드니 절벽에서 맹렬히 솟아오른 먼지 기둥이 뒤에 있는 모든 것을 가리는 게 보였다.

"이런 망할."

할로웨이는 중얼거렸다. 아주 나쁜, 속이 철렁하는 느낌이 들었다.

몇 분이 지나고 먼지가 약간 걷히기 시작하자 그 나쁜 느낌은 더 심해졌다. 흐릿한 연무 사이로 절벽 일부가 무너졌으며, 그 무너진 부분의 경계선이 대략 할로웨이가 폭약을 설치했던 자리에 가깝다는 사실을 알아볼 수 있었다. 전에는 식물이 있던 자리에 황량하게 드러난 지층 줄무늬가 빛났다. 새들이 둥지를 찾아 급강하했다. 둥지들은 수백 미터 아래로 추락했으며, 그 잔해는 절벽 발치에 흐르는 강을 탁하게 만들고 흐름을 바꾸어놓았다.

"이런 망할."

할로웨이는 다시 한 번 말하고 쌍안경에 손을 뻗었다.

할로웨이가 방금 절벽을 무너뜨린 사실을 알면 자라 기업이 제대로 열받을 것이다. 자라 기업은 지난 몇 년 동안 흉폭한 자연 착취자라는 오래된 대중 이미지를 뒤집으려고 애썼다. 물론 그런 이미지는 정말로 이 기업이 활동하면서 자연을 망쳐놓은 행성들 때문에 생겨난 것이었다. 대중은 이제 거주민이 없는 행성이 거주민이 있는 행성보다 생태 내성이 높다거나, 이런 생태계는 자라 기업이 떠나면 금세 자연 균형을 회복한다는 주장을 믿지 않았다. 대중이 보기엔 펜실베이니아 산맥에서 하든 자라 XXⅢ의 언덕에서 하든 노천 채굴은 노천 채굴이었다.

오랫동안 이어져온 회사의 생태친화 관행(혹은 그런 관행이 없다는 점)에 대한 대중의 압도적인 반대에 직면한 자라투스트라 기업 회장 겸 최고경영자 휘턴 오브리 6세는 "좋아"라고 말하고 자라 기업과 모든 자회사에 우주개척연맹 환경보호국에서 제시하는 생태 지침을 준수하라는 지시를 내렸다. 오브리에게는 아무래도 마찬가지였다. 오브리는 자기 회사가 작업에 나서는 행성의 다양한 생태계에 아무 관심도 없었으나, 자라 기업이 연맹 행정부로부터 받은 탐사 및 개발 인가서에서는 환경보호국의 지침에 따를 때 세액 공제를 받는다고 명시했다. 아무도 평생 발 디딜 일 없는 행성들의 생태계 파괴에 신경 쓰지 않았던 수십 년 전에 정해진 빈약한 개발 비용 기준선을 사업 발생 원가가 넘기만 하면 말이다.

다시 말해서 생태학적으로 가장 좋은 방법을 쓴다며 자라 기업이 새로이 선보인 제도는 회사의 세금 채무를 0에 가까운 수준으로 내리도록 도와주었고, 이는 크기와 수입 면에서 개척연맹 행정부 자체의 주요 부문에 맞먹는 조직에 있어서 깔끔한 묘책이 되었다.

그러나 이는 또한 자라 기업의 새로운 생태친화 홍보 활동에 흠을 내는 사건은 가혹한 눈길을 받는다는 뜻이기도 했다. 예를 들어 절벽을 통째로 무너뜨린다거나 하는 사건 말이다. 음파 폭탄을 사용하는 의의도 지질 탐사로 인한 침해를 최소화하는 데 있었다. 할로웨이에게 절벽 절반을 무너뜨릴 의도는 없었지만, 자라 기업의 명성을 감안하면 남들이 그 말을 쉬이 믿을지는 의문이었다. 할로웨이는 전에도 규정을 종종 무시했고 대개는 그러고도 멀쩡했지만, 이번에는 그야말로 이 행성에서 쫓겨날 만한 사건이었다.

뭔가 수를 내지 않는다면…….

"어서, 어서."

할로웨이는 아직도 쌍안경 안을 노려보며 말했다. 상황을 자세히 알아볼 만큼 연무가 걷히기를 기다리는 중이었다.

할로웨이의 인포패널에서 통신회로에 불이 들어오고, 할로웨이의 자라 기업 계약 대리인 채드 본의 이름이 떴다. 할로웨이는 욕을 내뱉고는 '음성 기능 전용'을 선택했다.

"안녕, 채드."

그는 쌍안경을 다시 눈에 갖다 대며 말했다.

"잭, 데이터실에 있는 괴짜들이 자네가 전송하는 자료에 아주 이상한 구석이 있다는데. 모든 자료가 깨끗하게 들어오고 있었는데 누군가가 전송 강도를 11까지 올린 것 같다고 말이야."

이 제비정의 단 한 가지 진짜 사치품인 끝내주는 음향기기 덕분에 채드 본의 목소리는 수정처럼 투명했고 사방에서 울렸다. 할로웨이는 가용 시간 대부분을 제비정 안에서 보낸다는 사실을 깨닫고 이 기기를 설치했다. 여러 면에서 경탄스러운 물건이었지만, 그조차 본의 코맹맹이 소리를 바꿔놓지는 못했다.

"흠."

할로웨이가 말했다.

"이건 지진이 일어났을 때 보게 되는 현상이라더군. 아니면 산사태라든가."

"그 말을 듣고 보니 지진을 느낀 것 같기도 한데."

"정말인가."

"그래. 지진이 일어나기 직전에 칼이 아주 이상하게 굴었어. 짐승들은 언제나 이런 일을 먼저 안다고 하잖나."

"그렇다면 데이터실 괴짜들이 방금 자네가 맡은 대륙에서는 어떤 규모의 지진도 없었다고 말했다는 사실도 전혀 신경 쓰이지 않겠군."

"누굴 믿겠어. 나는 여기 있고, 그 친구들은 거기 있잖아."

"그 친구들에겐 2500만 크레디트짜리 장비가 있고, 자네에겐 인포패널과 나쁜 측량 습관을 선보인 과거가 있지."

"나쁜 측량 습관을 지녔다는 혐의만 있었지."

"잭, 자네는 개에게 폭파를 시키잖아."

"그렇지 않아."

할로웨이가 말했다. 절벽면을 가린 먼지가 마침내 걷히기 시작했다.

"그건 소문일 뿐이야."

"증인도 있어."

"신뢰할 수 없는 증인이지."

"신뢰할 만한 고용인이야. 내가 이름을 댈 수 없는 누구 씨와는 달리."

"그 증인에게는 개인적인 의도가 있었어. 내 말을 믿으라고."

"흠, 바로 그게 문제 아닌가, 잭? 자네에게 필요한 건 신뢰야. 그런데 지금 자네는 나에게 별로 신뢰를 얻지 못했어. 이렇게 하지. 6분쯤 후에 지평선 위로 올라올 측량 위성이 있네. 난 위성이 거기까지 가면 아마도 자네가 방금 날려버렸을 절벽면을 비추게 할 거야. 그 절벽이 원래 모습대로라면 다음에 자네가 오브리타운에 올 때 루비네 가게에서 스테이크를 사고 사과도 하지. 하지만 절벽 모습이 내가 짐작하는 대로라면, 난 자네 계약을 해지하고 보안요원을 보내어 자네를 잡아올 거야. 자네가 같이 술을 마시는 놈들 말고, 잭. 자네를 싫어하는 친구들로. 그래, 조 들라이즈를 보낼 거야. 그 친구라면 자네를 보고 기뻐할 테지.”

“그 녀석을 술집 의자에서 떼어내려면 행운이 따라야 할걸.”

“자네를 위해서라면 일어나지 싶군. 어떻게 생각하나?”

할로웨이는 대답하지 않았다. 이미 몇 초 전에 듣기를 그만둔 상태였다. 두 개의 큰 줄무늬 사이에 낀 가느다란 암석층이 쌍안경 시야에 들어온 탓이었다. 그가 초점을 맞춘 암석층은 석탄처럼 검었다.

그리고 반짝였다.

“좋았어.”

할로웨이가 말했다.

“뭐가 좋다는 거야? 잭, 내가 하는 말 듣기는 하는 건가?”

본이 말했다.

“미안해, 채드. 소리가 끊기는군. 전파방해야. 태양 흑점인가.”

“세상에, 잭. 이젠 노력하는 시늉도 하지 않는군. 앞으로 남은 5분을 즐기게나. 자네 계약서는 벌써 내 인포패널에 띄워놨어. 위성사진을 받는 대로 삭제를 누를 거야.”

본은 통신을 끊었다.

할로웨이는 칼을 건너다보고 기폭 패널을 집어 들었다.

“상자로.”

할로웨이가 말하자 칼은 왕 하고 짖더니 뼈다귀를 물고 상자로 향했다. 제비정의 충돌에 대비하여 칼을 고정시켜주는 상자였다. 할로웨이는 기폭장치를 저장통에 떨어뜨리고 인포패널을 안전하게 붙들어 맨 후 의자에 몸을 묶었다.

"가자, 칼."

그는 제비정을 앞으로 몰았다.

"5분 안에 이 행성에서 쫓겨나는 사태를 막아야 해."

2장

5분 30초 후 할로웨이는 인포패널을 두드려 음성 지원만 되게 통신회로를 열고 본에게 말했다.

"아마 내 계약서는 삭제되었겠지."

"말끔히 지워졌지. 그리고 지금은 보안 회수 명령에 접속하고 있어. 그 자리에 가만히 있으면 한 시간 안에 누군가가 데리러 갈 거야. 그리고 바로 빈스토크(beanstalk, 콩나무 줄기를 타고 하늘로 올라가는 동화 「잭과 콩나무」에서 착안하여 궤도 엘리베이터에 붙인 별명—옮긴이)로 데려가겠지. 짐은 가볍게 싸."

"자네를 달리 설득할 기회는 없겠지."

"어림없지. 난 계약 탐사자 일흔 명을 감독해, 잭. 일흔 명이라고. 그중 어느 누구도 자네만큼 골치 아프지 않아. 내 생활이 훨씬 편해지기 일보 직전이야."

"위성사진으로 꼭 봐야 할 것을 본 건 확실해?"

"위성은 센티미터 단위로 영상을 찍어, 잭. 생생한 영상이지. 지금 이 순간에도 난 자네가 막 날려버린 절벽면을 노려보고 있어. 자네와 자네 개가 몇 분 전까지만 해도 절벽 안쪽에 있었던 바위에 앉아 있는 모습도 보이는군. 칼에게 대신 안부 전해줘."

할로웨이는 칼을 돌아보았다.

"채드가 인사하는구나."

칼은 눈을 껌벅이고 엎드렸다.

본이 말했다.

"칼은 좋은 녀석이야. 자네 개라서 안됐지."

"그 말은 전에도 했어. 채드, 그 위성이 센티미터 단위로 분석을 할 수 있다면, 내 손을 보도록 해."

본은 잠시 후에 말했다.

"나에게 가운뎃손가락을 들어 보이고 있군. 멋져. 자네 열두 살에 성장이 멈춘 건가, 아니면 새로운 증상인가?"

"그걸 알아차려준 건 기쁘지만, 그쪽 손이 아니야. 반대쪽 손이지."

잠시 침묵이 흘렀다. 그리고 본이 말했다.

"말도 안 돼."

할로웨이가 말했다.

"아니, 태양석이야."

"말도 안 돼!"

본이 그 말을 되풀이하자 할로웨이가 말했다.

"게다가 큰 놈이기도 하지. 이건 아기 주먹만 한 크기야. 그리고 여기 이 바위에만 이만큼 큰 돌이 세 개 더 있어. 나무에서 사과를 따듯이 캐 냈지. 여긴 해파리 매장지였어, 친구."

본이 말했다.

"인포패널, 고해상도 화상촬영. 당장."

할로웨이는 빙긋 웃고 자기 인포패널에 손을 뻗었다.

자라 ⅩⅩⅢ는 대부분의 측면에서 평범한 Ⅲ급 행성이었다. 지구 정도 크기에 지구 정도 질량, 액체 상태의 물이 존재할 수 있게 해주고 따라서 생물이 존재할 수밖에 없는 '골디락스 영역' 안에서 항성 주위를 도는 행성. 토박이 지성체는 없었지만, 대부분의 Ⅲ급 행성이 그랬다. 지성체가 있었다면 Ⅲa급이 되었을 테고 자라 기업의 탐사 및 개발 인가서는 효력을 잃었을 것이며, 이 행성과 행성 자원은 이곳에 살면서 생각을 하는 생명체들을 위해 보존되었으리라. 그러나 전뇌(또는 전뇌에 해당하는 조직)가 있는 생명체가 없는 행성에서 자라 기업은 자유로이 탐사와 측량을 하고, 금속을 채굴하고, 인류의 고향 행성에서는 오래전에 고갈된 석유를 찾아 땅을 파 내려갈 수 있었다.

그러나 대체로 평범하다고는 해도 자라 ⅩⅩⅢ는 단 한 가지 면에서 자라 기업의 다른 모든 행성과 달랐다. 1억 년 전 이 행성의 바다는 거대한 해파리 같은 생물이 지배했는데, 이 생물은 해조류와 규조류를 먹고 살았고 이런 조류들은 보통 광물이 풍부한 자라 ⅩⅩⅢ의 바닷물을 먹고 살았다. 이 해파리들이 죽자, 부서지기 쉬운 사체들은 산소가 부족한 심해로 가라앉아서 몇 킬로미터에 걸쳐 대양의 바닥을 뒤덮었다. 이는 결국 토사와 진흙에 덮였고, 시간이 흐르면서 무게와 압력이 해파리 사체를 압축하여 다른 무엇인가로 바꾸었다.

그 사체들은 태양석이 되었다. 오팔처럼 생긴 돌인데, 다른 보석류를 세공했을 때 흔히 보듯 빛을 잡아내는 게 아니라, 실제로 열발광熱發光하는 성질이 있었다. 그 돌을 걸친 사람의 체열만으로도 돌 내부에서 빛을 발하게 만들 수 있는 것이다. 그 빛은 댄스파티에 쓰이는 야광봉처럼 화려한 빛이나 아이들에게 주는 형광 마법 반지(mood ring, 긴 사람의 기분에 따라 색이 변하는 반지—옮긴이) 같은 빛이 아니라, 피부색을 따뜻하게 해주고 걸친 사람을 돋보이게 해주는 교묘하고 우아한 백열광이었다. 모든 사람의 피부 온도는 조금씩 다르기 때문에, 같은 태양석이라도 다른 사람이 걸치면 달라 보였다. 자신만의 개성을 최대한 드러내게 해주는 보석이었다.

자라 기업은 석탄층을 기대하고 발굴을 하다가 이 돌을 발견했고, 저개차 안에서 튀어나온 이 재미있는 돌이 석탄보다 훨씬 유망하다고 판단했다. 그 후로 회사는 옛 다이아몬드 거래 조직들이 남긴 교훈을 가슴 깊이 받아들이고, 구할 수 있는 모든 보석 중에서 가장 희귀한 보석으로 태양석의 지위를 정립했다. 오직 한 행성에서만 발견되고, 매장량이 극도로 제한되어 있으며, 따라서 가장 비싼 값에 팔리는 보석으로 말이다. 할로웨이가 손에 든 태양석에는 그의 아홉 달치 월급에 해당하는 값어치가 있었다. 세공을 하면 3년 동안 계약직 측량사로 일해서 버는 금액을 넘어설 것이다.

지금 그는 더 이상 계약직 측량사가 아니었지만.

"이런 망할."

본이 인포패널의 카메라를 통해 태양석을 보면서 말했다.

"왕사탕만 하잖아."

"확실히 그렇지. 난 이 녀석과 여기 광석층에서 캐낸 다른 태양석들을 가지고 은퇴할 수 있을 테고, 아마 실제로 은퇴할 거야. 이제는 내가 이 녀석들과 이곳 광석층 전체를 소유했으니 말이지."

"뭐? 잭, 햇빛을 너무 받아서 돌아버렸나. 여기에 자네 소유는 없어."

"있고말고. 자네가 내 계약서를 삭제했잖아, 기억나? 그러면 나는 계약직 탐사자가 아니라 독립 탐사자가 되지. 독립 탐사자로서 내가 찾아내는 것은 무엇이든 내 것이고, 내가 기록한 광석층의 개발권은 내게 있어. 개척연맹 정부의 탐사 및 개발 판례에 근거해서 말이지. 정확히는 버터스 대 웨일랜드 판례가 그랬어."

"집어치워, 잭. 자라 기업이 독립 탐사자를 행성에 들이지 않는다는 거 알잖아."

"이 행성에 왔을 때는 독립 탐사자가 아니었지. 방금 자네가 그렇게 만들어줬잖아."

"게다가 이 행성 전체가 자라 기업 소유야."

"아니지. 자라 기업은 개척연맹 정부가 승인한 이 행성의 독점 탐사 및 개발 인가서를 가지고 있어. 그건 사실상de facto 자라 기업이 행성을 운영한다는 뜻이지. 법률상으로는de jure 개척연맹 정부의 영토라고."

잭의 말이 끝나자 본이 말했다.

"독점이라는 단어가 잘 이해 안 가나? 독점 탐사 및 개발 인가란 자라 기업만이 탐사하고 개발할 수 있다는 뜻이야."

"아니야. 그건 자라 기업이 이 행성에 허락된 독점 기업체라는 뜻일 뿐이지. 개척연맹 환경보호국의 지침을 따르고, 인가받은 기업체에게 채굴한 자원의 선매권을 보장해주기만 하면, 어떤 Ⅲ급 행성에서든 개인에게는 탐사 개발권이 허락된다네. 벅하이트 대 자라 기업 판례를 살펴보게나."

"그 판례들이라는 건 자네가 마구 지어낸 거잖아, 잭."

"내가 말한 판례들은 진짜야. 가서 찾아보라고. 내가 예전에 변호사였다는 사실을 알 텐데."

인포패널을 통해 본의 코웃음이 크고 선명하게 들렸다.

"그래. 그리고 변호사 면허를 취소당했지."

"법을 몰라서는 아니었어."

할로웨이가 말했다. 그 부분은 사실이었다.

본이 말했다.

"그런 건 중요하지 않아. 그 광층을 탐사했을 때 자네는 자라 기업을 위해 일하고 있었으니까 말이지. 난 그 후에 계약서를 지웠어. 따라서 그 광층의 발견과 그 발견의 성과는 우리에게 귀속해."

"내가 자라 기업의 장비를 이용해서 탐사를 했다면 그럴지도 모르지. 하지만 사실 난 내 장비를 이용했고, 자네가 삭제한 계약서에 명시된 대로 그 장비를 내 돈을 주고 직접 샀거든. 내가 내 장비를 이용했으니, 자네가 날 버렸을 때 확정된 발견물에 대한 권한은 법적으로 나에게 돌아와. 레빈슨 대 힐데브란트 판례에 따라."

"헛소리."

본이 말했다.

"찾아봐."

할로웨이는 사실 본이 찾아보지 않기를 바랐다. 앞서 인용한 두 판례와 달리 레빈슨 대 힐데브란트는 그 자리에서 지어낸 판례였다. 어차피 행성에서 쫓겨나기 직전이었으니, 시도해볼 가치는 있었다.

"찾아볼 거야. 내 말 믿어도 좋아."

"좋아. 찾아보라고. 그동안 나는 이 광층을 발굴하느라 바쁘게 지낼 거야. 그리고 자네의 보안 깡패들이 나타나서 나를 내 광층에서 밀어내려고 하면 무척 기쁠 거야. 그러면 그린 대 윈스턴 판례에 따라 그 친구들과 자네와 자라 기업을 고소할 수 있으니까 말이지."

할로웨이는 보지 않고도 본이 의자에 앉은 채 굳었음을 알 수 있었다. 자라 기업에서 '그린 대 윈스턴' 얘기를 함부로 꺼내는 건 매우 위험한 일이었다. 바로 그 사건 때문에 자라 기업의 전 회장이자 CEO인 휘턴 오브리 5세가 7년 동안을 산쿠엔틴 교도소에서 보냈으니 말이다.

"그린 판결은 뒤집혔어, 이 몹쓸 놈아."

본이 긴장해서 말했다.

"아니지. 미에빌 대 마틴 사건에서는 그린 판례에 대한 한정적인 예외가 적용되었어. 지금 경우에는 그런 예외가 적용되지 않아."

"적용되지 않기는 무슨."

"흠, 두고 보면 알겠지."

할로웨이가 이어서 말했다.

"하지만 법정을 통과하는 데만도 몇 년이 걸릴 테고, 그동안 자라 기업은 온갖 지독한 평판을 떠안을 거야. 우리 모두 지난번에 어떤 일이 일어났는지 기억하잖아. 그리고 말이 나온 김에 말인데, 난 이 가벼운 대화를 모두 녹음해두었어. 혹시라도 자네 머릿속에 들라이즈와 보안 깡패들에게 날 찾아내면 이 바위에서 던져버리라고 해야겠다는 생각이 떠오를 경우에 대비해서."

"그런 암시는 듣기만 해도 화가 나는군."

"그 말을 들으니 기뻐, 채드. 하지만 난 자네에게 미안해하기보다는 안전한 편을 택하겠어."

본은 한숨을 내쉬었다.

"좋아, 잭. 자네가 이겼어. 자네 계약을 삭제한 걸 취소하지. 행복해?"

"전혀. 자네가 예전 계약서를 삭제했다면 나에겐 새로운 계약 내용에 대해 협상할 권리가 있지."

"다른 모두와 똑같은 표준 계약서야."

"마치 내가 수십억 크레디트짜리 태양석 층 옆에 서 있지 않다는 듯이 말하는군, 채드. 그것도 내 소유의."

"자네가 정말 싫군."

"내 탓 하지 마. 내 계약서를 삭제한 건 자네야. 하지만 내 요구는 간단해. 첫째, 이 절벽 붕괴에 대한 벌금을 내고 싶지 않아. 이건 사고였고, 데이터를 면밀히 살펴보면 자네도 그 사실을 알 수 있을 거야."

"좋아. 됐어."

"그리고 난 1퍼센트의 발견자 수수료를 원해."

할로웨이가 말하자 본은 욕을 쏟아냈다. 할로웨이는 발견자 표준 수수료의 네 배를 요구하고 있었다.

"어림없어. 어림도 없다고. 그런 조건을 승인한다는 생각을 떠올리는 것만으로도 난 해고감이야."

"별것도 안 되는 1퍼센트야."

"절벽을 폭파시킨 대가로 천만 크레디트를 요구하다니."

"흠, 그보다 더 될지도 몰라. 내가 앉은 자리에서 광층에 든 태양석이 여섯 개는 더 보이거든."

"안 돼. 꿈도 꾸지 마. 내가 승인할 수 있는 최대치는 0.4퍼센트야. 그것만 받고 끝내. 그게 안 되면 법정으로 가는 거야. 그리고 맹세하는데 잭, 이 일 때문에 해고당하면 내가 직접 자네를 추적해서 죽여버리겠어. 자네 개는 훔쳐오고."

"남의 개를 훔치다니 비열하군."

"0.4퍼센트. 마지막 제안이야."

"좋아. 이 내용을 자네도 나도 자네가 멍청하게 삭제했다고 주장하지 않는 계약서에 부칙으로 적도록 하지. 이게 부칙이라면 내가 오브리타 운까지 날아가서 승인할 필요도 없잖아."

"이미 그렇게 했어. 지금 전송 중이야."

본이 말하고, 할로웨이의 인포패널에서 '메일' 아이콘에 불이 들어왔다. 잭 할로웨이는 인포패널을 집어 들고 부칙을 훑어본 다음, 자신의 보안 해시(security hash, 컴퓨터에서 쓰이는 암호화 알고리듬―옮긴이)로 승인했다.

"자네와 일하게 되어 기뻐, 채드."

할로웨이가 인포패널을 내려놓으며 말했다.

"자네가 불에나 타 죽으면 기쁘겠어, 잭."

본이 대꾸했다.

"루비네서 스테이크를 사주지 않겠다는 뜻이야?"

할로웨이가 물었지만, 본은 이미 연결을 끊은 후였다.

할로웨이는 혼자 웃고 손에 쥔 태양석을 들어 올려 태양빛 아래에서 돌려보았다. 세공하지 않은 지저분한 상태로도 돌은 아름다웠고, 할로웨이가 꽤 오래 쥐고 있었던 덕분에 은은하게 흘러나온 체열이 돌의 심장부까지 전해져서 가느다란 심지가 호박 속에 갇힌 번개처럼 빛났다.

"너는 나랑 같이 가자."

할로웨이는 돌을 보고 말했다. 나머지는 자라 기업이 가질 수 있고, 실제로 가질 터였다. 하지만 이건 방금 그를 엄청난 부자로 만들어준 돌이었다. 행운의 돌인 셈이었다. 그리고 마음속에 주고 싶은 사람도 떠올랐다. 사과의 표시로.

할로웨이는 일어서서 태양석을 주머니에 넣었다. 그리고 아직 바위에 엎드려 있는 칼을 돌아보았다. 칼은 그를 보고 한쪽 눈썹을 찡긋했다.

"흠, 오늘 이 부근에 끼칠 만한 피해는 다 끼쳤으니, 집에 가자."

3장

할로웨이의 제비정이 집까지 반쯤 돌아갔을 때 인포패널에서 집에 침입자가 들어왔다는 경보를 울렸다. 긴급 경보 시스템의 동작 감지기가 작동한 것이다.

"이런."

할로웨이는 제비정의 '자동 조종' 기능을 켰다. 제비정은 할로웨이의 본거지에서 오는 신호와 경로를 수신하는 동안 잠시 비스듬히 움직였다. 할로웨이가 맡은 측량 지역은 대륙 넓이만 한 정글 속 깊은 곳으로, 어떤 인구 밀집지에서도— 아니 사실상 어떤 다른 인간에게서도 한참 떨어져 있었기에 교통량이 전무했고, 경로는 언덕과 숲 위를 넘어 집까지 거의 직선으로 이어졌다. 자동 조종이 연결되자 할로웨이는 인포패널을 집어 들고 감시 카메라를 열었다.

아무것도 보이지 않았다. 할로웨이는 카메라를 작업용 책상 위에 올려놓고 대개 모자걸이로 썼다. 그의 눈에 보여야 할 집 안과 현재 집 안에 있는 누군가의 모습은 듀크 대학 법대 2년차 때 재미로 쓰고 다녔던

지저분한 중절모자에 가려졌다.

"멍청한 모자 같으니."

할로웨이는 침입자가 말을 할 가능성을 염두에 두고 감시 카메라의 마이크 성능을 높여 인포패널의 스피커를 귀에 갖다 댔다.

운이 따르지 않았다. 사람 목소리는 들리지 않았고, 그나마 들을 수 있는 소리도 제비정의 엔진 소리와 열린 조종석 안으로 불어 드는 바람 소리에 쓸려 나갔다.

할로웨이는 인포패널을 받침대 안에 다시 세워 넣고 제비정 계기판을 내려다보았다. 제비정은 한가롭게 시속 80킬로미터로 움직이고 있었는데, 숲에서 새들이 튀어나와 제비정을 들이받을 가능성이 높은 정글 속에서는 그 정도가 안전한 속도였다. 집까지는 아직 20킬로미터가 남았다. GPS 데이터를 확인하지 않아도 오른쪽으로 이자벨 산을 볼 수 있었기에 대강 짐작이 갔다. 이자벨 산의 동쪽 사면은 떨어져 나갔고 앞쪽 4제곱킬로미터에 울타리가 쳐져서 식물군이 없는 황량한 땅을 드러내고 있었다. 자라 기업이 완곡하게 '고급 채굴'이라고 부르는 방식을 도입한 흔적이었다. 이것 역시 노천 채굴이었지만 표면상으로는 독성의 영향을 최소화하고 채굴 작업이 멈추면 깨끗한 상태로 복구시키겠다는 약속을 내건 방식이었다.

자라 기업에서 이자벨 산을 채굴하기 시작했을 때 할로웨이는 하릴없이 자라 기업이 어떤 지역에서 가치 있는 것은 모조리 채굴한 후에 어떻게 깨끗한 상태로 복구시킬 수가 있을까 하는 생각을 했지만, 진심으로 걱정한 것은 아니었다. 원래 이자벨 산을 측량한 사람도 할로웨이였다. 처음에 그의 관심을 끌었던 작은 태양석 조각은 몇 주 만에 고갈되었지만, 그 산은 좋은 무연탄 공급원이었고 산 위와 강 쪽 사면에는 제법 희귀한 돌나무가 자랐다. 그는 이 발견에서 나오는 수익의 0.25퍼센트라는 꽤 괜찮은 액수를 보장받고 다른 곳으로 옮겨갔다.

할로웨이의 비판적인 눈은 이자벨 산이 흙둔덕이 될 때까지 파헤쳐지는 데 일이 년밖에 남지 않았다고 보았다. 그때가 되면 자라 기업은 장비를 걷어 올린 후 겁에 질린 여름 인턴들 한 무리를 떨어뜨릴 테고, 인턴들이 서둘러 땅에 돌나무 씨를 흩뿌리면 '그 지역을 깨끗한 상태로 복구'한 셈 칠 터였다. 인턴들은 그동안 채굴 지역 반경을 휘감은 울타리가 버텨주기를 기도할 테고 말이다.

울타리는 대개 버텼다. 최근에는 자라랩터에게 인턴을 잃는 일도 드물었다. 그래도 두려움은 좋은 동기부여가 되었다.

인포패널에서 요란한 소리가 났다. 할로웨이의 집에 침입한 자가 방금 깨지는 물건을 떨어뜨렸다는 뜻이었다. 할로웨이는 욕을 하고 제비정 조종석을 닫는 버튼을 누른 다음 연료 조절판을 열었다. 5분 후면 집에 도착할 것이다. 나무 위에 있는 새들은 운에 맡기는 수밖에 없었다.

■ ■ ■

집이 가까워지자 할로웨이는 제비정을 '에너지 보존' 모드로 전환했다. 그러면 제비정의 속도가 상당히 떨어졌지만 거의 소리가 나지 않기도 했다. 그는 1킬로미터 떨어진 곳에서 제비정을 공중에 정지시키고 쌍안경을 꺼냈다.

할로웨이의 집은 나무집이었다. 좀 더 정확하게 말하자면 아주 키가 큰 못나무 몇 그루에 플랫폼을 고정시키고, 그 가장자리에 할로웨이가 거주하는 조립식 오두막집과 측량 및 탐사용 보급품을 보관하는 창고 두 채를 세워둔 형태였다. 전력은 발전소에 연결된 터빈 엔진 연에 매달아 하늘 높이 띄워 올린 태양 전지판으로 공급했고, 이 발전소는 할로웨이의 습기 수집기와 쓰레기 소각로와도 붙어 있었다. 플랫폼 중앙에는 주차장이 있었는데, 할로웨이의 제비정 외에도 소형 제비정 한 대는 너끈히 세울 만한 공간이었다.

할로웨이가 지금 보고 있는 곳이 그 주차장이었다. 비어 있었다.

할로웨이는 조금 긴장을 풀었다. 할로웨이의 주거지에 들어가는 제일 쉬운 방법이 제비정을 타는 것이었다. 도보로 접근해서 기어 올라갈 수도 있기는 했지만, 그러려면 그 사람은 정말 운이 좋거나 정말 자신감이 넘쳐야 했다. 정글 바닥은 자라랩터와 이 행성판 비단뱀과 악어의 영역이었고, 어느 놈이나 부드럽고 느린 인간이라는 동물을 잡기 쉽고 먹기 쉬운 간식거리로 보았다. 할로웨이가 나무 위에 사는 것은, 거대한 육식동물은 비단뱀만 빼고 다 땅바닥에서 지냈고 비단뱀은 못나무가 못나무라는 이름을 얻은 바로 그 이유 때문에 못나무를 싫어하기 때문이었다. 못나무는 또한 몸길이 50센티미터가 넘는 생물체가 기어오르기 힘든 구조이기도 했는데, 대개의 인간이 여기에 해당됐다.

그래도 할로웨이는 혹시 밧줄이나 그 비슷한 것이 걸쳐져 있나 플랫폼과 잎사귀들 사이를 훑어보았다. 아무것도 없었다. 다른 가능성이라면 공중에 정지한 제비정에서 누군가를 떨군 다음에 떠났을지도 모른다는 정도였다. 그러나 자동 조종으로 바꿨을 때 백 킬로미터 반경 안에 다른 제비정이 있었다면 할로웨이에게 신호가 들어왔을 것이다. 그런 신호는 없었다.

그러므로 끝내주는 실력의 닌자 암살자가 오두막집에 기어들어왔다가 도자기를 넘어뜨렸거나, 아니면 그냥 멍청한 동물이 그랬을 터였다. 본이 할로웨이를 죽이려고 할 가능성도 무시할 수는 없었지만…… 특히나 오늘 사건 이후에는…… 그러나 그 경우에도 본이 이렇게 빨리 괜찮은 암살자를 찾아낼 수 있었으리라고는 생각하기 어려웠다. 본이 보낼 수 있는 최고의 인물이래봐야 지능이 좀 떨어지는 자라 기업 보안요원 정도였다. 앞서 말한 조 들라이즈 같은 사람 말이다. 그런 작자들은(특히 들라이즈는) 굳이 몰래 숨어 들어오려 하지도 않을 터였다.

그러니 역시 멍청한 동물일 가능성이 높았다. 아마 이 지역 도마뱀일 것이다. 이구아나 정도 크기이니 딱 못나무에 찔리지 않을 만큼 작았고, 초식동물에, 돌멩이보다 멍청했다. 그 녀석들은 기회만 있으면 어디에든 뛰어들었다. 할로웨이가 처음 자라 XXⅢ 행성에 와서 나무 위에 집을 지었을 때는 도마뱀이 우글거렸다. 초기에는 전기 울타리를 설치했는데, 그랬더니 아침에 일어날 때마다 잘 구워진 도마뱀의 모습과 냄새 때문에 말도 못 하게 우울했다. 이후 다른 탐사자가 그 도마뱀들은 개를 끔찍이도 무서워한다는 사실을 알려주었다. 그 직후에 칼이 도착했다.

할로웨이는 개를 보고 말했다.

"어이, 칼. 아무래도 도마뱀 문제가 생긴 모양이다."

이 말에 칼은 기운을 차렸다. 칼은 도마뱀 문제의 해결책이라는 자기 역할을 무척 즐겼다. 할로웨이는 빙긋 웃고 제비정의 공중 정지 상태를 푼 다음 착륙 단계에 들어갔다.

칼은 할로웨이가 엔진을 끄고 조종석을 열자마자 제비정 밖으로 튀어 나갔다. 칼은 행복하게 킁킁거리고 냄새를 맡더니 저장 창고 쪽으로 향했다.

"어이, 멍청아."

할로웨이는 앞뒤로 움직이는 칼의 꼬리에 대고 말했다. 그는 개에게 걸어가서 부드럽게 옆구리를 때렸다.

"엉뚱한 방향으로 가고 있잖아. 도마뱀은 집 안에 있어."

할로웨이는 오두막집 쪽을 가리켰다. 그와 동시에 오두막집을 본 그는 작업용 책상 위쪽으로 난 창문을 통해 그를 쳐다보는 고양이의 모습을 보았다. 할로웨이는 고양이를 마주 보았다. 1초 정도 지나서야 그에게 고양이가 없다는 사실이 기억났다.

그리고 또 1초가 지나서야 고양이는 보통 두 다리로 서지 않는다는 사실이 기억났다.

"도대체 저건 뭐야?"

할로웨이는 큰 소리로 말했다.

칼이 주인의 목소리를 듣고 몸을 돌리더니 창문 안쪽에 선 고양이 같은 생물을 보았다.

고양이 같은 생물이 입을 벌렸다.

칼은 미친개처럼 짖어대며 오두막집 문으로 돌진했다. 칼에게는 마주 보는 엄지손가락이 없었으니, 한밤중에 깨어나서 칼이 오줌을 누게 내보내주는 데에 신물이 난 할로웨이가 개 전용문을 설치해주지 않았다면 급정거를 해야 했을 것이다. 개 전용문의 잠금장치가 칼의 어깨에 심어둔 칩에서 나오는 근접 신호를 수신하고는 칼이 부딪치기 0.25초 전에 문을 열었다. 칼은 문 안에 머리와 몸을 밀어 넣고 어려움 없이 오두막집 안으로 뛰어들어갔다.

할로웨이의 시야에는 고양이 같은 생물이 창가에서 도망치는 모습이 보였다. 그리고 1초도 지나지 않아서 수많은 물건이 부서지는 소리를 들을 수 있었다.

"이런 망할."

할로웨이는 오두막집 문으로 달려갔다.

칼과 달리 할로웨이의 어깨에는 근접 신호 칩이 심겨져 있지 않았다. 그는 열쇠를 더듬어 찾아서 문에 달린 자물쇠를 열어야 했고, 그동안 짖어대는 소리와 부서지는 소리가 끊임없이 이어졌다. 할로웨이가 자물쇠를 풀고 문을 살짝 연 순간 고양이 같은 생물이 문 쪽으로 달려오는 모습이 보였다.

고양이는 고개를 들고 할로웨이를 보더니 진로를 바꾸려는 필사적인 노력으로 몸을 미끄러뜨렸다. 고양이 바로 뒤에 따라오던 칼은 멈춰 서는 고양이를 피하려고 뛰어올랐다가 허공에서 몸을 비틀어 옆구리로 오두막집 문에 부딪히면서 쾅 소리 나게 문을 닫아 할로웨이의 이마와 코를 때렸다. 할로웨이는 욕설을 뱉고 코를 붙잡은 채 닫힌 문 앞에 무릎을 꿇었다. 안에서 또 요란한 소리가 났다.

할로웨이는 몇 분 후에 두 가지를 알아차렸다. 첫 번째는 코가 붓기는 했어도 피가 나지 않는다는 사실이었고, 두 번째는 부서지는 소리가 멈춘 후로 칼이 계속 짖는 소리만 들린다는 사실이었다. 할로웨이는 일어서서 코피가 터져 나오지 않는 게 확실한지 한 번 더 코를 만져본 다음에 조심조심 오두막집 문을 열었다.

오두막집 안은 할로웨이가 다닌 대학 기숙사의 학기말 광경 같았다.

분명히 책상이나 책장 위에 있었을 종이와 물건들이 바닥에 산산이 흩어졌고, 오두막집의 작은 싱크대 안에 있던 접시들도 깨진 채 널브러져 있었다. 여분의 인포패널도 마찬가지 모습으로 바닥에 엎어져 있었다. 차마 그 인포패널이 아직 기능하는지 확인해볼 엄두가 나지 않았다.

칼은 집 안에 있는 하나뿐인 책장에 다리를 올리고 미친 듯이 짖고 있었다. 재빨리 살펴보니 칼이 고양이를 책장 위로 몰아넣었음을 알 수 있었다. 고양이가 선반 위로 기어올라가면서 그랬는지, 칼이 녀석을 붙잡으려다가 그랬는지 책과 서류철이 떨어져 있었다. 그 책장은 고양이가 오르내릴 만한 물건이 아니었다. 칼이 밑에 없었다 해도 녀석이 뛰어내리기에는 너무 높아 보였다. 당장 칼에게서는 안전할지 몰라도, 고양이 역시 제대로 갇혀버린 셈이었다. 녀석은 칼을 내려다보고 다시 할로웨이를 건너다보더니, 겁에 질려 크게 뜬 고양이 눈으로 둘을 번갈아 보았다.

"조용히 해, 칼!"

할로웨이가 말했지만 개는 추적의 흥분에 마음을 빼앗긴 나머지 그 말을 듣지 못했다.

할로웨이는 방 안을 둘러보았다. 난장판 속에 저 생명체가 들어온 입구가 보였다. 한쪽 벽에 우묵하게 자리 잡은 할로웨이의 잠자리에 달린 작고 기울어진 창문이었다. 그 창문을 잠그지 않고 두는 바람에 저 생명체가 비틀어 열고 오두막집 안으로 들어올 수 있었던 모양이었다. 일단 들어온 다음에는 나갈 수가 없었으리라. 바깥 지붕에서라면 쉽게 접근할 수 있는 창문이지만, 저 생명체가 침대나 바닥에서 올라가기에는 너무 높아 보였다.

할로웨이는 고양이 생물을 다시 쳐다보았고, 그 녀석도 할로웨이를 똑바로 보고 있었다. 녀석은 창문을 보고, 다시 그를 보았다. 마치 자기가 어떻게 들어왔는지 그가 알아차렸다는 사실을 아는 듯했다.

할로웨이는 잠자리로 들어가서 기울어진 창문을 닫아 걸었다. 그런 다음 칼에게 걸어가서 목덜미를 움켜쥐었다. 칼은 깜짝 놀란 소리를 내며 짖기를 멈추었고 뒷발로 바닥을 디디려 해보았지만 소용이 없었다. 할로웨이는 개를 끌고 가서 오두막집 문을 열고 밖으로 던졌다. 그는 개 전용문을 다리로 누르고 수동 잠금장치를 고정시킨 다음에야 물러섰다. 칼이 개 전용문에 머리를 들이받으면서 쿵 소리가 두 번 났다. 몇 초 후에는 할로웨이의 책상 위에 달린 창문에 칼의 앞발과 머리가 나타나더니, 분개해서 짖다가 다시 들여보내달라고 낑낑거리기를 반복했다.

할로웨이는 개를 무시하고 고양이 생물을 돌아보았다. 녀석은 여전히 겁에 질려 있었지만, 아마도 조금은 덜 무서워하는 얼굴로 그를 바라보았다.

"자, 이 작고 보송보송한 녀석아. 이젠 너랑 나뿐이구나."

4장

‘내가 저 녀석이라면, 왜 이 집에 들어왔을까?’

할로웨이는 생각했다. 짐승들은 그렇게 복잡한 생명체가 아니다. 이 우주에서 어디를 가든, 짐승들이 하고 싶어 하는 일은 대개 셋 중 하나이다. 먹거나, 자거나, 성행위를 하거나. 할로웨이는 뒤의 두 가지는 아니라고 결론을 내렸다. 그렇다면 음식이었다.

오두막집 안의 난장판을 둘러보았다. 부엌 카운터 위, 싱크대 옆에 이 행성의 곤충들을 막기 위해 플라스틱 뚜껑을 씌워서 과일을 보관해 두는 접시가 있었다. 소란통에 접시 위치는 달라졌지만 뚜껑은 벗겨지지 않았다. 그 밑에는 사과 두 알과 빈디라는 이름의, 생김새는 배와 비슷하지만 맛은 바나나와 별로 다르지 않은 이 행성 과일이 하나 있었다. 사과와 빈디 둘 다 상하지 않고 오래갔고, 할로웨이도 그래서 사과와 빈디를 먹었다.

할로웨이는 고양이 생물을 계속 보면서 천천히 부엌으로 뒷걸음질 치다가, 플라스틱 뚜껑을 들어 올릴 때만 잠시 눈을 뗐다. 그는 사과에 손을 뻗었다가, 다시 생각하고 빈디를 집었다. 빈디는 이 땅의 과일이었고, 고양이 생물도 이곳 짐승이었다. 사과가 외계 생명체를 죽였다는 이야기는 들은 바 없었지만, 굳이 위험을 감수할 필요도 없었다.

할로웨이는 서랍을 열고 칼을 꺼냈다. 고양이 생물은 칼을 보자 눈에 띄게 자세를 바꿨다. 할로웨이는 칼을 조심스럽게 쥐고 재빨리 빈디를 네 조각으로 자른 다음, 빈디가 질척한 과일이라는 사실을 되새겼다. 손가락에 과즙과 부드럽고 걸쭉한 조각이 묻었다. 그는 손에 묻은 과즙을 무시하고 녀석이 잘 볼 수 있도록 칼을 다시 넣은 다음 서랍을 닫았다. 칼은 나중에 닦을 생각이었다.

고양이 생물은 조금 긴장을 푸는 듯했지만, 할로웨이가 다시 책장에 접근하자 전보다 더 불안해했다. 녀석은 책장 위 한쪽 모퉁이에 있었다. 할로웨이는 일부러 멀리 돌아서 반대쪽 모퉁이에, 그 녀석을 잡기에는 너무 먼 곳에 섰다. 고양이 생물은 제자리에 웅크린 채 눈도 깜박이지 않고 할로웨이를 바라보았다.

할로웨이는 빈디 한 조각을 집어서 자기 입에 넣고, 느리고 노골적이면서도 만족스러운 티를 내면서 씹었다. 그러면서 자기를 바라보는 고양이를 바라보았다. 그는 빈디를 삼키고 다른 조각 하나를 책장 위 한쪽 모퉁이에 놓았다.

"네 거야."

할로웨이는 말을 하면 그 짐승에게 자신의 행동이 더 명확하게 전달된다는 듯이 말했다. 그런 다음 나머지 두 조각을 작업용 책상 위에 놓고 보란 듯이 고양이에게 등을 돌리고, 집 안의 난장판을 정리하기 시작했다.

저 녀석이 할로웨이가 음식을 권하고 있음을 이해할지, 아니 빈디를 좋아하기는 할지 전혀 알 길이 없었다. 정말로 고양이와 비슷한 생명체라면 육식이리라. 흠, 냉장고 안에 도마뱀 커틀릿이 있으니 다음에는 그걸 시험해볼 수도 있을 터였다.

할로웨이의 두뇌에서 스스로가 분별 있다고 생각하는 부분이 고함을 질렀다.

'들짐승에게 먹이를 주다니 대체 무슨 짓이야? 문을 열고 칼이 집 밖으로 쫓아내게 했어야지. 도마뱀이 들어왔을 때는 이렇게 군 적 없잖아.'

할로웨이에게도 어째서인지 이 생명체에게 관심이 간다는 것 말고는 뾰족한 대답이 없었다. 자라 XXⅢ 행성의 육상동물 대부분은 파충류였다. 이 행성에는 포유류 같은 생물이 아주 적고 드물었다. 사실 할로웨이는 산 채로든 데이터베이스에서든 이렇게 큰 포유류를 본 기억이 없었다. 데이터베이스는 다시 확인해봐야겠지만.

하지만 무엇보다도 그의 흥미를 끄는 점은 이 생명체가 행동하는 방식이었다. 이 고양이 같은 동물은 확실히 겁에 질렸으면서도 겁에 질린 짐승처럼 굴지 않았다. 녀석은 평범한 야생 짐승보다 영리해 보였고, 행성 동물군이 진화적으로 두뇌를 특별히 발전시켰다는 생각이 조금도 들지 않았던 이곳 자라 XXⅢ에서는 더욱 그랬다.

게다가 이 녀석은 고양이처럼 생겼고, 할로웨이는 예전부터 고양이를 좋아했다. 할로웨이의 내면에 있는 분별 있는 사람은 이 대답을 듣고 가상의 펀치를 할로웨이의 이마에 날렸다.

할로웨이는 주위 모은 종이를 탁탁 쳐서 정리한 다음 작업용 책상 위에 올려놓고 고양이를 흘긋 보았다. 며칠은 굶은 것처럼 허겁지겁 빈디 조각을 먹고 있었다.

'답은 나왔군.'

할로웨이는 그렇게 생각하고 손을 뻗어, 금이 간 화면이나 더 지독한 무엇인가를 보게 될 준비를 하고 미리부터 얼굴을 찡그리면서 여분의 인포패널을 뒤집었다. 놀랍게도 패널은 멀쩡해 보였다. 전원을 켜자 정상 가동되었다. 그는 안도의 한숨을 내쉬고 다시 고양이를 올려다보았다. 녀석은 과일 조각을 다 먹어치운 후였다.

할로웨이는 그 녀석을 보고 말했다.

"이 물건이 아직 작동해서 다행인 줄 알아라. 네가 망가뜨렸다면 칼 더러 널 잡아먹게 했을지도 몰라."

고양이 생물은 (물론) 아무 말도 하지 않고, 할로웨이와 남아 있는 빈디 두 조각을 번갈아 보기만 했다. 아직 배가 고팠고 할로웨이 근처에 가지 않으면서 빈디를 먹을 방법을 궁리하는 게 분명했다. 할로웨이는 손을 뻗어 빈디 조각을 하나 집어 들었다. 그는 엄지와 검지만으로 과일 조각을 최대한 살짝 집고서 천천히 그 짐승에게 가져갔다.

"자, 여기 있다."

할로웨이가 말하자, 내면의 분별 있는 사람이 입을 열었다.

'어이쿠, 영리하기도 하셔라. 이제 자라 XXⅢ 행성판 광견병에 걸리 겠네.'

고양이 생물도 이 새로운 전개가 미심쩍은지 할로웨이가 내민 과일 조각 앞에서 몸을 움츠렸다.

할로웨이는 그 녀석에게 말했다.

"자, 자. 내가 널 죽여서 잡아먹을 작정이었다면 진작 그랬겠지."

그는 과일 조각을 살짝 흔들었다.

고양이 생물은 몇 초 후에 조심스럽게, 주저하면서 앞으로 나오더니 두 손을 써서 과일 조각을 낚아챘다. 그건 분명히 손이었다. 할로웨이는 그냥 손가락 세 개와 손바닥 아랫부분에 인간보다 낮게 붙은 긴 엄지손가락에 주목했다. 할로웨이가 눈을 깜박이자 작은 손은 사라졌다. 고양이 생물은 먼 구석 자리로 돌아갔고, 할로웨이에게서 눈을 떼지 않으며 두 번째 빈디 조각을 먹기 시작했다.

할로웨이는 어깨를 으쓱이고 다시 한 번 그 생명체에게 등을 돌린 다음, 무릎을 꿇고 바닥에 흩어진 책과 서류 바인더를 선반에 얹기 시작했다.

몇 분을 그러고 나자 누군가가 지켜보고 있다는 느낌이 들었다. 고개를 들어 보니 고양이 생물이 눈을 깜박이며 그를 내려다보고 있었다.

그는 말했다.

"안녕. 다 먹었어? 더 먹고 싶니?"

고양이 생물은 대답하려는 듯이 입을 열었지만, 아무 소리도 내지 않았다. 할로웨이는 고양이 생물의 이빨을 보았다. 아무리 봐도 고양이 같지는 않았고, 사람 치아에 더 가까웠다.

'잡식동물이야.'

머릿속에서 그의 목소리가 아니라, 예전에 아주 잘 알던 사람의 목소리가 말했다. 그 목소리를 들으니 한 가지 생각이 떠올랐다.

할로웨이는 일어서서 작업용 책상으로 향했다. 감시 카메라에서 중절모를 벗겨낸 다음, 칼이 고양이를 쫓는 통에 넘어진 받침대 위치를 바로잡았다. 그 카메라는 전방위 영상 감지가 특징이었다. 받침대에 막힌 바로 아래쪽만 빼면 모든 방향을 볼 수 있었다. 그는 여분의 인포패널을 가져다가 패널 받침에 끼워 넣고, 감시 카메라에서 나오는 영상을 보여 주도록 조정했다. 그런 다음 마지막 빈디 조각을 집어 들고 고양이에게 들어 보였다. 이제 할로웨이를 상당히 덜 무서워하게 된 고양이는 과일을 받으려고 손을 내밀었다.

"안 돼."

할로웨이는 그렇게 말하고 과일 조각을 다시 책상 위에 내려놓았다. 그런 다음 바닥에 쓰러진 의자를 세워서 고양이가 바닥으로 내려온다면 의자를 타고 올라가 과일을 집을 수 있게 배치했다.

"먹고 싶으면 와서 먹어."

할로웨이는 그렇게 말하고 중절모를 쓴 후 문으로 걸어가 칼을 안에 들이지 않고 빠져나갈 수 있을 만큼만 문을 열었다.

칼은 이런 전개를 몹시 불만스러워했고, 좌절한 나머지 할로웨이에게 짖어댔다. 할로웨이는 칼의 머리를 쓰다듬어주고 제비정 쪽으로 걸어갔다. 그는 인포패널에 손을 뻗어 전원을 켜고 감시 카메라에서 전송되는 자료에 접속했다.

"어디, 네가 진짜로 얼마나 똑똑한지 보자."

그는 오두막집 안의 전경이 보이도록 영상을 조정했다.

고양이 생물은 몇 분 동안 아무 행동도 하지 않았다. 그러다가 마침내 책장을 내려오기 시작했고, 뛰어올라갈 때보다 오랜 시간을 들여서 내려오는 길을 찾았다. 책상이 바닥을 가로막고 있어서 잠시 동안 고양이 생물이 보이지 않았다. 그러다가 의자가 약간 움직이더니 고양이 같은 머리통이 쑥 올라와서 과일 조각을 찾았다.

녀석은 과일을 훔쳐보다가 갑자기 경계하는 표정을 지으며 사라졌다. 할로웨이는 씩 웃고 말았다. 녀석은 방금 할로웨이가 과일 앞에 설치해둔 인포패널에 비친 자기 모습을 본 것이다. 할로웨이는 그 녀석이 거울에 비친, 또는 이 경우에는 거울처럼 작동하는 영상 데이터에 비친 자기 모습을 알아볼지 궁금했다. 당장은 알아보지 못하는 듯했지만, 할로웨이도 자기 모습에 놀란 경험이 있었다. 흥미로운 부분은 그다음에 일어날 일이었다.

고양이 생물의 머리가 다시, 이번에는 좀 더 천천히 올라오면서 '다른' 고양이 생물을 보았다. 그리고 결국에는 책상 위로 기어올라 인포패널 쪽으로 걸어갔다. 녀석은 몸을 웅크리고 인포패널을 노려보더니 톡톡 두드렸다. 한 손을 움직이면서 자기 도플갱어가 똑같이 하는 모습을 지켜보는 듯했다. 녀석은 그렇게 몇 분을 움직이더니 만족스러운 듯 인포패널에 등을 돌리고 두 손으로 빈디 조각을 잡은 다음 책상 가장자리에 앉아서 발을 달랑거리면서 과일을 먹었다. 녀석이 자기 모습을 알아본다는 뜻이었다.

"축하한다. 이제 넌 공식적으로 개만큼 똑똑하구나."

할로웨이가 말했다. 개라는 단어를 듣고 칼이 올려다보았다. 할로웨이는 개가 그런 비교에 기분이 상해 보이는 것은 상상에 불과함을 알고 있었다.

할로웨이는 고양이 생물의 영상을 되감아서 녹화하고 감시 카메라를 계속 '녹화' 상태에 두었다. 그리고 인포패널을 내려놓은 다음 오두막 집 안으로 돌아갔다. 아까보다 더 화가 난 칼이 들어가지 못하게 이번에도 문틈으로 몸을 밀어 넣었다.

고양이 생물은 할로웨이가 들어오는 것을 알고도 움직이지 않았고, 느긋하게 발을 흔들기를 멈추지도 않았다. 아무래도 할로웨이는 위협이 아니라고 판단한 모양이었다. 칼이 책상 뒤 창문에 나타나서 짖어댔다. 녀석은 가볍게 뒤를 돌아보았지만 과일 먹기를 멈추지는 않았다. 칼이 창문을 뚫고 들어오지 못하며 따라서 지금은 아무 위협이 되지 못한다는 사실을 녀석은 알고 있었다.

칼이 다시 짖었다.

고양이 생물은 과일을 내려놓고 책상 가장자리에서 다리를 끌어 올리더니, 과일을 쥐고 창가로 걸어갔다. 칼은 녀석이 하는 짓에 혼란을 느끼고 짖기를 멈췄다. 고양이 생물은 창틀에서 몇 밀리미터밖에 떨어지지 않은 곳에 앉아서 칼을 쳐다보며, 일부러 그 앞에서 과일을 먹기 시작했다. 할로웨이는 그 녀석이 일부러 입을 벌리고 씹는다고 맹세라도 할 수 있었다.

칼은 미친 듯이 짖었다. 고양이 생물은 그 자리에서 눈을 깜박이며 과일을 먹었다. 칼이 창문 아래로 내려갔다. 2초 후에 칼의 머리가 쿵 소리 나게 개 전용문을 들이받았다. 수동 잠금장치는 아직 고정된 채였다. 몇 초 후에 칼이 다시 창문에 나타났는데, 이제 짖지는 않았지만 확실히 고양이 생물에게 화가 난 모양새였다.

"이젠 좀 건방진데."

할로웨이는 고양이 생물에게 말했다. 고양이 생물은 할로웨이를 슬쩍 돌아보더니 다시 칼을 똑바로 바라보면서 과일을 먹어치웠다.

할로웨이는 운을 더 시험해보기로 했다. 그는 책상으로 걸어가서 서랍 하나를 열었다. 고양이 생물은 흥미롭게 지켜보았지만 움직이지는 않았다. 할로웨이는 서랍에서 개목걸이와 개줄을 꺼냈다. 칼에게 목걸이를 씌우는 일은 거의 없었지만, 가끔 둘이 오브리타운에 갈 때는 필요했다. 그는 서랍을 닫고 문으로 돌아가서, 칼이 창가에서 물러나기 전에 문틈으로 빠져나갔다. 할로웨이는 칼에게 가서 고양이 생물에게 잘 보이도록 칼의 목에 목걸이를 걸고 개줄을 달았다.

칼은 목걸이와 개줄을 매단 채 할로웨이를 올려다보았다. 마치 이렇게 말하는 듯했다.

'이게 뭐야?'

할로웨이는 칼에게 말했다.

"날 믿어. 자, 따라와!"

칼은 불만스러워했지만 그래도 잘 훈련된 개였다. 폭약을 터뜨리라는 명령을 기다릴 수 있는 개라면 주인의 말을 어떻게 들어야 할지 아는 법이었다. 칼은 마지못해 창가에서 내려와서 할로웨이 옆에 섰다.

"가만있어."

할로웨이는 그렇게 말하고 개줄의 길이만큼 다시 걸어갔다. 칼은 그 자리에 가만히 있었다. 할로웨이가 고양이 생물을 슬쩍 보니, 이 모든 상황을 흥미진진하게 받아들이는 듯했다.

"앉아."

할로웨이가 개에게 말했다. 칼은 오두막집 창문을 흘긋 올려다보더니 마치 '친구, 지금 신참 앞에서 나한테 망신을 주고 있잖아요'라고 말하듯이 할로웨이를 쳐다보았다. 그래도 칼은 앉았고, 앉으면서 들릴락 말락 하게 낑낑거렸다.

"엎드려."

할로웨이가 말하자 칼은 맥없이 엎드렸다. 칼의 굴욕은 이렇게 완성되었다.

"따라와."

할로웨이가 다시 말하자 칼은 일어서서 주인 옆에 섰다. 할로웨이는 여전히 고양이 생물을 보고 있었고, 녀석은 모든 상황을 지켜보았다. 할로웨이는 칼이 옆에 가까이 붙도록 손을 미끄러뜨려 줄을 잡고 오두막 집 문을 향해 걷기 시작했다. 고양이 생물은 빤히 바라볼 뿐, 움직이지 않았다.

할로웨이는 문을 열었지만 칼과 함께 잠시 밖에 서 있었다. 칼은 문간으로 뛰어들어갈 태세였지만 할로웨이가 꼭 붙들고 자기 뜻에 따르도록 했다. 칼은 끙끙거렸지만 곧 차분해졌다. 이 일이 어떻게 돌아갈지 알아차린 모양이었다.

둘은 천천히 문 안으로 걸어 들어갔다. 고양이 생물은 눈을 크게 뜨기는 했어도 공포에 질린 기색 없이 책상 위에 남아 있었다.

"착하구나."

할로웨이는 칼에게 말하고, 책상 바로 앞까지 걷게 했다.

"앉아."

칼이 앉았다.

"엎드려."

할로웨이가 말하자 칼은 엎드렸다.

"굴러."

할로웨이는 이렇게 말한 후 개가 한숨을 쉬는 소리를 들었다고 맹세를 해도 좋을 것 같았다. 칼은 몸을 굴려 등을 대고 누워서 발을 든 채

고양이 생물을 쳐다보았다.

고양이 생물은 잠시 그 자리에 앉아서 열린 문을 보더니 다시 개 쪽을 보았다. 그러더니 책상 가장자리까지 걸어가서 의자로 미끄러져 내려갔다. 칼이 몸을 세우려고 움직였지만, 할로웨이가 개의 가슴팍에 손을 대고 말했다.

"가만있어."

칼은 그대로 있었다.

고양이 생물은 의자에서 미끄러져 내려와 칼의 주둥이에서 30센티미터도 떨어지지 않은 바닥에 섰다. 두 짐승은 호기심을 품고 서로를 보았다. 고양이 생물이 칼의 누운 모습을 위아래로 살피는 동안 칼은 고양이 생물의 냄새 입자를 마지막 하나까지 처리하려고 미친 듯이 킁킁거렸다.

고양이 생물이 가까이 다가서더니 너무나 조심스럽게 칼의 주둥이 쪽으로 한 손을 뻗었다. 할로웨이는 몰래 칼의 가슴팍에 얹은 손에 압력을 더 가하면서 반대쪽 손으로는 칼이 과잉 반응할 경우에 대비하여 줄을 꽉 잡았다.

고양이 생물은 칼의 코끝을 건드린 다음 손을 살짝 거두었다가 다시 내밀어서 부드럽게 주둥이를 쓰다듬었다. 몇 초 동안 그렇게 했다. 칼의 몸 반대쪽에서 꼬리가 가볍게 바닥을 때렸다.

할로웨이가 말했다.

"그것 봐라. 그렇게 나쁘지 않지."

칼이 고개를 약간 돌리더니 혀를 내밀고 고양이 생물의 얼굴을 축축하고 시끄럽게 핥았다. 고양이 생물은 뒤로 물러나더니 분개해서 식식거리며 얼굴을 닦으려고 했다. 할로웨이는 웃음을 터뜨렸다. 칼의 꼬리가 다시 바닥을 때렸다.

고양이 생물이 무슨 소리를 듣는 것처럼 고개를 홱 젖혔다. 그 움직임에 칼이 움찔했지만 할로웨이가 가만히 눌렀다. 고양이 생물은 입을 벌리더니 숨을 쉬기가 힘든 것처럼 잠시 씨근거렸다. 녀석은 할로웨이를 보고, 문을 보았다. 그리고 오두막집 밖으로 뛰쳐나가 사라졌다.

할로웨이는 잠시 후에 칼의 목걸이를 풀어주었다. 개는 껑충 뛰어올라서 문 밖으로 달려나갔다. 할로웨이는 일어서서 좀 더 느긋한 속도로 따라갔다.

칼은 플랫폼 가장자리에 멈춰서서 느긋하게 꼬리를 흔들며 동쪽에 있는 못나무 한 그루의 잎사귀 속을 올려다보고 있었다. 할로웨이는 손님이 플랫폼에서 그쪽으로 나간 모양이라고 생각했다.

할로웨이는 칼을 불러서 오두막집 안으로 들어갔고, 칼이 문으로 들어오자 비스킷을 주었다.

"착한 녀석."

할로웨이가 말하자 칼은 꼬리를 탁탁 치더니 엎드려서 음식에 집중했다.

할로웨이는 책상으로 걸어가서 인포패널을 집어 들고 손님을 찍어둔 영상을 보았다. 이제는 자신이 그런 생물을 본 첫 번째 인간이라는 확신이 있었다. 누군가 다른 사람이 그런 생물을 발견했다면, 그 지능과 친근함으로 미루어 지금쯤은 애완동물이 되었을 게 거의 확실했다. 녀석들을 사육해 분양하는 업자도 등장하고 애완동물 쇼는 물론이며 작은 보송이를 위한 사료 광고도 진작에 나왔으리라. 할로웨이는 자신의 탐욕

이 그런 방향으로 흐르지 않았다는 사실이 다행이라고 느꼈다. 애완동물 사육업을 하려면 원치 않게 많은 일을 해야 했다.

그럼에도 불구하고 그만한 크기의 알려지지 않은 포유류를 발견했다는 데에는 대단히 큰 의미가 있었다. 그 발견으로 돈을 짜내기 어려울 할로웨이나, 현지 동식물에 대해서라면 그 사체가 기름기 많고 개발 가능한 진흙으로 바뀔 때에나 관심을 보이는 자라 기업으로서는 별 의미가 없는 일이었다. 그러나 할로웨이는 이 고양이 생물에게 굉장한 관심을 보일 사람을 알고 있었다. 고양이처럼 생긴 이상한 생물은 딱 그 사람 분야였다.

할로웨이는 비디오 파일을 저장하고 닫은 다음 빙긋 웃었다. 그래, 그 사람은 이 비디오를 보고 정말 기뻐할 것이다.

단 한 가지 현실적인 문제는 그녀가 그를 보고도 기뻐할까였다.

5장

어느 때든 자라 XXⅢ 행성에는 10만을 헤아리는 인구가 있었다. 좀 더 정확하게는 10만 명의 지구인이다. 가끔은 자라 기업에서 자기네 직원 채용 관행이 지적 생명체의 다양성에 충실하다는 사실을 보여주기 위해 사소한 중간 관리 능력을 발휘하여 데려온 우라이나 네가드가 끼어 있을 때도 있었다. 하지만 그들이 오래 머무는 일은 드물었고, 자라 기업도 자라 기업의 인간 고용인들도 그들에게 남으라고 설득하려 애쓰지 않았다. 자라 XXⅢ는 일관된 '인간 시장'이었다.

자라 XXⅢ에 있는 사람들 중 6만 명은 수백 개의 탐사 및 개발지 직속으로, 개발지의 크기와 복잡도에 따라 1만 5000에서 2000명에 이르는 무리를 지어 일했다. 이들 대다수는 채굴이나 채취 기계를 조종하여 산이나 광산, 우물이나 구덩이 속에서 상품을 꺼내는 남자와 일부 여자 노동자들, 그리고 소수의 중간 관리자와 감독인들이었다. 하지만 각 개발지마다 요리사, 정보통신 기술자, 잡역부, 의료진과 양쪽 성별 모두를 위한 '행복 직원' 같은 지원 담당들도 있었다.

이런 탐사 개발지는 적도에서 극지방까지 행성 전체에 점점이 흩어져 있었다. 그들은 빈스토크 건설 비용을 다만 몇 푼이라도 아끼기 위해 적도지방의 높은 고원에 지은, 이 행성에 하나뿐인 도시 오브리타운으로 원자재를 보냈다. 오브리타운은 보급품과 교대 직원, 그리고 새로운 직원과 교대하는 직원들 중 일부가 쓸 관을 돌려보냈다. 사람들은 자라 기업 탐사 개발지에서 평생 일할 수도 있었고, 실제로 그러기도 했다.

자라 XXⅢ의 인구 중 2만 명은 오브리타운에 있는 빈스토크에서 일하며, 탐사 개발지에서 실려온 원자재를 받아서 수송하는 준비를 했다. 처음에는 빈스토크로 올려보내고, 그다음에는 행성에서 떨어진 정지궤도에 있는 빈스토크 수송 터미널에 정박한 배에 실었다. 이 배들은 자라 XXⅢ에서 지구로 가는 어마어마하고 불공평한 원자재 부富의 이동을 보여주었다. 아니, 이 행성에 그 불공평함을 알아볼 토박이 지성체가 있었다면 그렇게 생각했을 것이다. 이 행성에는 토박이 지성체가 없었고, 그러므로 자라 기업과 개척연맹 당국의 관점에서 보면 모든 일이 바람직하게 돌아갔다.

자라 XXⅢ의 인구 가운데 1만 5000명은 할로웨이 같은 계약직 탐사 및 측량 기사였다. 이 계약업자들은 해마다 자라 기업에 가맹비 몇천 크레디트를 지불하고 회사 관리하에 자신이 측량할 지역을 할당받았다. 그들이 개발할 만한 것을 발견하고, 자라 기업이 탐사 개발지를 설치하면, 계약업자는 채취한 원료의 매출 총이익 중에서 0.25퍼센트를 분배받았다.

자신이 맡은 지역 안에 풍부한 태양석 광층이 있다면, 할로웨이의 앞날처럼 부자가 될 수 있었다. 귀금속이나 희귀한 나무가 있다면 꽤 풍족한 돈을 벌 수 있었다. 대개의 측량업자가 그렇듯이, 할당받은 지역에 자라 기업이 채취에 나설 만큼 집중도가 높은 원자재가 없다면 순식간에 파산이었다. 대부분의 계약직 측량업자는 일이 년 버티다가 파산해서 지구로 실려 갔다. 자라 기업은 모든 계약업자에게 지구로의 귀환 비용을 미리 지불하게 했다. 행성 위에 독립 측량업자는 용인하지 않았다.

나머지 5000명은 다방면에 걸쳐 있었다. 오브리타운 건물과 구조물들의 건설 및 보수 인력들. 원자재의 유통과 이익을 기록하기 위해 행성에 배치된 자라 기업 경영자와 사무직원들, 그리고 앞서 말한 경영자들을 지원하는 인력. 개척연맹 정부 소속 판사와 그에 딸린 서기 두 명. 오브리타운 술집에서 일어나는 싸움을 말리는 것이 주된 일인(물론 싸움을 시작한 장본인이 자기들이 아닐 때 말이지만), 훈련을 대단히 잘 받지는 못했을지 몰라도 무장은 잘된 보안 인력들. 오브리타운에 있는 술집 열여섯 개, 식당 세 개, 잡화점과 매음굴이 결합된 가게 하나의 주인과 직원들. 그리고 마지막으로 오브리타운 외곽에 있는, 자라 기업이 쓰레기 소각로 옆에 배치해둔 연합교회 예배당을 운영하는 외로운 성직자한 명. 그 밖에는 그냥 배우자를 따라온 사람도 없었고, 아이들도 찾아볼 수 없었다.

눈치 빠른 관찰자라면 앞서 열거한 직원 중에 순수과학에 관련된 인물이 없다는 사실을 알아차릴 것이다. 이는 계획적이었다. 자라 기업의 인가서는 탐사 및 개발용이었다. 회사는 그 둘 중에서 가능하면 두 번째에 집중하는 쪽을 선호했다. 탐사는 대개의 경우 불운한 계약직 측량업자들에게 맡기고, 회사는 그들이 쓸모 있는 것을 발견하든 못 하든 상관없이 이익을 냈다. 이런 종류의 탐사에 숙련된 과학자는 필요하지 않았다. 그저 음파 폭탄을 설치하고 표본을 채취한 다음 데이터를 전문화된 기계에 넣을 사람들만 있으면 그만이었고, 과학 면에서 힘든 부분은 그들이 다 알아서 했다. 개발에는 실험실 사람이 아니라 기술자와 과학기술의 전문 지식을 갖춘 다른 일꾼들이 필요했다.

그럼에도 자라 기업은 자라 XXⅢ에 과학자 세 명을 배치했는데, 이는 무엇보다도 환경보호국의 탐사 개발 인가 요건을 만족시키기 위해서였다. 이들은 지질학자 한 명, 생물학자 한 명, 그리고 원래는 우라이에 파견되어야 했으나 관료 체계의 혼란 때문에 자라 XXⅢ에 오게 되어 절망에 빠진 외계언어학자 한 명이었다. 외계언어학자는 서류 문제가 해결될 때까지 이곳에 남아야 했는데, 그 서류 작업은 지금까지 꼬박 2년을 잡아먹었고 해결이 날 기미가 보이지 않았다. 월급은 받지만 쓸모가 없는 문제의 외계언어학자는 탐정소설을 읽고 술을 마시면서 시간을 보냈다.

잭 할로웨이는 억지로 참여한 자라 기업 행사에서 한번 그 외계언어학자를 만난 적이 있었다. 그는 술에 취한 그 남자에게 우라이 언어의 다양한 분파에 존재하는 음운 체계의 복잡성과 우라이의 세 가지 보조어가 어떻게 서로에게 영향을 미쳤는가에 대하여 필요 이상으로 많은 것을 배웠다. 그는 그날 행사에 같이 간 데이트 상대에게 그런 이야기를 한 시간이나 들어야 했으니 제대로 보상해주는 편이 좋을 거라고 했다. 그녀는 그렇게 했다. 그녀는 생물학자였다.

그리고 지금 할로웨이가 바라보고 있는 사람이기도 했다.

이자벨 왕가이는 할로웨이를 보지 않았다. 이자벨은 인포패널을 들여다보면서 사무실 건물에서 걸어 나왔고, 할로웨이는 개줄을 맨 칼과 함께 길 건너편에 서 있었다. 칼은 이자벨을 보고 바로 미친 듯이 꼬리를 치기 시작했다. 할로웨이는 거리 양쪽을 확인했다. 걸어 다니는 사람들밖에 없었다. 개줄을 풀어주자 칼은 길을 건너 이자벨에게 뛰어갔다.

이자벨은 개가 뛰어들어 잠시 어리둥절한 듯했지만, 칼을 알아보자 기쁨의 소리를 지르고 무릎을 꿇어서 개과 동물의 얼굴 핥기 하루 권장량을 수여받았다. 이자벨은 할로웨이가 다가가는 동안 장난스럽게 칼의 귀를 잡아당기고 있었다.

"칼이 당신을 봐서 기뻐하는군."

할로웨이가 말했다.

"나도 칼을 봐서 기뻐."

이자벨은 그렇게 말하고 개의 코에 입을 맞췄다.

"날 보는 건 어때?"

할로웨이가 물었다.

이자벨은 할로웨이를 올려다보고 특유의 미소를 지었다.

"물론 반갑지. 당신을 보지 않고 어떻게 칼을 만나겠어?"

"멋지군. 그렇다면 난 당장 개를 데리고 가겠어."

이자벨은 웃음을 터뜨리더니 일어서서 할로웨이의 뺨에 다정하고 가볍게 입을 맞췄다.

"자. 좀 낫지?"

"고마워."

"별말씀을."

이자벨은 개에게 돌아서더니 박수를 치고 두 손을 내밀었다. 칼이 펄쩍 뛰어올라서 그 손에 앞발을 올리고 양손 악수를 했다.

"이유가 있어서 온 거야, 아니면 그냥 나한테 칼을 보여주려고 600킬로미터를 날아온 거야?"

"채드 본과 볼일이 있어."

"그거 재미있겠네."

이자벨은 할로웨이를 흘긋 돌아보고 말했다.

"당신들 둘은 아직도 서로 적대하는 사이야?"

"이젠 아주 잘 지내."

"아하. 당신이 하는 거짓말을 물리도록 들었더니 지금 거짓말한다는 것쯤은 알겠거든, 잭."

"그러면 다른 방식으로 표현하지."

할로웨이는 그렇게 말하고 가져온 태양석을 꺼냈다.

"최근 본에게 나와 잘 지낼 이유를 만들어줬어."

이자벨은 태양석을 보더니 칼을 악수 자세에서 풀어주고 할로웨이에게 손을 내밀었다. 그는 그 손에 돌을 올려놓았다. 이자벨이 돌을 태양 빛 속에 들어 올리자 돌 안의 결정체가 반짝였다.

"크네."

이자벨은 한참 만에 말했다.

"제일 큰 건 아니야."

"흐으음."

이자벨은 돌을 다시 한 번 자세히 보더니 손에 쥐고 할로웨이를 돌아보았다.

"결국 홈런을 쳤구나."

"그런 것 같아. 음향 이미지에 백 미터 너비의 태양석 층이 잡혔는데,

영상 바깥까지 뻗어나가 있더라고. 두께가 4미터가 넘는 부분도 있어. 태양석의 주맥을 발견한 걸지도 몰라."

"흠, 그렇다면 축하해, 잭. 당신이 언제나 원하던 일이잖아."

이자벨은 그렇게 말하고 이제 손안에서 희미하게 빛나고 있는 돌을 돌려주려고 했다.

"당신 가져. 선물이야. 사과의 뜻으로."

할로웨이의 말에 이자벨은 한쪽 눈썹을 슬쩍 올렸다.

"사과라. 그렇단 말이지. 그래서 뭘 사과하는 건데?"

이자벨이 묻자 잭은 불편한 기색으로 말했다.

"알잖아. 전부 다."

"그렇겠지."

"내가 망쳤다는 거 인정해."

"어떻게 망쳤는지는 말을 못 하고 말이지. 사실 어떤 사과에서든 중요한 부분은 그거야, 잭."

잭은 태양석을 가리켰다.

"큰 돌이잖아."

이자벨은 작게 웃고 그에게 돌을 다시 내밀었다. 할로웨이는 마지못해 돌을 받았다.

"엄청난 가치가 있는 돌이야. 하다못해 팔 수라도 있잖아."

"그리고 회사 매점에서 신나게 써대라고?"

"아니면 그 건물 다른 곳에서라도."

"내 생각은 달라. 어느 쪽이든 마찬가지야. 어쨌든 내가 돈에 움직이는 사람이었다면 생물학자가 되지 않고 당신이 하는 일을 했겠지."

"아프군."

할로웨이가 그렇게 말하자 이자벨이 말했다.

"미안해. 아름다운 태양석이야. 그리고 사과하려는 시도에 대해서는 정말 고맙게 생각해. 다만 나에게는 맞지 않는 것 같아."

"사과가, 아니면 돌이?"

할로웨이가 물었다.

"둘 다. 난 당신이 제대로 말할 수 있게 되었을 때 그보다 나은 사과를 받고 싶어. 그리고 당신은 내가 태양석에 대해 어떻게 생각하는지 알 텐데."

"그 해파리는 오래전에 신경 쓸 단계를 지났어."

"그럴지도 모르지. 그래도 당신이 내 이름을 따서 붙인 산에서 자라기업이 생명 가진 것은 모조리 벗겨내는 모습을 지켜보면서, 그게 이 돌이 있을지도 몰라서라는 사실을 생각하면……."

이자벨은 이제 할로웨이의 손에 들린 태양석을 가리켰다.

"매력을 못 느끼겠더라."

"태양석 때문에만 그런 건 아니야. 회사에선 돌나무도 원했거든."

이자벨은 할로웨이를 빤히 쳐다보았다.

"농담이었어."

"과연."

이자벨은 과거에 할로웨이가 두려워했고, 결국에는 그 목소리를 들으면 숨어버리기에 이른 단조로운 어조로 말했다.

"전에는 농담도 더 잘했잖아."

"당신에게 보상할 만한 다른 선물을 줄 수도 있을 것 같아."

할로웨이가 말했다.

"또 다른 돌? 고맙지만 됐어. 예전에 당신이 살아 있는 산에 내 이름을 붙였을 때는 좋았지. 그건 사려 깊은 선물이었어. 그 산이 그렇게 되다니 유감이야."

이자벨은 몸을 돌리고 허리를 굽혀서 칼의 머리에 입을 맞추더니 길을 따라 걷기 시작했다.

"다른 게 있어."

할로웨이가 말했다.

이자벨은 걸음을 멈추고 잠시 가만히 있다가 몸을 돌려 할로웨이를 마주 보았다.

"그래?"

그 말투를 들으니 이자벨이 하루 중 할로웨이에게 내줄 수 있는 시간은 다 끝난 모양이었다.

할로웨이는 주머니에서 데이터 카드를 꺼냈다.

"며칠 전 오두막집에 온 손님이 있어. 동물인데, 전에는 본 적이 없는 녀석이야. 나뿐만 아니라 아무도 본 적이 없을걸. 당신이라면 관심 있어 할지도 모른다고 생각했어."

이자벨은 저도 모르게 관심을 보였다.

"어떤 동물인데?"

"아무래도 그냥 직접 비디오를 보는 게 좋을 것 같아."

"또 도마뱀 종류라면 자라 기업에서는 거들떠도 안 볼 거야. 인간에게 유해하거나, 순수한 석유를 싼다면 모를까."

"도마뱀이 아니야."

할로웨이는 장담했다.

"그런데 당신이 뭘 연구할지도 회사에서 지시하나?"

"당연하지. 좀 더 정확히 말하면 내가 뭘 연구하지 않을지를 지시해. 불행히도 이 행성에서는 도마뱀 목록을 만들지 않으면 달리 할 일이 별로 없어. 나도 첸 같은 꼴이 될 거야."

첸은 외계언어학자였다.

할로웨이는 고갯짓으로 데이터 카드를 가리켰다.

"장담하는데 이거라면 당신도 바빠질 거야."

이자벨은 의심스러운 눈으로 카드를 보았지만 그래도 받으려고 걸어왔다.

"한번 볼게."

이자벨은 카드를 건네받으면서 말했다.

"내 시간을 버리는 일이 아니었으면 좋겠어, 잭."

"아니야. 나도 그 정도 교훈은 배웠어."

"잘됐네. 우리 관계에서 당신이 얻은 게 있다니 좋은데."

"현재 내 일상에는 별로 쓸모가 없는걸. 당신은 이제 내내 시내에 있으니 말이지."

"글쎄, 인생이라는 게 가끔 그렇지. 너무 늦게 배우고, 그러고 나면 그 배움을 써먹을 일이 없고."

이자벨은 할로웨이를 쳐다보았다.

"미안해."

할로웨이가 말했다.

"알아."

이자벨이 말했다.

"고마워, 잭."

이자벨은 할로웨이의 뺨에 다시 한 번 입을 맞췄다. 다정한 입맞춤이었지만, 그뿐이었다.

"이젠 정말로 가봐야 해. 당신 때문에 점심 약속에 늦었어."

이자벨은 칼을 다시 한 번 쓰다듬어주고 서둘러 걸어갔다.

할로웨이는 몇 분 동안 이자벨이 가는 모습을 지켜보다가 손을 뻗어 칼의 목걸이에 개줄을 다시 채웠다. 그는 칼에게 말했다.

"이만하면 그럭저럭 잘된 것 같구나."

칼은 상당히 미심쩍어 하는 표정을 지으며 그를 올려다보았다. 할로웨이가 보기엔 그랬다.

"아, 닥쳐. 다 내 잘못만은 아니었어."

할로웨이가 말했다.

칼과 할로웨이가 다시 길거리로 눈을 돌리자 이자벨이 모퉁이를 돌아 사라졌다.

6장

"늦었잖아."

본이 자라 기업 행정지사 건물 계단에서 말했다. 할로웨이는 혼자 왔다. 칼은 제비정에 다시 데려다놓고 자라랩터 뼈다귀를 준 다음 공기 순환기를 켜두었다.

"오다가 누굴 만났어."

할로웨이가 말했다.

"이자벨을 봤군. 두 사람 아직도 서로 적대하나?"

본이 말했다.

"재미있군. 이자벨도 자네에 대해 똑같은 질문을 하던데."

"그랬겠지. 이봐, 잭. 나야 대단히 눈치가 빠른 사람은 아니지만, 아무리 나라도 산에 애인 이름을 붙인 다음 그 산을 채굴해서 돌무더기로 만들어버리는 건 연애에 좋은 신호가 아니라는 정도는 알 수 있어."

"내가 자네에게 애정 생활에 대해 조언을 얻으러 오지 않는 데에는 이유가 있어."

"알아들었네. 이자벨은 새로운 사람을 만난다고 들었어."

"그건 몰랐군."

할로웨이가 말했다.

"그래, 몇 달 전에 이 행성에 새로 전근해온 관리팀 사람이야. 변호사. 사내 변호사. 자네와 내가 법정에 가게 된다면 그 친구가 자네 주장을 생선처럼 발라버리겠지."

"좋은 친구 같은데그래."

"흠, 자네도 알겠지만 다들 이자벨이 전보다 나은 물건으로 바꿨다고 생각한다네."

"우리 늦지 않았던가."

할로웨이가 화제를 바꿨다.

"늦은 건 자네지. 나야 자네가 늦을 줄 알았고. 자네는 딱 그런 식으로 적대감을 드러내는 놈이니까 말이야. 그래서 원래 와야 할 시간보다 20분 일찍 오라고 했어. 그러니 지금이 딱 제시간이지. 들어가자고."

본은 그렇게 말하고 계단을 올라갔다.

"여긴 언제나처럼 멋지군."

할로웨이는 건물 안에 들어서서 말했다. 지구의 오하이오 주 데이튼에 있는 자라투스트라 기업 본사는 지난 세기의 가장 중요한 건축 업적 중 하나였다. 한편 홍보 업무와 교묘한 술수가 전혀 필요하지 않은 행성 자라 XXⅢ에 위치한 기업 지사는 많은 비용을 들이지 않고 효율적으로 직원들을 수용하기 위해 설계된 싸고 튼튼하며 특징 없는 건물이었다.

할로웨이가 말했다.

"칸막이 방을 저렇게 해놓으니 참 좋군. 아직도 형광등을 켜는지는 몰랐는데."

본은 이 말을 무시하고, 할로웨이가 따라갈 수밖에 없게끔 계속 걸었다. 그는 할로웨이를 흘긋 돌아보고 말했다.

"이봐, 잭. 자네와 나 사이가 좋지 않은 줄은 알지만, 되도록이면 이번 회의에서는 얌전히 굴어줬으면 좋겠어."

"왜 하필 이 회의에서?"

"자네가 발견한 광층 말이야. 그게 좀 커."

"그건 나도 알아, 채드. 발견자가 나라는 건 기억하지?"

"그게 아니야."

본이 말했다. 그들은 회의실 문 앞에 도착해 있었다.

"자네는 안다고 생각하지만, 이건 자네 생각보다 훨씬 커. 그래서 이미 이 행성뿐 아니라 고향에서까지 엄청난 관심을 끌었지. 최우선 사항이 됐어."

"그게 무슨 뜻이야?"

할로웨이가 묻자 본은 말했다.

"약속해줘, 잭. 광층을 발견한 계약업자로서 자네에게는 이권이 있고, 우리는 탐사 개발 인가서에 따라 자네를 모든 의사 결정에 참여시켜야 해. 그리고 난 그렇게 할 거야. 다만 얌전히 행동한다고 약속해줘야겠어."

"안 그러면 어쩌려고?"

할로웨이는 순수한 호기심에서 물었다.

"어쩌고 자시고는 없어, 잭. 이건 이제 자네와 나 둘이서 핀으로 서로를 찔러대며 누가 먼저 비명을 지르나 겨루는 놀이가 아니야. 난 자네를 위협하는 게 아니야. 요구하는 것도 아니야. 요청하는 거지. 제발. 예의 바르게 굴어줘."

할로웨이는 잠시 동안 조용히 있다가 본에게 말했다.

"이 발견이 크단 말이지."

"그래."

"얼마나 큰데?"

"내가 자네의 담당자가 아니었다면, 내가 이 회의 근처에 올 일이라곤 샌드위치 심부름 정도밖에 없을 정도로 커."

"그게 자네가 평소에 하는 일이잖아?"

할로웨이가 물었다.

"빌어먹을, 잭. 자네 내 말을 듣고 있긴 한 건가?"

"농담이었어."

"전에는 농담도 이보다 잘했잖아."

본은 그렇게 말하고 나서 할로웨이의 얼굴에 불현듯 떠오른 미소를 알아차렸다.

"뭐야?"

"그 말을 들은 게 오늘만 두 번째야."

"잭."

"진정해, 채드. 알았어. 예의 바르게 행동할게. 약속하지."

"고마워."

"하지만 이 회의가 그만한 값을 해야 할 거야."

"흠, 두고 보자고."

본이 대꾸하더니 회의실 문을 열었다. 안에는 현지 자라 기업의 고위 경영진 전원이 모여 있었다.

"좋아, 이건 꽤 인상적이군."

할로웨이는 본에게 중얼거렸다. 본은 대답하지 않았다.

"그리고 이제 막 자라투스트라 기업의 올해 연례 보고를 훨씬 희망 차게 만들어준 분이 오셨군요."

자라 기업의 부사장이자 자라 XXIII 행성 책임자인 알란 어빈이 말했다. 그는 미소 지으며 자리에서 일어나 할로웨이와 악수를 하더니, 감정을 지나치게 담아 등을 때렸다.

"할로웨이 씨. 진심으로 환영합니다."

"고맙습니다."

"부디 앉으시죠."

어빈은 빈 의자를 가리켰다. 테이블에 빈 의자는 하나뿐이었다. 아무래도 본은 소극적으로 벽 근처에 늘어선 다른 아랫사람들과 함께 서서 회의에 참여할 모양이었다.

"여기 나머지 직원들은 잘 아시겠지요."

"네."

할로웨이는 테이블 전체를 향해 고개를 끄덕이며 말했다.

"자라 기업의 기념일 파티에 여러 번 참석했으니까요."

"물론 그러시겠죠. 그러고 보니 우리 생물학자의 팔을 잡고 있었던 모습이 기억나는군요. 워너였던가요?"

"왕가이였습니다."

"인도인?"

"케냐인입니다. 옥스퍼드를 나왔죠."

"그렇군요. 아직 만납니까?"

"아까도 봤습니다."

"멋지군요."

어빈은 그렇게 말하고 몸을 돌려 특별히 한 사람을 가리켰다.

"하지만 여기에 당신이 모르는 분이 계십니다. 할로웨이 씨, 이쪽은 휘턴 오브리 7세 되십니다. 자라 기업의 각 부처와 자산을 둘러보시다가 우연히 당신이 이번 일을 청구했을 때 이곳에 계셨지요. 아마 이름을 듣고 누군지 아시겠지요."

"그럼요. 제가 받는 모든 수표에 들어간 이름과 많이 비슷한데요."

할로웨이는 말하면서 뒤에 선 본이 긴장하는 기색을 알아차릴 수 있었다. 방금 한 발언은 무례한 행동에 상당히 가까웠다. 다행히 회의석에서는 가벼운 웃음이 퍼져나갔다.

어빈이 말했다.

"그렇지요. 그리고 머지않은 장래에 당신이 받게 될 수표에는 이분의 서명이 들어갈 겁니다."

"그날이 빨리 오지는 않기를 바라지만 말이지요."

오브리의 말투가 할로웨이의 귀에는 사실 그날이 빨리 오기를 절실히 바란다는 뜻으로 들렸다. 오브리는 의자를 돌려 할로웨이를 똑바로 보았다.

"당신 파일을 보니 듀크대에 다녔군요."

"예, 로스쿨을 나왔죠."

"난 듀크대에서 학부 과정을 다녔어요. 18년도에."

"3년 차이네요."

"듀크대 법학박사가 Ⅲ급 행성의 황무지에 떨어지는 일은 드문데 말이지요."

"말로 하자면 긴 이야깁니다."

"그렇겠지요. 보아하니 변호사 면허도 잃은 모양인데. 그런 일은 절대로 짧게 설명할 수가 없지 않습니까?"

할로웨이는 오브리를, 그 유명한 오브리 집안의 매부리코에도 불구하고 쾌활해 보이는 햇볕에 탄 이목구비를 쳐다보았다. 아마 저 코는 제 주인이 우쭐거리는 얼간이라는 이유로 맞은 적이 한 번도 없으리라.

"예, 그렇죠. 하지만 그 긴 이야기가 제가 부자가 되고 당신과 당신 집안은 지금보다 더 부자가 된다는 결말로 끝을 맺는 한에는 우리 둘 다 불평할 거리가 많지 않을 것 같군요."

그는 그렇게 말하고 오브리에게 미소를 지었다.

오브리는 잠시 후에 마주 미소를 지었다.

"확실히 그렇지요."

오브리는 경악한 얼굴로 오브리와 할로웨이의 대화를 지켜보고 있던 어빈에게 고개를 돌렸다.

"그리고 결말로 바로 건너뛸 수 있는 이야기이기도 하지요. 지금 막 우리가 얼마나 더 부자가 될지를 논하려던 참이니 말이에요."

"그렇지요."

어빈이 대답하고 자기 앞 회의석에 놓인 인포패널을 두드렸다. 어빈 바로 뒷벽이 가동되더니 발표용 슬라이드를 비추었다.

"요한, 우리가 볼 내용에 대해 직접 알려주시겠습니까."

"네."

자라 XXⅢ의 개발이사 요한 그루버가 대답하고 벽을 돌아보았다.

"할로웨이 씨가 소유권을 확립하고 최초 측량 데이터를 전송한 후, 문제의 태양석 층은 우리가 원래 추정했던 것보다 크다는 사실이 확실해졌습니다. 우리는 문제 지역에 추가 측량팀을 보내어—"

"실례합니다만?"

할로웨이가 끼어들었다. 계약직 측량업자의 땅에서 이루어지는 모든 측량 작업은 그 측량업자가 직접 진행하거나 감독을 맡아야 했다. 다른 방식으로 측량을 하면 소유권을 잃거나 원래의 소유권에서 유래한 후속 발견의 이득을 잃을 위험이 있었다.

"저는 그런 사실을 미리 알지 못했는데요."

"긴급 상황이었습니다."

자라 XXⅢ의 자라 기업 법무팀장 재니스 마이어가 말했다.

"계약서를 보시면 명시된 긴급 상황에서는 자라 기업이 계약인의 영역에서 신속한 정보 수집이나 자원 채집을 수행할 수 있다는 내용이 나와 있을 겁니다."

"그 긴급 상황이 뭡니까?"

할로웨이가 물었다.

"납니다."

오브리가 말했다.

"중요한 발견이다 보니 내가 직접 회장님과 이사회에 보고했으면 싶더군요. 그런데 내일 자라 XXⅢ를 떠나는 일정이었기 때문에, 긴급 상황 조항을 발동시켰지요."

마이어가 일어서서 말했다.

"걱정하실 필요 없습니다, 할로웨이 씨. 긴급 상황 조항이 발동할 경우, 모든 추가 발견은 자동으로 최초 발견에 더해지며 최초 측량자가 추가 보상을 받습니다."

"어떻게요?"

할로웨이가 묻자 마이어는 어빈을 건너다보았고, 어빈은 고개를 끄덕였다.

"추가로 0.1퍼센트면 적절하지 않을까 싶군요."

"괜찮겠네요."

할로웨이가 말했다.

"0.35퍼센트 배당 축하합니다."

오브리가 자기 몫의 파이는 헤아릴 수 없을 정도로 크다는 사실을 아는 자에게서만 우러나오는 가벼운 우월감을 더하여 말했다. 그는 그 루버에게 계속하라는 손짓을 했다.

할로웨이는 별말을 하지 않으려다가 뒤늦게 아무 말도 하지 않으면 배당이 깎일 처지임을 깨달았다.

"정확히는 0.5퍼센트죠."

"뭐라고 했습니까?"

오브리가 방해받은 데 대해 짜증을 내며 말했다.

할로웨이는 본 쪽을 보았다. 본은 눈에 띄게 철렁한 얼굴이었다.

"말해."

할로웨이가 말했다.

"어……."

본이 입을 열었다가 멈추고 말했다.

"할로웨이 씨는 최근에 계약서를 수정하면서 총액의 0.4퍼센트를 배당받기로 재협상했습니다. 그러니 보너스를 더하면 0.5퍼센트가 됩니다."

그러자 오브리가 말했다.

"그렇군. 표준 자라 기업 계약서를 이렇게 갑자기 재조정한 데에는 이유가 있겠지요?"

"긴급 상황이었죠."

할로웨이가 대꾸했다.

오브리는 그 농담을 재미있어하는 것 같지 않았다.

"좋아요. 하지만 당신 보너스는 우리가 당신이 무너뜨린 절벽 청소 비용을 계산하기 전까지는 적용되지 않아요. 환경보호국에서 이미 벌금을 처리하고 있어요. 이익을 나눈다면, 경비도 나눠야지요."

'웬 쪼잔하고 시시한 얼간이람.'

할로웨이는 그렇게 생각하고 본을 다시 보았다. 본은 '나 좀 그만 괴롭혀' 하는 표정으로 그를 마주 노려보았다. 할로웨이는 그 표정을 무시하고 말했다.

"채드?"

"뭡니까?"

오브리가 날카롭게 묻더니 본에게 관심을 돌렸다.

"이 사람 계약서에서 그 조항도 삭제했나요?"

본은 눈에서 '덫에 걸린 짐승' 같은 표정을 지우려고 노력하며 한숨을 내쉬었다.

"예, 그렇습니다."

"당신은 누굽니까?"

오브리가 물었다.

"계약 대리인 채드 본입니다."

"아주 인기 좋은 대리인이겠군요, 본 씨. 계약업자들을 그렇게 후하게 대우하니 말이에요. 할로웨이 씨의 계약에 관해 우리가 알아야 할 특혜가 더 있나요? 뒤에 숨겨진 추가 사항이라든가? 매춘굴에서 공짜로 밤을 보내게 해준다거나? 혹시 할로웨이 씨가 시내에 들어올 때마다 직접 제비정을 세차해줘야 하는 건 아닌가요?"

"아닙니다. 이게 다입니다."

본이 대답하자 오브리가 말했다.

"부디 그랬으면 좋겠군요. 당신 상사가 누굽니까?"

"접니다."

인력담당이사인 빈센트 다보가 손을 들었다.

"이 회의가 끝나면 우리 둘이 이야기를 좀 해야겠군요."

"네, 알겠습니다."

다보가 대답하고 본과 할로웨이 양쪽을 독살스러운 눈빛으로 쏘아보았다.

"계약 문제를 두고 몇 분을 허비했으니, 많이 곤란하지 않다면 이만 이 회의의 실제 요점으로 돌아갑시다."

오브리가 말했다. 흠칫 놀란 그루버가 목청을 가다듬고 설명을 재개했다.

할로웨이가 본을 다시 보니 얼굴이 창백했다.

'미안해.'

할로웨이는 입모양만으로 조용히 말했다. 본은 그를 무시하기로 작심한 모양이었다.

할로웨이는 벽면에 뜬 슬라이드에 관심을 돌렸다. 그리고 추가 측량의 방법론을 설명하는 데 그치지 않고 측량인들이 경계를 게을리 하다가는 거대한 포식동물에게 잡아먹힐 수도 있는 정글 바닥 같은 장소에서 추가 측량 작업을 벌이는 어려움에 대해 웅얼거리는 그루버의 목소리에 주의를 기울였다.

"다시 말해서, 저희 측량팀은 아직 광층의 규모를 측정하는 중입니다. 그러나 지금까지 나온 데이터만으로도 주목할 수밖에 없습니다. 다음 슬라이드를 보시면 분명해질 겁니다."

영상이 깜박이며 다음 슬라이드로 넘어갔고, 측면과 상공에서 본 지형도를 보여주었다. 두 지도 모두 광층을 녹색으로 표시했다.

"이런 말도 안 되는……."

할로웨이가 말했다. 그가 절벽에서 발견한 거대한 광층은 사실은 지류 하나에 불과했다. 이 지류는 구불구불 절벽 밖으로 이어지더니 강물이 흘려놓은 충적토 흔적처럼 가지를 뻗어서 바위로 이루어진 넓은 강에 합쳐졌고, 그 강은 절벽 북쪽으로 몇 킬로미터나 뻗어나가다가 이자벨 산에서 1킬로미터 남쪽까지 가서야 겨우 줄어들었다. 할로웨이는 광층의 너비와 폭을 보고 도대체 얼마만 한 가치가 있을까 계산해보려 했다. 그의 두뇌는 그 숫자를 따라잡지 못했다.

따라잡지 못하는 사람이 할로웨이 혼자는 아닌 모양이었다.

"이 광층이 우리에게 얼마만 한 가치가 있지요?"

오브리가 물었다.

"광층의 태양석 밀도에 따라 다릅니다. 여기 할로웨이 씨가 캐낸 조각은 이례적으로 조밀해 보였습니다만, 우리가 견본으로 삼기 위해서는 이전의 발굴 데이터에 기초한 표준 태양석 밀도를 적용하는 편이 현명하리라 생각합니다."

그루버가 대답하자 오브리는 퉁명스럽게 말했다.

"좋아. 숫자를 대봐요."

"8000억에서 1.2조 크레디트 사이입니다."

그 숫자의 어마어마함이 좌중에 스며드는 데 잠시 시간이 걸렸다. 회의석에 앉은 누군가가 낮게 휘파람을 불었다. 할로웨이는 그 소리가 자기 입에서 나오지 않았다고 확신했다.

"1조 크레디트짜리 광층이라."

오브리가 마침내 말했다.

"그렇습니다. 광층 전체를 발굴할 수 있다면 말입니다."

그루버의 말에 오브리는 코웃음을 쳤다.

"맙소사. 여기엔 이 회사가 지난 60년간 올린 수익보다 더 큰 가치가 있어요. 정말로 우리가 다 파내지 않으리라 생각합니까?"

"아닙니다. 하지만 현실적인 문제와 환경문제들이—"

"우리가 어떻게든 풀어낼 문제들이지요."

오브리는 그루버의 말을 끊었다.

"네, 그렇지요."

그루버는 계속 밀고 나갔다.

"그렇다 해도 도전이 될 겁니다. 저지대 정글에 있는 주 광맥에 접근하는 부분은 특히 그렇습니다. 채굴과 삼림 파괴에 대한 환경보호국의 규제에 정통으로 맞닥뜨릴 도전이기도 합니다."

"환경보호국의 규제라 해도 비집고 들어갈 구멍이 있을 텐데요."

오브리가 말하자 그루버도 동의했다.

"그렇습니다. 하지만 아버님의 지시에 따라, 저희는 환경보호국의 규제에 따라야 합니다."

"그래요, 물론이지."

오브리는 아까 아버지의 건강이 오래 지속되어야 바람직하다는 말을 하면서 썼던 말투로 그렇게 말했다. 할로웨이는 혹시 누가 이 부분에 대한 걱정을 드러내는지 보려고 회의석을 둘러보았다. 자라 기업 경영진들의 얼굴은 아주 조심스러운 무표정을 띠고 있었다. 할로웨이는 저도 모르게 히죽 웃고 말았다.

오브리가 회의석을 둘러보았다.

"여러분, 이 점은 확실하게 해두고 싶군요. 이 태양석 층은 자라투스트라 기업에 엄청난 이익을 가져올 수 있어요. 여러분에게 우리 회사가 탐사 개발 경제 분야에서 점한 탁월한 위치가 개척연맹 당국이 증가시킨 규제 간섭과 다른 탐사 개발 회사들 양쪽으로부터 공격받고 있음을 상기시켜줄 필요는 없겠지요. 특히 블루스카이 사는 작년에 사상 처음으로 우리 수익을 능가하기도 했습니다. 이 태양석 층을 완전히 개발한다면 자라 기업은 향후 수십 년간 난공불락의 수익을 점할 수 있습니다. 수십 년입니다. 그러니 우린 이 광층을 완전히 개발할 겁니다.

따라서 여러분, 이 광층의 발굴은 이제 여러분의 행성 조직에서 최우선 과제입니다. 여러분은 자신이 속한 조직을 샅샅이 조사하여 즉시 가용한 자원이 무엇인지, 그 후에 움직일 수 있는 자원은 무엇인지 알아내야 합니다. 나는 이 행성에 남아서 직접 이런 노력을 감독하기로 결정했어요. 한 달 안에 이 광층을 파내는 데 착수하지 않는다면— 그것도 진지하고 집중적인 방식으로 개발하지 않는다면 다들 새로운 직장을 찾아 나서게 될 겁니다. 나 개인적으로는 여러분이 절대 새로운 직장을 찾지 못하도록 할 테고 말입니다. 알아들었습니까?"

아무도 아무 말도 하지 않았다. 휘턴 오브리 7세는 자라투스트라 기업에서 공식적인 경영진의 직함을 가지고 있지 않았지만, 휘턴 오브리 6세도 회장이자 최고경영자가 되기 전에 그랬고 그 아버지도 그랬다. 오브리 7세가 다음 왕위에 오르지 않으리라는 환상을 품은 사람은 없었다. 오브리 7세가 실제로 그들과 그들의 경력을 똥구덩이 속에 처박아버리지는 못하리라는 환상을 품은 사람도 없었다.

"좋아요. 그럼 그렇게 합시다."

오브리는 그렇게 말하고 씩 웃으며 탁자를 때렸다.

"젠장! 정말 좋은 소식이야."

그는 다시 한 번 할로웨이를 쳐다보았다.

"이젠 정말로 당신이 변호사 면허를 잃어서 기쁘군요, 할로웨이."

"고맙습니다."

할로웨이는 건조하게 대답했다.

7장

할로웨이는 누가 코를 쿡 찌르는 느낌 때문에 깼다.

그는 눈을 뜨지 않고 얼굴 앞에 손사래를 쳤다.

"그만해, 칼."

그는 바로 다시 잠들었다.

쿡.

할로웨이는 툴툴거리면서 침대에서 돌아누워 기분 나쁘게 코를 찔러대는 개를 피했다.

쿡.

이번에는 뒤통수를 찔렀다. 할로웨이는 투덜거리면서 칼을 한 대 때리려고 했지만 허공에 팔만 휘젓고 말았다.

쿡.

이번에는 머리를 찌르는 느낌과 거의 동시에 한 가지 생각이 할로웨이의 두뇌를 감싼 흐릿한 솜을 뚫고 들어왔다.

'얼굴 핥기 전문인 칼이 언제부터 사람을 찌르게 됐지?'

그리고 일이 분이 지나서야 그 생각에 함축된 의미가 스며들었다.

그 순간 할로웨이는 큰 소리를 지르며 침대에서 붕 떴다가, 침대와 오두막집 벽 사이 공간으로 떨어졌다. 아직 침대 위에 남아 있는 몸 절반이 지렛대 역할을 하면서 기울어진 침대가 할로웨이를 후려쳤다. 날아오른 베개가 아니었으면 이마에 제대로 상처를 입었을 것이다.

고양이 생물은 침대가 있던 자리 옆에 서서 이 모든 전개를 흥미롭게 지켜보았다. 아수라장이 정리되자 녀석은 할로웨이를 쳐다보며 눈을 깜박였다.

"맙소사! 어떻게 들어온 거냐?"

할로웨이는 고양이 생물에게 말했다.

어떻게 들어온 걸까? 할로웨이는 침대가 있어야 할 자리 위에 난 창문을 올려다보았다. 오두막집의 다른 모든 창문과 마찬가지로 꽉 닫혀 있었다. 문도 잘 닫혀 있었다. 이 보송보송한 작은 녀석이 들어올 방법은 달리 없었다. 만약……

"칼!"

할로웨이는 소리를 지르며 침실 밖을 내다보았다.

칼이 책상 옆으로 머리를 내밀고 '아유 이런, 눈을 마주치면 안 되겠는데' 하는 표정을 지었다.

"네가 이 녀석을 들여보냈지? 네가 개문으로 가서 이 녀석이 걸어 들어오게 해준 거야. 인정해."

칼은 미안하다는 듯이 꼬리를 탁탁 치더니 숨어버렸다.

"믿을 수가 없군."

할로웨이는 그렇게 말하고 고양이 생물을 다시 내려다보았다. 녀석은 제 주위에서 전개되는 홈드라마에는 아랑곳 않는 얼굴이었다.

핑 소리가 났다. 할로웨이는 혼란스러운 침실을 둘러보다가 작은 협탁 옆 바닥에 놓인 인포패널을 발견했다. 잠들기 전에 인포패널로 측량 보고서를 읽었는데, 지금 누군가가 그 패널로 호출을 하고 있었다. 할로웨이는 인포패널을 집어 들고 가볍게 쳐서 음성 기능만 살렸다.

"뭐야?"

"잭? 미안해. 내가 깨웠어?"

이자벨이었다.

"일어나 있었어."

할로웨이는 고양이 생물을 보면서 말했다.

"잭, 당신이 준 비디오 말인데. 그거 진짜야?"

"뭐?"

"이거 당신이 찍은 비디오 맞느냐고. 네트워크 어딘가에서 찾아낸 게 아니고……."

"내가 찍은 거 맞아. 내 오두막집은 알아볼 텐데, 이자벨."

"알아, 미안해. 그냥…… 음. 잭. 비디오에 찍힌 생물의 정체가 뭐든, 전에는 아무도 그런 생물을 본 적이 없어."

"그럴 줄 알았어."

할로웨이가 말했다. 이쯤에서 할로웨이를 지켜보는 데 싫증이 난 고양이 생물은 제 집처럼 오두막집 안을 걸어 다니기 시작했다.

이자벨이 말을 이었다.

"기록에도 그런 건 없어. 그 사실에 별 의미가 없다는 점은 인정해. 자라 기업은 탐사 개발 인가서에서 요구하는 최소한의 조사 이상을 한 적이 없고, 그나마도 지성체 탐지에만 초점을 맞추니까 말이야.”

“으응.”

고양이 생물은 칼 쪽으로 가더니 칼의 코에 손을 올리고 쓰다듬었다. 칼은 꼬리를 치다가 죄지은 눈빛으로 할로웨이를 보았다.

“그래, 이 배신자야.”

할로웨이가 말했다.

“뭐라고?”

이자벨이 말했다.

“미안해. 칼에게 한 소리야.”

할로웨이가 말하자 이자벨은 계속해서 말했다.

“내 말은 기록에도 이런 생물이 존재한다는 증거가 없다는 거야. 포유류 비슷한 생물 몇 종류의 자료는 있어. 기본적으로는 설치류고, 이 행성에서 날아다니는 생물 중 하나는 거의 포유류에 가깝지. 하지만 이 생물과 조금이라도 비슷한 건 없어. 이 생물은 얼마나 크지, 잭?”

할로웨이는 부엌 공간까지 가버린 녀석을 보고 말했다.

“고양이 정도 크기일 거야. 큰 고양이. 메인 쿤 고양이 정도. 그 고양이가 뒷다리만으로 일어선다면.”

“그러니까 주로 이족보행이었다는 거구나. 당신이 관찰한 바로는 말이야.”

고양이 생물은 부엌 구석 탁자 옆에 놓인 의자를 기어오르고 있었다.

“그렇다고 할 수 있지.”

“그것도 이례적이야. 이 행성에서 포유류와 비슷한 다른 생물들은 모두 사족보행이거든. 날아다니는 생물만 빼고. 그 생물이 손을 쓰는 걸

봤어? 의미 있는 손재주를 보여줬어?"

문제의 고양이 생물은 이제 의자에 서서 부엌 카운터를 향해 몸을 날리더니, 카운터 가장자리를 잡고 솜씨 좋게 몸을 끌어 올렸다.

"몇 가지."

할로웨이가 대답했다.

"당신 이 생명체가 얼마나 특이한지 알아, 잭?"

이자벨이 말했다.

"알아가는 중이야."

할로웨이가 말했다. 고양이 생물은 이제 목적지에 도착했는데, 할로웨이가 과일을 보관해두는 종 모양의 플라스틱 뚜껑 앞이었다. 할로웨이는 침실용 공간에서 몸을 일으켜 부엌으로 걸어갔다.

"어쨌든 당신은 이 일로 상당히 흥분한 것 같군."

"맞아. 파충류가 절대다수인 생태계에서 이렇게 새롭고 큰 포유류라니 중대한 발견이야. 정말 중대한 발견이지. 그렇게 자주 일어나는 일이 아니야."

"당신도 결국 홈런을 쳤군."

할로웨이는 일부러 지난번에 만났을 때 이자벨이 썼던 표현을 그대로 썼다. 그는 부엌에 도착했다. 고양이 생물은 그를 쳐다보고 과일을 덮어놓은 뚜껑을 보았다. 마치 '저것 좀 열어줄래요'라고 말하는 듯했다.

"아니야."

이자벨이 말했다. 할로웨이가 일부러 그렇게 표현했다는 사실은 깨닫지 못한 모양이었다.

"나쁜 뜻은 없지만 잭, 당신의 감시 카메라 영상은 쉽게 조작할 수 있어."

"조작하지 않았어."

잭 할로웨이는 그렇게 말하고 뚜껑을 열었다.

"당신이 조작하지 않은 건 알아. 내가 하려는 말은 그게 아니야. 내 말뜻은 이 비디오를 증거물로 쓸 수 없다는 거야. 영상은 조작하거나 바꾸기가 너무 쉬워. 이건 보안 등급 녹화가 아니야. 이걸 증거물로 내밀었다가는 웃음거리가 될 거야."

고양이 생물은 과일 접시에 손을 뻗어 양손으로 빈디를 들어 올렸다.

"그래서 무슨 말을 하려는 건데?"

할로웨이가 물었다.

"잭, 그 생명체가 아직 근처에 있을까? 가까운 곳에 말이야."

고양이 생물은 빈디를 들고 할로웨이에게 걸어와서 그 앞에 내려놓았다.

"그럴걸."

할로웨이가 말했다.

"내가 가보고 싶어."

이자벨이 말했다.

"뭐라고?"

할로웨이가 말했다. 그는 방금 들은 말 때문에 겨우 고양이 생물에게서 완전히 관심을 돌렸다.

"방금 당신이 정말로 여기 오고 싶다고 말하는 소리를 들은 것 같은데."

"맞아."

"당신이. 여기에. 내 근처에?"

이자벨은 한숨을 내쉬었다.

"잭……."

이자벨이 입을 열자 할로웨이는 말했다.

"잠깐, 그 부분은 취소하지. 내 근처가 아니라 나와 함께야. 같이 있어야 할 테니까. 랩터들과 더불어 야영을 할 작정이 아니라면."

"그렇게 즐거워, 잭?"

"아마도."

고양이 생물이 할로웨이의 옆구리를 찔러서 관심을 끌었다. 할로웨이는 그쪽을 보았다.

'왜?'

그는 입 모양으로만 조용히 물었다.

고양이 생물은 빈디를 들어 올렸다가 다시 내려놓더니, 조바심이 드러나는 표정으로 할로웨이를 쳐다보았다. 할로웨이는 문득 지난번에 녀석에게 빈디를 주었을 때는 잘라줬다는 사실을 떠올렸다. 녀석은 그가 과일을 잘라주기를 기다리고 있었다.

"정말이지 요구도 많구나."

할로웨이는 그렇게 말하고 과도를 꺼내려 서랍 속에 손을 넣었다.

"난 당신이 날 돕고 싶어 할지도 모른다고 생각했어, 잭. 애초에 그 비디오를 준 사람이 당신이니까 말이야."

이자벨이 말했다.

할로웨이는 방금 얘기를 이자벨이 자기에게 한 말이라고 생각했음을 깨달았다.

"미안해. 그런 뜻으로 한 말이 아니야."

그는 인포패널을 내려놓고 빈디에 손을 뻗었다.

"이봐, 잭. 나도 우리가 좋지 않게 끝났다는 거 알고, 그 문제로 당신이 아직 나에게 마음 상해 있는 것도 알아. 그리고 끝에 가서는 내가 도움이 되지 않았다는 점도 인정해. 하지만 난 우리가 친구로 지낼 만큼은 그 일을 극복했다고 생각해. '사람들 앞에서만 깍듯한' 종류의 친구가 아니라 실제 친구 말이야. 그렇지? 그러니 친구로서 이 일에서 날 도와달라고 부탁하는 거야."

"친구로서라."

잭은 빈디를 네 조각으로 잘라서 고양이 생물에게 한 조각을 주고, 나머지는 카운터 위에 내려놓은 채 싱크대에서 손을 씻었다. 고양이 생물은 그 모습을 보더니 수도꼭지에 마음을 빼앗긴 모양이었다.

이자벨이 말을 이었다.

"무리한 부탁이 아니라면 말이야. 이건 정말 중요한 발견이 될지 몰라. 그리고 조금 덜 중요하다고 해도 나에게는 좋은 일이 될 수 있어. 그런 사실이 아직 당신에게 의미가 있다고 생각하고 싶어."

이자벨이 말하는 동안 할로웨이는 찬장에 손을 뻗어서 작은 그릇을 하나 꺼낸 다음 싱크대에서 물을 채웠다. 고양이 생물에게 물그릇을 내밀자, 녀석은 웅크려 앉더니 고양이나 개처럼 혀로 핥지 않고 사람처럼 입술을 오므려서 물을 마셨다.

"흠, 확실히 흥미로운 생물이긴 해."

할로웨이가 말했다.

"그러니까."

이자벨이 말했다.

할로웨이는 다시 인포패널에 관심을 돌렸다.

"물론 와도 좋아, 이자벨. 당신을 보면 좋겠어. 당신을 어디에 둘지는 잘 모르겠지만, 그래도 보면 좋을 거야."

"고마워, 잭. 걱정하지 마. 내가 거기 있는 줄도 모를 거야."

할로웨이는 피식 웃으며 혼자 생각했다.

'설마 그럴 리가.'

그는 고양이 생물 쪽을 다시 보았다. 녀석은 물을 다 마신 참이었다. 할로웨이는 그 녀석이 과일을 먹을 줄 알았지만, 녀석은 두 번째 빈디 조각을 집어 들더니 첫 번째 조각과 같이 옆구리에 꼈다. 그러더니 주저앉아서 다리와 발의 움직임으로 보송보송한 엉덩이를 부엌 카운터 가장자리까지 끌고 간 다음 폴짝 뛰어내렸다. 바닥에 착지하면서 빈디 한 조각이 떨어졌다. 고양이 생물은 빈디 조각을 다시 주워 들고 문을 향해 걷기 시작했다.

"언제가 좋겠어?"

이자벨이 물었다.

"뭐?"

할로웨이는 고양이 생물에게 정신이 팔려 있었다.

"내가 언제 나타나면 좋겠냐고. 당신 일정을 방해하고 싶진 않아."

이자벨이 말했다.

"당신은 언제가 좋은데?"

할로웨이가 물었다. 이제 고양이 생물은 문까지 가는 여정을 마치고, 누군가가 열어주기를 기다리는 사람처럼 그 옆에 서 있었다. 고양이 생물이 기침을 했다. 할로웨이가 인포패널을 집어 들고 문으로 가려고 했지만, 책상 옆에 앉아 있던 칼이 일어섰다.

"솔직히 말하면 오늘 오후에 가고 싶어. 하지만 먼저 여기에서 처리할 일이 있어."

이자벨이 대답했다.

"최근에 하는 일이 없다고 하지 않았어?"

할로웨이가 말했다. 칼이 걸어가서 개 전용문을 통과했다. 칼이 문으로 들어가자 고양이 생물이 칼의 몸 아래로 미끄러져 들어가서 밖으로 나가고, 칼의 뒷다리가 마저 따라 나갔다.

이자벨이 말했다.

"없었지. 그러다가 누군가가 거대한 태양석 매장층을 발견했고, 난 시간 외 근무를 해서라도 그에 따른 생물학적인 충격에 대한 보고서를 준비하라는 말을 들었어."

"미안해."

할로웨이는 문 쪽으로 걸어갔다.

"미안해야 마땅해. 생물학적, 생태학적인 충격이 엄청날 테니까. 여기 개발 사무소에서 환경보호국에 생태보호 예외 요청을 제출했어. 이 사람들은 최대한 빨리 그 광층을 파헤치고 싶어 해. 그러면 엄청난 난장판이 벌어질 텐데, 나보고 그런 사태를 승인하라는 거야."

"승인할 거야?"

할로웨이가 물었다.

"선택지가 별로 없어 보여. 회사에서 개발하고 싶어 하는 지역의 정글 식물과 동물군은 중요하지도 특이하지도 않아. 내가 그 지역에서 수행한 생물군 검사와 로봇 활용 표본에서는 이례적인 종이 나타나지 않았거든. 자라 기업으로서는 작업이 끝난 후에 새로 심거나 다른 정글 지역에서 다시 옮겨올 수 없는 생물은 하나도 파괴하지 않는다고 말할 수 있어. 그래도 그 지역에 엄청난 피해를 입히리라는 점은 무시하고 말이야."

할로웨이는 오두막집 문을 통과하여 밖으로 걸어 나갔다. 칼은 문 근처에 앉아서 느릿느릿 꼬리를 치고 있었다. 할로웨이는 다가가서 칼의 머리를 쓰다듬었다. 고양이 생물은 지난번에 떠났던 못나무 쪽에 가 있었다.

이자벨이 말을 이었다.

"어쨌든 생태보호 예외 요청을 제출했다는 건 시간 외 일을 해야 한다는 뜻이야. 최대한 빨리 끝내겠지만, 적어도 사흘 동안은 빠져나갈 수 없을 거야. 나흘이 걸릴 수도 있고."

"난 나흘 후도 괜찮아."

할로웨이가 말했다.

"좋아. 그럼 그때 봐. 그때까지 중요한 생물학적 발견을 더 하지는 말고. 알았지?"

고양이 생물이 못나무 안을 올려다보고 입을 열었다. 그리고 문가에서 냈던 것과 비슷하게 작은 기침 소리를 냈다. 못나무 잎이 가볍게 흔들리더니 잎사귀 사이로 작고, 털이 보송보송하고, 고양이처럼 생긴 형체 네 개가 나타났다. 그들은 고양이 생물을 내려다보고 천천히 나무에서 내려오기 시작했다.

"장담은 못 하겠는데."

할로웨이가 말했다.

"당신은 언제나 까다로웠지."

이자벨이 말했다.

"당신이 그 점을 좋아하는 줄 알았는데."

"설마."

"그런 말은 진작 해줄 수도 있었잖아."

"분명히 했을걸."

"아. 미안해."

이쯤 해서 새로 나타난 고양이 생물 중 첫 번째가 할로웨이가 아는 고양이 생물 옆까지 내려왔다. 두 짐승이 부드럽게 이마를 부딪치는 것 같더니, 할로웨이의 고양이 생물이 빈디 한 조각을 집어 들고 반으로 쪼개어 새로 온 고양이 생물에게 내밀었다. 마저 내려온 다른 녀석들에게도 똑같이 했다. 곧 새로운 고양이 생물들 모두가 만족스럽게 과일을 씹었다.

"나한테 정말 잘해주고 있으니 이번에는 용서할게."

이자벨이 말했다.

"고마워."

할로웨이가 말했다.

"그쪽으로 출발할 준비가 되면 전화할게."

"좋아."

"시내에 왔을 때 보급품을 산 건 알지만, 혹시 더 필요한 물건 있어? 사는 걸 깜박 잊었다거나?"

이즈음 새로 온 고양이 생물들은 과일을 다 먹어치우고 호기심 어린 눈으로 할로웨이와 칼을 쳐다보고 있었다. 칼은 새로 도착한 이들에게 맹렬히 꼬리를 흔들었다.

'배신자.'

할로웨이는 다시 한 번 생각했다. 칼의 독심술 능력은 지금 작동하지 않는 모양이었다.

"빈디가 더 있었으면 좋겠는데."

할로웨이가 말했다.

"좋아. 얼마나 가져가면 되는데?"

"글쎄, 모르겠네."

할로웨이는 새로운 손님들을 보면서 말했다.

"많이 가져오는 편이 좋겠어."

8장

그들은 털이 보송보송했고 가족처럼 보였다. 그래서 더 나은 표현을 찾지 못한 할로웨이는 이 다섯 손님을 '보송이 가족'이라고 불렀다. 이후 며칠 동안 그는 그들을 잘 알게 되었는데, 보송이들이 그 집에 들어오기로 결정한 까닭이었다. 그들은 다 해서 다섯이었고, 할로웨이는 각자 하는 일과 서로에게 반응하는 방식에 따라 이름을 붙였다.

맨 처음에 왔던 손님은 '아빠 보송이'였는데, 식량 찾기와 탐색에 앞장서고 나머지 가족에게 나무에서 내려와서 인간과 개를 만나도 좋다는 '경보 해제'를 내린 것으로 보아 이 작은 집단의 지도자임이 분명했다.

이자벨이 와 있었다면, 아빠 보송이가 수컷이라는 가정부터 시작해서 할로웨이의 가부장적인 추정들에 대해 부드럽게 꾸짖었으리라. 할로웨이 스스로도 아빠 보송이가 암컷이거나 아니면 아예 다른 무엇일 수 있다는 점을 인정했다. 모든 생태계나 생물 형태가 인간과 똑같은 성별 구분을 따라가지는 않았다. 젠장, 여기는 지구도 아니었다. 할로웨이는 이자벨이 해마에 대해 강의해준 내용을 기억했다. 암컷 해마가 수컷 해마의 '육아낭'에 알을 낳으면, 그 후에는 수컷이 수정을 시키고 새끼가 태어날 때까지 품고 다닌다는 내용이었다.

나름대로 유익한 강의였지만, 근본적으로 할로웨이는 해마니 육아낭이니 기타 등등에 별로 관심이 없었다. 관심이 있는 척했던 것은 아직 이자벨과 사귄 지 얼마 안 되었을 때였고, 강의가 끝나면 자습 시간이 있을지도 모른다고 생각했기 때문이었다. 결국에는 이자벨도 그의 '사실 난 관심 없어' 표정을 알아보았다. 관계 초기에 문제가 된 부분 중 하나였고, 결코 만족스러운 해결책을 찾지 못했다. 할로웨이는 그것이 지금 혼자가 된 이유라고 생각했다.

정확히는 혼자가 아니라 개 한 마리와 지금 그가 싫든 좋든 사회적인 성별과 역할을 부여하고 있는 작은 생물 다섯 마리와 함께지만 말이다. 할로웨이는 누가 수컷이고 누가 암컷인지 확인할 방법이 있으리라 생각했지만, 그것이 자기가 할 일이라고 생각하지는 않았다. 며칠 후면 생물학자가 현장에 나타날 테니, 그때까지 기다릴 수 있었다. 그리고 그의 추측이 틀렸다면 그때 가서 마음을 바꾸면 될 일이었다. 칼만 해도 그랬다. 처음에 할로웨이는 그 개에게 숙모 이름을 따서 칼라라는 이름을 붙였는데, 누군가가 새 강아지의 배설기관에 대해 아주 상세하게 지적하는 바람에 바꿔야 했다. 칼은 할로웨이가 처음 키운 개였다. 사람들이 손가락질을 하며 비웃자 그는 그렇게 변명했다.

그래서, (우선은) 지도자이자 가장인 아빠 보송이가 있었다. 할로웨이는 아빠 보송이가 다른 보송이들과 소통하는 모습을 지켜보고 다시 한 번 그 생물의 지적 능력에 놀랐다. 아빠 보송이는 짐승치고는 지독히도 똑똑했다. 칼보다 똑똑한 것은 확실했다. 칼은 아빠에게 완전히 넘어 갔는지 이제 꼬리를 흔들면서 아빠 보송이를 따라 집 주위를 돌아다녔 다. 특정한 개만이 우두머리 개의 위치에서 기꺼이 내려올 수 있는데, 칼 이 바로 그런 개였다. 할로웨이는 칼을 붙들고 그게 얼마나 좋지 않은지 말해주었지만, 칼은 어쨌든 개였다.

할로웨이는 비슷하게 똑똑한 동물을 찾아서 머릿속을 뒤졌다. 추정 하자면 아빠 보송이는 대략 흰꼬리감기 원숭이 정도로 똑똑했다. 흰꼬 리감기 원숭이는 할로웨이가 자라 XXⅢ 행성에 처음 내려왔을 때 본 적이 있어서 쉽게 비교해볼 수 있는 동물이었다. 할로웨이의 할당 구역 바로 옆에서 일했던 다른 측량업자 샘 해밀턴이 키우는 애완동물이었는 데, 그 원숭이가 해밀턴보다 똑똑할지도 모른다는 소문이 돌았다. 소문 에 따르면 해밀턴은 별 문제 없이 문맹으로 살아온 평생을 만회하기 위 해 인포패널 안에 어린이용 독해 입문서를 넣어 다녔기 때문이다.

소문을 믿거나 말거나, 그 원숭이는 엄청나게 똑똑했고 사소한 도 둑질을 하기도 했다. 샘은 몇 번이고 사과하면서 사람들의 열쇠와 지갑 을 돌려주었는데, 그 지갑에는 측량업자들이 보급품을 사고 도박을 하 는 데 쓰는 자라 기업의 신용증 조각이 빠져 있을 때가 많았다. 가끔은 신용카드도 잔고가 가벼워져서 돌아왔다. 그 책임이 원숭이에게 있다고 믿는 사람은 없었다. 할로웨이는 언젠가 샘과 그 문제로 이야기를 나누 기도 했다.

이제는 샘도 원숭이도 없었다. 샘은 제비정을 그다지 잘 손질해두지 않았고, 회전 날개 하나가 갑자기 멈추는 바람에 정글 바닥에 예정에 없 던 험한 착륙을 해야 했다. 샘은 비상용 울타리를 구비해두는 귀찮은 짓을 하지 않았다. 근처에 있던 측량업자가 착륙 위치에 도착했을 때, 샘과 원숭이의 흔적이라고는 정글 속으로 이어지는 핏자국밖에 남아 있지 않았다. 그다음 주에는 비상용 울타리 판매량이 두 배로 늘었다.

생각하면 할수록, 아빠 보송이가 사실 그 원숭이보다 더 똑똑할지도 모른다는 생각이 들었다. 우선 아빠 보송이와 그 가족은 원숭이를 통째로 집어삼킨 정글에서 아직까지 살아남았다. 또한 할로웨이와 어울리면 나무 위나 정글 바닥에서 포식동물을 피하면서 살아가는 것보다 편하게 살 수 있을지도 모른다는 사실을 깨달을 만큼 똑똑했다.

보송이 가족의 위계질서에서 아빠 다음에 위치한 녀석은 나무에서 제일 먼저 내려와 아빠와 인사를 나눈 보송이였다. 이 보송이는 아빠보다 조금 작았다. 색깔도 밝아서, 아빠 보송이는 짙은 밤갈 같은 색깔인 반면 이 보송이는 털이 금색이었다. 다만 얼굴의 털색은 아빠보다 어두웠다. 이 암컷(할로웨이는 그렇게 생각하고 나서 다시 한 번 멋대로 성별을 판단하고 있음을 깨달았다)을 보면 샴이나 히말라야 고양이가 떠올랐다. 이 보송이는 분명히 아빠 보송이의 동반자였다. 둘은 가까이 붙어 있을 때가 많았고, 공공연히 애정을 드러내며 자주 서로를 쓰다듬고 코를 비볐다. 할로웨이는 그런 애정 표현에서 더 나아가 본의 아니게 보송이 성교나 그 비슷한 무엇인가를 목격하게 될지도 모른다고 걱정하기도 했다. 그러나 할로웨이가 주변에 있을 때만인지는 몰라도 두 보송이는 (비유적인 의미로) 바지를 벗지 않았다.

어쨌든 할로웨이가 생각하기에 이 보송이가 할로웨이와 칼을 친숙하게 여기고 믿는 이유의 대부분은 아빠 보송이가 친숙하게 굴고 믿기 때문이었다. 창의력이 별로 없는 할로웨이는 이 녀석을 엄마 보송이라고 불렀다.

　보송이 위계질서에서 다음은, 몸집은 아빠만큼 크지만 조금 덜 튼튼하고 움직임 면에서나 (할로웨이가 보기에는) 두뇌 면에서나 한두 박자 느려 보이는 회색 보송이였다. 이 보송이는 엄마 보송이에게 애정을 보였지만, 아빠 보송이와는 다른 방식으로 그랬다. 둘이 행동하고 서로 반응하는 모습으로 볼 때, 굳이 추측하자면 할로웨이는 이 보송이가 엄마 보송이의 아버지라고 생각했다. 또 한 번 순전히 할로웨이의 추측이었다. 어쩌면 회색 보송이는 아빠 보송이가 나타나기 전에 엄마 보송이의 짝이었고, 지금은 두 번째라는 지위를 받아들이고 있는지도 몰랐다. 보송이들의 사회가 어떻게 돌아가는지는 전혀 알 길이 없었다. 그럼에도 할로웨이는 이 세 번째 녀석에게 할아버지 보송이라는 딱지를 붙였다.

　할로웨이가 할아버지 보송이를 그런 식으로 보게 된 데에는 마지막 두 보송이를 감독하고 규칙을 지키게 하는 일이 할아버지의 주된 일거리로 보인다는 사실이 중요하게 작용했다. 이 두 보송이는 몸집이 더 작고 더 어리게, 즉 더 충동적이고 부주의하게 행동했다. 예를 들면 둘 중 한 마리는 칼의 등에 뛰어올라서 말처럼 타고 달리려 하는 경향이 있었다. 칼은 이런 시도를 달갑게 여기지 않았고 한번은 그 보송이를 한입 물기도 했다. 칼이 잡아먹으려고 들자 그 보송이는 개의 코를 때리고 빽 소리를 지르며 신이 나서 도망쳤다. 할로웨이는 이 녀석이 십대 소년에 해당하는 보송이가 분명하다고 생각했다. 털가죽은 하얀 바탕에 회색과 검은색이 얼룩진 모양이었다. 할로웨이는 이 녀석을 얼룩이라고 불렀다.

　마지막 녀석은 엄마 보송이처럼 금색 털에 부분적으로 색깔이 달랐는데, 얼룩이처럼 활기차면서도 덜 밉살스럽게 굴었다. 이 녀석은 칼에게 올라타려고 하기보다는 틈날 때마다 칼을 쓰다듬고 털을 손질해주고 끌어안으려 했다. 칼은 이런 행동을 정중하게 받아들였지만, 이것도 올라타려는 시도에 비해 많이 편하지는 않다는 사실을 깨달았다. 칼처럼 사교적인 개라도 결국에는 자기만의 공간이 필요한 모양이었다. 그런 때가 오면 칼은 이 마지막 보송이를 부드럽게 털어내고 오두막집 안으로 물러났다. 개 전용문은 여전히 칼의 무선 송신기에 맞춰져 있었으므로, 보송이들은 칼의 허락 없이 그 문을 통과할 수 없었다. 칼은 집 안에 들어가서 한두 시간씩 숨어 있곤 했다.

어린 보송이는 칼이 버리고 간다고 마음을 상해하거나 화가 나지 않는 듯했다. 그저 할로웨이와 그 순간 할로웨이가 하는 일에 관심을 돌릴 뿐이었다. 할로웨이에게 칼을 대할 때만큼 애정을 보이지는 않았지만, 할로웨이 가까이에 서서 그가 작업하는 대상이나 도구를 집어 들었다. 할로웨이는 이 녀석이 근처에 있으면 절대 조각 퍼즐을 맞추지 말자고 다짐했다. 그럼에도 이 보송이가 곁에 있으면 기분이 좋았고, 솔직히 사랑스러웠다. 그는 이 녀석을 아가 보송이라고 부르기 시작했다.

아빠, 엄마, 할아버지, 얼룩이와 아가는 화기애애한 일가족을 구성했다. 할로웨이는 자기가 그들을 입양한 것인지, 아니면 그 반대인지 판단이 안 섰다. 사실은 그 가족이 칼을 입양했고, 할로웨이는 일종의 덤이 아닌가 싶기도 했다. 작은 보송이 평생 최고의 집사로 말이다. 그런 생각을 하면 설명할 수 없을 만큼 즐거웠다. 아마 그것도 애초에 그의 집과 생활에 이 작은 생명체들이 침범하는 사태를 받아들인 이유 중 하나이리라.

그렇다고 적응할 필요가 없었다는 말은 아니다.

할로웨이는 보송이들이 나무에서 내려온 다음 날 아침에 첫 번째 변화를 경험했다. 허리가 말도 못 하게 아파서 깨어난 것이다. 그는 몇 초 후에야 자기가 침대 안에서 프레첼처럼 몸을 꼬고 있었기 때문임을 깨달았다.

원인은 담요 여기저기에 퍼져 누운 보송이 넷이었다. 그중에서도 할아버지 보송이는 놀랍게도 베개를 차지하고 누워서 할로웨이의 얼굴에 대고 가볍게 코를 골고 있었다. 할로웨이가 자는 동안 칼이 보송이들을 집 안에 들였고, 보송이들은 침대에 기어올랐으며, 할로웨이는 자면서 보송이들에게 자리를 내주기 위해 자세를 바꾸다 보니 지금처럼 뒤틀린 모습이 되어버린 것이었다.

할로웨이는 베개에서 머리를 들고 침대 옆 바닥에 엎드린 칼을 보았다. 칼의 옆구리에 파고들어 자던 아가 보송이가 만족스러운 한숨을 내쉬었다. 칼도 그렇게 편안해 보이지는 않았다. 칼은 할로웨이의 시선을 알아차리고는 눈썹으로 '미안하게 됐어요. 나도 몰랐다고요' 하는 표정을 지었다.

"멍청아."

할로웨이는 그렇게 말하고 다시 베개에 머리를 떨어뜨렸다.

나중에 할로웨이가 오두막집의 작은 화장실에서 뜨거운 샤워로 뒤틀린 근육을 풀려고 하는데, 아가 보송이가 커튼을 젖히더니 벌거벗은 몸에 비누 거품을 덮은 남자를 처음으로 보았다.

"괜찮겠니."

할로웨이는 부드럽게 말했다. 노출증은 없었지만, 샤워하는 모습을 보송이에게 보인다고 해서 가려야겠다는 생각이 들지는 않았다. 고양이가 보는 앞에서 옷을 입는 것과 마찬가지였다.

아가는 고개를 돌리고 빽 소리를 냈다. 5초가 지나자 나머지 넷이 샤워실 안으로 머리를 들이밀고 털이 없는 이상한 생명체가 이해할 수 없는 물뿌리기 의식을 행하는 모습을 바라보았다. 이제는 할로웨이도 조금 불편해졌다.

할로웨이는 관객들에게 말했다.

"잘 보고 있니? 너희도 이걸 쓸 수 있어. 너희들의 냄새는 겉모습만큼 사랑스럽지 않거든. 특히 너 말이야."

그는 할아버지를 가리키며 말했다.

"네 털북숭이 엉덩이 냄새를 맡으면서 깼단 말이다. 넌 신경을 좀 써야겠어, 친구."

칼이 자기만 빼놓고 뭘 하는지 보려는 듯이 샤워실 안에 머리를 들이밀었다. 할로웨이는 샤워기를 녀석들 쪽으로 돌리고 다들 흩어지자 히죽 웃었다.

아침 식사도 비슷한 경험이었다. 부엌 식탁에 올라앉은 보송이들은 빈디에 싫증이 났는지 할로웨이가 먹으려고 만들고 있는 커다란 샌드위치에 지대한 관심을 보였다.

"꿈도 꾸지 마."

할로웨이는 빵 위에 마요네즈와 겨자 소스를 뿌리면서 말했다. 그는 빵 한 조각을 들어 보였다.

"이거 보여? 이 빵은 일주일이면 없어지거든. 그러면 시내에 다시 갈 때까지 지금부터 한 달 동안 빵 없이 살아야 한단 말이야. 따라서 이건 내 빵이야. 너희는 안 돼."

칼을 포함해서 보송이들 모두가 황홀한 얼굴로 빵을 쳐다보았다.

"게다가 이건 순전히 지구산 샌드위치야."

할로웨이는 보송이들이 칼만큼도 자기 말을 이해하지 못한다는 사실에 신경 쓰지 않고 말을 이었다.

"밀빵. 마요네즈. 겨자. 훈제 칠면조."

그는 방금 말한 훈제 칠면조 고기를 빵 위에 얹은 다음, 치즈에 손을 뻗었다.

"스위스 치즈. 이건 너희를 죽이거나 장 파열을 초래하거나 정말 끔찍한 다른 무언가를 유발할 수도 있어. 내 말 믿어. 다 너희를 위해 내가 먹어치우는 거야. 내가 얼마나 이타적인 사람인데."

그는 샌드위치를 덮고 재료들을 냉장고에 다시 집어넣으려고 몸을 돌렸다.

그러고 돌아보니 얼룩이가 애원하는 눈으로 앞에 서 있었다.

"시도는 좋다만, 넌 귀여운 녀석이 아니거든."

할로웨이는 그렇게 말하고 샌드위치를 집었다.

아가가 일어나더니 얼룩이 옆으로 걸어와서 똑같은 표정을 지었다.

"인마, 이건 완전히 반칙이야."

아가는 할로웨이에게 걸어오더니 눈을 동그랗게 뜨고 애원하듯이 팔을 살짝 건드렸다.

"그만해. 너의 사악하고 신비로운 귀여움은 나에게 아무 영향도 못 미쳐."

아가는 보송보송한 작은 팔을 할로웨이의 팔에 감고 배고픈 티를 내며 애처롭게 한숨을 내쉬었다.

　2분 후에 샌드위치는 딱 여섯 조각으로 나뉘어 있었고, 보송이들은 한입 먹을 때마다 기분 좋게 재잘거리면서 처음 먹어보는 밀빵에 훈제 칠면조와 스위스 치즈를 즐겼다. 할로웨이는 확 줄어든 샌드위치 조각을 침울한 얼굴로 내려다보았다.

　“흠, 짜증나는군.”

　할로웨이는 잠시 후에 말했다.

　약해진 마음을 감지한 칼이 희망 가득한 눈으로 주인에게 다가갔다.

　“맙소사. 알았다. 자.”

　할로웨이는 작아진 점심을 건네주었고, 샌드위치는 한입에 칼의 목을 넘어갔다.

　“먹다가 목이나 막혀라. 너희 모두 하나같이 털투성이 골칫덩이라는 건 알아두고.”

　칼은 그를 올려다보더니 꼬리를 흔들고 행복하게 입술을 핥았다.

■ ■ ■

　사흘 후 눈에 익은 작은 제비정이 할로웨이의 큰 제비정 옆에 내려 앉았고, 똑같이 눈에 익은 사람이 과일이 가득 든 그물 주머니를 메고 내려섰다.

　“안녕.”

　이자벨이 할로웨이에게 말했다.

　“안녕. 그거 커다란 빈디 주머니인가, 아니면 그냥 날 봐서 기쁜 건가?”

　“딱 봐도 커다란 빈디 주머니지.”

이자벨이 주머니를 풀면서 말했다.

"당신이 많이 가져오라고 했잖아."

"그때는 그랬지."

할로웨이가 주머니를 건네받으면서 말했다.

"일주일치 개인용품과 텐트도 가져왔어. 내가 여기 있는지도 모르게 하겠다는 약속을 제대로 지키려고."

"오두막집 안에서 자도 괜찮아. 곧 우기가 시작될 거야."

"요새 텐트는 대부분 방수가 된답니다."

"그렇게 듣기는 했지. 혹시 마음이 바뀌면 좋도록 해."

할로웨이의 말에 이자벨은 차분히 그를 바라보며 말했다.

"내가 만나는 사람이 있다는 건 알지."

"들었어. 변호사라고 하던가."

"그래. 그러니까 그 점은 분명히 해둔 거야."

"오두막집 안에서 자도 된다고 했지, 침대에서 자도 된다고는 안 했어. 어쨌든 칼을 경비견으로 둘 수 있으니 당신은 더없이 안전할 거야."

이자벨은 주위를 둘러보며 물었다.

"칼은 어디 있어?"

"집 안에."

"그 생명체들에게 겁을 줘서 쫓을까 봐 집 안에 두는 거야?"

이자벨의 질문에 할로웨이는 빙긋 웃었다.

"그렇지는 않아. 이리 와."

그는 이자벨을 데리고 오두막집 창가로 걸어갔다.

"안을 들여다봐. 하지만 천천히, 그리고 최대한 조용히 움직여."

이자벨은 의아한 얼굴로 그를 보더니 창문 안을 들여다보았다. 바닥에 앉아서 책장 맨 아래칸에 꽂힌 책들에 기대어 세운 인포패널을 보고 있는 보송이 가족이 보였다. 칼은 아가 보송이 옆에 엎드려 졸고 있었다.

이자벨은 입에 손을 대고 헉 소리를 막으면서 황급히 물러섰다. 그리고 할로웨이를 돌아보았다.

"이런 세상에. 한 가족이 통째로 있잖아."

"그래."

"아니, 가족일 수도 있고 다른 종류의 사회 구성체일 수도 있겠지……. 당신 왜 그렇게 웃는 거야?"

"아무것도 아니야."

이자벨은 조심스럽게 오두막집 안을 다시 들여다보더니 얼굴을 찌푸렸다.

"뭘 하는 거지?"

"한군데 붙들어두려고 영화를 켜놨어."

"무슨 영화인지 내가 알아야 할까?"

"〈제다이의 귀환〉이라는 오래된 SF 영화야."

할로웨이는 대답하고 나서 어깨를 으쓱였다.

"영화 속에 작은 털북숭이 생명체가 나오지. 이워크라고. 에라, 모르겠다 싶더라고."

"그렇겠지."

이자벨이 말했다.

집 안에서 작은 소란이 일었다. 보송이들이 흥분해서 뛰어다니고 있었다.

"왜 저러는 거야?"

이자벨이 물었다.

"이워크들이 나쁜 놈들에게 바위를 떨어뜨리는 장면을 좋아해."

할로웨이가 대답했다.

"쟤들에게 나쁜 버릇을 가르칠까 걱정되지도 않아?"

이자벨이 물었다.

"저 녀석들은 동물이야, 이자벨. 정말 똑똑한 동물이긴 해도 동물이라고. 인포패널에 나오는 움직임을 보고 뛰쳐나가 내 머리에 바위를 떨어뜨릴 거라고 생각하진 않아."

"쟤들을 이런 식으로 길들이는 것도 그렇게 좋은 생각은 아닐 수 있어. 당신이 여기에 영원히 머물지는 않을 거야, 잭. 떠날 때 쟤들을 데려갈 것도 아니잖아."

"나한테 선택권이 있었다고 생각하는 모양인데, 사실 난 저 녀석들이 우리 집에 조금 덜 적응했으면 좋겠어. 그러면 나도 밤에 푹 잘 수 있을 테니까 말이야."

"쟤들이 침대에서 잔단 말이야?"

이자벨이 물었다.

"이제 왜 당신을 침대로 초대하지 않는지 알겠지. 지금도 충분히 붐비거든. 어젯밤에는 아예 일어나서 제비정 안에서 잤어. 어쨌든 저 녀석들이 멋대로 내 집에 정을 붙였을진 몰라도 이런 식이면 당신이 친해지기까지 시간을 들일 필요는 없을 거야."

"그건 그렇고, 어떻게 하면 좋을까? 내가 쟤들을 만나는 과정 말이야. 겁을 주거나 놀래고 싶지 않아."

"나라면 그런 걱정은 하지 않겠어. 저 녀석들은 굉장히 붙임성 있거든."

"그것도 마냥 좋은 점은 아니야. 인간을 두려워하지 않는 동물은 슬프게도 멸종해버리는 경향이 높아. 도도새를 생각해봐."

"무슨 말인지는 알겠지만, 내가 그렇게 만든 건 아니야."

"하지만 당신이 하는 일도 도움이 되지 않기는 마찬가지야, 잭. 내가 하려는 말은 그게 다야."

"저 녀석들에게 직접 말해줘."

할로웨이가 말하고 창문을 가리켰다. 아가 보송이가 창밖을 내다보고 있었다.

"어머나, 귀여워라."

이자벨이 말했다.

아가 보송이가 고개를 돌리고 입을 벌렸다. 몇 초 후에는 보송이 가족 모두가 오두막집 창밖을 보고 있었다.

"사랑스럽게끔 진화된 것 같지 않아?"

할로웨이가 말했다.

"정말 그러네."

이자벨이 말했다.

개문이 열리고 칼이 반쯤 걸어 나왔다. 이자벨이 불러도 칼은 그 자리에 서 있었다.

"문에 낀 거야?"

이자벨이 어리둥절해서 물었다.

"기다려봐."

할로웨이가 대답했다.

보송이 가족이 줄줄이 문을 통과해 나왔다. 마지막 하나까지 나오고 나자 칼이 문을 마저 통과해서 꼬리를 맹렬히 흔들며 이자벨을 향해 뛰어왔다.

이자벨은 고개를 돌리고 호기심을 담아 할로웨이를 보았다. 그는 어깨를 으쓱였다.

"내가 가르친 게 아니야."

그리고 칼과 보송이 가족이 도착하자 이자벨은 귀여움에 정신을 빼앗겼다.

할로웨이는 미소 지으며 이 틈에 맥주나 마실 생각으로 집에 들어갔다. 들어가면서 그는 인포패널에서 아직도 영화를 재생하고 있음을 알아차렸다. 보송이들이 똑똑할지는 몰라도, 영화를 어떻게 끄는지는 알아내지 못한 모양이었다. 할로웨이는 패널을 집어 들고 영화를 멈춘 다음 화면에서 내리고 인포패널을 초기 화면으로 되돌렸다. 채드 본에게서 온 음성 메시지가 있었다. 할로웨이는 메시지를 열었다.

"안녕, 잭. 다른 말을 하기 전에 우선 이건 내 생각이 아니었다는 말을 해두고 싶어. 우리 사이가 좋지는 않아도 내가 자네 일을 방해할 사람이 아닌 줄은 알 거야. 그렇지?"

'무슨 뚱딴지 같은 소리야?'

할로웨이는 생각했다.

메시지가 이어졌다.

"그렇기는 하지만, 난 자네의 계약 계좌에 지급을 보류하라는 지시를 받았어. 휘턴 오브리 7세가 직접 내린 명령이야. 자네에게 돈을 지급하지 않으면 우리 계약을 어기게 된다고 말했지만, 오브리 씨는 자네가 첫

번째 태양석 대금을 받기 전에 먼저 대화를 좀 했으면 싶대. 자네에게
제안할 사업 계획이 있어서 직접 의논해야겠다는군."

9장

휘턴 오브리 7세는 할로웨이를 바로 만날 수 없었다. 오브리 7세는 행성 남서부 대륙에서 채굴 프로젝트를 돌아보는 중이었다. 적어도 할로웨이는 그렇게 들었다. 또한 할로웨이는 법적으로 그에게 태양석 층을 더 측량할 권리와 의무가 있지만, 오브리가 일정에 포함시킬 때까지 작업을 미루어야 한다는 말도 들었다. 이런 '긴급 상황'에 대한 보상으로 그의 계약 계좌에는 만족할 만한 금액이 더해질 것이었다.

물론 오브리가 더 의논하기 전까지 지급을 미루라고 지시했기 때문에 할로웨이에게 그 금액은 그림의 떡이었다. 그는 욕을 하고 이자벨에게 빈디를 가져와서 다행이라고, 그게 아니었으면 굶어 죽었을 거라고 말했다. 보송이들에게 정신이 팔린 이자벨은 그 말에 고개도 한 번 들지 않았다.

이틀 후에 할로웨이는 제비정을 '칼의 절벽'과 태양석 발견지로 몰았다. 오브리는 그곳에서 초기 현장 확장을 점검하고 있을 터였다. 할로웨이는 현장이 가까워지기 한참 전부터 활동의 증거를 보았다. 하늘에 시커먼 선을 그리면서 흐르는 입자 구름은 근처에 산업 현장급의 기계가 있다는 증거였다. 몇 분 후 할로웨이는 내려앉을 장소를 찾아서 현장 위를 맴돌았다.

'이런 세상에, 열심히도 서둘렀군.'

할로웨이는 생각했다. 절벽 발치에는 작지만 확장 중인 현장 둘레에 키 큰 육식동물 방어용 조립식 울타리를 쳐놓고 있었다. 그 울타리 안쪽에서는 기계들이 숲을 베어내고 땅을 깎아서 영구적인 구조물을 세울 토대를 닦았다. 울타리 밖에서는 울타리 안에 안전하게 자리를 잡은 조종사들이 로봇으로 울타리 선을 확장할 구멍을 뚫고 있었다. 구멍을 다 뚫으면 다른 로봇들이 조립식 울타리를 끼우고 이미 세워진 울타리에 연결하여 차근차근 울타리 반경을 넓혀갔다. 자라 기업이 필요로 하는 구조물들을 다 세울 만한 공간이 생길 때까지 말이다. 할로웨이는 주위에 펼쳐진 자연을 둘러보았다. 그 자연이 오래가지는 못할 성싶었다.

"제비정, 신분 확인 바람."

할로웨이의 인포패널을 통해 메시지가 흘러나왔다.

할로웨이는 눈썹을 치켜올리며 대꾸했다.

"이거 놀랐는걸. 그쪽 먼저 신분을 밝히시지."

"제비정, 지금 신분을 밝히지 않으면 격추하겠다."

목소리가 다시 말했다.

"날 쏘면 이 물건을 네놈 머리 위에 처박아주지. 그래도 난 무사할 거야. 네놈은 지금 내 소유지에 있거든. 자, 그쪽 신분을 밝히든가, 붕대를 감고 나와 법정에서 보든가 좋을 대로 해."

잠시 침묵이 흐르더니 답이 왔다.

"제비정, 신호에 따라 착륙해도 좋다."

인포패널에 영상 하나가 나타나더니, 착륙 신호와 더불어 큰 구조물에서 약간 떨어진 곳에 있는 원형 착륙장을 보여주었다.

"오브리 씨가 기다리고 있다."

'물론 그러실 테지.'

할로웨이는 착륙 신호를 자동으로 따라가도록 설정했다. 1분 후에는 땅 위였고, 제비정에서 내리면서 이쪽으로 다가오는 두 사람을 보았다. 그는 오브리타운에서 일하는 자라 기업 보안요원 조 들라이즈를 알아보았다. 들라이즈는 할로웨이가 절대로 같이 술을 마실 생각이 없는 보안요원 목록에 들어갔다.

"아, 자네였군. 어쩐지. 자네는 귀찮게 신원을 밝히는 일 따위는 하지 않지, 조. 그건 자라 기업 규정에 어긋날 텐데 말이야. 내가 투서를 쓸 수도 있어."

"다음에 또 신원을 밝히지 않으면 네놈 제비정을 쏘아버리겠어, 할로웨이. 나에겐 받은 지시가 있다고."

"그리고 나에겐 지분 계약이 있지."

"이젠 네놈 지분이 아니야."

할로웨이는 그 말을 듣고 슬쩍 웃었다.

"'긴급 상황'이 법정에서 그렇게까지 적용되진 않을걸, 조. 자네의 커다란 엉덩이를 판사 앞까지 끌고 나가서 알아보는 것도 나쁘진 않지만 말이야."

"진정들 하시죠, 두 분."

할로웨이와 들라이즈 사이에 오가는 인사말을 재미있어하는 표정으로 지켜보던 또 한 명이 말했다.

"할로웨이 씨, 들라이즈 씨는 실제로 접근해오는 제비정이 신원을 밝히지 않으면 무력을 동원해서라도 내려앉게 하라는 지시를 받았습니다. 들라이즈 씨, 이 발견지에 대한 할로웨이 씨의 권리는 지금도 철저히 유효합니다. 그러니 두 분 다 옳고, 이제는 각자의 무기를 바지 속에 다시 넣어주셔도 될 것 같군요."

들라이즈는 이 말에 소리가 들릴 정도로 이를 갈았지만 대꾸는 하지 않았다. 할로웨이는 재미있어하며 두 번째 남자를 보고 고개를 기울였다.

"그리고 당신은?"

"브래드 랜던입니다."

남자는 할로웨이에게 걸어와서 손을 내밀었다.

"오브리 씨의 개인 비서죠. 할로웨이 씨를 모셔 가려고 왔습니다."

"직접 와서 맞이하기엔 너무 바쁜가 보죠?"

할로웨이는 농담을 던졌다.

"물론입니다."

랜던의 말투는 할로웨이에게 그 대답이 농담인 동시에 실제로 진지하기 그지없다는 사실을 알려주었다. 랜던은 들라이즈를 돌아보았다.

"고맙습니다, 들라이즈 씨. 여기서부터는 제가 맡지요. 원래 위치로 돌아가셔도 됩니다."

"돌아가기 전에 내 제비정에 왁스칠을 했으면 좋겠는데."

할로웨이가 말했다. 들라이즈는 그를 흘긋 보고 쿵쿵거리며 떠나가 버렸다.

"사람들을 만나면 언제나 그렇게 적으로 만드시나요, 할로웨이 씨?"

랜던이 부지를 가로질러 가면서 물었다.

"들라이즈는 전에도 만나봤어요. 여러 번 만나봤지. 그래서 적으로 대하는 겁니다."

"그렇군요. 권위에 대한 적개심 표출의 전형일지도 모른다고 생각했습니다."

"조에게 권위가 있는지 잘 모르겠군요. '경찰'의 직무 해설을 '직업 폭력배'라고 읽는 줄 아는 놈이라서."

"근무 기록은 깨끗합니다. 여기에 배치해도 좋다고 승인하기 전에 확인했어요."

"회사에 의존해 사는 도시에서 회사 깡패에 대해 나쁜 말을 할 사람이 있다고 생각하다니 재미있군요."

할로웨이가 말했다.

"무슨 말씀인지 알겠습니다. 그러면 들라이즈 씨를 다른 곳에 배치해야 한다고 생각하시는군요."

"저런, 그럴 리가요. 조가 여기 있는 밤은 술집에서 아무도 얻어맞지 않는 밤인데요. 오브리타운의 시민들에게 좋은 일 하시는 겁니다."

랜던은 그 말에 가볍게 웃었다.

두 사람은 할로웨이가 하늘을 맴돌면서 보았던 울타리 구역으로 접근하고 있었다. 울타리 한쪽에서는 로봇들이 구멍을 뚫고 있었고, 반대쪽에서는 조종사들이 레버가 가득한 작은 스테이션에서 로봇을 조작했다. 할로웨이는 그쪽으로 다가갈수록 제비정을 타고 지나치게 빨리 고도를 올릴 때처럼 귀가 먹먹해지는 느낌을 받았다. 침을 꿀꺽 삼켰지만 소용이 없었다.

조종사들의 모습이 가까워지자 할로웨이는 그중 한 명이 자라 기업 헬멧을 쓴 오브리라는 사실을 깨달았다. 오브리 옆에 한 사람이 더 서 있었는데, 오브리가 놀이를 끝내고 자기 일로 돌아갈 수 있도록 말없이 정중하게 기다리는 실제 로봇 조종사가 아닐까 싶었다.

랜던은 손바닥만 한 인포패널을 꺼내어 눌렀다.

"왔습니다."

그는 패널에 대고 말했다. 로봇 스테이션에서 오브리가 몸을 돌리더니 오라고 손짓을 했다.

"재미있나요?"

할로웨이가 다가가면서 물었다. 순간 랜던이 못마땅한 얼굴로 입술을 살짝 오므리는 것을 눈치챘다. 아무래도 할로웨이가 폐하께서 먼저 말씀하신 후에 입을 열어야 한다는 사실을 잊은 모양이었다.

"중요한 건 재미가 아니지요."

오브리가 스테이션에서 내려오면서 말했다. 그는 헬멧을 벗었다.

"난 언젠가 자라 기업을 운영할 거예요. 아버지는 언제나 지도자라면 사람들이 무엇을 하고 어떻게 하는지 아는 게 중요하다고 했고, 할아버지도 아버지한테 그렇게 말했고, 뭐 그런 식이었지. 대대로 오브리 집안 사람들은 사업을 돌아보고 우리 사람들이 하는 일에 손을 대보려고 합니다. 기초 지식을 얻는 거죠."

"그러니까 울타리 짓는 로봇을 20분 조종해보면 더 나은 지도자가 된다는 거군요."

할로웨이가 말했다.

"사실은 30분이에요."

오브리가 비아냥을 알아차리고 대꾸로 응수했다.

"그럴 수도 있고 그렇지 않을 수도 있지만, 아무리 당신이라도 밖에 나와서 이런 조종 작업에 참여하는 게 꼰대가 죽기만 기다리면서 컨트리클럽에서 포도나 먹는 것보다 낫다는 데에는 동의할 것 같은데요."

"그렇게 말씀하신다면야."

할로웨이가 말했다. 귀가 점점 더 심하게 먹먹해졌다. 그는 다시 침을 삼켰다.

오브리는 흥미로운 얼굴로 할로웨이를 보았다.

"귀가 막힌 느낌이 들지 않아요?"

"그렇네요."

오브리는 울타리 선에 설치되어 있는 커다란 상자를 가리켰다.

"스피커예요. 알고 보니 자라랩터나 이 행성의 다른 육식동물들은 우리보다 높은 주파수를 듣고, 큰 소리를 싫어한다더군요. 지금 25킬로헤르츠 주파수로 160데시벨의 소리를 틀어놓고 있어요. 이 소리를 들으면 짐승들이 다른 방향으로 달아나지요."

"흠."

할로웨이는 그렇게 반응하고 다시 침을 삼켰다.

"옛날 같으면 그냥 자동 보초 로봇으로 쏴버렸을 거예요. 하지만 동물 권리 옹호주의자들이 별로 좋아하지 않거든. 우리 홍보에 나쁘지요. 그래서 이 방식을 시험해보기로 했어요."

"참으로 인도적이군요."

"알고 보니 더 싸게 먹히더라고요. 하지만 지금 당신이 경험하는 부

작용이 따르지요. 들을 수는 없지만, 느낄 수는 있거든요. 여기에 너무 오래 있으면 편두통이 올 겁니다. 그다음에는 코피가 나고."

"멋진 작업 환경이네요."

오브리는 자기 귀를 가리켰다.

"소음 차단용 이어폰이에요. 고주파를 걸러내지. 두통도 없고."

"아마 당신용이겠죠."

"울타리 건설 노동자는 모두 끼고 있어요."

"그거 멋지군요. 전 없는데요."

"아, 그렇지."

오브리가 말했다.

"흠, 그럼 갑시다."

오브리가 걷기 시작하자 할로웨이와 랜던은 뒤를 따랐다.

"현장에 대해 어떻게 생각합니까?"

오브리는 걸으면서 물었다.

"이렇게 빨리 지어 올리다니 놀랐습니다. 일주일 전만 해도 아무것도 없었는데요."

"이 일이 최우선이라고 하지 않았던가요. 중장비를 옮길 대형 수송기들을 징발하고 다른 현장에서 최고의 직원들을 빼내왔지요. 당신이 회의석에 앉은 날에 직원들더러 여기에서 땅을 고르게 했어요. 완성되면 이 현장이 자라 XXⅢ을 통틀어 단일 현장으로는 최대 규모가 될 거예요. 당신이 발견한 광층을 처리하려면 그래야 하니까."

"이 모든 일을 저와 아무 상관없이 해치웠다는 점에 주목할 수밖에 없군요."

할로웨이가 말했다.

"흠, 그건……."

"긴급 상황이라 이거죠. 네, 압니다."

할로웨이는 오브리가 운을 떼자마자 말했고, 이제는 오브리와 랜던 둘 다 그의 독단적인 태도에 짜증이 났다는 사실을 무시했다. 할로웨이는 걷기를 멈추었다. 이제는 귀가 아프지 않을 만큼 울타리에서 멀어진 후였다.

"문제는 긴급 상황이란 본질적으로 긴급하고 일시적인 법이라는 겁니다. 여기에서 당신이 하고 있는 일은 체계적이고 영구적이에요. 내가 전혀 관여하지 않는다면 자라 기업은 결국 내 권리를 무효로 선언할 좋은 논거를 갖게 되지요. 이 문제에 대한 자라 기업 규정과 개척연맹법 둘 다 확인했습니다. 앞선 판례가 있더군요. 테포 대 밀러 사건. 테포가 자기에게 권리가 있는 개발에 제대로 참여하지 않았다는 사실을 밀러 측이 강변하는 바람에 테포는 수백만 크레디트를 잃었죠. 자, 어쩌면 당신이 나를 테포와 같은 상황에 일부러 밀어 넣으려는 게 아닐 수도 있겠지만, 내 눈에는 그렇게 보입니다."

오브리는 잠시 동안 할로웨이를 쳐다보다가 마침내 입을 열었다.

"신께서 우리를 아마추어 변호사들로부터 구원하시길."

"난 아마추어가 아닙니다."

"노스캐롤라이나 주 변호사협회에서는 그렇게 말하지 않던데요."

"법을 몰라서 변호사 면허를 잃은 건 아닙니다."

"정말인가요. 그렇다면 무엇 때문에 잃었죠?"

"지금 정말로 중요한 건 그게 아닐 텐데요."

"내가 알아낼 수 있다는 건 알 텐데요."

"그럼 알아내세요."

할로웨이는 그렇게 대꾸하고 오브리의 비서 쪽으로 고갯짓을 했다.

"여기 랜던을 시켜서 네트워크를 검색해보시죠. 공식 기록이고 찾기 어렵지도 않으니까요. 하지만 그동안에는 지금 여기에서 우리가 처한 상황에 대해 이야기하고 싶군요."

오브리는 고개를 끄덕이고 다시 걷기 시작했다.

"따라와요, 할로웨이. 보여주고 싶은 게 있으니."

몇 분 후, 세 사람은 거대한 낙석 더미를 바라보고 있었다. 할로웨이가 강바닥에 떨어뜨린 절벽 일부였다. 그 위에 일꾼들과 기계들이 우글거렸다.

"눈에 익은가요?"

오브리가 할로웨이에게 물었다.

"전에 보던 것과는 조금 다른 지형이 되어 있군요."

할로웨이가 대답했다.

"장담하는데, 이걸 치우려면 몇백만 크레디트는 들 거예요. 환경보호국 규정에 따르면 이 낙석 지역을 원래 상태로 돌려놓아야 개발권을 행사할 수 있다는군요. 멍청한 얘기지만, 개척연맹 당국의 규정이라는 게 그런 식이죠."

"생태보호 예외를 요청한 줄 알았는데요."

할로웨이는 말하고 오브리와 랜던 둘 다 할로웨이가 그 사실을 안다는 데 놀라는 모습을 지켜보며 가벼운 만족감을 느꼈다.

'좋아. 내가 또 뭘 아는지 마음껏 궁금해하라고.'

랜던이 잠시 후에 말했다.

"그렇습니다. 하지만 요청한다 해도 받아들여지는 경우는 드물지요."

"그동안 우리는 비용을 쏟아부을 수밖에 없고."

오브리가 말을 이었다.

할로웨이는 낙석 더미를 향해 고개를 끄덕였다.

"이 절벽이 무너진 후에 난 거의 맨손으로 달걀만 한 태양석들을 캐냈습니다. 이 낙석 무더기만으로도 난장판을 치우고 이익을 남길 정도의 태양석을 찾아낼 수 있을 텐데요."

그러자 오브리가 말했다.

"그야 그럴 테지만, 핵심을 놓치고 있군요."

"생태재난을 처리하고도 흑자를 얻는 게 핵심이 아니었습니까?"

"핵심은 이 '생태재난'을 당신이 일으켰다는 거예요. 우리가 이걸로 이익을 얻든 얻지 못하든, 당신이 이 사태를 일으켰다는 점은 여전히 자라 기업의 평판에 나쁘게 작용합니다."

"고의는 아니었습니다."

"그건 중요하지 않아요. 자라 기업은 생태문제를 다루는 데 있어 세심해 보여야 해요. 이 광층에 대해 생태보호 예외를 요청하고 있으니 특히 더 그렇지. 우리는 180광년 떨어진 환경보호국의 어느 관료로 하여금 우리가 앞으로 일으킬 난장판에 대해 조심할 것이고, 일이 끝난 후에는 잘 치울 것이라고 믿게 만들어야 해요. 이 광층의 최초 측량인이 시작부터 무신경하게 생태재난을 일으켰다는 사실은 그런 주장에 설득력을 더하지 않는단 말입니다."

오브리에 이어서 랜던이 말했다.

"환경 단체들은 이미 당신 이름을 압니다, 할로웨이 씨. 토론 포럼마다 당신이 개에게 폭약을 터뜨리는 훈련을 시켰다는 사실에 대한 분노가 팽배해요."

"그랬다는 증거는 없어요."

할로웨이가 대꾸했다.

"이 사람들에게는 증거가 그렇게 중요하지 않습니다, 할로웨이 씨."

랜던이 대답했다.

"두 사람이 이걸로 끌어내려는 얘기가 뭡니까? 괜찮다면 바로 본론으로 들어갔으면 좋겠는데요."

그러자 오브리가 말했다.

"좋아. 본론은 이거요. 난 당신이 자라 기업에서 원치 않는 홍보 재난이 되리라 생각해요. 당신이 그냥 떠나는 편이 당신을 포함한 우리 모두에게 더 좋다고도 생각하고. 그래서 당신을 매수하고 싶군요."

"정말입니까. 그렇다면 이 태양석 광층이 가진 실제 가치 중에서 받을 내 몫으로 매수하고 싶어 하신다고 추측해도 지나치지 않겠지요."

"실제 가치가 얼마나 될지는 모르지요."

"당신네 개발이사가 8000억에서 1.2조 크레디트라고 추정했죠. 난 그 숫자를 뚜렷하게 기억합니다. 당신도 기억할 테고요."

할로웨이의 말에 랜던이 대꾸했다.

"그렇다고 쳐도 수많은 변수가 있습니다. 태양석의 밀도. 광층을 개발하기 위한 환경적인 장애. 시장의 세……."

"자라 기업은 수십 년 동안 태양석을 우주에서 제일 희귀한 보석으로 광고해왔지요. 자유시장의 방식으로 그 일을 해내리라고 추정할 수 있을 것 같습니다만."

"이 정도 발견이면 공급 과잉을 일으킬 수 있어요."

할로웨이는 그 말을 듣고 오브리를 쳐다보았다.

"우리 둘 다 이 맥락에서 독점 유통이 무슨 의미인지 안다고 칩시다. 자. 제안이 뭡니까?"

오브리는 랜던 쪽을 보았다.

"3억 5000만 크레디트입니다."

랜던이 말했다.

"일시불로?"

할로웨이가 물었다.

"10년에 걸쳐서요."

"농담이시겠지. 내 소유권을 제값의 10퍼센트에도 미치지 못하는 금액에 팔아치우길 바라면서, 그걸 일시불로 주지도 않겠다고?"

"1년에 3500만이면 상당히 많은 돈입니다. 특히 작년 총 수익이 2100크레디트였던 당신 같은 사람에게는요."

랜던이 말했다.

"물론이죠. 하지만 1년에 1억 크레디트 정도면 더 많은 돈 아닙니까?"

"또한 자라 기업 주식 인수권도 제공하겠습니다."

"의결권이 있는 주식 말인가요?"

할로웨이가 물었다.

"물론 아닙니다."

랜던이 눈에 띄게 짜증을 내며 대답했다. 의결권이 있는 주식은 오직 오브리 가문 사람만 받았다.

“B급 주식이죠.”

“원래대로 1년에 1억씩 받으면 자라 기업의 B급 주식도 원하는 만큼 살 수 있지요. 어쩌면 블루스카이의 주식도. 내 탐사 개발 부문 투자를 다각화하기 위해서 말입니다.”

“맙소사.”

오브리가 말했다. 블루스카이를 들먹인 것이 심기를 건드린 모양이었다.

“그 정도로 끝냅시다. 지금 당장 당신 계좌로 5억 크레디트를 넣겠어요, 할로웨이. 그걸 받고 당신 개와 함께 다음 우주선으로 자라 XXⅢ을 떠나서 자라 기업 역사상 최고로 부유한 계약업자가 되는 거요.”

“노리는 게 뭡니까?”

할로웨이가 물었다.

“함정 같은 건 없어요. 여기 랜던이 그 정도는 처리할 수 있으니 이 낙석 위에서 바로 해치울 수 있어요. 하지만 당신의 모든 권리와 청구권을 포기해야 해요. 그리고 바로 떠나도록.”

오브리가 대답했다.

“생각할 시간이 얼마나 있습니까?”

“내가 당신과 같이 있기가 지겨워져서 걸어가버릴 때까지.”

“흠, 그렇다면 지금 답을 드리지요. 제안을 거두어 한구석에 구겨 던지도록 말입니다. 난 억지로 거래하는 것도 좋아하지 않고, 당신이 언젠가 이 회사를 굴리든 말든 상관 안 해요. 나에겐 이 광층에 대한 법적 권리가 있습니다. 난 내 권리를 행사할 것이고, 내 권리로 이익을 얻을 것이며, 당신에게 편리하다는 이유만으로 내 권리를 내가 마땅히 받을 돈보다 못한 값에 팔아치우지도 않을 겁니다."

할로웨이는 이 대목에서 엄지로 랜던을 가리켰다.

"그리고 여기 랜던은 누군가가 당신에게 설설 기지 않고 말하기만 해도 고통스러운 모양이지만, 지금 말해두지요. 이건 약속입니다. 한 번만 더 날 잘라내거나 멈춰 세우려고 하면 내가 당신네 기업 홍보에 있어서 얼마나 거대한 악몽이 될 수 있는지 알게 될 겁니다. 사실 지금은 내가 당신 돈을 필요로 하기보다 당신이 내 협조를 더 필요로 하지요. 그 점을 기억해야 할 겁니다."

오브리가 랜던을 건너다보고 말했다.

"말했잖나."

"예, 그랬지요."

랜던이 할로웨이를 보면서 대답했다. 그러더니 인포패널을 꺼내어 눌렀다.

"할로웨이 씨, 사실은 당신이 이 제안에 상당히 요란하게 열받아하는 사태에 대비하고 있었기 때문에, 방금 당신에게 우리의 측량 요청서를 보냈습니다. 제비정에 돌아가면 기다리고 있을 겁니다. 주요 태양석 층에서 갈라져 나간 큰 지류가 있는 모양이에요. 물론 다른 측량기사들에게 조사를 맡길 수도 있습니다만, 그랬다간 당신이 테포 판례를 떠올려 걱정할지도 모른다는 사실을 인지하고 있고, 일부러 당신을 할 일이 없는 상태로 내버려둔다고 생각하게 만들고 싶지도 않습니다. 경고해두는데 이 작업에는 정글 바닥 조사가 필요하니 포식동물들을 조심하세요."

"그리고 가능하다면 커다란 생태재난을 또 일으키는 사태는 피해봐요."

오브리가 덧붙였다.

"가능할 것 같군요."

할로웨이가 대꾸했다.

"두고 봅시다."

오브리가 말했다. 할로웨이는 가려고 몸을 돌렸다.

"하나 더요, 할로웨이."

오브리가 말했다.

할로웨이는 다시 몸을 돌렸다.

"예?"

"당신에겐 이 광층에 대한 권리가 있고, 여기에 있는 동안에나 떠난 후에나 당신에게 갈 몫을 한 푼도 빠짐없이 받으리라 믿어도 좋아요. 하지만 당신 계약은 다섯 달 후에 끝나지. 그렇게 되면 당신에게 주어진 시간은 정말로 끝이야. 당신은 우주선을 타고 집으로 갈 테고, 그 후에는 돈을 아무리 많이 쓴다 해도 우리 회사와 다시는 계약하지 못할 거야. 아니, 일단 집에 가면 다른 자라 기업 우주선에 승객으로 타지도 못할 거야. 우리가 소유한 모든 자회사가 자동으로 당신을 튕겨낼 테지. 그게 내 약속이에요. 알고나 있어요."

"조금 극단적인 것 같군요."

할로웨이가 말했다.

"그럴지도 모르지."

오브리가 대꾸했다.

"당신을 짜증나게 하는 사람에게는 다 이렇게 합니까?"

"아니. 당신만이야. 당신은 사람들 내면의 반발심을 이끌어내는 사람이거든, 할로웨이."

"타고난 재능이죠. 하지만 약속에 대한 말이 나와서 말인데, 이제 실력 행사는 끝이 났으니 불법으로 묶어둔 제 보상금은 풀어주시지 않겠습니까? 저 광층에 대한 초기 탐사 비용은 제 주머니에서 나왔거든요. 이제 당신이 개발을 하고 있으니 그 돈은 갚으셔야죠. 그리고 제 개에게는 폭약이 부족하답니다."

"멋지군."

오브리가 말하고 랜던에게 고갯짓을 했다. 랜던이 인포패널을 만지작거리더니 말했다.

"됐습니다. 8만 216크레디트를 기꺼이 받으시지요, 할로웨이 씨. 한 번에 다 써버리지 마세요."

할로웨이는 그 자리를 뜨면서 저도 모르게 웃고 말았다.

조 들라이즈가 할로웨이의 제비정 앞에서 기다리고 있었다.

"뭔가 훔치진 않았겠지?"

할로웨이가 묻자 들라이즈는 웃었다.

"분명히 네놈이 그리울 거야, 잭."

"감상적으로 굴 필요 없어, 조. 아직은 아무 데도 안 가거든."

10장

이자벨은 할로웨이의 제비정이 착륙하자마자 다가와서 말했다.

"이야기 좀 해야겠어."

할로웨이는 제비정에서 내리면서 말했다.

"그래, 이야기 좀 해야지. 당신 내가 칼에게 폭탄을 터뜨리게 한다는 이야기 좀 그만할 수 없겠어?"

"뭐?"

"사람들에게 내가 칼에게 폭탄을 터뜨리게 시킨다는 말 좀 그만하라고."

"당신은 칼이 폭탄을 터뜨리게 하잖아."

"그래, 하지만 사람들에게 그런 말을 할 필요는 없지."

이쯤 해서 화제의 주인공이 꼬리를 흔들면서 다가왔다. 할로웨이는 칼을 쓰다듬으며 말했다.

"아무래도 난 그 일로 은하계 전체에 유명해진 모양이야. 원하던 바가 아냐."

"자기 개에게 폭탄을 터뜨리는 훈련을 시키면 눈에 띄게 마련이지. 그리고 확실히 해두고 싶은데 난 그런 말을 하고 다니지 않아. 내가 그 일에 대해 말한 건 진상 조사 때뿐이었고, 기억을 되살려주자면 그 조사는 당신이 절차를 건너뛰었기 때문에 받게 된 거야, 잭."

"그때도 그 이야기를 할 필요는 없었어."

할로웨이가 말했다.

"정말?"

이자벨의 입술이 가늘어졌다.

"난 회사의 진상 조사에서 증언을 하도록 강요받고 사실대로 말하는지 여부에 내 모가지가 달린 상황에 '잭 할로웨이가 어떤 다른 특이한 측량 습관을 지녔는지 목격하신 일이 있습니까'라는 질문을 받는다면 있는 그대로 말하는 편이 현명하리라는 인상을 받았거든."

"덕분에 내가 떠안은 문제가 쉬워지진 않았지."

"흠, 내가 당신이 하는 바보 같은 짓들에 대해 사실대로 말해서 불편을 초래한다면 미안하게 됐어."

이자벨은 정말로 화가 났을 때 쓰는 빠르고 딱 부러지며 조용한 목소리로 말했다.

"당신이 그런 말을 한 김에 말하자면, 그 내용을 포함한 내 증언을 두고 당신이 나를 거짓말쟁이라고 했다는 점도 나에게 좋은 영향을 미치진 않았어. 조사위원회가 당신에게 '증거 불충분'이라는 판단을 내리자 난 고용 기록에 감점을 받았지. '가까운 관계나 연애 관계 때문에 판단력이 흐려질 수 있음'이라더라. 그 말이 맞을지도 모르지. 당신과 사귀었다는 사실이야말로 내 판단력이 흐려졌다는 좋은 예니까 말이야. 하지만 그 사람들이 생각하는 방식으로 판단력이 손상되지는 않았고, 당신이 거짓말을 했다고 해서 내가 감점을 받는 건 부당해, 잭."

할로웨이는 이자벨을 바라보며, 조사가 끝난 후에 그녀가 보였던 차가운 분노를 돌이켰다. 그때에 비하면 지금의 폭발은 희미한 메아리에 지나지 않았다.

"미안하다고 했잖아."

할로웨이가 말했다.

"그래, 나에게 그 돌을 쥐여주면서 말이지. 내가 그때 당신이 진심일 때 사과의 말을 듣는 편이 기쁘겠다고 했지. 하지만 당신은 아직도 당신이 저지른 짓을 두고 나에게 화를 내고 있어. 그러니 난 여전히 당신이 정말로 미안해하기를 기다리고 있다고 봐야지."

이때쯤 아가 보송이가 이자벨에게 다가와서 바지 자락을 잡아당겼다. 이자벨은 아래를 내려다보았다. 아가 보송이가 팔을 뻗었다. 이자벨은 아가 보송이를 들어서 팔꿈치 안쪽에 앉히고 머리를 긁어주었다. 아가 보송이는 좋아하는 것 같았다.

"정말 고양이 같군."

할로웨이가 말했다. 그가 이자벨과 나눈 대화는 순식간에 최악으로 치달아버렸다. 할로웨이는 그 문제를 던져버리고 새로운 대화를 시작할 준비가 되어 있었다.

"사실은 그렇지 않아. 당신이 칼에 대한 이야기로 날 두들겨서 옆길로 빠지기 전에 내가 하고 싶었던 말이 이거였어."

"그건 미안해. 이건 작고 즉각적인 사과야. 휘턴 오브리 7세와 만났는데 그 문제를 언급하는 바람에."

"만남이 순조롭지 않았나 보지."

이자벨이 말했다.

"아니. 오브리가 거들먹거리길래 내가 적의를 보였고, 오브리가 날 업신여기면서 무시하는 제안을 내놓길래 그 면전에 다시 던져버리고 한 번 더 날 화나게 하면 법적인 행동에 나서겠다고 선언했어."

"딱 평소대로의 당신이네."

"그렇지."

"당신을 알면 알수록, 왜 당신이 다른 사람들에게서 수백 킬로미터 떨어진 곳에 사는지 이해가 가."

"당신이 이야기하고 싶다던 주제로 돌아가지."

할로웨이가 말하고 오두막집 쪽으로 걷기 시작했다. 맥주를 마시고 싶었다.

"좋아. 이 보송이들. 당신이 발견한 이 동물들 말이야. 애들이 동물이 맞는 걸까 하는 생각이 들었어."

"이 녀석들이 식물이라고 했다가는 생물학자 클럽에서 비웃음을 당하지 싶은데."

"그런 뜻이 아닌 거 알잖아. 동물이 아니라는 말은, 그냥 동물이 아니라는 말이야. 아무래도 짐승 이상인 것 같아."

할로웨이는 걸음을 멈추고 이자벨에게 몸을 돌렸다.

"내가 생각하는 그 말을 하려는 게 아니라고 해줘. 그 말이라면 듣고 싶지 않거든."

"난 보송이들이 지성체라고 생각해."

이자벨이 말했다.

"그냥 동물을 넘어서는 수준의 지적 능력을 지닌 생명체라고 생각해. 애들은 사람이야, 잭."

할로웨이는 화가 나서 몸을 돌리고 양손을 들어 올렸다. 그는 다시 오두막집으로 걸음을 옮겼다.

"내가 5억 크레디트를 거절하기 전에 그 말을 해줄 수도 있었잖아, 이자벨."

이자벨이 어리둥절한 얼굴로 따라왔다.

"그게 무슨 상관이야?"

"자라 XXⅢ은 Ⅲ급 행성이야."

할로웨이가 말했다. 그는 오두막집 문 앞에 멈춰 서서, 이제는 살짝 조는 듯한 아가 보송이를 가리켰다.

"이 녀석이 사람이라면, 여기는 Ⅲa급 행성이 되지. 토박이 지성체가 있는 행성. 그리고 자라 기업의 탐사 개발 인가는 효력을 잃어. 그건 여기에서 일어나는 모든 일이 멈춘다는 뜻이야, 이자벨. 채굴도, 구멍 뚫기도, 채취도 없어. 그건 내가 태양석 층의 대가를 받지 못한다는 뜻이지."

"당신이 돈을 조금 잃을지도 모른다니 유감이야, 잭."

이자벨이 말했다.

"맙소사, 이자벨."

할로웨이는 말하면서 문을 열었다.

"조금이라고? 적어도 수십억 크레디트야. 수십억이라고. 그걸 돈 조금이라고 한다는 건 산불을 보고 마시멜로를 구워 먹기에 딱이라고 말하는 것과 마찬가지야."

할로웨이는 집 안으로 들어갔다. 이자벨도 그 뒤를 따랐다.

집 안에는 다른 보송이들이 늘어져 있었다. 바깥은 덥고 습해졌고 할로웨이의 오두막에는 기후조절장치가 있었다. 할로웨이가 슬쩍 보니 엄마 보송이가 책장에서 책을 한 권 뽑아서 아빠 보송이와 같이 주의 깊게 살펴보고 있었다. 더 자세히 보니 엄마 보송이는 책을 거꾸로 들고 있었다.

"당신 생각만큼 똑똑하지는 않을지도 몰라."

할로웨이는 이자벨에게 거꾸로 뒤집힌 책을 가리키면서 말했다. 그리고 맥주를 꺼내려 부엌 냉장고에 손을 넣었다.

이자벨은 할로웨이를 보더니 아가 보송이를 내려놓았다. 아가는 조용히 가족에게 걸어갔다. 이자벨은 부엌으로 향했다.

"아빠."

이자벨의 말에 아빠 보송이가 호기심을 보이며 책에서 눈을 들더니, 부엌으로 왔다.

"실례."

이자벨은 그렇게 말하고 책을 옆으로 밀어낸 후 냉장고에 손을 넣었다. 이자벨은 냉장고에서 훈제 칠면조, 치즈, 마요네즈와 겨자를 꺼내어 작은 식탁 위에 늘어놓았다. 이자벨은 냉장고를 닫고, 찬장에 손을 뻗어 마지막 남은 빵 두 조각을 집어서 식탁에 놓았다. 마지막으로 식기 서랍을 열고 버터칼을 꺼내어 늘어놓은 식료품 옆에 놓았다. 그리고 아빠 보송이를 내려다보았다.

"아빠, 샌드위치."

아빠 보송이는 즐거운 삑 소리를 냈다.

4분 후에는 보송이 전원이 아빠 보송이가 만든 샌드위치 조각을 즐기고 있었다. 버터칼을 서툴게 잡고 거의 균등한 여섯 조각으로 나누는 과정까지 포함되었고, 마지막 한 조각은 엄숙하기 그지없는 태도로 칼에게 주기까지 했다.

할로웨이가 말했다.

"당신이 방법을 가르쳤을 수도 있지. 난 개에게 폭약 터뜨리는 방법을 가르치기도 했어."

"내가 사랑하는 칼을 깎아내리려는 건 아니지만, 짐승에게 맛있는 음식을 얻으려면 기폭 패널에 발을 올리라고 가르치는 것과, 샌드위치 만드는 방법을 가르치는 것은 전혀 다른 문제야. 그 샌드위치를 다른 동물 다섯에게 똑같이 나눠주는 방법은 말할 필요도 없고."

"원숭이라면 할 수 있겠지."

"이름을 대봐."

"생물학자는 당신이지 내가 아니잖아."

"저런."

이자벨은 부드럽게 말했다.

"게다가 설령 내가 아빠에게 샌드위치 만드는 방법을 가르칠 수 있다고 해도, 실제로 가르치지는 않았다는 사소한 문제가 있어. 난 당신이 오브리를 만나러 떠나고 얼마 지나지 않아서 들어왔다가 아빠가 샌드위치 만드는 광경을 봤어. 당신이 만드는 모습을 봤거나, 아니면 내 생각보다 더 똑똑하다는 뜻이지. 그 경우에도 내 주장에는 들어맞고."

"내가 만드는 모습을 봤어."

할로웨이가 말했다. 그는 샌드위치 재료를 치우기 시작했다.

"그러니까 우리는 당신이 샌드위치 만드는 모습을 한 번 관찰한 이 동물이 재료가 어디에 있는지 기억했다가, 꺼내서, 준비하고, 기억에 따라 샌드위치 조리법을 재현했다는 이야기를 하고 있는 거군. 한 번도 아니고, 두 번도 아니고, 세 번이나."

이자벨이 말했다.

"세 번이라니?"

할로웨이가 반문했다.

"샌드위치를 만드는 모습을 보고 나서, 내가 본 게 맞는지 확실히 해 두려고 한 번 더 시켰어."

"저 녀석들이 당신 때문에 살이 찌겠군."

할로웨이는 냉장고를 닫으며 말했다.

"두 번째 샌드위치는 나에게 줬어."

"다정하기도 해라."

할로웨이는 건조하게 말하고 맥주를 한 모금 더 마셨다.

"그 행동 자체가 고차원적인 인지 기능을 보여줘. 마음 이론이라는 거야. 내가 샌드위치를 하나 더 만들어보라고 했더니, 아빠 보숑이는 내가 배가 고프니 샌드위치를 만들어달라는 뜻으로 추정했어. 목적과 이유를 나에게 돌린 거야."

"마음 이론이 뭔지는 나도 알아. 또 누구에게 마음 이론이 있는지 알아? 원숭이들이지. 그리고 오징어도 몇 종류. 여기 칼도 내가 무슨 생각을 하는지 알아내려는 시도는 해."

바닥에 있던 칼이 자기 이름을 듣고 꼬리로 바닥을 몇 번 때렸다.

"오징어는 샌드위치를 만들지 않아."

이자벨이 말했다.

"그쪽으로는 과학적인 연구가 진행되었을 것 같지 않은데. 빵이 젖을 테니 말이야."

할로웨이가 말했다.

"그만해. 원숭이도, 칼도 샌드위치는 만들지 않아. 그리고 당신이 샌드위치 만드는 모습을 한 번 보고 따라 만들 수 있는 동물은 없어. 얘들은 그냥 동물이 아니야, 잭."

이자벨은 다시 몸을 굽히더니 자기가 마실 맥주를 꺼냈다.

"그렇다고 이 녀석들이 지성체라는 건 아니지. 나도 이 녀석들이 똑똑한 줄은 알아, 이자벨. 애초에 내가 아빠 보송이를 녹화해서 당신에게 보여준 것도 그래서야. 이 작은 녀석들은 큰 발견이야. 당신도 보고 싶어 할 줄 알았어. 하지만 '똑똑한 작은 원숭이'와 '지성이 있는 사람' 사이에는 엄청난 간극이 존재해. 이 녀석들이 말하는 걸 들은 적 있어?"

"확실히 의사소통은 해."

이자벨이 입을 열자 할로웨이가 손을 들었다.

"논쟁거리도 안 돼. 이 녀석들은 누구 못지않게 끽끽거리고 짹짹거리고, 확실히 동물 수준의 의사소통 방법에 숙달해 있어. 그건 기정사실이야. 하지만 이 녀석들에게 말이 있다는 증거가 있나? 언어가? 우리가 다른 아주 똑똑한 동물들에게서 보는 수준을 넘어서는 의사소통 방식이?"

이자벨은 잠시 말이 없었다.

"없어."

이자벨은 겨우 그렇게 대답하고 맥주를 한 모금 마셨다.

"당신도 그게 중요한 줄은 알 텐데. 난 듀크대에서 외계지성체법 수업을 들어야 했어. 어쨌든 내 전문 분야는 아니었기 때문에 내용이 많이 기억나지는 않아. 하지만 쳉 대 블루스카이 법인 사건의 판례는 기억해. 회사 소속 생물학자가 행성 블루스카이 VI의 비구름 부유체들이 지성체라고 주장하고, 그들을 위해 행성 개발을 막으려고 법정에 나갔던 사건이지. 법정은 생명체의 지성을 판단하기 위한 기준 목록을 작성해야 한다는 결론을 내렸고, 그 목록에는 말 또는 '동시적이고 즉각적인 순간을 넘어서서 전달되는 의미 있는 의사소통 수단'의 유무가 포함되었지. 움직일 수 없는 법이야."

"목록에 그 조항만 있는 건 아니야."

"그래, 하지만 중요한 조항이지. 쳉을 쓰러뜨린 조항이고. 쳉은 부유체들이 말을 한다는 사실을 증명할 수 없었어."

"당신은 이 문제를 공정하게 바라볼 수가 없어."

"그래, 그렇지."

이자벨의 말에 할로웨이가 대꾸했다. 그는 식사를 끝내고 다시 바닥에 내려가서 책을 보거나 칼에게 기대어 자고 있는 보송이들 쪽을 가리켰다.

"여기에 있는 우리 작은 친구들이 그냥 아주 똑똑한 동물이라면 난 억만장자가 되겠지. 만약 이 친구들이 사람이라면 일자리를 잃은 또 한 명의 멍청이로 전락할 테고, 다시는 탐사 일을 얻기 힘들 거라고 믿을 만한 이유도 있어. 그러니 맞아, 난 아주 관심 있는 당사자야."

"당신이 그 점을 안다니 기쁘네."

"나도 알아. 하지만 그렇지 않다고 해도 난 여전히 당신 생각이 옳은지에 대해 절대적인 확신이 필요하다고 말하겠어. 당신이 지성체 의심 보고서를 올리는 그 순간 자라 기업은 법에 따라 이 행성에서 모든 활동을 정지해야 하니까 말이야. 법정에서 우리 보송보송한 친구들의 지성을 판단하는 동안에는 모든 것에 요란한 제동이 걸려. 당신이 수십억을 물리게 될 상대는 나만이 아니야. 그리고 우리 친구들이 지성체가 아니라는 쪽으로 판결이 나면, 당신은 남은 평생을 식료품점 점원으로 보내게 될 거야. 그러니 누군가에게 이 건에 대해 이야기하기 전에 절대적인 확신이 있어야 해. 당신 정말로 그렇게 확신해, 이자벨?"

이자벨은 다시 침묵으로 대답했다. 그리고.

"아니. 아니야, 그런 확신은 없어. 확신한다고는 말 못 해. 더 연구해야 해."

"그렇다면 좋아. 이 녀석들을 더 연구해. 비디오를 찍고 관찰을 하고 뭐든 필요한 일을 해. 이 일을 서두를 필요는 없어. 천천히 해. 시간은 많아."

할로웨이의 말에 이자벨은 코웃음을 쳤다.

"당신이 억만장자가 될 시간 말이지."

"그러면 좋겠지. 난 아주 행복하게 살 수 있을 거야."

"나도 당신이 그럴 줄은 알아."

이자벨이 말하더니 보송이들 쪽을 가리켰다.

"하지만 쟤들도 그럴 수 있을까?"

"무슨 말인지 모르겠군."

"이건 저들의 행성이야, 잭. 저들이 지성체라면, 우리가 이 행성에서 가져가는 만큼 저들이 스스로를 위해 쓰지 못하게 돼. 당신은 자라 기업이 다른 행성에서 쉽게 접근할 수 있는 자원을 얼마나 효율적으로 짜내는지 알지 못하거나 알고 싶지 않은지 몰라도, 나는 알아. 난 자라 기업이 개발 중인 모든 행성에서 보내오는 생물학 충격에 대한 보고서를 읽어. 자라 기업에서 탐사 개발 인가를 받은 초기 행성들 중 몇 군데는 벌써 희귀 금속과 광물의 고갈 수준이 지구에 가까워졌어. 흔한 광석들도 어마어마한 속도로 뽑혀 나오고 있지. 겨우 수십 년 만에. 그리고 지금 자라 기업은 십 년 전보다 훨씬 더 그 일을 잘해."

할로웨이는 태양석 광층 앞에 얼마나 빨리 현장이 세워졌는지 생각했다. 그는 남은 맥주를 한 모금에 다 비웠다.

이자벨이 말을 이었다.

"그러니 저들이 지성체라면, 우리가 일이 년만 기다린다 해도 저들이 얼마나 많은 자원을 잃어야 할지 생각해봐. 자기들을 위해 쓸 기회도 오기 전에 빼앗기는 거야."

할로웨이가 말했다.

"저 녀석들은 이제 막 샌드위치를 발견한 수준이야. 태양석 층을 다루는 건 우선순위가 높지 않을걸."

"요점을 이해하지 못하는구나."

이자벨이 말하고 맥주를 내려놓았다.

"요점은 저들이 준비가 되었을 때에는 태양석이 그곳에 없을 거라는 거야. 당신이 발견한 태양석 층은 수백만 년에 걸친 열과 압력이 만든 결과야. 자라 기업은 그걸 십 년 만에 다 땅에서 꺼낼 거야. 십 년이나 걸릴지도 잘 모르겠지만. 그러고 나면 태양석은 끝이야. 사체가 되어 태양석을 만든 생물은 멸종했으니까. 그리고 다른 광석과 광물들도 있지. 행성이 이런 광물들을 다시 채워 넣으려면 수백만 년이 걸릴 거야. 아예 영영 채워지지 않는 것도 있을 테고. 그러면 저들에겐 무엇이 남지?"

"무슨 말인지 알아. 그리고 아마 당신이 옳겠지. 그래도 난 당신이 지성체의 존재를 주장하려 하기 전에 확신을 가져야 한다고 생각해. 그런 주장을 하지 말아야 한다는 소리가 아니야. 그저 확실해야 한다는 거지. 이게 지금 내가 당신에게 친구로서 하려는 말이야."

"고마워. 알아. 나도 그저 생각하고 있을 뿐이야. 혹시라도 잠시 멈춰서서 우리가, 인류가 우주 이쪽 구역에서나마 제일 먼저 똑똑해진 지성체라는 사실이 얼마나 행운인지 생각해본 적 있어?"

"그런 생각이 스쳐 지나가기는 했어."

할로웨이가 대답하자 이자벨은 고개를 끄덕였다.

"이제 오십만 년 전에 어느 외계 생명체가 우리 행성에 착륙해서, 우리 조상들을 보고 이건 지금 현재로선 사람이 아니라고 판단한 다음 우리 행성의 광석과 석유를 다 캐내갔다면 어떻게 되었을지 상상해봐. 우리가 얼마나 발전할 수 있었을까?"

이자벨은 이제 다 함께 오두막집 바닥에 잠들어 있는 보송이들을 가리켰다.

"진지하게 생각해봐, 잭. 우리가 여길 다 쓸어버리고 나면 저들이 어느 정도나 발전할 수 있을까?"

11장

할로웨이는 제비정의 전방 회전날개 두 개가 꺼졌을 때 두 가지 생각을 했다. 첫 번째는 '이게 무슨 개 같은 경우야?'였다. 회전날개 하나가 나가는 일은 그렇게 드물지 않았지만, 두 개가 동시에 죽는 일은 드물었기 때문이다.

두 번째 생각은 '이런 쌍'이었다. 황무지 한가운데에 할로웨이 혼자였고, 커다란 짐승이 그를 잡아먹으려 들 게 거의 확실한 정글 바닥에 불시착하기 직전이었기 때문이다.

할로웨이는 자동 조종을 수동으로 강제 전환하고 제비정 조종간을 잡아당겼다. 잡아먹히는 문제는 나중에 걱정해도 된다. 지금은 불시착을 피해야 했다. 제비정을 손상 없이 착륙시킬 수 있다면, 고쳐서 이곳을 벗어날 수 있을지도 몰랐다. 땅에 부딪혀서 제비정이 망가진다면, 어느 놈의 배 속에서 얼마만큼 소화된 채로 하루를 끝낼 확률이 천문학적으로 높아졌다.

할로웨이는 회전날개용 비상 엔진을 가동시킬 시동끈을 찾아서 제비정의 계기판에 손을 뻗었다. 모든 회전날개는 제비정 중앙, 객실 밑에 있는 발전기로 움직였고, 직접 조종보다는 컴퓨터의 통제를 받았다. 하지만 구동축이 닳고 컴퓨터 하드웨어와 프로그램은 오래되어 질이 떨어지는 수송기관이 지상 천 미터 높이로 움직이고 있다면 진짜 문젯거리였다. 때문에 비상사태에는 회전날개 안에 들어가 있는 작은 모터들이 맞물려 돌아갈 수 있게 만들어졌다. 이 모터들은 제비정을 이동시키기에는 너무 작았고, 동력은 몇 분밖에 가지 않았다. 이 모터의 유일한 목적은 제비정을 안정시켜서 비상 착륙할 수 있게 해주는 데 있었다.

할로웨이는 전방 회전날개용 시동끈을 잡고 힘을 실어 당겼다. 시동끈이 팽팽해지더니, 팽팽해진 줄이 회전날개용 비상 엔진의 작동 핀을 뽑으면서 끊어졌다. 이 위기에서 살아남는다면 비상 엔진을 재충전하고 줄과 핀들을 다시 맞춰놓아야 하리라. 이것은 제조사의 설계에 따라 조종사가 직접 해결하기가 불가능하고 자격증을 갖춘 숙련된 전문가가 해야 하는 일이었다. 그리고 그 전문가는 써버린 비상 엔진만이 아니라 모든 비상 엔진을 재충전하고 복원해야 한다고 주장할 터였다. 할로웨이는 그러기 위해 천 크레디트를 써야 할 테고, 지갑을 열면서 욕을 할 게 뻔했다.

그러나 이 순간만은 그중 어느 것도 할로웨이의 걱정거리가 아니었다. 이 순간 그는 회전날개용 비상 엔진들이 마지막으로, 그러니까 1년도 더 전에 재설치했을 때 이후 충전 상태를 유지하고 있기만을 빌었다.

전력은 남아 있었다. 전방 회전날개 두 개가 철컥 소리를 내며 초기 상태로 돌아가더니 탁탁 소리를 내며 살아났다. 할로웨이의 인포패널에 타이머가 번쩍였다. 착륙까지 2분 30초가 남아 있었다. 할로웨이는 타이

머를 최소 크기로 줄이고 이착륙 장치에 달린 카메라를 켜서 내려앉을 곳을 찾았다.

지시에 따라 할로웨이가 지난 사흘간 측량 작업을 한 이 지역은 숲이 무성했다. 그는 제비정으로 숲 천장을 헤집고 다니면서 작은 원격 조종 로봇에 의지하여 음파 폭탄과 자료 수집기들을 설치하느라 충분히 힘든 시간을 보냈다. 로봇들이 그 일을 해내기는 했지만, 제비정을 직접 내려서 제비정에 내장된 채굴기와 천공기를 쓰는 것보다 훨씬 오랜 시간이 걸렸다.

하지만 지금은 달리 수가 없었다. 숲 속으로 들어가야 했다. 할로웨이는 후방 회전날개를 이용하여 다른 곳보다는 뚫고 들어갈 만해 보이는 숲 천장으로 제비정을 살살 몰고 갔다. 그는 좌석 안전장치를 두 번 확인한 후 계기판에 있는 '비상 착륙' 버튼을 때렸다.

좌석 안전장치가 숨 막히는 각도로 팽팽해지고, 펑 소리가 나면서 머리 구속구가 부풀어 오르더니 할로웨이의 두개골을 감싸고 모양을 잡으면서 시야를 가렸다. 다리와 팔에도 같은 일이 일어났다. 보통 회전할 수 있게 만들어진 좌석도 앞을 보는 위치에 고정되었다. 할로웨이는 움직일 수 없었다. 말하자면 이제는 제비정의 자동장치 손에 맡겨진 셈이었다. 할로웨이는 잠시 칼을 이자벨과 보송이들과 함께 두고 왔다는 사실에 감사했다. 거친 내리막길이 될 모양이었다.

실제로 그랬다. 제비정은 빠르지만 컴퓨터의 통제에서 벗어나지는 않았으면 싶은 하강을 시작하면서 속이 뒤집어지게 요동을 쳤고, 중력이 끌어당기는 속도보다 더 빠르게 떨어지면서 제비정 자체의 질량과 구조의 힘을 이용하여 피신할 수 없는 나뭇가지들을 부러뜨렸다. 선실에 닥쳐오는 충격과 천둥 같은 소리로 미루어 착륙하고 나면 목재가 한 더미 쌓여 있으리라는 사실을 알 수 있었다.

땅바닥까지 7미터가 남았을 때, 할로웨이는 제비정의 이착륙 장치에서 열두 개의 단거리 로켓 엔진을 역분사했다. 제비정의 현재 위치를 이용하여 급격한 하강을 막고, 수평을 유지하여 정글 바닥에 그럭저럭 부드럽게 착륙하도록 각각의 추진력을 정확하게 계산한 역분사였다. 할로웨이는 추진기의 반동으로 내부 장기가 밀리미터 속도, 혹은 내부에서 느끼기에는 상당한 속도로 떨어지다가 나머지 몸통 때문에 추락 속도를 늦추면서 속이 고통스럽게 당기는 느낌을 받았다. 신경을 뒤흔드는 쿵 소리가 이 착륙이 별로 부드럽지 않다는 사실을 알렸다.

좌석 안전장치가 느슨해지고 바람 빠지는 소리가 나면서 부풀어 올랐던 구속구가 풀렸다. 제비정의 회전날개가 멈췄다. 할로웨이는 좌석에서 몸을 빼내고 상태 업데이트를 위해 인포패널을 거머쥐었다. 동체 우그러짐이 기록되어 있었고, 착륙 도중에 왼쪽 후방 회전날개를 조정하는 부품이 손상되었다. 할로웨이가 제비정을 다시 움직일 수 있다 한들 그쪽 날개는 부양력은 제공하더라도 전진에는 도움을 주지 못할 터였다. 그러나 전체적으로 제비정은 살아남았다. 할로웨이는 충돌 없이 착륙했다.

할로웨이는 그 사실을 마음에 새긴 다음 무시했다. 이제 착륙을 했으니 다른 걱정거리들을 돌볼 차례였다. 그는 선실 끝으로 이동하여 대형 화물 적재실 하나를 당겨 열고, '비상용 울타리'라고 적힌 꾸러미를 꺼냈다.

"시작해볼까."

할로웨이는 혼잣말을 하고 제비정 지붕을 개방한 다음, 옆으로 다리를 넘겼다.

제비정으로 정글 바닥에 내려앉을 때는 충돌이 있든 없든 무시무시한 소음을 내기 마련이다. 진화적으로 커다란 소리를 포식 행동이나 다른 위험과 동일시하게끔 만들어진 생물들 대부분은 근처에 있다가도 소리를 피하려고 뛰어갈 것이다. 그러나 결국에는 모두 돌아온다. 특히 포식동물은 크고 시끄러운 소리가 난 후에는 상처를 입었거나 속도가 느려져서 대단한 싸움 없이 죽일 수 있는 작고 무력한 생명체를 발견할 수도 있다는 사실을 포식동물다운 직감으로 알고 더 빨리 돌아온다.

할로웨이에게 이 사실은 비상용 울타리를 설치할 시간이 2분, 아니 얼추 90초쯤 있다는 의미였다. 그 후에는 크고 굶주린 무엇인가가 점심 거리가 될지도 모르는 그를 보러 올 게 확실했다.

할로웨이는 그 시간을 조금도 허비하지 않았다. 그는 잽싸게 움직여서 제비정 주위에 말뚝 여섯 개를 단단히 박아 넣고, 최대 길이인 2미터까지 펼쳤다. 그 일이 끝나자 자성을 띤 울타리 재료를 펴서 말뚝마다 끼워 넣었다. 울타리는 할로웨이의 제비정을 간신히 둘렀다. 제비정은 컸고, 울타리는 그렇게 크지 않았다.

할로웨이는 울타리 마지막 부분을 첫 번째 말뚝에 끼워 넣었다. 첫 번째 말뚝 토대에는 울타리의 전원이 들어 있었다. 일단 작동을 시키면 그 전원이 두 가지 일을 했다. 우선 울타리를 거대한 전자석으로 만들어서 강화했다. 말뚝 기둥이 웬만큼 튼튼하기만 하다면 무엇으로도 울타리를 무너뜨리기 힘들었다. 또한 이 전원은 접촉이 있을 때마다 울타리에 2만 5000볼트의 전류를 흘려서 울타리를 건드린 대상을 튀겨버렸다.

전원은 최대로 충전했을 때 열두 시간을 갔다. 할로웨이는 샘 해밀턴(과 그의 원숭이)에게 일어난 사고 이후로 언제나 비상용 울타리의 전원을 충전 상태로 유지했다.

할로웨이는 울타리가 단단하게 쳐졌는지 두 번 확인한 다음, 녹색 버튼을 눌러서 전원을 켰다. 그는 물러서서 5초간의 작동 시간이 지나고 전자기류의 웅 소리가 들리기를 기다렸다.

아무 소리도 나지 않았다.

할로웨이는 전원을 내려다보았다. 시동 버튼 옆의 LED 등이 깜박거리고 있었다. 그 불빛 옆에 적힌 글자를 읽지 않아도 전원이 충전되지 않은 상태라는 뜻임을 알 수 있었다.

"이런 염병할."

할로웨이가 큰 소리로 말했다. 전원은 분명히 충전되어 있었다. 달마다 하는 물품 적재 도중에 점검했다.

울타리 너머에서 어떤 움직임이 할로웨이의 눈길을 끌었다. 그는 눈을 들었다. 30미터 거리에서 자라랩터 한 쌍이 호기심, 굶주림, 또는 둘 다를 뜻하는 표정으로 그를 마주 보았다. 할로웨이는 겉보기에는 아주 태평한 태도로 빠듯하게 제비정을 감싼 울타리에서 물러서서 제비정 안에 들어간 다음, 지붕을 단단히 닫았다. 그런 다음 산탄총을 찾았다.

자라랩터에게 그런 이름이 붙은 것은 맹금류 랩터와 닮아서가 아니라, 다행히도 인간이 메뉴에 오르기 수백만 년 전에 지구를 휩쓸었던 영리한 포식자인 공룡 랩터를 떠오르게 하기 때문이었다. 그들과 마찬가지로 자라랩터도 파충류였고, 확실히 육식이었으며, 강력한 두 뒷다리로 걸었고, 정글 바닥에서 먼 거리를 빠르게 나아갈 뿐 아니라 인간이라면 걸려 넘어질 다양한 장애물을 건너뛰고 피할 수 있을 만큼 민첩했다. 다만 지구에 존재했던 랩터와 달리 자라랩터는 거의 고양이과처럼 생긴 둔한 머리와, 마주 볼 수 있는 손가락이 달린 강한 앞발을 갖고 있었다. 자라랩터는 먹잇감을 붙들어 쥘 수 있었으며, 이빨을 피할 수 없게 사지를 움켜쥘 수도 있었다.

행성 자라 XXⅢ에 도착했을 때, 할로웨이와 다른 새로 온 측량업자 모두는 부주의한 인간을 공격하여 죽이는 자라랩터의 모습이 담긴 영상을 보아야 했다. 감시 카메라와 보안장치에 잡힌 영상들, 그리고 한 번은 비극적으로 자신감이 넘쳤던 측량업자 본인이 직접 찍은 비디오도 있었다. 그 비디오가 가장 보아내기 힘들었는데, 측량업자의 피가 렌즈에 튀어서 시야를 가렸다는 점도 적지 않게 작용했다. 하지만 그 비디오는 인간의 두뇌가 아무리 좋다 해도 자라랩터의 속도와 악력과 이빨에는 상대가 되지 않는다는 핵심을 제대로 전달했다.

지붕을 덮은 제비정 안에서 할로웨이는 공포로 이성을 잃기 직전이 아닌 척하면서 좌석 옆에 있는 작은 저장 공간 옆에 무릎을 꿇었다. 그는 뚜껑을 열고 산탄총을 꺼냈다. 총열이 짧은 작고 뭉툭한 물건이었다. 아주 가까운 거리가 아니면 아무 소용도 없을 터였다. 지금 상황에 적합할지는 의심스러웠다. 자라 XXⅢ에 도착하자마자 구입한 총이었지만 한 번도 쓴 적이 없었다. 어쨌든 무슨 일에든 처음은 있는 법이었다.

그는 총탄을 장전하기 위해 총열을 열고, 언제나 산탄총 옆에 두었던 탄약 상자를 찾으려고 저장 공간을 들여다보았다.

상자는 제자리에 없었다. 할로웨이는 한기를 느꼈다.

제비정 바깥에서 달그락거리는 금속음이 났다. 할로웨이는 그 소리를 들고 고개를 들었다. 자라랩터들이 울타리를 잡아당기고 있었다.

울타리.

퍼뜩 절박하고 미친 착상이 하나 떠올랐다. 지금 할로웨이에게 남은 것이라곤 절박하고 미친 착상뿐이었으니까. 자라랩터 한 마리가 울타리 재료를 말뚝에서 분리하는 동안 그는 인포패널을 손에 잡았다.

대부분의 면에서 할로웨이의 제비정은 기본형이었다. 그는 파산해서 지구로 끌려가기 전에 얼마라도 돈을 마련할 방법을 찾던 다른 측량인으로부터 이 제비정을 샀다. 아름답기보다는 목적에 충실하게 만들어졌고, 커다란 화물칸과 표준형의 접이식 지붕과 창문이 덮힌 검소한 내부 공간을 갖추었다. 부주의하게 날아가던 다른 생물이나 측량업자를 채써는 일이 없게끔 뚜껑을 씌운 커다란 회전날개 네 개가 네 모퉁이에 자리를 잡고 부양력과 기동 능력을 제공했다.

할로웨이는 그 제비정을 산 후에 거의 아무런 개선 작업도 하지 않았다. 할로웨이도 누구 못지않게 호화로운 탈것을 좋아했지만(뭐라 해도 그는 예전에 변호사였다) 호화로운 탈것의 핵심은 과시에 있었고, 자라 XXⅢ에는 과시할 대상이 없었다. 이곳에 있는 사람들은 돈을 자랑하는 데 집착하지 않고, 버는 데 집착했다. 그러니 재산을 과시한들 증명할 것이 없었다. 어떤 의미로는 해방이었다.

그럼에도 할로웨이가 돈을 아낌없이 쓴 물건이 하나 있었다. 이 제비정의 예전 주인은 실용적인 스피커 하나만 설치해서 마찬가지 실용적인 목적으로 사용했다. 제비정과 인포패널에서 나오는 알림말, 계약 담당자와의 통신 등에 말이다. 할로웨이는 이 사실을 알고 얼굴이 창백해졌다. 제비정 안에서 대부분의 시간을 보내려면, 눈과 손과 다른 모든 기관이 바쁘게 일하는 동안 두뇌를 즐겁게 해줄 음악과 오디오북과 기타 등등을 듣고 싶었기 때문이다.

할로웨이가 입수한 음향 설비는 말도 안 되게 비쌌는데, 할로웨이가 그 설비를 원해서가 아니라 그것이 자라 기업 잡화점에 있는 유일한 음향 설비였기 때문에 어쩔 수 없었다. 그는 대부분의 측량업자는 이어폰으로 음악을 듣고 제비정에는 실용적인 스피커를 단다는 말을 들었다. 잡화점 주인은 할로웨이에게 맞춤형 이어폰을 꽤 좋은 값에 주겠노라고 장담하기도 했다. 팔꿈치보다 작은 물건을 귓속에 꽂는다는 생각만으로도 끔찍했던 할로웨이는 이를 악물고 말도 안 되게 비싼 음향 설비 값을 지불했다.

자라랩터들이 비상용 울타리를 찢어발기고 나서 이제는 제비정을 이해하려고, 어떻게 하면 제비정의 딱딱한 겉껍질을 뚫고 안에 있는 부드럽고 잘 씹히는 속살을 손에 넣을지 알아내려고 주위를 맴돌고 있었다. 할로웨이는 오줌을 지리지 않고 음향 설비의 진단 소프트웨어를 불러내는 데 집중했다.

이 음향 설비가 그토록 비싼 이유, 또는 잡화점 주인이 할로웨이에게 주워섬긴 이유 중에는 이 설비가 인간의 가청 영역 위와 아래까지 소리를 낸다는 것도 포함되어 있었다. 사실 이 설비가 만들어낼 수 있는 소리의 범위는 2킬로헤르츠에서 44.1킬로헤르츠까지였다. 이렇게 음역이 넓은 이유는 인간이 그 주파수까지 듣지는 못한다고 해도 인간의 가청 범위 위아래로 전파되는 소리에 음향심리학적 효과가 있으며, 그 효과는 인간의 가청 범위만큼도 재현하지 못하는 평범한 음향 설비에서는 놓치게 마련인 것이기 때문이었다. 잡화점 주인은 이 음향 설비가 모든 주파수를 재현하여 실생활에 버금가는 최고의 음향을 구현한다고 했다.

당시 할로웨이는 잡화점 주인에게 그건 다 물건 팔아먹으려는 헛소리에 불과하다고 했다. 잡화점 주인은 할로웨이에게 당신 말이 맞을지도 모르지만 당신은 어차피 그 설비를 살 테니, 왜 그렇게 비싼지 이유를 알아두는 편이 좋을 거라고 대꾸했다.

자라랩터들이 앞발로 제비정 창을 두드리기 시작했다. 처음에는 손바닥으로 때리다가 주먹이 날아왔다. 창문은 덜컹거리기는 해도 버텼다. 시속 200킬로미터로 날아가는 와중에 새가 부딪치는 충격을 이겨내도록 만들어진 합성 유리였다. 짐승의 주먹 정도는 다룰 수 있었다.

자라랩터 한 마리가 제비정에서 떨어져 나갔다. 할로웨이는 엉겁결에 그 모습을 쳐다보았다. 자라랩터는 무엇인가를 찾는 듯 땅바닥에 시선을 고정했다. 그러더니 갑자기 멈춰서서 몸을 굽히고 굉장히 큰 돌덩이를 집어 들었다. 자라랩터는 제비정을 돌아보더니 무서울 정도로 정확히 크리켓 투수의 자세를 흉내 내며 팔을 뒤로 돌렸다.

'허, 도구 사용이라. 이자벨에게 말해줘야겠군.'

할로웨이의 두뇌 어딘가가 말했다. 그러고 나서 커다란 돌덩이가 수평 궤적을 그리며 맹렬히 공기를 가르자 할로웨이는 저도 모르게 몸을 숙였다. 돌덩이는 전방 옆 유리창을 제대로 때리면서 작지만 확실한 금을 냈다. 자라랩터는 다시 창을 부숴보려고 제비정에 달려들었다.

할로웨이는 그놈에게서 인포패널로, 이제 로딩이 끝난 음향 설비의 진단 소프트웨어로 관심을 돌렸다.

할로웨이는 이 음향 설비를 샀을 때 30분 동안 다양한 주파수 시험과 음향 설정과 선택지들이 가득한 무시무시하도록 복잡한 음향 설비

소프트웨어를 들여다보았다. 그리고 스피커만 아는 괴짜가 되기에는 인생이 너무 짧다는 결론을 내리고 소프트웨어의 첫 화면으로 돌아가서 '자동 관리'를 선택했다. 이는 소프트웨어가 알아서 설비를 돌보고, 할로웨이는 음악과 오디오북을 듣기만 할 수 있다는 뜻이었다. 지금 할로웨이는 그 화면을 띄우고 '수동 관리' 버튼을 때리고 있었다.

아까의 자라랩터가 이제 창문 바로 밖에 있었다. 돌을 주우려고 앞발을 뻗는 참이었다.

인포패널 화면이 바뀌더니 메뉴 항목이 나타났다. 특별한 순서는 없어 보였다.

'욕 나오게 형편없는 사용자 인터페이스로군.'

할로웨이는 그렇게 생각하고 자라랩터가 돌덩이로 기세 좋게 창문을 때려서 1밀리미터 정도 금을 넓히는 순간 '주파수 시험' 항목을 찾아냈다.

할로웨이가 화면에서 '주파수 시험' 항목을 누르자 마음을 진정시키려는 듯한 소개 페이지가 나오면서 따뜻하고 풍성한 남자 목소리가 뉴튼반돔 XGK 음향 설비를 모든 주파수에 걸쳐 조정해보는 작업은 듣는 이에게 음향적으로 완벽한 즐거움을 보장한다고 설명했다.

할로웨이는 좌절과 공포의 비명을 지르며 필사적으로 '인트로 건너뛰기' 항목을 찾았다. 할로웨이가 그 선택지를 찾아낸 순간 두 번째 자라랩터가 돌덩이를 집어 들더니 첫 번째 자라랩터와 똑같은 창문을 때리기 시작했다. 두 마리 자라랩터는 번갈아가며 창문을 깨고 있었다. 할로웨이가 필사적으로 찾던 선택지가 로딩되는 동안 창문이 박살 났다.

할로웨이는 창문에서 멀리 몸을 던지고 계기판에서 음향 설비와 연결된 수동 제어장치, 즉 볼륨 스위치에 손을 뻗었다. 그는 첫 번째 자라랩터가 창문 유리를 때려서 한 장이 떨어져 나가게 만든 다음 식식거리면서 제비정 선실 안으로 머리를 들이민 순간에 볼륨 스위치를 잡았다. 그 자라랩터는 분명히 제비정 안으로 비집고 들어올 기세였다. 다른 자라랩터는 바깥에 남아서 할로웨이가 쫓겨 나오기를 기다렸다.

할로웨이는 용케 똥을 지리지 않고 자라랩터가 제비정 안으로 반쯤 들어올 때까지 기다렸다. 그리고 자라랩터가 반쯤 들어오자 인포패널에 나타난 버튼을 때렸다. 음향 설비가 살아나면서 22,500에서 28,000헤르츠의 주파수 대역 시험에 들어갔다. 할로웨이는 볼륨 스위치를 빠르고 강하게 돌렸다.

창문에 낀 자라랩터가 비명을 지르며 몸부림을 치더니, 미친 듯이 제비정에서 머리를 빼내려다가 이를 다 드러낸 머리통으로 제비정 측면을 때렸다. 무시무시한 몇 초가 지나자 자라랩터는 허둥지둥 깨진 창문에서 멀어져 제비정 밖으로 후퇴했다. 다른 자라랩터도 같이 물러났다. 할로웨이는 마음이 놓인 나머지 울 뻔했다.

그러나 그 자라랩터들은 확실히 짜증이 나기는 했어도 아예 달아나지는 않았다. 잠시 후에는 두 마리 다 제비정 주위를 맴돌기 시작했다. 할로웨이는 잠시 혼란에 빠졌다가, 주파수 시험을 다시 시작하고 음량을 더 높인 다음에 제비정의 지붕과 창문을 열었다.

고통스러운 고주파음의 전방위 폭격에 노출된 자라랩터들은 성난 소리를 지르며 숲 속으로 도망쳐 들어갔다.

할로웨이는 믿기지 않는 기분으로 놈들이 떠나는 모습을 지켜보았다. 그런 다음에는 인포패널의 녹음기를 켜고, 그 녹음기가 들리지 않는 고주파까지 녹음할 수 있는지 확인한 다음에 주파수 시험을 녹음했다. 그리고 그 내용을 반복 재생하도록 설정했다.

5분 후에는 나무를 흔드는 바람 소리만 빼고 온 정글이 고요해졌다. 아무래도 고주파 소음 폭탄을 싫어하는 생물은 자라랩터만이 아닌 모양이었다.

며칠 전에 오브리가 말했던 대로 할로웨이도 두통을 느꼈다. 하지만 당장은 어쩔 수가 없었다. 두통의 대안은 뇌를 씹어 먹히는 것이었으니 말이다. 일단은 두통을 안고 가야 했다.

그는 인포패널에 다시 손을 뻗어 다른 진단 검사를, 이번에는 전방 회전날개용으로 돌렸다. 프로그램은 회전날개에서 물리적으로 잘못된 부분을 찾아내지 못했다. 회전날개는 정상 범위 안에서 움직이고 있었다.

할로웨이는 주위를 둘러보고 소리 장벽이 작동하고 있는지 확인한 다음, 회전날개에 연결된 하부장치를 겨냥하여 소프트웨어 진단을 돌렸다. 하부장치들도 멀쩡해 보였다. 전반적인 구동장치에 대한 진단 역시 어떤 오류나 파일 변형을 드러내지 않았다.

하드웨어에도 문제가 없고 소프트웨어에도 문제가 없다면, 정말로 그냥 우연이었을까? 그냥 잠시 동안 일어난 고장이었을까? 할로웨이는 그럴 수도 있다는 사실을 받아들여야 했지만, 그 결론이 마음에 들지는 않았다. 그것은 없어진 탄환도, 방전된 울타리 전원도 그저 우연이라는 의미였다.

그중에 둘 정도의 조합이라면 얼마든지 그냥 불운이나 나쁜 업보 등으로 받아들일 마음이 있었다. 그러나 세 가지가 한꺼번에 일어났다는 사실에서는 모종의 의도가 보였다. 물론 이는 지독한 편집증 같았고, 보통 할로웨이는 지독한 편집증을 보이는 사람이 아니었지만, 달리 무슨 설명이 가능하겠는가? 누군가가 그를 죽이려 했다.

누가 제비정에 접근할 수 있었지? 할로웨이야 당연히 그럴 수 있었지만, 몽유병으로 돌아다니면서 명백한 자살 행위를 한 게 아니고서야 그는 용의자가 아니었다.

이자벨은 이제 일주일째 그의 나무 위 주거지에 머물고 있으니, 기회는 많았을 것이다. 하지만 서로 알고 지낸 기간 동안 그녀가 화를 낼 만한 훌륭한 이유를 할로웨이가 선사하기는 했어도, 이자벨이 그를 죽이려고 한다고는 생각할 수 없었다. 이자벨은 그렇게 생겨먹은 사람이 아니었다. 할로웨이는 냉담하게 생각했다. 설령 그를 죽이고 싶었다 해도 이자벨이라면 교활하게 굴지 않고 직접 부딪쳤을 것이라고.

하지만 그러면 남는 사람이 없었다. 할로웨이의 삶에는 정말로 실질적인 인간과의 접촉이 거의 없었다. 지난주에 할로웨이가 만난 사람이라고는 이자벨과 오브리와 오브리의 하인 랜던뿐이었다. 하지만 그중 누구도 제비정 근처에 오지 않았다. 아니, 랜던은 왔지만……

마침내 지난주에 만난 또 한 명을 기억해내면서 할로웨이의 두뇌가 잠시 정지했다.

할로웨이는 인포패널을 가볍게 치고 제비정의 조종 프로그램에 대한 수색 진단으로 지난주에 설치되거나 변경된 프로그램이 있는지 찾았다. 우선 회전날개의 전원 관리 프로그램이 변경되었고, 나흘 전에 추가된 프로그램이 하나 있었다. 프로그램 설명은 따로 없었지만, 할로웨이는 그 프로그램이 무슨 일을 하고 다른 프로그램에 어떤 작용을 하며 누가 그 프로그램을 설치해서 할로웨이의 자기 방어를 위태롭게 만들었는지 추측할 수 있었다.

"쌍놈 새끼."

할로웨이는 그렇게 내뱉고 인포패널에 시스템을 지운 후 공장에서 나온 초기 상태부터 모든 프로그램을 재설치하도록 지시했다. 정글 바닥에서 그렇게 오랜 시간을 보내고 싶지는 않았지만 구동장치를 초기 설정으로 되돌리고 새로 깔린 프로그램을 깨끗이 날려버리기 전에는 제비정을 어디로도 날릴 생각이 없었다.

재설치 작업에는 두 시간이 걸렸고, 그동안 할로웨이의 두통은 눈이 멀 듯한 편두통으로 발전했으며 코에서는 끊임없이 피가 흘렀다. 할로웨이는 마지막 30분을 구급상자에 들어 있던 거즈를 콧구멍에 쑤셔 넣고 아스피린을 씹으면서 보냈다.

할로웨이가 다시 공중에 떠올랐을 무렵에는 해가 지고 있었다. 그는 이자벨에게 신호를 보냈다. 대답이 없었다. 별로 놀라운 일은 아니었다. 이자벨은 아마 보송이들이 미적분을 하는 모습을 지켜보거나 보송이들에게 형이상학을 가르치느라 바쁘겠지. 할로웨이는 음성 메일 신호를 기다려서 말했다.

"이자벨, 잭이야. 있지, 한 가지 처리할 일이 있어서 오브리타운에 가야 해. 그렇게 오래 걸리진 않겠지만, 당신이 내 부탁 좀 들어줘야겠어. 혹시 내가 자정쯤에 다시 전화하지 않으면, 당신의 새 친구에게 전화해서 날 찾게 해줬으면 해. 자정까지 내게서 아무 소식이 없으면 어느 쪽으로든 나에게 변호사가 필요할 가능성이 아주 높거든."

12장

워렌의 토끼굴로 걸어 들어간 할로웨이는 예상했던
그 자리에서 조 들라이즈를 찾아냈다. 바 앞자리, 오른쪽에서 세 번째
자리였다. 그곳은 '조 들라이즈 헌정 음주석'이었다. 들라이즈는 등받이
없는 걸상 패드에 그의 엉덩이 윤곽이 새겨질 정도로 오랫동안 그 자리
에만 앉았다. 들라이즈가 들어왔을 때 누군가 다른 사람이 그 자리에
앉아 있다면, 그 사람은 오래 앉아 있지 못했다. 들라이즈는 그저 상대
방이 눈치를 챌 때까지 옆에 서서 눈을 부라리곤 했다. 어느 계약직 측
량업자가 눈치를 채지 못한 적이 한 번 있었다. 들라이즈는 다른 자리에
앉아서 측량업자가 술집에서 나갈 때까지 기다렸다. 그 측량업자는 다
음 날 아침 골목에서, 숨은 붙어 있었지만 이마에 인상적인 홈이 파인
채 발견되었다. 그 후로 들라이즈는 오래 눈을 부라릴 필요도 없었다.

할로웨이는 들라이즈에게 걸어가서 그가 깜짝 놀란 얼굴로 이쪽을
돌아볼 때까지 기다린 다음, 그 크고 뚱뚱한 얼굴을 힘껏 때렸다. 들라
이즈는 자리에서 굴러떨어졌고, 맥주병이 덜거덕 소리를 내며 바닥에

떨어졌다. 적당히 붐비던 술집 안이 조용해졌다.

할로웨이가 말했다.

"안녕, 조. 날 봐서 놀란 거 알아."

바닥에서 들라이즈가 정말로 믿기지 않는다는 얼굴로 할로웨이를 멍하니 쳐다보았다.

"지금 경찰을 쳤어, 이 머저리가."

"그래, 그랬다. 증인들 앞에서, 감시 카메라 영상이 바로 보안사무소로 날아가는 술집 안에서 경찰을 때렸지. 그러니 네놈이 이번에 또 날 사라지게 만들려고 하면 그게 물렁물렁하고 뚱뚱한 똥덩이 같은 네놈 탓이라는 걸 모두가 알 거야. 날 죽이려고 할 기회가 두 번이나 주어지진 않을 거라고."

"도대체 무슨 소린지 모르겠군."

들라이즈가 말했다.

"물론 그렇겠지. 하지만 난 왜 날 죽이려고 했는지가 궁금해, 조. 우린 서로를 좋아한 적이 없지만, 그래도 네놈이 날 죽이고 싶어 할 정도로 문제가 심각했다고 생각하진 않았어. 그러니 뭐야? 그냥 내가 현장에서 열 받게 해서 그랬나? 심술궂은 말 몇 마디를 받아들일 수가 없었어? 아니면 오랫동안 계획한 일이었나? 말해줄 수도 있잖아."

들라이즈는 바닥에서 몸을 일으켰다.

"널 체포한다, 할로웨이. 보안요원을 폭행한 죄로."

"멋지군."

할로웨이는 그렇게 말하고 두 손을 모아 내밀었다.

"체포해라, 이 물렁물렁한 똥덩이 같은 자식아. 그리고 너와 내가 보안사무소에 도착하면 난 변호사를 부를 거고, 그러고 나면 네놈과 내 제비정과 며칠 전에 제비정을 너와 같이 내버려뒀을 때 일어난 모든 일에 대해 이야기할 거야. 정말 재미있는 이야기고, 네놈의 늘어진 엉덩이가 감옥에서 시간을 보내는 것으로 끝을 맺겠지. 그러니 어서 날 체포해. 정말 그랬으면 좋겠어, 조. 어서 해치우자고.”

할로웨이는 두 손을 들라이즈 쪽으로 밀었다.

들라이즈는 화가 난 얼굴로 서 있었지만, 움직이지는 않았다.

“그럴 줄 알았어. 그냥 네놈이 한 대 맞은 걸로 끝내야 할 것 같군. 하지만 이렇게 생각해봐. 난 오늘 자라랩터 두 마리에게 잡아먹힐 뻔했는데, 네놈이 치러야 했던 대가는 그 멍청한 얼굴에 내 주먹을 한 대 맞은 것뿐이라고. 그 정도면 꽤 쉽게 빠져나가는 거 아닌가? 하지만 경고해두지, 조. 한 번 더 그런 짓을 하려면 성공하길 빌어야 할 거야. 내가 네놈을 처리하고 나면 뼈도 못 추릴 테니까. 내 약속하지.”

할로웨이는 몸을 돌리고, 술집에 들어온 후 줄곧 연기해온 철저히 인위적인 개자식 역할을 망치지 않게 웃음을 누르면서 문 쪽으로 향했다. 보안요원 폭행은 보통 그냥 빠져나갈 수 있는 일이 아니었다. 할로웨이는 승산을 따져보고 지켜보는 증인들과 녹화된 영상만 있으면 해낼 수 있다고 판단했다. 들라이즈는 지금 보복을 하기에는 잃을 것이 너무 많았다. 들라이즈가 나중에 앙갚음을 하려고 한다 해도, 할로웨이가 살인미수 혐의를 제기하던 영상은 언제나 자라 기업 보안 파일 안에, 지울 수 없는 형태로 남아 있을 것이다.

사실 이 편이 공식적으로 들라이즈에게 살인미수 혐의를 제기하는 것보다 나았다. 이렇게 하면 할로웨이는 아무것도 증명할 필요가 없었

다. 이것이 할로웨이가 미래에 살해당할지도 모르는 위험에 대비해 움켜
쥘 수 있는 보험증서에 가장 가까운 행동이었다. 영리하게 해결했다. 아
주 영리하게……. 할로웨이는 술집을 떠나면서 쾌활하게 경례를 붙일 생
각으로 감시 카메라 쪽을 올려다보았다.

카메라 구멍이 비어 있었다.

할로웨이는 걸음을 멈추고 바텐더를 돌아보았다.

"망할 물건이 일주일 전에 고장났어. 교체할 시간이 없었지."

바텐더가 말했다.

할로웨이가 했을지도 모르는 다른 생각은 들라이즈가 당구채로 그
의 뒤통수를 후려갈기면서 끊어졌다. 할로웨이는 쓰러졌고, 바닥에 닿
기 전에 정신을 잃었다.

■ ■ ■

"왜 골목에서 저놈 머리를 깨놓지 않았나 모르겠군."

할로웨이는 누군가의 목소리를 들었다.

"증인이 너무 많았어."

다른 목소리가 말했다. 조 들라이즈의 목소리였다.

"저 새끼가 그 부분은 제대로 했거든. 그래서 여기로 끌고 와야 했지."

"그래도 저놈 머리를 깨놓을 거잖아."

다른 목소리가 말했다.

"그래, 하지만 이제는 저놈이 저항해서 그러는 거지. 자네가 내 편을
들어줄 거잖아?"

들라이즈가 말하자 다른 목소리가 웃음을 터뜨렸다.

할로웨이는 눈을 뜨는 위험을 감수했다가 바로 후회했다. 불빛이 망막을 찔렀다. 그는 억지로 눈을 열어두고 주위 환경에 초점을 맞추려 했다. 마침내 주위가 선명해졌다. 그는 자라 기업의 보안 유치장에 있었다. 예전에도 술 취해서 난동을 부리다가 유치장에 들어온 적이 몇 번 있었다. 이자벨이 떠난 후에.

"자네 친구가 깼군."

멀리 있는 형체가 말했다. 다른 형체가 유치장 쪽으로 걸어오더니 들라이즈의 모습이 되었다. 아직 사복 차림인 들라이즈는 할로웨이를 보고 씩 웃었다.

"안녕, 잭. 기분은 어때?"

"어느 개자식에게 뒤통수를 맞은 기분이군."

할로웨이가 대답했다.

"너라면 그런 일을 많이 겪지 않나? 있잖아, 넌 자기가 똑똑하다고 생각하는 사람치고 아주 멍청한 짓을 했어. 감시 카메라가 실제로 그 자리에 있는지 한번 올려다보지도 않는다거나."

들라이즈의 말에 할로웨이는 눈을 감았다.

"그 부분은 네놈 말을 인정해줘야겠군, 조."

"고전적이지. 친구들에게 몇 년은 이야기할 거리야."

"정말로 아직도 내 머리를 깨놓을 생각은 아니겠지. 오늘 밤 일이 있었으니만큼 너에게 동기가 있다는 사실을 아는 사람이 너무 많을 텐데."

할로웨이가 말하자 들라이즈는 코웃음을 쳤다.

"웃기시네. 그 술집에 있는 사람들은 내가 없을 때도 내 자리에 앉지 않을 만큼 날 무서워해. 워렌은 내가 현장에 일하러 나가 있는 동안 술집이 꽉 차도 내 자리는 비어 있다고 말한다고. 젠장, 잭. 그 자리에 있던 사람들은 네놈이 날 때렸고 내가 널 체포했다는 것밖에 기억하지 못할 거야. 다른 건 모두, 정말 빨리 흐릿해지겠지.”

“그래서 왜 그랬어, 조?”

할로웨이가 물었다. 그는 다시 한 번 눈을 열고 들라이즈를 보았다.

“내 제비정을 망가뜨린 일 말이야. 술집에서는 대답을 안 했지. 날 그 정도로 싫어하는 줄은 몰랐어.”

“널 좋아하는 사람은 많지 않아, 잭. 널 좋아하는 사람들조차도 널 좋아하지 않지. 나는 한 번도 널 좋아한 적이 없고.”

“그 말은 시인하는 걸로 들리는데.”

할로웨이가 말했다.

“계속 말하지만, 난 네가 무슨 소리를 하는지 전혀 모르겠어.”

들라이즈는 가벼운 투로 말했다.

“내가 아는 거라곤 네가 날 공격했고, 나는 널 이리로 데려왔고, 그러다가 네가 감당할 수 없이 날뛰어서 제압해야 했다는 사실뿐이야. 그렇게 복잡하지 않은 이야기지.”

“잘됐군. 그 정도라면 아무리 너라도 그 이야기를 쭉 밀고 나갈 수 있을지도 모르지.”

들라이즈는 빙긋 웃었다.

“분명히 네놈이 그리울 거야, 잭.”

“전에도 그렇게 말했었지.”

“그때나 지금이나 진심이야. 자, 좀 쉬어둬. 네가 저항해서 내가 쓰러뜨려야 할 때 모양이 제대로 나와야 하니까."

"물론이지."

"걱정 마, 잭. 많이 아프게 하지는 않을게."

"그거 고맙군, 조. 정말 고마워."

들라이즈는 씩 웃고 걸어가버렸다. 할로웨이는 인생이 몇 시간밖에 남지 않았다는 사실에 집중하려고 했지만, 결국 생각을 하기에는 머리가 너무 아프다는 결론을 내리고 다시 의식불명 상태로 돌아갔다.

얼마나 시간이 흘렀을까, 할로웨이는 옆구리를 찌르는 느낌에 깨어났다.

"할로웨이."

누구인지 알 수 없는 목소리가 말했다.

"일어날 시간입니다."

"그래서 맞아 죽으라고? 의욕이 없는 놈이라고 해도 좋아."

"당신은 뇌진탕을 일으켰어요, 할로웨이. 그 상태로 자는 건 좋은 생각이 아닙니다."

할로웨이는 한쪽 눈꺼풀을 들어 올렸다. 누구인지 알 수 없었던 목소리는 누구인지 알지 못하는 남자의 것이었다.

"당신 누구야?"

"흠, 모든 일이 잘 돌아간다면 당신이 유치장에서 맞아 죽지 않게 해줄 사람이죠. 이제 일어나세요, 제발."

할로웨이는 얼굴을 찌푸렸고 바닥에서 몸을 일으키려고 했다. 남자가 손을 뻗어서 일어서도록 도와주었다.

"균형 잡아요."

남자가 말했다.

"말하기는 쉽지."

할로웨이가 말하자 남자는 빙긋 웃더니, 유치장 바깥에 있는 보안요원 세 명에게 고개를 돌렸다. 그중 한 명은 제복을 갖춰 입은 조 들라이즈였다.

"할로웨이 씨는 제가 데리고 갑니다."

상냥하던 남자의 목소리는 전혀 다른 목소리로 변해 있었다.

"치료가 필요해요."

"저치는 아무 데도 못 가, 마크."

보안요원 하나가 말했다. 할로웨이는 그 사람이 심야 교대조인 루터 밀너임을 알아보았다.

"저 개자식은 보안요원을 폭행했어. 증인도 있다고."

이제 마크라고 밝혀진 남자가 대꾸했다.

"아하. 그 증인들이라는 게 폭행을 당한 것으로 추정되는 보안요원이 자기가 제일 좋아하는 의자에 앉는 사람은 누구든 두들겨 패는 그 술집에 있던 사람들 맞죠? 그곳에 있던 사람이라면 누구나 믿을 만한 증인이 되겠지요."

"어이, 그놈이 날 때렸다고, 변호인. 일을 배배 꼬지 마쇼. 그렇게 돌아간 일이 아니야."

"물론 그렇겠지요."

이제 듣자 하니 변호사인 마크가 말했다.

"제가 제때 여기에 오지 않았다면 할로웨이 씨가 저항하다가 목이 부러졌을 것처럼 말이지요. 그렇지 않습니까? 이 일은 그렇게 돌아갈 예정이지 않았나요?"

"그 말투는 마음에 안 드는군, 설리번."

들라이즈가 말했다.

"그리고 난 당신이 자라 기업 유치장에서 누군가를 때려죽이는 게 아주 재미있는 일이라고 생각한다는 점이 마음에 들지 않습니다, 들라이즈 씨."

변호사 마크 설리번이 말을 이었다.

"나 개인적으로도 반대하지만, 더 중요한 것은 내가 자라 기업의 변호사로서 그에 반대한다는 점이죠. 당신은 이 땅에서 누구에게도 자기 행동을 변명할 필요가 없다고 생각하는 모양입니다만, 자라 XXⅢ은 여전히 기술적으로는 개척연맹 정부의 영토이고, 살인은 살인입니다. 그리고 자라 기업 고용인이 자라 기업 건물 안에서 누군가를 살해한다면, 흠, 그건 회사에 별로 이롭지 않겠죠. 그렇지 않습니까? 당신은 멍청한가요, 들라이즈 씨?"

"뭐요?"

들라이즈가 반문했다.

"당신은 멍청하냐고 물었습니다. 간단한 질문이에요. 하지만 원한다면 더 간단하게 만들 수도 있지요. 당신 바보요? 자."

"입조심해."

"안 그러면 어쩌게, 들라이즈?"

설리번은 말투를 바꿔서 물었다. 그는 할로웨이를 놓아주고 들라이즈의 코앞에 바싹 다가섰다.

"나도 때려죽일 생각인가? 망할 행성 전체를 대표하는 사내 변호사

한 명쯤이야 아무도 찾지 않을 테니까. 안 그래? 한 번만 더 날 위협하면 남은 평생을 자라 기업 구아노(죽은 새의 시체나 배설물, 물고기 알 등이 장시간에 걸쳐 화석화한 물질로 비료에 쓰인다 ─ 옮긴이) 광산에서 박쥐똥이나 지키며 보내게 해주겠어, 들라이즈. 내가 못 할 거라고 생각한다면 한 번 더 내 쪽으로 똥을 싸봐. 해보라고."

들라이즈는 아무 말도 하지 않았다. 설리번은 다시 할로웨이에게 돌아왔다.

"당신 정말 마음에 드는군."

할로웨이가 설리번에게 말했다.

"닥쳐요."

설리번이 대꾸하자 할로웨이는 미소를 지었다.

설리번은 들라이즈에게 관심을 돌렸다.

"자, 들라이즈 씨. 질문을 하나 드렸지요. 당신은 멍청합니까?"

"아니요."

들라이즈가 으르렁거리며 대답했다.

"정말입니까. 그 말은 도저히 못 믿겠군요. 분명히 당신도 알겠지만, 여기 할로웨이 씨는 최근에 우리가 아는 우주 역사상 가장 큰 태양석 층을 발견했으니 말입니다. 아마 그 가치는 1조가 넘을 테고, 할로웨이 씨의 몫만 해도 몇십억 크레디트가 될 테지요. 이 사실을 알고 있습니까?"

"압니다."

들라이즈가 대답했다.

"좋아요. 이제 대답해보시죠, 들라이즈 씨. 할로웨이 씨가 느닷없이 자라 기업 보안 유치장에서 시체로 발견된다면 무슨 일이 일어나리라 생각합니까? 우리가 아는 우주 안 어디에 사는 누가 대체 할로웨이 씨가 저항했다는 어느 멍청한 보안요원의 말을 믿을까요? 아니면 개척연맹 정부에서 전면 조사를 실시해서 이곳에서 벌어지는 자라 기업의 사업 내막을 샅샅이 캐고 회사에서 누군가를 위협하고 암살한 예가 또 없는지 찾으려 들까요? 그리고 그 조사 기간 동안 태양석 개발을 중지시켜서 회사가 백만 크레디트를 손해 보게 만들까요?

할로웨이 씨의 상속인과 그 양수인들은 이 모든 일이 벌어지는 동안 기분 좋게 옆에 서 있을까요, 아니면 불법 행위에 의한 사망으로 회사를 고소해서 이미 상속받게 된 수십억에 수백만을 더하려 들까요? 그리고 자라 기업이 이 모든 사태를 제일 쉽게 종결짓는 방법은 모조리 당신에게 뒤집어씌우는 것이라는 결정을 내리면 들라이즈 씨 당신은 여생을 가로 2.5미터에 세로 3미터짜리 감옥 안에서 보내게 되지 않을까요? 다시 한 번 당신이 멍청하지 않다고 말해보세요, 들라이즈 씨. 정말 그 말을 듣고 싶군요.”

이제 완전히 겁을 먹은 들라이즈는 시선을 다른 곳으로 돌렸다.

설리번은 보안요원 세 명 모두를 노려보았다.

“이 점은 명백히 해둬야겠습니다. 여러분은 이 사실을 이해하고 다른 보안요원 모두에게도 이해시켜야 해요. 행성 자라 XXIII에서 여러분이 건드릴 수 없는 사람이 하나 있는데, 그게 할로웨이 씨입니다. 이 사람은 욕 나오게 가치 있는 인간이에요. 이 사람에게 무슨 일이 일어나면 개척연맹 정부가 여기까지 올 테고, 우리 모두의 엉덩이에 현미경을 최대한 깊숙이 쑤셔 넣을 겁니다. 지금 이 순간부터 여러분이 할 일은 할로웨이 씨가 행복하게 살아 있도록 하는 거예요. 그리고 들라이즈 씨, 이것이 당신이 이곳에서 보낼 나머지 시간 동안 할로웨이 씨가 당신을 볼 때마다 얼굴을 때린다는 뜻이라면, 당신은 웃으면서 반대쪽 얼굴도 때려줄 수 있겠냐고 물어야 합니다. 내 말 이해하겠습니까?"

"예, 알겠습니다."

들라이즈는 할로웨이가 보기에 여덟 살 이후로 쓴 적이 없지 싶은 말투로 대답했다. 나머지 두 보안요원은 고개를 끄덕였다.

"좋아요."

설리번이 말하고 들라이즈를 다시 보았다.

"이제 할로웨이 씨에게 미안하다고 하세요."

"뭐요?"

들라이즈는 진심으로 놀라서 물었다.

"내가 알기로는 당신이 당구채로 할로웨이 씨의 뒤통수를 부수려고 했을 텐데요. 그런 일에는 사과가 필요하지요. 하세요. 지금."

설리번이 말했다.

할로웨이는 들라이즈의 얼굴을 보고 말만으로 뇌졸중을 일으키는 것이 정말 가능하려나 생각했다. 아주 즐겁기는 했지만, 설리번이 들라이즈의 작고 칠칠치 못한 뇌가 감당하기에는 다소 과하게 밀고 나간 게 아닌가 싶었다.

"괜찮아요. 사실 사과해야 할 사람은 나예요. 그냥 내가 어느 술집에 자축하러 나갔다가 조금 과한 객기를 부려서 조가 나를 현실로 되돌려야 했다고 해두자고요. 피해도 없고, 반칙도 없었던 거야. 잊어버립시다."

설리번은 할로웨이를 쳐다보면서 그가 무엇을, 그리고 왜 하는지 파악했다. 그는 잠시 후에 말했다.

"나는 좋습니다. 당신도 괜찮습니까, 들라이즈 씨?"

"좋아요."

들라이즈는 절대 둘이서만 한 방에 같이 있어서는 안 되겠다는 생각이 드는 표정으로 할로웨이를 똑바로 보면서 대답했다. 그 정도면 할로웨이도 괜찮았다.

설리번이 다시 말했다.

"좋아요. 그러면 여기 일은 마무리된 것 같군요. 이만 할로웨이 씨를 데려가겠습니다. 반대가 더 없다면요."

반대는 없었다.

할로웨이는 보안사무소를 나서서 말했다.

"당신 정말 실력이 좋군. 왜 이자벨이 당신을 좋아하는지 알겠어."

"그렇게 생각한다니 기쁘군. 다시는 이런 짓을 하지 않을 테니까. 우리 둘 모두의 친구는 방금 내가 당신을 저기서 빼내게 하려고 개인 크레디트를 꽤 많이 불살랐거든. 나야 기꺼이 했지. 당신도 내가 그 사람을 어떻게 생각하는지 알 테니까."

"알아."

할로웨이가 말했다.

"그 점에 유감이 있다면 지금 말해줬으면 좋겠군. 난 기습을 좋아하지 않아."

설리번의 말에 할로웨이는 어깨를 으쓱였다.

"난 이자벨과의 관계를 망쳐버렸지. 이자벨은 누가 일을 두 번 망치도록 내버려두는 사람이 아니고. 당신에겐 아무 유감도 없어."

"좋아. 말했듯이 이자벨을 돕는 것도 좋고, 당신을 돕는 것도 좋아.

하지만 방금은 일회용이었어. 당신은 보안요원을 폭행했어. 그것도 여느 보안요원이 아니라 배지를 단 개새끼로 사는 데 희열을 느끼는 보안요원이었지. 멍청한 짓이었어. 한 번 더 그런 일을 저지르면 당신 혼자 해결해야 할 거야, 할로웨이. 내 말뜻을 분명히 이해했으면 좋겠군."

"제대로 이해했어. 당신 말이 맞아. 내가 멍청했지. 다시는 그러지 않을 거야. 또 그러더라도 당신이나 이자벨이 보석으로 풀어주길 기대하진 않겠어."

"그럼 됐어."

설리번이 말하더니 할로웨이를 위아래로 훑어보았다.

"기분은 어때?"

"머리를 얻어맞은 기분이지."

할로웨이가 대답했다.

"그거야 그럴 만한 이유가 있지. 좋아, 그러면. 우선 병원에 가서 뇌진탕 검사를 해보자고. 그다음에는 내 소파에서 눈을 좀 붙이도록 해. 제비정은 어디 있지?"

설리번이 물었다.

"루이 웅에게 맡겨놨어."

할로웨이는 오브리타운의 정비공 이름을 댔다.

"지금쯤 찌그러진 곳을 두드려 펴고 내 비상용 회전날개 엔진을 갈고 있겠지. 내일 정오쯤까지는 준비가 될 거야."

"사고가 있었나?"

설리번이 물었다.

"나중에 얘기하지. 그런데 나에게 무슨 일이 일어나면 개척연맹 정부가 조사할 거라는 말 진심이었나?"

할로웨이가 물었다.

"당신이 자라 기업 보안사무소에 구속된 채로 죽는다면? 그야 당연하지. 당신이 나무에 제비정을 들이받는다면? 아마 아닐 거야. 하지만 저치들이 거기까지 알 필요는 없지."

설리번은 보안사무소 쪽을 가리켰다.

"저 사람들은 확실히 당신에게 앙심을 품은 모양이더군."

"모두 다는 아니야."

"들라이즈는 확실하지."

"그래. 구해줘서 고마워. 신세 졌어. 하지만 당신에게 진 신세를 갚으려면 태양석을 채굴하기 시작할 때까지 기다려야겠네. 지금 가진 돈은 거의 제비정 수리에 써버렸거든."

"날 태워주는 걸로 갚아도 돼. 이자벨이 당신을 찾아달라고 하면서 같이 돌아오라고도 했어. 자라 기업 사내 변호사 자격으로 나와 이야기하고 싶은 문제가 있다는군. 무슨 일인지 모르겠는데, 혹시 당신은 아나?"

"그럴지도."

할로웨이는 머리를 문지르면서 새로운 두통이 밀려오는 것을 느꼈다.

13장

"**개인적인 질문** 하나 해도 될까?"

설리번이 할로웨이에게 물었다.

할로웨이는 제비정 가장자리 벤치에 앉은 설리번을 돌아보았다. 승객이 추가로 타기 좋게끔 설계되지는 않았기에 보조 벤치는 2인용이었고 그렇게 편안하지도 않았다. 설리번은 불평하지 않았다.

"자넨 내가 맞아죽지 않게 막아줬어."

할로웨이는 나무 위 집으로 돌아가는 길에 제비정 아래로 스쳐가는 끝없는 정글을 지켜보기 위해 앞으로 고개를 돌리면서 말했다.

"그 정도면 솔직한 대답 몇 개쯤은 들을 자격이 있지."

"어쩌다가 변호사 면허를 잃었지?"

설리번이 물었다.

할로웨이는 놀라서 콧방귀를 뀌었다.

"좋아, 그건 예상하지 못했군. 이자벨과 나 사이에 무슨 일이 있었는지 물어보려는 줄 알았는데."

"그 이야기는 이미 이자벨에게 들었어. 이자벨 쪽 이야기는 말이야. 하지만 면허 취소 사건에 대해서는 말하지 않을 거라고 하더군."

"자세히 찾아보기도 어렵지 않아. 뉴스피드에 올라와 있으니까. 내가 그 이야기를 하지 않는 건 내가 멍청하게 군 사건이었기 때문이야."

"그렇게 말하니 꼭 듣고 싶은데."

설리번이 말하자 할로웨이는 한숨을 내쉬고 자동 조종을 누른 다음, 의자를 빙글 돌려서 설리번을 마주했다.

"내가 변호사였다는 건 분명히 알 테지."

"확실히."

"사실 난 자네 같은 변호사였어. 기업을 위해 일했지. 알레스트리아라는."

설리번은 머릿속에 든 기업 데이터를 뒤지느라 이마를 찌푸렸다가 마침내 말했다.

"제약회사였지."

"맞아. 식물로 의약품을 만들어서 아마존 우림을 구하는 데 전념한 친환경파 한 무리가 설립한 회사지. 하지만 그런 시도는 잘되지 않았고, 그래서 그 사람들은 실험실에서 약을 합성하는 예전 방식으로 돌아갔어. 12년 전, 이 회사는 탄토즈라는 약에 대해 승인을 받았지."

설리번의 눈이 커졌다.

"기억나."

할로웨이는 고개를 끄덕였다. 탄토즈를 기억하지 못하는 사람은 별로 없었다. 탄토즈는 아이들의 두뇌와 어른들의 두뇌 사이에 존재하는 신경화학적인 차이를 보충하도록 특별히 조제되어 아이들에게 안전한 수면제 겸 진정제로 널리 알려졌다. 이 약은 알레스트리아 사의 경영진한 명이 약의 생산을 어느 타지키스탄 판매사에 맡기기 전까지만 해도잘 팔렸다. 겉보기에는 비용 절감과 개발도상국의 경제를 돕기 위한 결정이었지만 사실은 그 임원이 판매사로부터 상당한 뇌물을 받았기 때문이었다.

문제의 타지키스탄 판매사는 자기 나름대로 비용을 절감하고자 탄토즈에 들어가는 활성물질 가운데 3분의 2를 더 싸지만 약학상으로 비활성을 띠는 이성질체로 바꾸었고, 이는 문제의 활성물질이 지난 상대적 강도를 바꾸었으며, 따라서 약의 효과도 바뀌었다. 아이들 200명이죽었고, 600명이 잠든 채 다시는 뇌가 깨어나지 않았다.

"집단소송에 참여했어?"

설리번이 물었다.

할로웨이는 고개를 저었다.

"난 책임 경영자에 대한 형사소송 사건에서 일했어. 조너스 스턴의변호인으로. 스턴은 과실치사와 알레스트리아 기업 중과실치사 재판을받았어. 과실치사에 대해서는 전담 변호사가 있었지만, 나는 기업 과실로 인한 고살 혐의를 맡게 됐지. 두 사건은 결합되어 있었고 같은 배심원단에게 재판을 받았어."

"그래서 그 사건에서 무슨 짓을 했기에 면허를 취소당했지? 배심원을 매수했어? 판사에게 뇌물을 먹였나?"

"스턴을 때렸어."

할로웨이가 대답했다.

"어디?"

"얼굴."

"아니, 내 말은 두 사람이 법정에 있을 때 때렸냐는 거야."

"응. 판사와 배심원단과 공동 변호인과 수십 명의 기자들 앞에서."

설리번은 이해가 가지 않는다는 얼굴로 할로웨이를 쳐다보다가 한참만에 물었다.

"이유를 물어봐도 될까?"

"흠, 노스캐롤라이나 주 변호사 협회에 묻는다면, 재판이 피고 측에 불리하게 돌아가고 있었고 내가 스턴을 공격해서 배심원단에게 용인할 수 없는 수준의 편견을 심어줌으로써 심리 무효를 얻어내려 했기 때문이라고 할 거야."

"심리 무효를 얻어냈어?"

"심리 무효가 되기는 했지. 당연히. 하지만 내가 얻어낸 건 아니야. 내가 그놈을 때린 이유는 그게 아니었으니까."

"그럼 왜 그랬지?"

"그야 그놈이 우쭐거리는 냉혹한 쌍놈 새끼였기 때문이지. 우린 법정에서 아이들에게 우리 제품을 준 부모들의 증언을 듣고 있었어. 스턴이 자기 주머니를 불리느라 너무 바빠서 생산 라인이 무슨 짓을 하고 있는지 신경 쓸 겨를이 없었기 때문에 아이들을 죽인 그 제품에 대해서. 부모들은 증인석에서 하염없이 울고 있고 난 스턴 옆에 앉아 있었는데, 스턴은 내내 그 부모들이 싸구려 신파극에서 한 자리 얻으려고 나와 있고 자기는 그 사람들에게 역할을 줄지 말지 결정하는 사람처럼 히죽거리고 낄낄거리더군. 결국 더는 참아줄 수가 없었어. 그래서 나 좀 보라고 스턴의 어깨를 친 다음에 코를 부러뜨렸지."

"멍청한 짓이었군."

설리번이 말했다.

"멍청한 짓이었지."

할로웨이는 동의했다.

"하지만 기분은 정말 좋았어."

"들라이즈를 때린 게 멍청했던 것처럼 말이지."

설리번이 말했다.

"그것도 당시에는 기분이 끝내줬어."

할로웨이가 말했다.

"그래도 사람들을 때리는 건 인생을 잘 헤쳐나가는 방법이 아니라고 말해줘야겠군. 첫 번째 사건은 변호사 면허를 잃는 결과로 이어졌고 두 번째 사건은 거의 죽을 뻔하는 사태로 이어졌으니 말이야. 장기적인 성공률은 저조해."

"자네 말이 옳아. 어쨌든 재판은 무효가 되고, 난 해고당한 다음에 변호사 면허를 박탈당했으며, 노스캐롤라이나 검찰청에서는 배심원단에 대한 부정행위 죄로 기소되든가 아니면 지구를 떠나는 선택지가 있다는 말을 들었지. 그래서 이렇게 된 거야."

"스턴은 어떻게 됐지?"

설리번이 물었다.

"재심을 받다가 법원 건물 계단에서 총에 맞았어. 죽은 아이들 중 한 아이의 할아버지가 한 짓이었지. 그 양반은 그날 일찍 주치의에게 폐암 4기라는 말을 듣고 집에 가서 총을 꺼내온 다음 스턴의 두 눈 사이를 쏘고 바로 그 자리에서 경찰에 투항했어. 지역 사회에서 보석금 모금을 했고, 지방검사는 사건을 질질 끌어서 그 양반이 집에서 눈을 감을 수 있도록 해주었지."

설리번은 고개를 저었다.

"그것도 옳지는 않아. 자네가 한 짓 못지않게."

"그렇겠지."

할로웨이는 그렇게 대꾸하고, 혹시 항로에서 벗어나지 않았는지 확인하기 위해 제비정 조종간을 돌아보았다. 항로에는 아무 문제도 없었다.

"하지만 옳지 않은 일을 해서 기분이 좋아질 때도 있어."

"그 옳지 않은 일에, 진상 조사에서 자네가 개에게 폭탄 터뜨리는 방법을 가르쳤다는 이자벨의 말이 거짓이라고 한 것도 포함되나?"

"아, 그거. 이젠 나와 이자벨 사이에 있었던 일을 꺼내려고 하는군."

"그냥 내 머릿속에서 다 분명하게 정리를 해두려고."

"그 일에 대해서는 어떤 고결한 목적도 주장할 수 없군. 그 상태로는 내 측량 계약이 취소됐을 테고, 그러면 내가 곤란했어. 내가 노스캐롤라이나에 돌아갈 수 없다는 점을 돌이켜줬으면 좋겠네. 달리 갈 곳이 있는 것도 아니었고. 그런 짓을 하면 나와 이자벨은 끝이라는 사실은 알고 있었어. 이자벨은 그런 일을 잊어주는 사람이 아니니까. 그래도 대안이 없다고 느꼈지."

"이자벨은 지금도 자네를 좋아해."

"딱 내가 받을 자격이 있는 만큼의 애정만을 베풀어주지. 이자벨은 내 개를 더 좋아해."

"그 개는 조사에서 이자벨에 대해 거짓말을 하지 않았으니까."

"개를 증언에 부르는 일은 없지."

"자네는 재미있는 사람이야, 잭. 자네가 스턴을 때렸을 때나 이자벨에게 등을 돌렸을 때 무슨 생각을 하고 있었는지 알고 싶군."

"흠, 바로 그게 문제지. 내가 가끔은 그냥 아무 생각이 없다는 게 뻔하지 않나."

"난 자네가 생각을 한다고 봐. 그저 자기 생각이 앞설 뿐이지. '생각하지 않는' 부분은 그다음에 오는 거고. 결과를 마주해야 할 때에."

할로웨이는 뒤를 다시 돌아보았다.

"그거 알아, 마크? 크게 상관이 없다면 이제 정말 다른 화제를 꺼냈으면 좋겠군."

■■■

할로웨이는 착륙하고 나서 칼과 보송이 가족에게 설리번을 소개했다. 너무 놀라지 않도록 설리번에게는 날아가면서 미리 일러두었다. 설리번은 동물 친구들과의 첫 대면을 잘 치르고 나서 이자벨에게 몸을 돌렸다. 할로웨이는 설리번과 이자벨이 반갑게 입맞춤을 나누는 동안 예의 바르게 다른 곳을 보았지만, 보송이 가족은 그러지 않았다. 보송이 가족은 전에는 몰랐던 인간의 새로운 접촉 형태를 솔직하게 얼 빼놓고 바라보았다.

설리번도 그 점을 알아차렸다.

"졸업 무도회에서 왕으로 뽑힌 이후에 이렇게 많은 관중 앞에서 키스하기는 처음이군."

설리번은 그렇게 말하고 보송이들을 더 잘 보려고 허리를 굽혔다. 보

송이들도 똑같은 호기심을 보이며 그 주위에 모여들었다. 보송이들보다
는 인간을 많이 봐서 익숙한 칼은 주인을 맞이하러 갔다.

이자벨은 할로웨이 쪽을 보고 말했다.

"살아남았네."

"마크 덕분에."

할로웨이는 개를 쓰다듬으며 말했다.

"메시지 전해줘서 고마워."

"내가 그대로 하지 않을 거라곤 생각하지 않았잖아."

"그랬지. 이만하면 우리가 헤어진 지 꽤 오래됐으니까."

이자벨은 그 말에 웃음을 터뜨렸다.

이쯤 해서는 아가 보송이가 설리번을 꼭 끌어안고 있었다. 설리번은
아가를 쓰다듬으며 말했다.

"엄청나게 귀엽군. 그렇지 않아? 특히 이 여자애를 보니 내가 키웠던
고양이가 생각나는걸."

"사실 아가는 '여자애'가 아니야."

이자벨이 말했다.

"정말?"

"정말?"

설리번과 할로웨이가 동시에 말했다.

"그래, 정말이야. 당연히 가부장제일 거라고 추측하면 이렇게 되는
거지."

"내가 마지막으로 들었을 때는 분명히 당신도 아가 보송이를 여자애
라고 생각했잖아."

할로웨이가 말했다.

"그야 당신이 애들을 확인해봤을 줄 알고 그랬지, 잭. 내가 그 정도는 알아차렸어야 했는데."

"내 성격을 알아줘서 고맙군."

이자벨의 말에 할로웨이가 대꾸했다.

"별말씀을. 하지만 그런 뜻은 아니었어. 이 행성에 사는 다른 고등생물들은 성적으로 재생산을 하지만 성별은 하나밖에 없어. 이곳 생물들은 다른 세포들을 수정시킬 수 있는 반수체 생식세포를 생산할 뿐 아니라 총배설강을 가지고 있어서, 새끼를 종에 따라 알 상태로나 새끼 상태로 키울 수 있지."

"그러니까 자웅동체라는 거군."

설리번이 말했다.

"아니야."

이자벨이 대답하고 설리번의 어리둥절한 표정을 보았다.

"여기가 지구라면야 성별이 둘 있으니 그렇게 말할 수 있겠지. 하지만 이 행성의 동물들은 암수의 차이를 발전시킨 적이 없어. 언제나 하나의 성별밖에 없었지. 이곳의 생명은 단성이야."

이자벨은 할로웨이에게 시선을 옮겼다.

"그리고 난 그 사실을 알고 있었지. 그래서 내가 그 정도는 알아차렸어야 했다고 한 거야, 잭."

"그러니까 당신은 보송이 친구들이 모두 무성이라고 확신한다는 얘기군."

할로웨이가 말했다.

"확실해. 애들의 생식기관은 이곳의 다른 대형동물들과 비슷해."

"그걸 어떻게 알아?"

"그야 물론 내가 확인했으니까 알지."

"웩."

"당신은 형편없는 생물학자가 됐을 거야, 잭."

"나도 잭 편을 들 수밖에 없겠는데. 그건 상당히 불쾌한 일이야."

"고맙군, 마크."

설리번이 말하고 할로웨이가 대꾸하자 이자벨은 심술궂은 얼굴로 두 사람을 보았다.

"둘 다 할 말은 끝났어?"

설리번이 아가를 내려놓고 나머지 보송이들을 바라보며 물었다.

"그러면 이 녀석들이 다 복제인 건가? 닮아 보이지는 않는데."

"복제가 아니야. 이 행성의 다른 동물들과 비슷하다면 보송이들의 반수체에는 각 개체마다 다른 단백질막이 있을 거야. 반수체는 똑같은 단백질막이 있는 다른 세포들과는 융합하지 않아. 복제를 얻을 수 있는 유일한 길은 환경적인 스트레스를 받는 상황에서, 신체 화학반응이 변해서 단백질막이 없는 반수체를 만들어낼 때뿐이야. 하지만 그런 경우는 무척 드물지."

"당신 지금은 그냥 지식을 뽐내고 있어."

할로웨이가 말했다.

이자벨은 혀를 내밀었다.

"난 이 주제로 논문을 썼어. 내 기억에는 당신도 그 논문을 읽었다고 한 것 같은데, 잭."

"읽었을지는 몰라도 이해했다는 뜻은 아니지."

할로웨이의 말에 이자벨은 코웃음을 치고는 슬슬 지루해졌는지 각자 자기 하고 싶은 일을 하러 가버린 보송이들 쪽을 가리켰다.

"이것으로 한 가지는 정리가 됐어. 보송이들이 확실히 이 행성 출신이라는 것. 이 행성의 다른 척추동물들과 총체적인 구조가 똑같고 환경에 잘 적응한 것 같아. 얘들이 토착생물이라는 사실을 정말로 의심한 건 아니지만, 그래도 생물학적인 증거가 있으면 좋지. 실험실에 돌아가면 확정하려고 유전적 견본도 채취해놨어. 일단 확인한 뒤에는 더 추진할 준비도 되어 있고."

"아, 이런. 또 시작되었군."

할로웨이가 말했다.

"추진하다니 뭘?"

설리번이 이자벨을 보고 다시 할로웨이를 보았다.

"자네 애인은 우리의 작은 보송이 친구들이 사람이라는 생각을 품고 있어."

할로웨이가 대답했다.

"사람이라고?"

설리번은 이자벨을 돌아보았다.

"그래."

이자벨이 말했다.

"진짜 사람이라는 뜻이야? '난 내 애완동물을 사람처럼 생각해'의 사람이 아니고?"

설리번이 말했다.

"그게 그렇게 믿기 힘들어?"

이자벨이 되물었다.

"조금은. 이 녀석들은 귀엽고 다정하고 꽤나 똑똑하고, 난 벌써 애리조나에 있는 조카에게 한 마리 데려가고 싶어. 하지만 그렇다고 해서 애들이 사람이라고 생각하지는 않아."

"다시 한 번 고마워, 마크."

할로웨이가 말했다.

"확실히 이건 두 사람 사이에 논란이 될 만하군."

설리번은 눈은 이자벨을 쳐다보고 고개는 할로웨이 쪽으로 끄덕이면서 말했다.

이자벨이 설리번을 향해 말했다.

"맞아. 하지만 여기 잭과는 달리 나에게는 보송이들이 급여 지급일을 방해하지 않았으면 좋겠다는 욕망을 억누르고 일을 추진할 이유가 있거든. 잭이 집을 비운 동안 무슨 짓을 하고 다녔는지는 몰라도—"

"자라랩터에게 잡아먹힐 뻔했지."

할로웨이가 끼어들었다.

"—그동안 나는 보송이들과 시간을 보내면서 이들이 어떻게 살아가는지 관찰하고 녹화하고 기록했어. 이제 여기 머무른 지 일주일이야. 그렇게 긴 시간은 아니지만, 이 생명체들이 지성체일 수밖에 없다는 사실을 알기에는 충분한 시간이지."

이자벨은 말을 끝내고 나서 할로웨이를 돌아보았다.

"자라랩터에게 잡아먹힐 뻔했다고?"

"그래."

“왜 아무 말도 하지 않았어?”

“당신에게 전화했을 때는 잡아먹힐 위험이 사라진 상태였거든. 그리고 당신이 내가 이미 해결한 일을 걱정하기보다는 내가 하려는 일을 신경 써주었으면 했고.”

“그래도 나한테 말은 했어야지.”

“당신은 이제 내 애인이 아니잖아.”

“친구로서.”

이자벨이 말하고 나자 설리번이 끼어들었다.

“이 대화에 결론이 나기는 하는 건가? 두 사람의 인간관계가 참 매력적이기는 하지만, 난 이 생명체들이 사람일지도 모른다는 문제로 돌아가고 싶거든. 날 여기까지 나오게 한 이유도 그거 아니야, 이자벨?”

“미안해. 잭은 꼭 내가 이러게 만들어.”

“잭이 많은 사람에게 그런 반응을 끌어낸다는 점은 나도 알아차렸어. 악명 높은 수준이지. 그 문제는 일단 미뤄두자.”

“알았어, 좋아.”

이자벨은 그렇게 말하고 한 번 더 할로웨이를 쏘아보았다.

할로웨이는 설리번이 이자벨을 원래 궤도로 돌려놓는 능력에 자기도 모르게 감탄하고 말았다. 할로웨이는 결코 할 수 없는 일이었다. 어김없이 이자벨을 화나게 하고, 그때마다 문제를 해결하려다가 악화시킬 따름이었다. 두 사람은 계속 싸우다가 결국에는 서로에게 쭉 화가 나 있는 상태에 이르고 말았다. 할로웨이는 분명히 다툼을 잘 처리할 만큼 똑똑했다. 어쨌든 그는 과거에 법정 변호사였고, 스턴의 코를 한 대 치기 전까지만 해도 욕 나오게 뛰어난 변호사였으니 말이다. 하지만 무엇 때문인지 이자벨에게는 자꾸 싸움을 걸고 싶어졌다. 분명 연애를 하는 데 좋은 방식은 아니었다.

"잠깐만."

할로웨이가 말했다. 이자벨과 설리번이 그를 돌아보았다.

"이자벨, 당신 말이 맞아. 당신에게 말했어야 했어. 친구로서. 미안해."

할로웨이는 이자벨의 눈 속에서 그가 어떤 일에 대해 실제로 사과를 했고 진심이었다는 사실에 대한 놀라움과 냉소의 반응이 다양하게 솟아오르는 것을—그러다가 멈추는 것을 볼 수 있었다.

"고마워, 잭."

실제로 이자벨이 한 말은 그것뿐이었다. 그는 고개를 끄덕였다.

"보송이들은?"

설리번이 바로 물었다.

"집 안에 들어가는 게 어떨까. 다 같이 앉아서 맥주를 마시며 내가 기록한 녹화 영상과 필기를 돌리면, 두 사람 다 내가 보여주는 내용이 충분히 설득력이 있는지 각자 판단해볼 수 있겠지."

이자벨이 말했다.

"술과 쇼라. 난 전적으로 찬성이야. 젠장, 아예 술도 내가 내지."

할로웨이가 말했다.

■ ■ ■

이자벨은 두 시간에 걸쳐 할로웨이와 설리번에게 발췌 기록을 보여주었고, 그 영상들은 이자벨이 믿기에 평범한 동물 수준을 넘어서는 지성을 보여주는 다양한 활동을 담고 있었다. 그들이 기록을 보는 동안 가끔씩 보송이 하나가 기어올라와서 같이 기록을 보다가 몇 분 안 있어 떠나곤 했다. 인포패널로 자기들의 모습을 보는 데에는 싫증이 난 모양이었다.

프리젠테이션의 영상 부분이 끝나자 이자벨은 보송이들의 행동을 인간의 행동과 상호 대조한 필기 내용을 불러냈다. 이자벨은 실력 있고 주의 깊은 과학자였고 작업물을 확인, 또 확인한 후 주석과 참고 자료를 달아두었다. 프리젠테이션이 끝날 무렵에는 할로웨이도 본의 아니게 작은 보송이들이 사람이라는 설득에 거의 넘어간 상태였다.

"빈약해 보이는데."

이자벨이 설명을 끝내자 설리번이 말했다.

"뭐라고?"

이자벨은 믿기지 않는다는 투로 말했다.

"못 들은 거 아니잖아, 이자벨. 나한테는 근거가 빈약해 보여."

설리번은 다정하게 말했다.

"그렇다면 '빈약함'에 대한 정의가 유별난 모양이네."

이자벨이 반박했다.

"사실 이 경우에 내가 내리는 '빈약함'의 정의는 아주 정확해. 내가 빈약하다고 생각하는 건 이 녀석들이 말을 하지 않는다는 사실 때문이야. 이 녀석들이 서로 간에, 그리고 우리에게 말을 하지 않는다면 사람들을 설득하기 어려워."

"맙소사, 완전히 잭처럼 말하네."

이자벨의 말에 할로웨이는 쓴웃음을 짓고 말았다.

"말은 지성체를 판별하는 기준 중 하나일 뿐이야. 쳉 대 블루스카이 판결에서는 다른 기준도 여럿 세웠어."

"나도 알아. 하지만 내가 회사 변호사지 외계지성체법의 전문가가 아니기는 해도 이 정도는 알아. 이 사건을 맡을 어떤 판사든 비전문가일 테고, 비전문가의 머릿속에서 말하는 능력은 지성체를 판별하는 엄청나게 중요한 지표야. 엄청나게 높은 정도가 아니라 편파적이기까지 한 지표지."

이자벨은 불쾌한 얼굴로 설리번을 쳐다보았다.

"보송이들이 쳉 사건을 통해 확립된 지성체의 기준 목록 가운데 다른 모든 항목을 만족시킨다 해도, 말을 하지 않는다는 이유 때문에 다 소용없을 거라는 말이구나."

"내 말은, 지금까지 우린 확고부동한 지성체 중에서 말을 하지 않는 종족을 발견한 적이 없다는 거야. 인류는 하고 우라이는 하지 않는 것들은 있어. 우라이는 하지만 네가드는 하지 않는 것들도 있지. 네가드가 하고 인류가 하지 않는 일도 있어. 우리 모두가 하는 게 뭐게? 말이야, 이자벨."

"그렇다고 불가능하다는 뜻은 아니야."

이자벨이 말했다.

"그래. 가능하지. 하지만 이자벨, 지금 당신의 문제는 말이야……. 나쁜 뜻은 없지만, 당신이 생물학자처럼 생각하지 변호사처럼 생각하지 않는다는 거야."

설리번의 말에 이자벨은 기분 나쁘게 웃었다.

"그건 정말 문젯거리 같지도 않은데."

"보통은 그렇지. 하지만 이 문제는 실험실이 아니라 법정에서 결론이 날 거야. 그리고 당신은 이 점을 기억해야 해. 여기에 있는 당신 친구들이 지성체라면, 자라 기업은 이곳의 개발 인가를 잃게 돼. 잭이 막 발견한 태양석 층을 포함하여 광물 손실이 몇 조에 이르겠지. 자라 기업의 수익, 이익과 주가는 엄청난 타격을 입을 테고. 이런 것들이 당신에게는 중요하지 않겠지만, 자라 기업에는 중요해. 그러니 당신이 이 작은 녀석들이 말을 할 수 있다는 증거, 지성을 가진 다른 모든 종이 하는 한 가지 일을 한다는 증거 없이 지성체 의심 보고를 제출한다면, 장담하는데 자라 기업 변호사들은 그 사실에 모든 쟁점을 집중시켜서 끝까지 물고 늘어질 거야."

"나라면 그러겠어."

할로웨이가 거들었다.

"그리고 나 역시 그럴 거야."

설리번이 말했다.

"하지만 당신은 그러지 않을 거잖아."

이자벨이 말했다.

"그럴까? 난 자라 기업을 대변해, 이자벨. 당신이나 여기 있는 보송이들이 아니라. 재니스 마이어가 이 사건을 맡으라고 한다면, 난 그래야 해."

"멋져라."

이자벨은 애인에게서 몸을 돌리고 말했다.

"그런 일이 일어나지는 않겠지. 그야 뻔하잖아, 이자벨. 지성체 여부를 가리는 재판이라면 변호사들이 목숨 걸고 맡고 싶어 할 일이야. 어느 쪽에 서든 간에. 재니스도 분명히 행성 자라 XXIII의 법무 변호사로 평생을 보내고 싶진 않을 거야. 이 사건을 맡는 데 내가 방해가 된다면 제 비정으로 날 후려치기라도 할걸. 하지만 당신이 날 여기에 불러낸 건 이 문제에 대한 내 견해를 듣기 위해서였잖아, 안 그래? 방금 말한 대로야. 지금 지성체 의심 보고를 올리면 당신은 완전히 박살이 날 거야."

설리번의 말이 끝나자 이자벨이 말했다.

"그러니까 당신은 내가 보송이들에 대해 그냥 입 다물고 있어야 한다고 생각하는구나. 잭처럼."

"난 입 다물라고 한 적 없어. 절대적인 확신이 있어야 한다고 했지."

할로웨이가 끼어들어서 말했다.

"난 절대적으로 확신해."

이자벨이 마주 쏘아붙였다.

"하지만 지금 나한테 한 말은 절대적인 확신만으로는 부족하다는 거잖아. 그리고 내가 누구라도 설득할 수 있을 만한 증거를 모았을 때쯤에는 자라 기업이 이 행성을 다 파내간 후겠지. 그러니 난 그냥 입 닥치는 편이 나을지도 모르고."

"사실, 이제 당신은 그럴 수 없어."

설리번이 말했다.

"뭐라고?"

이자벨보다 할로웨이가 먼저 반응했다.

"개척연맹법에 따라 탐사 개발 인가를 받은 기업은 지성체가 있음을 나타내는 어떤 증거라도 발견 즉시 보고해야 해. 그리고 지금 당신은 나에게 이야기했고, 공식적으로 인정받은 자라 기업의 법적 대리인인 나는 법과 회사 규정에 따라 내 상급자에게 이 사실을 보고할 의무가 있어."

설리번이 말했다.

"전에는 그런 말을 하지 않았잖아."

이자벨의 말에 설리번은 지적했다.

"당신이 내가 이리로 오기를 바라는 이유를 설명하지 않았으니까. 게다가 잠시만 생각해봐, 이자벨. 당신은 나에게 변호사 자격으로 나오라고 요청했어. 당신이 여전히 자라 기업의 생물학자인 만큼이나 나도 자라 기업 변호사라고."

"하지만 방금 내가 지성체 의심 보고를 올리면 질 거라고 했잖아. 보송이들이 질 거라고."

"이곳에서 벌어지는 모든 작업이 바로 중지되는 건 물론이고 말이지."

할로웨이의 말에 설리번은 미소 지으며 손을 들어 올렸다.

"다들 심호흡을 한번 하도록 해. 이자벨, 아직 보송이들이나 당신이 박살 나지 않고 보송이들의 지성이 재판대에 오를 방법은 있어. 그리고 잭, 자네의 권리를 먼저 위험에 빠뜨리지 않고도 그렇게 할 방법이 있어."

이자벨과 할로웨이는 서로를 쳐다보았다.

"그래서?"

할로웨이가 설리번을 보고 말했다.

"우리에게 그 방법을 말해줄 건가?"

"사실은 극적인 뜸 들이기를 즐기고 있었는데."

설리번이 말했다.

"재수 없게 굴지 마, 마크."

이자벨이 말했다.

"좋아."

설리번은 그렇게 말하고 손을 내렸다.

"내가 탐사 개발 기업은 지성체가 있음을 나타내는 어떤 증거라도 보고할 의무가 있다고 했던 말 기억하겠지. 그건 당신이나 내가 아니라, 자라 기업에서 보고한다는 의미야."

"알았어. 그래서?"

이자벨이 물었다.

"그러니까 이건 자라 기업에서 공식 보고를 올리도록 처리할 수 있다는 뜻이야. 당신이 직접 지성체 의심 보고를 올릴 수도 있겠지만, 잭이 정말 열심히 지적하다시피 그건 굉장히 큰 업무 차질을 빚지. 그러니까 그렇게 하는 대신 우리는 지성체의 증거에 대한 조사를 요청하는 거야. 그 조사는 본질적으로 회사에서 손에 넣은 증거가 지성체 의심 보고를 제출할 만한 것인지 판결을 내려달라는 요청이고. 판결은 제출하라, 제출하지 말라, 아니면 연구가 더 필요하다 중 하나로 날 수 있지."

설리번이 설명했다.

"마지막 판결은 무슨 의미지?"

할로웨이가 물었다.

"그건 판사가 개척연맹 정부의 외계지성체 전문가들이 문제의 증거를 살펴보도록 명령하고, 전문가들이 연구하는 동안 탐사 개발 기업은 평소처럼 사업을 계속해도 좋다고 허락한다는 뜻이지. '모두에게 좋은' 시나리오야."

설리번이 대답했다.

"모두에게 좋지는 않아. 이 행성에서 회사가 빼앗아가는 만큼 보송이들이 나중에 쓸 자원이 없어진단 말이야."

이자벨이 항의했다.

"개척연맹 정부에서는 기업이 연구 결과를 기다리는 동안 행성에서 나오는 소득의 일정 부분을 제3자에게 예탁해두도록 요구하고 있어. 만약에 대비해서."

"얼마나?"

"10퍼센트."

"10퍼센트라니! 말도 안 돼."

이자벨이 소리쳤다.

"아무것도 없는 것보다는 나아. 그리고 당신이 지금 바로 지성체 의심 보고를 제출하면 보송이들은 아무것도 받지 못하게 돼."

"정말로 이 방법에 반대하고 싶은 건 아니지만, 자라 기업이 행성 개발을 그만둬야 할지 말지를 결정하는 조사를 자라 기업에서 한다는 건 이해관계의 충돌이 이만저만이 아닌 것 같은데."

할로웨이가 말했다.

"바로 그런 이유에서 조사는 개척연맹 정부 소속의 판사가 주재하지. 그 말은 판결이 법적인 효력을 갖는다는 뜻이고. 따라서 판사가 자라 기업에서 지성체 의심 보고를 제출해야 한다고 결정한다면, 회사는 제출까지 2주 기간을 갖고, 2주 후부터는 판결이 날 때까지 모든 개발을 멈춰야 해."

"그러니까 지금 우리가 노리는 건 '연구가 더 필요하다'라는 판결이군."

할로웨이가 말했다.

"우린 아무것도 노리지 않아. 판결은 판사에게 달렸지. 하지만 말했듯이 나는 '연구가 더 필요하다'라는 판결이 여기 있는 모두에게 좋은 판결이라고 생각해. 이자벨, 당신의 경우에는 이 편이 보송이들이 말을 한다는 증거가 없다는 사실이 제대로 된 지성체 의심 재판에서보다 덜 문제가 될 테니까 좋지. 적어도 외계지성체 전문가들이 와서 이렇게든 저렇게든 결론을 내려줄 거야. 잭, 자네의 경우는 어떻게든 보상을 받게 되니까 좋아. 그 태양석 층으로 수십억을 벌지는 못할지 몰라도 몇백만 은 받을 테고, 그 정도면 살 만할 거야."

"그렇겠지."

"자라 기업의 경우에는 모든 것을 규칙대로 처리하고, 그래서 어디의 누구도 이의를 제기할 수 없다는 점에서 좋아. 결국 자라 XXⅢ을 버려야 한다고 해도, 회사는 주가를 조정할 시간을 벌게 돼. 엄청난 변동도, 큰 혼란도, 놀라움도 없이 말이야. 기업들이 가장 싫어하는 세 가지지. 그리고 보송이들은—"

세 사람 모두 보송이들 쪽을 돌아보았다. 보송이 넷은 바닥에서 낮잠을 자고 있었다. 다섯 번째 보송이, 얼룩이는 책상 위에 기어올라가서 가장자리로 몸을 기울이고 있었다. 갑자기 얼룩이가 빽 소리를 지르더니 책상에서 몸을 날려, 할아버지 보송이의 머리 바로 위에 내려앉았다. 할아버지 보송이(실제로는 전혀 할아버지가 아니라는 사실을 할로웨이도 알았지만, 정말이지 이제 이름을 바꾸기에는 너무 늦었다)가 놀란 소리를 내더니 얼룩이를 쫓아가면서 어린 보송이의 머리를 철썩 때렸다. 무엇인가 일이 벌어지고 있다는 사실에 흥분한 칼도 추적에 나섰다. 3초 후에는 보송이 전원이 털 달린 동물의 슬랩스틱 코미디에 나오는 장면처럼 서로를 때리면서 바보처럼 뛰어다니고 있었다.

"—적어도 자기들이 사람이라는 사실을 증명할 기회는 얻겠지."

설리번이 하던 말을 맺었다. 그는 보송이들 쪽으로 손을 흔들었다.

"솔직히 저런 모습을 보면 당신이 여기에 천재들을 데리고 있다고 믿기는 어렵지만 말이야, 이자벨."

"글쎄, 난 당신이 타이밍을 중요하게 이용하는 코미디의 가치를 과소평가한다고 생각하는데."

이자벨이 부드럽게 말했다.

"난 그렇게 생각하지 않아."

설리번이 말했다.

"이번에는 내가 이자벨 말에 동의해야겠는걸. 이건 '바보 삼총사(The Three Stooges, 20세기 중반에 미국에서 큰 인기를 끈 코미디로 슬랩스틱의 전형. 2012년에 새로 영화화되기도 했다—옮긴이)'보다 낫잖아."

할로웨이가 말했다.

"괜찮은 지적이군."

설리번이 말했다.

"무슨 삼총사?"

이자벨이 물었다.

두 남자는 경악과 연민이 뒤섞인 얼굴로 이자벨을 보았다.

오두막집 바닥에서는 보송이들과 칼이 지쳐 나가떨어졌다.

14장

이자벨과 설리번은 그날 저녁 늦게 오브리타운으로 돌아
갔다. 설리번은 제비정의 좁은 승객석에 불편하게 구겨 들어가서, 이자
벨의 견본과 필기 자료와 남은 보급품들과 자리를 공유해야 했다. 할로
웨이는 두 사람이 떠나는 모습을 보면서 보송이 가족이 이들이 떠나는
데 무서울 정도로 무심하다는 사실에 주목했다. 보송이들은 그다지 감
상적이지 않거나, 아니면 그저 '눈에서 멀어지면 마음에서도 멀어지는'
부류였다. 그러나 칼은 이자벨이 떠나자 우울해진 듯 맥이 빠져 있었다.
얼룩이가 귀를 잡아당겨도 아가가 바싹 달라붙어도 기분이 저조한 채
였다.

사흘 후에 할로웨이는 확인을 요하는 보안 공지로 여드레 후에 오브
리타운에서 열리는 조사에 참석하여 '보송이들'에 대해 증언하기 바란
다는 전갈을 받았다. 할로웨이는 미소 지었다. 이자벨이 그야말로 지체
없이 일을 시작한 모양이었다.

소환 통지를 받고 몇 분 후, 채드 본이 전화를 걸어왔다.

"자네 내 모가지가 달아나는 꼴을 볼 작정이지. 그렇지?"

할로웨이가 음성 전용 회로를 열자 채드 본은 단도직입적으로 말했다.

"자네도 잘 지내나."

할로웨이가 말했다. 그는 아침 커피를 마시던 중이었다. 할로웨이도 사실은 아빠가 아니라는 사실을 아는 아빠 보송이가 호기심을 품고 컵 안에 든 물질의 냄새를 맡고 있었다.

"헛소리 집어치워, 할로웨이. 그것들에 대해 왜 나한테 말 안 했어?"

"그것들이란 보송이들 얘기군."

"그래."

"내가 왜 자네에게 그런 이야기를 하겠어? 내가 만나는 모든 동물에 대한 상세 보고라도 받고 싶나? 알다시피 난 정글 속에 살거든."

"그래, 모든 동물에 대한 보고를 원하지는 않아. 하지만 어떤 동물이 이 행성의 혈거인에 해당할지도 모른다는 이유로 우리 모두가 이 행성에서 쫓겨나야 할 형편이라면 보고를 받는 편이 좋겠지."

"이 녀석들은 혈거인이 아니야. 나무에 산다고. 내 집을 식민화하기 전까지는 그랬지."

할로웨이는 아빠 보송이 쪽으로 컵을 밀어주고, 보송이가 커피를 마셔보게 했다.

"잭 할로웨이, 절대적으로 부적절한 이의 제기의 달인이여."

본이 말했다.

"그리고 어쨌든 이 녀석들은 사람이 아니야. 그래서 내가 자네에게 굳이 말하지 않은 거고. 이 녀석들은 그냥 아주 똑똑한 작은 짐승일 뿐이야."

"우리 회사 생물학자는 달리 생각하던데. 그리고 나쁜 뜻은 없지만, 이 주제에 대해서라면 이자벨이 자네보다 잘 알 가능성이 높아, 잭."

"자네 회사 생물학자는 중요한 발견에 대단히 흥분했어."

할로웨이는 아빠가 전보다 훨씬 세심하게 커피 냄새를 맡는 모습을 지켜보며 말했다.

"그리고 이자벨이 생물학자이기는 해도 외계지성체 전문가는 아니야. 보송이들이 사람인가 여부에 대해 이자벨의 의견을 묻는 것은 자네가 간을 교체해야 하는가를 두고 다리 치료 전문가에게 의견을 구하는 것과 비슷하다는 얘기지."

"휘턴 오브리는 자네와 같은 의견이 아니야. 그리고 자네는 담당 측량업자 한 명이 지성을 지닌 생명체의 발견에 대해 굳이 말하지 않았다는 이유로 자라 기업의 장래 회장이 칸막이 방까지 들어와서 10분 동안 소리를 지르는 일을 겪지 않았어. 난 이미 자네에게 0.4퍼센트의 지분을 줬다는 이유 때문에 오브리의 블랙리스트에 올랐다고. 이제는 암살 대상 목록에 들어갔겠지."

"내 말을 믿어, 채드. 이 녀석들은 지성체가 아니야."

아빠 보송이가 고개를 숙이고 머뭇거리며 커피를 한 모금 마셨다.

"확실해?"

본이 물었다.

아빠는 커피를 퉤 뱉고 할로웨이에게 '넌 어딘가 문제가 있어'라는 뜻이 담긴 표정을 지었다.

"그래. 확실하다니까."

할로웨이는 그렇게 대답하면서 커피잔을 들고 한 모금을 더 마셨다.

"내가 가서 직접 그것들을 보고 싶어."

본이 말했다.

"뭐야? 어림없어."

할로웨이가 대꾸했다.

"왜 안 돼?"

"흠, 일단 자네가 나에게 비밀로 해온 게 아니라면, 자네는 생물학 전문가도 외계지성체 전문가도 아니야, 채드. 그렇다면 자네는 그저 이 녀석들을 노려보러 오는 것뿐이지. 난 여기에 동물원을 차린 게 아니야. 또한 가지, 난 정말이지 자네와 그렇게 많은 시간을 보내고 싶지 않아."

"그거야 나도 환영이지만, 자네는 이 문제에 별로 선택권이 없어, 잭. 자네의 계약서에 따르면, 자라 기업 계약 담당자로서 나는 자네의 장비와 작업 관행이 자라 기업의 규정에 맞는지 확인하기 위해 현지 점검을 수행할 수 있고, 상황에 따라서는 점검을 수행해야 하기도 해. 그러니 어떻게 생각해? 난 나가. 여섯 시간쯤 있으면 도착할 거야."

"멋지군."

"자네만큼이나 나도 신이 난다네. 정말이야."

본은 그렇게 말하고 연결을 끊었다.

할로웨이는 아빠 보송이를 내려다보았다.

"너희가 이렇게 큰 골칫거리가 될 줄 알았다면 그날 칼더러 널 잡아먹게 했을 거다."

아빠 보송이는 별로 감명받지 않은 얼굴로 할로웨이를 마주 올려다보았다.

본은 혼자 오지 않았다.

"저놈이 제비정 밖으로 나오면 나무 밑으로 던져버리겠어."

할로웨이는 막 그의 나무 위 주거지에 내려앉은 4인승 제비정 앞자리에 앉아 있는 조 들라이즈를 가리키며 말했다.

브래드 랜던과 함께 뒷자리에서 걸어 나온 휘턴 오브리 7세는 당황해서 물었다.

"무슨 문제라도 있습니까?"

"그래요. 난 저놈이 질색이거든."

"당신은 이 제비정에 탄 사람 중 누구도 좋아하지 않을 텐데요, 할로웨이. 그 이유만으로는 들라이즈 씨를 자리에 앉혀두기에 충분치 않습니다. 들라이즈 씨를 데려온 건 회사 규정상 내가 오브리타운을 떠날 때는 보안요원을 꼭 동반해야 하기 때문이에요. 이사회가 내가 혼자 황무지에 들어가는 일에 과민하게 굴어서."

"그런 건 내가 알 바 아니죠."

"닫힌 제비정 안에 앉아 있기에는 많이 덥습니다."

랜던이 말했다.

"그러면 창문을 좀 열고 물 한 그릇 주든가. 저놈이 내 땅을 한 발자국이라도 디디면, 산탄총으로 머리카락을 갈라버릴 거요."

할로웨이가 대답했다.

"이력서에 살인도 추가하시려고요, 할로웨이 씨?"

랜던이 물었다.

"개인 사유지에 무단 침입해서 나가라는 말을 듣고도 떠나지 않았다면 살인이 아니지."

할로웨이가 말했다.

"저 사람은 자라 기업이 관리하는 행성에서 일하는 자라 기업 보안요원입니다."

오브리가 끼어들었다.

"그렇다면 수색영장을 보여줄 수 있겠죠. 수색영장이 없다면 무단 침입이고. 그러고 보니 당신과 랜던도 마찬가지군요. 실제로 초대를 받은 사람은 이 가운데 채드뿐이에요."

"그렇다면 우리 모두를 쏘겠군."

오브리가 말했다.

"유혹적이긴 하지만 그건 아닙니다. 저놈만이지. 내가 쏘지 않을 거라고 생각한다면 얼마든지 저놈을 제비정에서 내보내세요."

오브리는 제비정의 운전석에서 나온 본을 건너다보았다.

"전 무슨 영문인지 전혀 모릅니다."

본이 말했다.

들라이즈는 아무 반응도 하지 않고 이 모든 광경을 노려보고 있었다.

오브리가 마침내 말했다.

"저 친구에게 전자 열쇠를 주고 와요. 그러면 에어컨을 돌릴 수 있을 테니까."

오브리는 할로웨이를 돌아보았다.

"됐습니까? 아니면 또 다른 부당한 요구가 있나요?"

"당신이 여기에 온 이유가 있습니까, 오브리?"

할로웨이가 마주 물었다. 그는 본을 가리켰다.

"이 친구가 왜 왔는지는 압니다. 동물을 직접 만질 수 있는 동물원에서 하루를 보내고 싶어서죠. 그런데 당신은 뭘 원합니까?"

"나도 그 생명체들에 대해 호기심을 느끼는지 모르지요. 난 그것들 때문에 한재산을 잃을지도 몰라요. 적어도 그것들을 볼 기회는 누려야겠는데요."

오브리가 말했다.

"미안하지만 그 녀석들은 지금 여기에 없습니다."

할로웨이가 대답했다.

"여기에 두는 게 아니었나? 우리가 오는 줄 알고 있었잖아."

본이 말했다.

"자네가 오는 줄만 알았지. 수행원들이 있을 줄은 몰랐고. 그리고 아니야, 난 그 녀석들을 여기에 둔 적 없어, 채드. 녀석들은 내 애완동물이 아니라 야생동물이거든. 자기들 좋을대로 왔다가 가지. 처음 며칠을 지내고 나서는 한 번씩 숲 속으로 돌아가더군. 뭐든 나와 만나기 전에 하던 일을 하고 있겠지. 내가 나 좋을 대로 오가면서 그 녀석들을 만나기 전에 하던 일을 하는 것처럼."

할로웨이가 말했다.

"언제 돌아올까?"

본이 물었다.

"그 녀석들은 야생동물이라는 말을 한 번 더 해주지. 녀석들이 일정표를 남기고 다니는 건 아니야."

할로웨이가 말했다.

"그렇다면 우린 다른 문제에 대해 이야기할 수도 있겠군요."

오브리가 말했다.

"달리 이야기할 거리가 있습니까?"

할로웨이가 물었다.

"안으로 들어가서 의논해도 괜찮을까요? 지금으로선 에어컨이 돌아가는 곳에 앉아 있는 사람이 당신이 죽이고 싶어 하는 사람 하나뿐이라는 사실이 좀 얄궂게 느껴지는데."

오브리의 말에 할로웨이는 여전히 이쪽을 노려보고 있는 들라이즈를 흘긋 보았다.

"좋아요. 들어가죠."

오두막집 안에 들어가자 칼이 원래 알고 좋아하던 사람인 본을 반갑게 맞이했고, 그동안 할로웨이는 신중하게 책상 위에 놓인 감시 카메라의 위치를 조정하여 집 바깥과 본의 제비정이 더 잘 보이게 각도를 맞춘 다음, 실제로 밖을 볼 수 있도록 위에 씌운 모자를 기울였다.

"그러니까 이 녀석이 그 유명한 폭탄 터뜨리는 개로군요."

오브리가 칼을 쓰다듬으며 말했다.

"……라고 다른 사람들이 주장한 개죠. 증명된 바는 없고."

할로웨이는 그렇게 대꾸하고 손님들 쪽으로 몸을 돌려서 책상 위에 앉았다.

"물론 그러실 테지."

오브리가 말했다.

"무슨 이야기를 하고 싶으십니까."

할로웨이가 말했다.

오브리는 랜던 쪽을 흘긋 보았다.

"저희는 할로웨이 씨가 찾아낸 동물들의 지성을 두고 곧 열릴 조사에 대해 걱정하고 있습니다."

랜던이 말했다.

"그렇겠지요."

할로웨이가 말했다.

"저희는 할로웨이 씨가 조사에서 증언을 하도록 소환되었다고 알고 있습니다."

랜던이 말했다.

"맞아요."

할로웨이가 말했다.

"무슨 말을 하실 계획인지 궁금합니다만."

"나도 전혀 모르겠네요. 판사가 나한테 무슨 질문을 할지 모르니."

"판사는 왕가이 양이 제출한 보고서를 확증하라고 요청하지 않을까요."

"그럴 법도 하군요."

"그러면 확증하실 겁니까?"

랜던의 질문에 할로웨이는 집 안에 들어온 세 남자를 바라보았다.

"서두는 생략해도 될 것 같군요. 조사 과정에서 나도 이자벨이 본 생명체를 봤느냐는 질문을 받는다면, 난 그렇다고 대답할 겁니다. 실제로 봤으니까요. 그렇다고 보송이들이 사람이라는 이자벨의 의견에 동의한다는 뜻은 아니에요. 이자벨의 결론에 동의하지 말라고 설득할 생각이라면, 그 부분은 걱정할 필요 없습니다. 난 동의하지 않아요. 게다가 이자벨도 내가 동의하지 않는다는 걸 알고요. 그러니 그런 말을 하라고 날 매수할 필요는 없습니다."

"그 정도로는 충분하지 않아요."

오브리가 말했다.

"그만하면 꽤 괜찮을 텐데요."

"천만에. 그쪽은 생물학자고, 당신은 측량업자죠. 당신보다는 그쪽 의견이 더 가치가 있어요."

"그래서 어쩌라고요? 그 망할 것들과 같이 사는 건 납니다. 이자벨의 의견이 내 의견보다 가치가 있을지는 모르지만, 내 의견에도 판사가 자라 기업에 당장 지성체 의심 보고를 제출하라고 명령하지 않을 만큼의 의미는 있어요. 지금 최악의 경우래봐야 판사가 연구를 더 해야 한다고 명령하는 거죠. 당신들이 그 부분을 제대로만 한다면 보송이들의 지성에 대한 최종 판결이 나오기까지 이삼 년은 걸릴 거고. 태양석 층을 개발하기에는 충분하고도 남는 시간이에요."

"당신이 태양석 층에 중점을 두는 건 이해가 가요, 할로웨이. 하지만 당신의 0.5퍼센트보다 더 많은 것의 성패가 달려 있어요. 이 행성은 이례적으로 금속과 광물이 풍부해요. 태양석을 넘어설 정도로. 애초에 그래서 태양석이 있는 것이기도 하지요. 여기는 자라 기업의 탐사 개발 영역 중에서 가장 자원이 풍부한 행성이에요. 이 행성을 잃으면 자라 기업은 취약한 입장에 놓입니다."

"왜 나한테 그런 말을 하는 겁니까? 내가 그런 걸 알아야 할 이유가 없는데요. 태양석 층이라는 지극히 한정된 사안을 벗어나는 문제는 내 알 바가 아닙니다."

"당신이 이해하라고 하는 말입니다, 할로웨이. 원한다면 당신의 문제가 될 수 있으니까."

오브리가 말했다. 할로웨이는 랜던 쪽을 보았다.

"그쪽이 나설 신호가 떨어진 것 같군요."

랜던은 미소 지으며 들고 있던 폴더를 열고 할로웨이 쪽으로 몇 걸음 다가서더니, 폴더 안에 있던 문서를 건넸다. 할로웨이는 그 문서를 살펴보았다.

"지도군요."

"이게 무슨 지도인지 아십니까?"

랜던이 물었다.

"압니다. 북동부 대륙 지도죠."

"행성 자라 XXⅢ에서 자라 기업이 아직 개발을 시작하지 않은 하나뿐인 대륙의 지도입니다. 개척연맹 정부에서 겨우 지난달에야 이 대륙의 개발을 시작해도 좋다는 허가가 떨어졌죠."

"좋아요. 그래서?"

할로웨이가 말했다.

"그러니까 이건 당신 거요."

오브리가 말했다.

"실례지만 뭐라고요?"

할로웨이가 말했다.

"자라투스트라 기업은 측량업자 한 명이 한 대륙의 탐사와 개발을 책임진다는 시험적인 계획에 착수하고 있습니다. 이 측량업자는 자기가 원하는 방식대로 일을 처리할 수 있죠. 아마도 현재 자라 기업에서 측량업자들을 다루는 방식대로 운용을 해서요. 차이점은 대표 측량업자가 자기가 관리하는 대륙에서 나오는 개발 수익의 5퍼센트를 받는다는 겁니다."

랜던이 설명했다.

"물론 거기에서 운용비와 계약업자들에게 주는 퍼센트만큼은 빼야지."

오브리가 덧붙였다.

"네. 그러니 4.75퍼센트라고 해두죠."

랜던이 다시 말을 받았다.

할로웨이는 저도 모르게 히죽 웃고 말았다.

"이건 내 계약이 끝나도 이 행성에서 내쫓지 않겠다는 뜻 같군요."

"그래 보이는군요. 당신이 동의한다면요."

랜던은 그 말을 인정했다.

"그러면서 어떻게 이게 훤히 드러난 뇌물처럼 보이지 않게 하죠?"

할로웨이가 물었다.

"그야 이렇게 하면 자라 기업에서 행성에 두어야 할 직원 수가 줄어들고, 그러면 경비를 절감할 수 있으니까요. 또한 그 5퍼센트 계약 비용은 세금 공제를 받을 수도 있습니다."

랜던이 대답했다.

"자라 기업은 지금도 세금을 거의 내지 않을 텐데요."

할로웨이가 말했다.

"보험이라고 해둡시다."

오브리가 대꾸했다.

할로웨이는 엄지손가락으로 본을 가리켰다.

"그러니까 난 저 친구 일을 해서 억만장자가 되는 거군요."

"규모가 더 크기는 합니다만, 그렇습니다. 무엇보다도 좋은 점은 모든 일을 직원에게 시킬 수 있다는 부분입니다. 이 행성에 거주할 필요도 없지요. 지구에 돌아가서 수영장 가에서 통장 잔고가 불어나는 걸 지켜볼 수도 있습니다."

랜던이 말했다.

"이 모든 것의 대가로 내가 해야 할 일은 뭡니까?"

할로웨이가 물었다.

"왕가이 양의 신뢰성을 박살 내세요."

오브리가 말했다.

할로웨이는 잠시 후에 입을 열었다.

"그건 쉽지 않을 텐데요. 그리고 나서 나한테 대륙 하나를 주면 당신들이 정말 나빠 보이기도 할 테고."

"저희의 치밀함을 믿어보십시오, 할로웨이 씨. 신규 사업 발표는 적절한 시간을 기다린 후에 할 겁니다. 그리고 왕가이 양이 조사를 요청했다는 이유로 벌을 받는 일도 전혀 없을 테고요. 법에 따라 그래야만 했으니까요. 사실 왕가이 양은 승진해서 지구에 있는 우리 연구소 중 하나의 책임자가 될 겁니다."

랜던이 말했다.

"다시 말해서 이 행성과 보송이들로부터 멀리 떨어지게 높이 올려주겠다는 거군요."

할로웨이가 말했다.

"이번만은 당신이 왕가이 양의 경력에 좋은 일을 하는 거요. 왕가이 양도 출세하고, 당신도 출세하고, 심지어 여기 본까지 승진할 거예요.”

오브리가 말했다.

할로웨이는 본을 보고 말했다.

“설마요.”

“뭐, 승진하는 셈이기는 해요. 우린 본에게 당신 밑에서 일할 수 있다고 했어요. 당신에게는 본을 돌봐줄 동기가 있다고 생각했지요.”

오브리가 대답했다.

“그렇기는 하죠.”

할로웨이가 말했다. 본은 이 대화가 이어지는 동안 내내 그랬듯이 지금도 속속들이 비참한 얼굴이었다. 본은 자기가 할로웨이의 집에 와보려는 오브리의 계획에 위장막으로 이용당했음을 알았고, 덩치 큰 사람들의 계획 사이에 낀 작은 사람들에게 무슨 일이 일어나는지도 알고 있었다. 할로웨이는 본에게 동정심마저 느꼈다.

“그래서 인간 쪽은 다 해결되었다 치고, 보송이들은요?”

오브리는 어깨를 으쓱였다.

“당신에게 중요하다면 그것들을 대륙으로 데려가요. 보호구역을 만들어주든가. 뭐든 원하는 대로 해요. 자라 기업은 ‘보송이 살리기’ 기금을 조성할 생각도 있어요. 고향에 있는 사람들에게 우리 모습이 좋아 보이겠지. 아무도 그것들이 사람이라고 생각하지만 않는다면 뭘 하든 괜찮아요.”

“이자벨에게는 보송이들을 찍은 영상이 있어요. 이자벨이 보기에 지성을 나타내는 행동들을 하는 보송이들의 모습이 찍힌 조작 불가능한 보안 영상이죠.”

“당신은 개에게 폭탄을 터뜨리는 방법을 가르쳤습니다, 할로웨이 씨.”

랜던이 말했다.

“그것과는 경우가 달라요.”

할로웨이는 랜던의 의도를 이해하고 이자벨이 했던 반박을 되풀이했다.

“그리고 나보고 이자벨이 장난 삼아 보송이들에게 이것저것 요령을 가르쳤다고 말하라는 뜻이라면, 당신들이 어떻게 돌아서서 이자벨을 승진시킬 셈인지 궁금하군요.”

“왕가이 양이 아니라 당신이 보송이들을 훈련시킨 겁니다. 판사 앞에서 왕가이 양이 도착하기 전에 당신이 동물들에게 이런저런 일을 훈련시켰다고 인정하세요. 저희는 이 동물들이 똑똑하다는 사실에 반박하려는 게 아닙니다. 당신은 쉽게 이 동물들을 가르칠 수 있었을 겁니다. 악의 없는 장난을 칠 작정이었다고 하세요. 농담거리였다고. 그런데 당신이 사실을 털어놓기 전에 왕가이 양이 이를 진지하게 받아들이고 조사 요청을 한 겁니다. 그렇게 하면 왕가이 양도 아무 책임이 없고, 당신은 그저 심술궂지만 악의는 없는 장난을 친 것으로 보이겠지요.”

“내가 개자식으로 보이겠군.”

할로웨이가 말했다.

“어차피 모두가 당신을 개자식이라고 생각해요, 할로웨이. 기분 나쁘게 할 의도는 없지만.”

오브리가 말했다.

“그렇겠지요.”

할로웨이가 말했다.

"게다가 지금 이야기하는 정도의 액수라면 개자식이 될 여유도 있을 거요."

오브리가 말했다.

"흠, 그렇게 말씀하신다면야."

할로웨이가 대꾸했다.

"할로웨이 씨, 이건 아주 진지한 제안입니다. 여기에 걸린 게 너무 많습니다. 이 조사는 지성체 의심 보고를 제출하지 말라는 판결로 끝을 맺어야 합니다. 다른 선택지는 모두 실패입니다. 당신에게는 모두를 위해 올바른 판결을 끌어낼 힘이 있어요."

랜던이 말했다.

"물론이죠. 그리고 내가 해야 하는 일은 이자벨을 바보로 만드는 것 뿐이고."

"까놓고 말하자면, 당신은 전에도 그러지 않았습니까, 할로웨이 씨?"

랜던은 본 쪽으로 고갯짓을 하면서 말했다.

"여기 본 씨에게 듣기로는 당신이 이전에 있었던 조사에서 왕가이 양을 팔아넘겼다더군요. 왕가이 양은 당신이 개에게 폭탄 터뜨리는 방법을 가르쳤다고 증언했지요. 당신은 왕가이 양이 거짓말쟁이라고 했습니다. 그때는 당신의 측량 계약이 취소될 위험에 처한 것뿐이었는데도 아무 거리낌 없이 그렇게 했지요. 이제는 우주에서 제일 부유한 사람들 중 하나가 될 가능성이 걸렸으니, 추가 동기가 생긴 셈입니다만."

"그럴지도요."

할로웨이가 말했다.

"좋아. 그렇다면 거래 성립이군."

오브리가 말했다.

"강조해두지만, 저희는 여기에 온 적이 없는 겁니다, 할로웨이 씨."

랜던이 말했다.

"물론. 당신들이 위장으로 쓴 본만 온 거고, 본은 그저 동물들을 보려고 나온 거죠."

"서로를 완전히 이해한 것 같군요."

"아, 그럼요. 정말 제대로 이해했지요."

할로웨이가 말했다.

15장

손님들이 떠나고 나자 할로웨이는 인포패널에 손을 뻗어 감시 카메라로 기록한 영상을 켰다. 집 안에 들어왔던 세 사람 중 누가 카메라를 보았다 해도 주목한 사람은 없었고, 그래서 다행이었다. 할로웨이의 계획대로였다. 그가 카메라 위에 모자를 씌워놓은 데에는 이유가 있었다.

처음 몇 분 동안 비디오는 조 들라이즈가 앉아서 계기판 버튼들과 전자 열쇠를 만지작거리며 대체로 지루해하고 있는 제비정밖에 보여주지 않았다. 할로웨이는 이 부분을 빨리감기로 돌리다가 제비정 지붕 위에 무엇인가가 나타나자 속도를 늦췄다. 확대해 보니 다루기 힘든 보송이, 얼룩이였다.

얼룩이는 안에 든 인간에 대한 호기심을 확연히 드러내며 제비정 앞 유리창 쪽으로 걸어갔다. 안에 든 인간은 보송이를 불쾌하게 여기는 모양이었다. 얼룩이는 들라이즈를 더 잘 보려고 유리에 작은 얼굴을 대고 눌렀다. 들라이즈는 손으로 유리창 안쪽을 때렸다.

얼룩이는 깜짝 놀라서 물러섰지만, 곧 인간이 유리를 때려봐야 전혀 문제가 되지 않는다는 사실을 깨달은 듯했다. 얼룩이는 다시 유리에 얼굴을 눌렀다. 들라이즈는 다시 유리를 때렸다. 이번에는 얼룩이가 움직이지 않았다. 들라이즈는 세 번째로 유리를 때리고, 또 때렸다. 할로웨이는 들라이즈의 얼굴을 확대했다. 고함을 치고 있었다. 말하는 내용까지 잡아내기에는 제비정이 너무 멀었고, 어차피 감시 카메라의 마이크는 무음 상태였다.

할로웨이는 이 사실에 얼굴을 찌푸렸다. 감시 카메라의 영상은 들라이즈에게 맞춰두었지만, 음성의 경우엔 오두막집 안에서 오가는 대화를 녹음해두는 편이 쓸모 있는 보험이었다. 바깥을 더 잘 볼 수 있게 각도를 조정하다가 우연히 마이크의 무음 버튼을 누른 게 분명했다. 지금으로서는 어쩔 도리가 없었다.

할로웨이는 다시 영상을 확대해서 얼룩이를 보았다. 얼룩이는 이제 유리에서 물러서서 들라이즈가 고함치는 모습을 흥미롭게 지켜보고 있었는데, 아마도 그 인간이 왜 제비정 밖으로 나와서 자기를 잡거나 해치려고 하지 않는지 궁금한 듯했다. 몇 분이 지나고 들라이즈가 차분해지자 얼룩이는 다시 유리창 쪽으로 올라갔다. 들라이즈는 결연히 작은 보송이를 무시하고 있었다.

얼룩이는 몸을 돌리고 쪼그려 앉더니, 일부러 들라이즈의 얼굴 바로 앞에서 유리에 엉덩이를 문질렀다.

들라이즈는 분노를 터뜨리며 의자에 몸을 기대고 앞유리를 걷어찼다. 아무래도 들라이즈를 제비정 안에 묶어두는 것은 할로웨이가 산탄총으로 자기 머리를 날려버릴 게 확실하다는 믿음뿐인 듯했다. 그렇지 않다면 얼룩이는 이 시점에서 죽은 목숨이었다.

할로웨이는 활짝 웃으면서 비디오를 돌려서 이 부분을 다시 보았다.

다시 앞으로 돌아가자 얼룩이가 누군가, 아니면 무엇인가를 부르는 것처럼 고개를 들었다. 아니나 다를까, 잠시 후에 다른 보송이가 제비정 지붕 위에 나타났다. 할아버지였다. 둘이 지붕 위에 서서 회의라도 여는 것 같더니, 얼룩이가 다시 앞유리에 엉덩이를 문질러서 들라이즈가 다시 한 번 유리를 걷어차게 부추겼다.

별로 감명받지 않은 게 분명한 할아버지 보송이는 얼룩이의 머리를 후려치고 꼬마 보송이를 유리에서 떼어낸 후 지붕에서도 밀어냈다. 얼룩이는 제일 가까이 있는 못나무로 향했다. 할아버지는 그 후에 고개를 돌리고 유리 쪽으로 걸어가서 들라이즈를 다시 보았다. 들라이즈는 침을 뱉고 씩씩거렸다.

몇 분 동안 그러다가 할아버지도 결론에 이른 듯, 쪼그리고 앉더니 유리에 엉덩이를 문질렀다. 그러더니 일요일 산책이라도 하듯이 어슬렁 어슬렁 제비정 지붕에서 멀어졌다. 할로웨이는 칼이 놀랄 정도로 크게 웃음을 터뜨렸다.

할로웨이는 들라이즈가 아무것도 하지 않고 보낸 몇 분을 빨리감기로 돌리다가, 보안요원의 세 친구가 제비정으로 돌아가는 모습이 비치자 다시 멈췄다. 세 사람을 본 들라이즈는 승객석 앞문을 열고 제비정 밖으로 한 발자국 나서는 위험을 감수한 뒤 그 자리에 서서 다가오는 세 사람에게 소리를 지르기 시작했다. 뒤이어 들라이즈는 일이 분 정도 얼룩이와 할아버지가 떠나면서 기어올라간 못나무 쪽을 몸짓으로 가리켰다. 오브리와 랜던은 곧 그쪽으로 걸어가서 보송이들을 찾기라도 하는 것처럼 못나무를 올려다보았다. 그러더니 두 사람은 제비정으로 돌아갔고, 이륙한 제비정은 할로웨이의 플랫폼에서 몇 미터 위로 올라가면서 카메라 프레임을 벗어났다.

'기억해두자. 다음에 보면 얼룩이와 할아버지에게 맥주를 줘야겠어.'

할로웨이는 생각했다. 정말로 맥주를 줄 생각은 아니었다. 얼마나 좋아하나 보려고 아빠와 엄마 보송이에게 맥주를 조금 줘보았는데, 둘 다 뱉어냈었다. 보송이들은 물을 좋아했고, 기왕이면 수도꼭지에서 흐르는 물을 더 좋아했으며, 수도꼭지에 여전히 넋을 잃었다. 그리고 과일 주스도 좋아했다. 다른 마실 것은 다 입에 대지 않고 통과였다. 하지만 이 경우에는 그래야겠다고 생각한 것 자체가 중요했다. 이 시점에서 할로웨이는 들라이즈를 싫어하는 상대라면 종에 상관없이 어떤 사람이든 괜찮았다.

'어떤 사람?'

머릿속에서 의심스러울 정도로 이자벨과 닮은 목소리가 말했다.

할로웨이는 그 생각을 떨쳤다.

그래, '사람'이라고 생각했다. 하지만 그게 보송이들이 지성체라는 뜻은 아니었다. 그는 칼도 사람처럼 여겼지만 그게 칼이 인간과 대등하다는 뜻은 아니었다. 실제 지성을 동반하는 지력이 있다고 여기지 않아도 얼마든지 동물을 사람처럼 생각할 수 있었다.

할로웨이는 바닥에 벌러덩 드러누운 개를 내려다보았다.

"어이, 칼."

칼의 눈썹이 올라갔다. 정확히는 눈썹 하나만 올라가서 개의 얼굴에 의도치 않게 냉소적인 표정을 선사했다.

"칼, 말해봐!"

할로웨이가 말했다. 칼은 할로웨이를 쳐다보기만 했다. 할로웨이는 칼에게 '말하기' 재주를 가르친 적이 없었다. 특별한 이유도 없이 개가 크게 짖어대게 만든다는 발상에는 전혀 끌리지 않았다.

"착하구나, 칼. 말하지 않는 편이 낫지."

칼은 애매하게 코를 훌쩍이더니 눈을 감고 다시 잠들었다.

칼은 착한 개였고 좋은 동반자였으며 어떤 기준으로도 개척연맹 정부에 문제가 될 만한 지성체가 아니었다. 침팬지나 돌고래나 오징어나 부유체나 청견이나 웨첼이나 펀치피시를 비롯해 그밖에, 평균적인 동물 종보다 확실히 똑똑하지만 아직 완전히 동물의 범주를 넘어서지는 못한 수많은 생물들도 마찬가지였다. 인간이 탐험한 200개가 넘는 행성에서, 지성 면에서 인간에 견줄 만한 생명체는 단 두 종뿐이었다. 우라이와 네가드, 둘 다 인간에 준하는 지성을 지녔다고 여길 수밖에 없는 수준의 '큰 두뇌' 행동의 사례를 충분히 많이 공유했다.

'아니, 반박할 여지가 없는 건 아니지.'

할로웨이의 두뇌 어딘가에 있는 *꼬장꼬장한* 부분이 기억을 헤집었다. 두 경우 모두 그들의 지성에 반박하는 탐사 개발 산업 공동체라는 상당한 소수파가 있었다. 행성 우라일과 네가(이전에는 자라 III와 블루스카이 VI)는 산업체에서 시간을 들여 공작을 펼 가치가 있을 만큼 자원이 풍부했다. 접촉 당시 문명 수준이 대략 기원전 10,000년 무렵 북아메리카 대륙에 살던 수렵 채집 부족들 정도에 해당했던 네가드의 경우는 특히 그랬다. 탐사 개발 회사의 변호사들에게 그들의 기준을 적용하면 우리 직계 조상들의 지성도 부인하는 셈이 된다고 지적해봐야 신경도 쓰지 않는 듯했다. 변호사들은 그처럼 현안과 무관한 문제는 무시하도록 훈련받으니 말이다. 네가드는 글을 읽지 못했고, 도시가 없었으며, 산업이라곤 농업이라고 주장할 만한 것밖에 없었다. 탐사 개발 회사들과 그 변호사들에 따르면 삼진 아웃으로 지성체가 아니었다.

할로웨이는 인포패널을 다시 집어 들고 한 번 더 얼룩이와 할아버지를 보려고 영상을 뒤로 돌렸다. 탐사 개발사들이 네가드가 사람이 아니라고 반박했다면, 보송이들 정도는 신나게 씹어댈 것이다. 도시도 없고, 문자도 없고, 농업도 없는 데다가 언어도, 도구도, 의복도 없고, 가족 단위(개체 간 차이가 없으면서 구분은 가능한 기묘한 단성생식을 감안하면 충분히 가족에 가까운)를 넘어서는 사회 구조도 없어 보이고…….

할로웨이는 차라리 보송이들이 지성체가 아닌 편이 낫겠다고 생각했다. 그들이 지성체라고 해서 지성체로 인정받는다는 보장은 없었다. 그들이 지성체가 아니어야 기득권을 누릴 수 있는 사람이 이렇게 많을 때는 말이다. 모든 상황을 잘 이해할 수 있지만 닥쳐올 사태를 막을 수 없는 사람인 것보다는, 무엇을 빼앗겼는지 이해하지 못하는 원숭이인 편이 나았다.

칼이 바닥에서 벌떡 일어나더니 꼬리를 흔들면서 오두막집 문으로 향했다. 칼은 코끝으로 개문을 찌르고 살짝 밖으로 밀었다. 문이 열려 있도록 고정장치가 걸리자 칼은 뒤로 물러섰다.

잠시 후에 뭔지 모를 작은 털투성이 모험으로 하루를 보내고 돌아온 보송이 가족이 개문을 통과했다. 칼의 목에 팔을 감고 끌어안은 아가 보송이만 빼고 다들 쓰다듬거나 토닥이는 동작으로 칼에게 인사를 했다. 칼은 이 인사를 잘 참아냈고, 포옹을 끝내고 떨어진 아가를 핥아주었다.

아빠 보송이가 할로웨이에게 걸어오더니 그를 빤히 올려다보았다. 할로웨이는 이제 그런 모습을 보면 보송이가 도움을 요구한다는 사실을 알 수 있었다. 보송이 전담 집사라는 자기 역할을 다시 떠올린 할로웨이는 씩 웃고 부엌으로 따라갔고, 아빠 보송이는 냉장고 앞에서 멈춰 섰다. 보송이가 그러려고만 한다면 냉장고를 열 수 있다는 사실을 아는 할로웨이는 허락을 구하는 행동에 고마워하며 냉장고를 열었다.

"자, 얼마든지."

할로웨이는 손짓을 하며 말했다. 아빠 보송이는 냉장고 안에 뛰어들더니 몇 초 후에 마지막 남은 훈제 칠면조를 들고 나왔다.

"그걸 먹고 싶진 않을 텐데. 상하기 직전이거든."

할로웨이는 보송이에게 칠면조를 받아 들고, 마지막 남은 두 조각을 꺼내어 칼 쪽으로 들어올렸다. 칼은 열정적으로 관심을 보였다.

"앉아."

할로웨이가 말하자 칼은 열렬하기까지 한 쿵 소리를 내며 주저앉았다. 할로웨이는 칼에게 칠면조를 던졌고, 칼은 허공에서 고기를 낚아채어 0.3초 만에 삼켰다.

아빠 보송이는 이 광경을 지켜보더니 할로웨이에게 돌아서서 찍찍거렸다. 할로웨이는 그 소리의 의미를 이렇게 짐작했다.

'미안하지만 널 죽여버려야겠어.'

할로웨이는 손을 들어 올렸다.

"잠깐만."

그는 냉장고에 손을 넣어 두 번째 꾸러미를 꺼냈다. 그리고 아빠 보송이에게 그 꾸러미를 내밀면서 말했다.

"친구, 자네에게 우리 인간들이 '베이컨'이라고 부르는 물건을 소개할 때가 된 것 같군."

아빠 보송이는 의심스러운 표정으로 꾸러미를 쳐다보았다.

"날 믿어봐."

할로웨이는 냉장고를 닫고 프라이팬을 찾으러 갔다.

5분 후에는 베이컨 냄새가 보송이들과 칼 모두를 끌어모았고, 다들 넋이 빠져서 오두막집의 작은 스토브를 올려다보았다. 어느 시점에는 얼룩이가 스토브를 기어올라서 프라이팬에서 반쯤 익은 베이컨을 낚아채려고 하기도 했다. 엄마가 얼룩이를 끌어내려 할아버지에게 넘겼고, 할아버지는 얼룩이의 머리를 후려쳤다. 보아하니 머리 후려치기가 할아버지가 얼룩이와 소통하는 주된 방식이었다.

곧 베이컨 여섯 조각이 구워지고 먹을 만하게 식었다. 할로웨이는 신이 난 보송이들에게 베이컨을 한 조각씩 주고 마지막 조각은 자신이 먹으려고 했다. 자기만 빼고 모두가 베이컨을 받았다는 상황에서 비참한 불평등을 감지한 칼이 애처롭게 낑낑거렸다.

"다음 묶음은 줄게, 친구."

할로웨이는 그렇게 약속하고 또 다른 베이컨 묶음을 벗겨내어 팬에 넣으려고 뒤돌아섰다. 그리고 보송이들이 질산염으로 가공한 고기를 얼마나 즐기고 있는지 보려고 다시 몸을 돌렸더니, 아빠 보송이가 자기 베이컨 한 조각을 열심히 집중하는 칼에게 내밀고 있었다. 아빠가 쩍쩍 소리를 내자 칼이 앉았다. 할로웨이는 자기가 칠면조 고기로 했던 일을 아빠 보송이가 따라하려 한다는 사실에 미소를 지었다.

아빠가 다시 입을 열었다. 칼은 즉시 엎드렸다. 아빠가 세 번째로 입을 열자 칼은 혀를 길게 빼물고 등을 굴렸다. 아빠는 칼에게 베이컨 조각을 던졌고, 칼은 게걸스럽게 베이컨을 먹어치웠다. 그리고 아빠 보송이는 나머지 베이컨을 즐겁게 먹었다.

베이컨 기름이 팔에 튀자 할로웨이는 아직 음식을 조리하는 중이었다는 사실에 관심을 돌렸다. 그는 두 번째 베이컨 굽기를 끝내고, 보송이들과 칼에게 똑같이 나눠주었다. 모두가 두 번째 베이컨에 기뻐했다. 이제는 베이컨이 고기의 왕 자리에서 훈제 칠면조를 밀어낸 게 분명했다. 적어도 보송이들에게는 말이다. 할로웨이는 조리하지 않고 남은 베이컨을 냉장고에 집어넣고 프라이팬을 닦아서 넣은 다음, 다시 책상으로 돌아가서 인포패널을 집었다.

이자벨은 떠나면서 할로웨이에게 보송이들에 대한 녹화 영상과 필기 한 벌을 남겨두었다. 예의상이기도 했고 기록 보관을 위해서이기도 했다. 이자벨이 지닌 데이터에 무슨 일이 일어나더라도 할로웨이의 데이터는 무사할 테니 말이다. 할로웨이는 이제 그 데이터에 접속해 특정한 비디오 파일들을 불러냈다. 그는 재생 변수 일부를 바꿔가면서 비디오를 이리저리 조작했다.

몇 시간 동안이나.

16장

"조사는 이렇게 돌아가."

설리번이 할로웨이에게 말했다. 두 사람은 오브리타운에 하나뿐인 비좁은 법정 바깥에 서 있었다.

"판사가 들어와서 몇 가지 서두 논평을 하지. 그다음에는 자료 발표가 있는데, 그 부분은 이자벨이 처리할 거야. 판사는 이미 이자벨의 기록과 녹화 영상을 다 받은 상태니까 거의 형식적인 과정이지만, 혹시 판사가 이자벨에게 질문을 하고 싶다면 이 단계에서 하게 될 거야. 그다음에는 자라 기업 대변인이 전문가들에게 질문을 할 텐데, 이 경우에는 이자벨과 자네가 되겠지. 이 과정에서 판사도 질문을 할 수 있어. 그게 끝나고 나면 판사가 판결을 내릴 거야."

할로웨이는 얼굴을 찌푸렸다.

"그러니까 자라 기업이 나와 이자벨을 심문하는 거로군. 누가 우리를 대변하지?"

"두 사람을 대변하는 사람은 없어. 이건 재판이 아니라 조사야."

"마지막에는 공식적인 법적 판결이 내려지잖아. 나한테는 재판처럼 들리는데."

"하지만 자네는 범죄 혐의로 기소되지 않았지, 잭. 자네와 이자벨은 피고가 아니라 증인 같은 존재야."

"그렇군. 피고는 보송이들이로군."

"말하자면 그런 셈이지."

"그러면 보송이들은 누가 대변하나?"

할로웨이의 질문에 설리번은 한숨을 내쉬었다.

"그냥 판사를 적으로 돌리지 않겠다고만 약속해줘."

"맹세하는데 난 판사를 적으로 돌리려고 여기에 온 게 아니야."

"잘됐군."

"그래서 이 조사에서 자네 역할은 뭐지?"

"난 아무 역할도 없어. 이자벨이 얽힌 사건이라서 회피했고, 내 상사도 좋아하더군. 그 여자가 이 조사에 열을 올릴 거라고 했잖아. 그 여자는 이 사건이 이 바윗덩어리 행성에서 빠져나갈 표라고 생각해. 그리고 그 여자가 지금 오는군."

설리번은 오브리타운 행정 건물 복도를 고갯짓으로 가리켰다. 재니스 마이어가 두 사람과 법정이 있는 쪽으로 성큼성큼 걸어오고 있었고, 그 뒤에서는 젊은 조수가 사건 파일을 들고 따라왔다.

"어떤 여자야?"

할로웨이가 물었다.

"무슨 뜻이지?"

설리번이 되물었다.

"사람으로서."

할로웨이가 말했다.

"난 짐작도 안 가."

설리번은 이제 상사가 가까이 다가왔기 때문에 중얼거리듯이 대답했다.

재니스 마이어는 두 사람 앞에 멈춰 섰다.

"마크."

마이어는 인사 대신 그렇게 말하고, 할로웨이를 쳐다보았다.

"그리고 할로웨이 씨. 다시 만나서 반갑군요."

마이어가 손을 내밀었다. 할로웨이는 그 손을 잡고 흔들었다.

"흥미로운 신종을 발견했네요."

"놀랍기 그지없는 녀석들이죠."

"여기 마크가 오늘의 조사가 어떻게 돌아갈지 설명해드렸나요?"

"그랬습니다."

"이건 재판이 아니에요. 그러니 제가 묻는 질문에 대답하는 데 망설임을 느낄 필요가 없다는 점을 기억하세요."

"있는 그대로 말하겠다고 약속하지요."

할로웨이의 말에 마이어는 미소를 지었다. 할로웨이는 혹시 그 여자가 그의 집에 찾아왔던 오브리의 비밀 여행에 대해 아는 건가 궁금했다. 마이어는 설리번을 돌아보고 고개를 끄덕인 다음, 조수를 꼬리처럼 달고 법정으로 들어갔다.

"상사로서는, 야심만만해."

설리번이 말을 맺었다.

"그건 자네에게 나쁜 일이 아니지. 야심만만한 상사들은 빈자리를 남겨두고 떠나잖아."

"그렇기는 하지."

설리번이 대꾸하더니 복도를 걸어오는 사람을 보고 활짝 웃었다. 이 자벨이었다. 이자벨도 마주 미소 지었고, 설리번 앞에 다다랐을 때는 따뜻하지만 공공 예절에 맞게 뺨에 입을 맞췄다. 그녀는 할로웨이를 돌아보았다.

그는 손을 내밀었다.

"잭 할로웨이입니다. 당신의 동료 전문가 증인이죠."

"참 귀엽네, 잭."

이자벨은 그렇게 말하고 그의 뺨에 가볍게 입을 맞췄다. 그녀가 할로웨이에게 물었다.

"불안해?"

"아니. 당신은?"

"난 너무 무서워. 보송이들이 사람으로 인정받느냐 마느냐는 내가 이 자리에서 판사에게 하는 말에 달렸어. 망치고 싶지 않아. 박사 논문 시험 이후에 이렇게 불안했던 적이 없는 것 같아."

"글쎄, 박사 논문 시험은 잘됐잖아. 안 그래? 그러니 당신에겐 실적이 있는 셈이지."

"당신은 언제 들어왔어?"

이자벨이 물었다.

"칼과 나는 한 시간쯤 전에 착륙했어."

"칼은 어디 있는데?"

"제비정 안에 있지."

할로웨이는 대답한 다음에 이자벨의 표정을 간파하고 덧붙여 말했다.

"안심해. 제비정에는 자율 기후조절장치가 있어. 칼은 오이처럼 시원한 상태야. 확인하고 싶으면 조사가 끝난 다음에 보러 와도 좋아."

"조사 이야기가 나온 김에 말인데, 두 사람은 이제 들어가야지. 몇 분 후면 시작이고, 솔탄 판사는 계속 기다려주는 사람이 아니야."

설리번이 말했다.

■ ■ ■

네드라 솔탄 판사가 들어와서 서두 없이 자리에 앉았다. 판사의 도착을 알리거나 모두에게 일어서라고 말할 법정 집행관은 없었다. 모두가 일어섰을 때쯤 솔탄은 이미 앉아 있었다.

"최대한 빨리 해치웁시다."

솔탄은 말하고 조사 일정을 보았다.

"왕카이 박사?"

"네, 재판장님."

이자벨이 일어섰다. 할로웨이는 이자벨 옆에, 보통 피고인석으로 쓰는 자리에 앉아 있었다. 재니스 마이어와 그 조수는 보통 원고인석으로 쓰는 자리에 앉았다.

'재판이 아니기는 개뿔.'

할로웨이는 생각했다. 법정 방청석은 뒷줄에서 예의 바르게 지루한 표정을 짓고 있는 브래드 랜던과, 이자벨 바로 뒤에 앉은 설리번을 빼면 텅 비어 있었다.

"우리 일정표에 따르면 당신이 연구 자료를 개략적으로 설명해야겠군요."

솔탄이 말했다.

"네, 재판장님."

이자벨이 대답했다.

"나에게 보낸 꾸러미에 들어 있지 않았던 새로 덧붙일 자료가 있습니까? 새로운 자료가 없다면 이 과정은 건너뛰어도 될 것 같은데요."

솔탄이 묻자 이자벨은 눈을 껌벅였다.

"건너뛴다고요?"

이자벨은 발표를 위해 가져다둔 커다란 모니터 쪽을 보았다.

"그래요. 당신의 보고서는 진이 빠질 정도로 포괄적이었어요, 왕가이 박사. 여기에서 우리가 할 일이 그 자료의 개요를 되짚는 것뿐이라면, 생략하고 싶군요."

"발표의 핵심은 재판장님께 연구 자료에 대해 궁금하신 어떤 질문이든 하실 시간을 드리는 것이었습니다. 분명히 질문이 있으실 텐데요."

"별로 그렇지도 않습니다."

솔탄은 담담하게 말했다.

"그러면 계속 진행해도 괜찮겠습니까?"

이자벨은 보일락 말락 하게 살짝 눈썹을 추켜올리는 할로웨이를 슬쩍 보고, 완전히 무표정인 설리번을 다시 보았다.

"그런 것 같네요."

이자벨은 마침내 솔탄에게로 시선을 돌리며 대답했다.

“좋아요.”

솔탄은 말하고 마이어 쪽을 보았다.

“마이어 씨도 괜찮겠습니까?”

“문제없습니다, 재판장님.”

마이어가 대답했다.

“아주 좋아요. 일정이 벌써 두 시간 당겨졌군요. 점심시간 전에 나갈 수도 있겠어요. 앉아도 좋습니다, 왕가이 박사.”

이자벨은 약간 멍한 얼굴로 자리에 앉았다.

솔탄은 일정표를 다시 집어 들었다.

“자, 마이어 씨, 이제 당신이 전문가들에게 질문을 할 시간인 것 같군요. 어느 쪽을 먼저 하고 싶나요?”

“일정에 따르면 왕가이 박사가 먼저인 것 같습니다.”

마이어가 대답했다.

“아주 좋아요. 왕가이 박사, 일어나서 증인석에 앉으세요.”

이자벨이 일어서서 증인석으로 걸어가 앉았다.

“보통은 증인에게 선서를 시킵니다만, 재판이 아니라 조사 자리이므로 그만큼 격식을 차리지는 않습니다. 그래도 당신은 진실을 말해야 하고 질문에 최대한 성의껏 답해야 합니다. 이해하시겠습니까?”

“이해합니다.”

“시작하세요.”

솔탄이 마이어에게 말했다.

마이어가 일어섰다.

“왕가이 박사님, 성명과 직업을 말씀해주시겠습니까.”

"저는 이자벨 네루 왕가이 박사이고, 자라투스트라 기업의 행성 자라 XXIII에서 일하는 수석 생물학자입니다."

"박사 학위는 어디에서 받으셨죠, 왕가이 박사님?"

"옥스퍼드 대학입니다."

"좋은 학교라더군요."

이자벨은 미소 지었다.

"괜찮은 학교죠."

"그렇다면 그곳에서 외계지성체를 공부하셨군요."

"아니요. 제 연구는 사르코모나드 케르코조아에 초점을 맞추었습니다."

"이해가 잘 가지 않는군요."

"원생생물을 말합니다. 아주 작은 단세포생물이죠."

"이 원생생물은 어디 출신인가요?"

"지구 생물입니다."

"그러니까 박사님의 생물학 훈련은, 아주 훌륭한 학교에서 받기는 했지만 지구 생물학에 기반한 거로군요. 지구 생물에만 말입니다. 제 말이 정확한가요?"

마이어가 물었다.

"그렇습니다. 하지만 저는 이곳 행성 자라 XXIII에서 5년 가까이 수석 생물학자로 일했습니다. 지구 외 생물을 대상으로 연구하고 작업한 실제 경험이 상당합니다."

"그 경험 중에 명확히 외계지성체와 관련된 것이 있습니까?"

"최근까지는 없었습니다."

"그러니까 박사님은 이 분야에 새로 진입하셨군요. 아주 새롭게요."

"네. 그렇지만 제가 보송이들에게 수행한 평가는 외계지성체학 분야에서 잘 정립된 기준을 이용한 것입니다. 경험의 여부에 상관없이 유용하게끔 설계된 기준이죠."

"정말 그렇게 믿으십니까? 과학자로서, 정말로 특정 분야의 훈련을 받지 않은 사람들이 그 분야의 전문가로서 평가를 내릴 수 있다고 믿으십니까? 가진 무기라고는 점검표밖에 없는데도요?"

"하지만 저는 일반인이 아닙니다. 외계생물학 연구 분야에서 수년간의 실제 경험을 쌓은 훈련받은 생물학자예요."

"그러니까 뭐라 해도 경험은 중요한 거군요, 왕가이 박사님. 박사님의 분야에 대한 경험과 지식이 상당하리라는 사실은 의심하지 않습니다만, 박사님이 이 생명체를 외계지성체로 평가한다는 것은 다리 치료 전문의가 환자에게 간 이식이 필요한지 여부를 조언하는 것과 비슷하지 않은가 의심할 수밖에 없습니다."

할로웨이가 갑자기 자세를 바꾸었다. 자기가 말했던 비유이기 때문이었다. 채드 본이 오브리와 다른 이들을 달고 나타났을 때, 할로웨이는 당연히 본과 나눈 대화를 다른 사람이 들었으리라 가정했다. 그럼에도 그의 입으로 한 말이 이자벨을 공격하는 데 쓰인다는 것은 할로웨이에게 이 조사가 처음부터 끝까지 다 짜여 있다는 신호로 다가왔다. 그야말로 보여주기 재판의 정수였고, 그 사실을 모르는 사람은 이자벨뿐이었다.

"그 비유는 생각하시는 것만큼 정확하지 않습니다."

이자벨의 말에 마이어는 미소 지었다.

"그럴지도 모르지요. 그러면 더 나가볼까요. 왕가이 박사님, 부디 보송이들에 대해 어떻게 아시게 되었는지 말씀해주시겠습니까."

"잭 할로웨이가 제게 보송이들에 대해 이야기하고 그중 하나를 찍은 녹화 영상을 보내줬습니다. 그 영상은 흥미로웠지만 보안이 되어 있지 않았기 때문에, 자료 변경이나 조작을 걱정할 필요가 없도록 제가 직접 보고 보안 영상으로 찍고 싶다고 말했습니다."

"할로웨이 씨가 첫 번째 영상을 제공한 후, 박사님이 직접 그 생명체들을 보러 가시기까지 얼마나 시간이 걸렸나요?"

"총 닷새였을 겁니다."

"할로웨이 씨에게 첫 번째 녹화 영상을 받았을 때, 그 자료가 변경되거나 조작되지 않았을까 걱정했다고 하셨지요. 그런 걱정을 하신 이유가 있었습니까?"

"그건 제 진술에 대한 정확한 설명이 아닙니다."

"원하신다면 법원 속기사에게 박사님의 진술을 다시 읽도록 할 수 있습니다."

"그럴 필요는 없습니다."

이자벨의 목소리에 아주 조금 좌절감이 스며들었다. 할로웨이는 자기 말고 또 누가 그 사실을 알아차렸을까 생각했다. 설리번은 알아차렸을지도 모른다. 설리번을 슬쩍 돌아보았지만 표정을 읽을 수가 없었다.

이자벨이 말을 이었다.

"제 말은 잭이 보안이 확실한 장치로 영상을 녹화하지 않았다는 뜻이었습니다. 진짜라는 사실을 의심하지는 않았지만, 진짜라 해도 그 영상을 증거물로 이용할 수는 없었습니다. 예를 들면 지금 같은 조사에서요."

"방금 할로웨이 씨를 '잭'이라고 부르셨는데요. 할로웨이 씨와 친하신 가요?"

"네, 친구 사이입니다."

"친구 이상이었던 적도 있습니까?"

마이어의 질문에 이자벨은 멈칫했다.

"그게 지금 무슨 관련이 있는지 잘 모르겠군요."

"나도 그게 무슨 관련이 있는지 잘 모르겠군요."

솔탄 판사가 말했다.

"확실히 끌어낼 논점이 있어서 하는 질문입니다, 재판장님."

솔탄은 잠시 입술을 오므리고 생각하다가 말했다.

"좋습니다. 하지만 논점을 빨리 밝히세요, 마이어 씨."

마이어는 이자벨을 돌아보고 답을 재촉했다.

"왕가이 박사님."

이자벨은 마이어를 냉랭하게 쳐다보며 대답했다.

"저희는 연인 관계였습니다."

이자벨이 유난히 화가 났을 때 그러듯이 단호하고 딱 부러지는 대답이었다.

"하지만 이제는 아니군요."

마이어가 말했다.

"네. 얼마 전에 헤어졌습니다."

"특별한 이유라도 있었나요?"

"어떤 사건에 대해 서로 기억하는 바가 달랐습니다."

"이전에 열렸던 자라투스트라 기업 진상 조사를 말씀하시는 건가

요? 박사님은 할로웨이 씨가 개에게 폭탄 터뜨리는 방법을 가르쳤다고
주장하고, 할로웨이 씨는 박사님이 거짓말을 하고 있다고 주장했던?"

"네."

"그 조사 중에 거짓말을 한 사람은 누구였습니까, 왕가이 박사님?"

"그 혐의에 대한 조사의 결론은 '증거 불충분'이었습니다."

"제 질문은 그게 아닙니다. 결론에 대해서는 저도 압니다. 저는 박사
님의 견해를 묻고 있으며, 공식적으로 말씀드리지만 지금 답변은 자라
기업에 대한 박사님의 현재 또는 미래의 고용 상태에 아무 영향도 미치
지 않을 겁니다. 그러니 왕가이 박사님, 그 조사에서 거짓말을 한 사람
은 누구였습니까?"

"저는 아니었습니다."

이자벨은 할로웨이를 똑바로 보면서 말했다.

"그러니까, 할로웨이 씨가 거짓말을 했군요."

마이어가 말했다.

이자벨은 마이어를 다시 쳐다보았다.

"제 답변은 충분히 명확했다고 생각합니다."

"네. 그렇습니다. 그리고 그 판결의 결과로 박사님이 고용 기록에 감
점을 받으신 것도 사실이지요. 맞습니까?"

"분명히 끌어낼 논점이 있다고 했을 텐데요."

솔탄이 마이어를 가로막고 말했다.

"다 됐습니다. 왕가이 박사님은 뛰어난 과학자로, 스스로 보송이라고
부르는 이 생명체들로 중대한 발견을 이루었습니다. 박사님의 특정 분야
에 대한 유능함이나, 박사님이 이 생명체들을 기록하고 설명하면서 생물

학계에 제공한 귀중한 기여에는 의문의 여지가 없습니다."

마이어는 말을 이었다.

"그러나 또한 왕가이 박사는 외계지성체학 훈련을 받지 않았습니다."

마이어는 할로웨이를 가리켰다.

"왕가이 박사가 이 생명체들에 대해 알게 된 출처인 잭 할로웨이 씨는 왕가이 박사와 연인 관계였다가 좋지 않게 헤어졌습니다. 왕가이 박사는 이전에, 그것도 왕가이 박사의 직업 경력에 실제 피해를 입은 상황에서 할로웨이 씨가 자신에 대해 거짓말을 했다고 믿고 있습니다. 그리고 마지막으로 우리는 할로웨이 씨가 동물들에게 비교적 복잡한 재주를 가르쳤다는 혐의를 받았음을 압니다.

정리하면 이렇습니다. 할로웨이 씨는 이 영리한 작은 동물들을 발견하고, 이 발견을 예전 애인과 공유하기로 합니다. 전 애인이 이 동물들을 보고 흥분하자, 할로웨이 씨는 약간 재미를 보기로 하고 이 동물들에게 훈련받지 않은 관찰자의 눈에는 지성의 증거로 보일 만한 몇 가지 재주를 가르칩니다. 왕가이 박사가 할로웨이 씨의 집에 가기까지 며칠의 시간이 걸립니다. 할로웨이 씨에게는 이 동물들을 훈련할 시간이 주어집니다. 박사는 도착해서 속고 맙니다. 그렇게 된 겁니다."

솔탄은 이 설명에 얼굴을 찌푸렸다.

"이 모든 상황이 전 애인의 직업적인 명성을 실추시키려는 할로웨이 씨의 악의적인 시도에 불과하다는 건가요, 마이어 씨."

"할로웨이 씨에게 실제 악의가 있었다고 해야 할지 모르겠습니다. 왕가이 박사는 지금 할로웨이 씨를 친구라고 부르지요. 할로웨이 씨는 그저 상대가 중요한 신종의 발견에 흥분했음을 알고 약간 놀려주려고 했을 뿐인지도 모릅니다."

솔탄은 할로웨이 쪽을 뚫어져라 바라보았다. 할로웨이가 불편해질 정도였다.

"나에게는 그다지 재미있는 농담 같지 않은데요."

판사가 말했다.

"그럴지도 모르지만, 고의로 명성을 실추시키려 했다는 것보다는 나은 가설입니다. 아니면 덜 나쁜 설명이라고 해야 할까요."

솔탄은 이자벨에게 눈을 돌렸다.

"왕가이 박사, 할로웨이 씨가 당신을 속였을 가능성이 있습니까?"

"아니요."

"왜지요? 당신이 속기에는 너무 유능해서인가요, 아니면 할로웨이 씨는 그런 짓을 하지 않기 때문인가요?"

"둘 다입니다."

"당신이 외계지성체학 분야에서 훈련받지 않았다는 사실은 확실합니다. 당신이 할로웨이 씨가 당신에게 거짓말을 했을 뿐 아니라, 공식 조사 중에 당신에 대해서 거짓말을 했다고 믿는다는 사실도 밝혀졌습니다."

솔탄이 말했다.

이자벨은 아무 말 없이 할로웨이를 다시 노려보았다.

이자벨이 대답하지 않으리라는 게 확실해지자 마이어가 다시 입을 열었다.

"실례지만, 왕가이 박사의 고용 기록에 덧붙여진 주의 사항도 이 일과 관련이 있습니다."

"계속하세요."

솔탄이 마이어에게 말하자, 마이어는 부드럽게 말문을 뗐다.

"왕가이 박사님, 고용 기록에 덧붙여진 주의 사항 내용을 기억하십니까?"

"네."

이자벨이 말했다. 그 목소리에는 할로웨이가 그녀에게 들은 적이 없는 포기의 울림이 담겨 있었다.

"뭐라고 적혀 있었나요, 왕가이 박사님?"

"가까운 관계나 연애 관계 때문에 제 판단력이 흐려질 수 있다고 했습니다."

마이어는 고개를 끄덕이고 솔탄을 보았다.

"이 전문가에게 할 다른 질문은 없습니다."

마이어가 말하자 솔탄은 고개를 끄덕이고 이자벨에게 내려가도 좋다고 말했다.

할로웨이는 피고석으로 돌아오는 이자벨을 쳐다보기가 힘들었다. 마이어의 질문 방향은 보송이들과는 아무 관련 없이 이자벨에게만 집중되어 있었다. 이자벨의 유능함, 이자벨의 직업적 능력, 이자벨의 개인적인 판단, 이자벨과 다른 사람들의 관계까지. 이자벨은 모두의 앞에서 바보 꼴이 되었다.

이자벨은 자리에 앉아서 비난하듯이 할로웨이를 보지 않고 앞만 똑바로 보았다. 설리번이 손을 뻗어 위로하듯 이자벨의 어깨에 얹었다. 이자벨은 그 손을 잡았지만 설리번을 돌아보지는 않았다. 그저 한 가지 표정을 떠올린 채 앞만 보았다. 할로웨이는 그 표정의 의미를 알고 있었다.

그 표정은 마침내 이자벨도 다른 모든 참가자들이 아는 내용을 이해했음을 뜻했다. 이 조사는 사실 의미가 없다는 것을. 보송이들에 대한 결정은 이미 내려졌고, 조사는 그저 그 결론을 내리기 위해 통과해야 할 동의 과정에 불과하다는 것을.

이자벨은 자신이 증인석에서 박살 났음을 알고 있었다. 할로웨이는 이 연극에서 자신의 역할이 최후의 일격을 날리는 것임을 알고 있었다.

17장

솔탄 판사가 이름을 부르자 할로웨이는 피고석에서 일어나 증인석에 자리를 잡았다. 판사는 그에게 진실을 말해야 한다는 사실을 다시 한 번 알렸다. 할로웨이는 법정 안에 있는 브래드 랜던을 보고, 그러겠다고 대답했다. 랜던은 보일락 말락 하게 고개를 끄덕였다.

이자벨은 할로웨이의 시선을 따라가서 랜던을 보았다. 할로웨이를 돌아보는 이자벨의 표정으로는 무슨 생각을 하는지 알 수 없었다.

"할로웨이 씨, 본명과 직업을 말씀해주시겠습니까."

재니스 마이어가 할로웨이에게 말했다.

"제 이름은 잭 할로웨이고, 8년 넘게 이곳 행성 자라 XXⅢ에서 계약직 측량업자 겸 탐사자로 일했습니다."

"왕가이 박사를 안 지는 얼마나 되셨죠?"

"이자벨이 자라 XXⅢ에 도착한 지 얼마 지나지 않아서 만났습니다. 1년 후에는 채드 본이 대리하는 측량업자들을 위해서 주최하는 연례 파티에 둘 다 참석하면서 더 친해졌죠. 몇 달 후에 연애를 시작했고,

2년 가까이 사귀다가 오늘 앞서 언급된 이유 때문에 헤어졌습니다."

"현재 왕가이 박사와의 관계는 어떻게 되나요?"

마이어가 물었다.

할로웨이는 이자벨을 쳐다보았고, 이자벨의 표정은 이제 텅 비어 있었다.

"친구지만, 제가 사과해야 할 문제들이 있지요."

마이어는 고개를 끄덕였다.

"자, 당신은 최근에 당신과 왕가이 박사가 '보송이'라고 부르는 생명체를 발견했습니다. 맞습니까?"

"네, 한 달 전쯤에 한 녀석이 제 오두막집에 들어왔죠."

"이 한 달 동안 왕가이 박사는 보송이들과 얼마나 많은 시간을 보냈나요?"

"제 집에서 일주일 정도 녀석들을 연구했습니다."

"그렇게 오랜 시간 같지는 않군요."

마이어의 논평이었다.

"특히 이 생명체들이 지성체라는 결정을 내리기에는요."

"이자벨은 과학자이고, 자기가 무엇을 찾아야 할지 안다고 믿지요. 저는 이자벨이 대상을 알 만큼 관찰했다고 믿지 않는다면 그런 주장을 펴지 않았으리라 생각합니다."

"당신도 그 주장을 지지하나요?"

"이자벨은 그 문제에 대한 우리의 견해가 서로 다르다는 점을 알고 있습니다. 그리고 마지막으로 그 문제에 대해 이야기했을 때, 저는 보송이들이 지성체라고 믿지 않는다는 제 생각을 거듭 전했습니다."

"왜 두 사람의 견해가 그렇게 다르다고 생각합니까?"

"그러니까 제가 보송이들이 지성체라는 결정이 내려지지 않아야 수십억 크레디트 가치가 있을 태양석 층을 발견했다는 사실을 제외하고 말씀이시겠죠."

마이어는 이 말에 눈을 껌벅였다.

"우리 모두 당신이 자라 기업 계약업자라는 사실은 알고 있다고 생각합니다."

"흠, 그 점을 제외하면, 저는 이자벨보다 더 오랜 시간 보송이들을 관찰했습니다. 그리고 제가 과학자가 아니고 이기적인 비전문가의 자격으로 발언할 수밖에 없기는 해도, 저는 처음에 보송이들을 영리한 짐승 이상으로 여기지 않았습니다. 원숭이라든가, 우주에서 제일 똑똑한 고양이쯤으로요."

"보송이들은 훈련시킬 수 있을 만큼 영리한가요?"

"그 점에는 의문의 여지가 없다고 봅니다. 저는 키우는 개에게 온갖 재주를 다 가르쳤는데, 보송이들은 제 개보다 영리하니까요."

"생물학자도 속여 넘길 수 있는 재주를 배울 만큼 영리한가요?"

"이 경우에 말씀하시는 생물학자가 외계지성체 전문가가 아니고, 이 발견에 대해 흥분한 나머지 분명한 사실 몇 가지를 관찰하지 못했다면, 물론이죠."

"왕가이 박사가 관찰력이 없다고 말씀하시는 건가요."

마이어가 부추겼다.

"관찰력은 있지만, 저는 이자벨이 놓친 부분이 있음을 압니다."

"행성 자라 ⅩⅩⅢ의 수석 생물학자에게 가볍게 제기할 비난은 아니군요.”

“예를 들어보죠. 보송이들을 만난 후, 저는 특정한 추측에 기반하여 보송이들에게 성 역할을 부여했습니다. 수컷은 공격적이고 활기가 넘치고, 암컷은 다정하고 아이를 돌보리라는 추측이었죠. 그래서 저는 아빠 보송이, 엄마 보송이 등으로 이름을 붙였습니다. 이자벨은 이 행성의 생물학자로서 이 행성에 존재하는 대부분의 동물이 지구에서와 같은 성별 구분을 따르지 않는다는 사실을 알면서도 며칠 동안 보송이들을 실제 수컷과 암컷으로 여겼습니다. 이자벨은 자기가 처음에 보송이들을 수컷과 암컷으로 여긴 것은 제가 그렇게 말했기 때문이라고 인정했습니다. 제가 미리 확인했으리라 여긴 거죠.”

“그건 상당한 관찰 실수로군요. 당신의 말 외에는 어떤 증거도 없으리라 생각합니다만.”

마이어의 말에 할로웨이는 이자벨 너머를 가리켰다.

“저기 설리번 씨가 들었습니다. 분명히 해두지만, 이자벨도 결국에는 생각해냈습니다. 며칠 시간이 걸렸을 뿐이죠.”

“당신이 잘못 말했기 때문에요.”

“네. 이자벨을 잘못 유도할 생각은 없었습니다. 그저 제 추측이 그랬을 뿐이죠. 악의 없는 실수였습니다. 하지만 이자벨을 호도한 셈이었죠.”

“당신이 의도적으로 왕가이 박사의 직업적인 평판에 피해를 입혔다고 보는 사람은 없습니다.”

마이어가 장담했다.

“하지만 할로웨이 씨, 혹시 당신이 다른 식으로 왕가이 박사를 잘못 유도했을 가능성이 있을까요? 당신이 한 말이 아니라, 하지 않은 말로?”

할로웨이는 불편한 모습을 보이다가 결국 대답했다.

"네. 그런 것 같습니다. 그리고 지금 이 자리에 나오고 나니 무척 당황스럽습니다. 그 사실을 인정할 필요가 없다면 좋을 텐데요."

"인정해야 합니다, 할로웨이 씨."

솔탄 판사가 말했다.

"압니다. 물론이죠. 하지만 이자벨이 발표를 위해 설치해둔 모니터를 쓸 수 있다면 설명하기가 좀 쉬울 것 같네요. 그래도 괜찮을까요?"

할로웨이가 물었다.

"얼마나 걸리겠습니까?"

솔탄이 물었다.

"최대한 빨리 설명하겠습니다. 정말이지 저도 재판장님 못지않게 이 일을 빨리 끝내고 싶거든요."

"좋습니다."

할로웨이는 피고석을 가리켰다.

"인포패널에 제가 필요로 하는 데이터가 있습니다."

"증인석을 떠나도 좋습니다만, 여전히 증언 중이며 진실만을 말해야 합니다."

"알겠습니다."

할로웨이는 일어서서 증인석을 벗어나 인포패널이 놓인 피고석으로 걸어갔다. 그는 자신의 인포패널을 무시하고, 차마 그를 쳐다보지 못하는 이자벨에게 다가갔다.

"이자벨."

"이 시점에서 다른 전문가에게 말을 걸지 말아주세요, 할로웨이 씨."

"죄송하지만, 재판장님, 저는 제 인포패널에 담긴 데이터가 아니라 이자벨의 인포패널에 든 데이터가 필요합니다."

"이해가 가지 않는군요."

솔탄이 말했다.

"저도 이해가 안 가는데요."

마이어도 말했다.

"이자벨의 인포패널에 담긴 데이터는 과학적, 법적으로 검증 가능하게끔 설계된 카메라와 녹음기로 촬영한 보안 영상입니다. 저는 여기 있는 이자벨만이 아니라 증인석에서의 제 진실성에도 이의가 제기되었음을 잘 알고 있습니다. 제가 하려는 말의 내용을 모두가 믿을 수 있게 하고, 제가 보여드리려는 증거가 조작되지 않았음을 확실히 하고 싶습니다."

이 말에 솔탄은 고개를 끄덕였다.

"왕가이 박사, 할로웨이 씨에게 인포패널을 건네주시기 바랍니다."

이자벨은 그에게 기계를 건넸다.

"고마워. 당신 영상 기록은 다 접근 가능해?"

"내 이름으로 접속했어."

이자벨은 긴장한 목소리로 대답했다. 이자벨은 할로웨이에게 꼭 해야 할 말 이외에 다른 말을 피하고 있었다.

"영상 파일 이름을 바꿨어?"

"아니."

"좋아. 고마워."

이자벨은 대답하지 않았다. 할로웨이가 슬쩍 건너다보니 설리번의 표정이 그다지 우호적이지 않았다. 설리번도 이 조사가 지닌 보여주기 재판의 본질을 깨달은 것이다.

할로웨이는 인포패널을 두드려서 모니터와 인포패널 사이의 연결선을 열었다. 모니터가 탁 켜지더니 입력을 기다렸다.

"우리는 이미 왕가이 박사가 과학자로서 상당히 유능하고 재능이 있으면서도 가끔 그릇된 추측으로 관찰자로서의 기술과 이 행성의 동물군에 대한 지식을 무효로 돌린다는 사실을 확인했습니다."

할로웨이가 말했다. 활기차면서도 명료한 말투였다. 할로웨이가 법정 변호사였을 때 쓰던 목소리였다. 솔탄과 마이어 둘 다 그의 말투 변화에 움찔했다. 할로웨이는 그 점을 알아차렸지만 알아차렸다는 사실을 얼굴에 드러내지 않았다.

"보송이들에게 성 역할이 있다는 제 말을 받아들였다는 사실이 분명한 예죠. 하지만 왕가이 박사가 놓친 것이 또 있습니다."

할로웨이가 패널을 다시 두드리자 영상이 하나 재생되어 나왔다. 아빠, 엄마, 할아버지 보송이가 반원을 그리고 앉아서 빈디를 먹는 장면이었다.

"우리 모두가 아는 바이지만, 지성을 나타내는 주요 표지 중 하나는 언어 능력입니다. 쳉 판결에 따르면 이는 '즉각적이거나 가까운 시간을 넘어서서 전달되는 의미 있는 의사소통'을 의미합니다. 현재까지 쳉 판결을 만족시키는 수준의 의사소통을 하는 것으로 알려진 종족은 셋입니다. 인류, 우라이, 네가드죠. 언어는 이 세 종족이 공통으로 가진 특성입니다.

하지만 인류와 우라이와 네가드가 공유하는 특성이 한 가지 더 있지요. 세 종족 모두 언어를 소리로 표현하고, 그 소리는 인간의 귀로 들을 수 있는 주파수 범위 안에 있습니다. 사실은 인류의 언어가 가장 넓은 주파수 범위를 넘나들고, 네가드의 경우가 가장 좁지요. 핵심은, 우리는 인간, 우라이, 네가드가 말을 하면 들을 수 있다는 겁니다."

할로웨이는 영상을 정지시켰다.

"저는 몇 주 전에 자라 기업에서 제가 발견한 태양석 층을 개발하기 위해 짓고 있는 새로운 현장을 방문한 적이 있습니다. 그곳에 있는 동안 저는 울타리 선 여기저기에 배치된 대형 스피커들을 보았지요. 이 스피커들은 자라랩터와 정글에 사는 다른 대형 포식자들을 쫓아버리기 위해 믿을 수 없을 정도로 높은 데시벨의 소리를 쾅쾅 울려대고 있었습니다. 하지만 스피커가 쿵쿵거리는 것을 느낄 수는 있어도, 소리를 들을 수는 없었죠. 25킬로헤르츠로 소리를 내보내고 있었으니까요. 인간의 청력이 인식할 수 있는 범위보다 높은 소리를요."

"난 이 사건과의 관련성을 들으려고 기다리고 있습니다, 할로웨이 씨."

솔탄이 말했다.

"바로 그겁니다. 재판장님은 관련성을 들으려고 기다리고 계시지만, 들을 수가 없습니다. 너무 낮은 음역대를 듣고 있기 때문이죠. 우리 모두 그랬습니다. 울타리 선에 놓인 스피커가 효과적이었던 것은 자라 XXⅢ의 포식자들이 우리보다 높은 주파수를 듣기 때문입니다. 그리고 이 동물들이 높은 주파수를 듣는 것은 무작위적인 이유에서가 아니라, 그것이 진화적으로 더 이치에 맞기 때문입니다. 다시 말해서, 포식자들의 먹잇감과 그밖의 소형동물들이 높은 주파수의 소리를 내기 때문이지요."

할로웨이는 영상을 재설정하면서 그 위에 설정 메뉴를 겹쳐 띄웠다.

"왕가이 박사가 보송이들의 모습을 녹화하면서 사용한 연구용 카메라의 좋은 점 중 하나는, 대부분의 일반 카메라와 달리 인간이 인식하지 못하는 데이터까지 기록한다는 점입니다. 예를 들어 이 카메라는 가시광선의 색상 스펙트럼에 더하여 적외선과 자외선 범위까지 기록하지요. 물론 이런 데이터를 보려면 필터를 써야 하지만, 데이터 자체는 그 속에 있습니다. 또한 이 카메라는 인간의 가청 범위 위아래의 소리까지 기록합니다. 역시 필터를 써야 들을 수 있죠."

할로웨이는 겹쳐 띄운 메뉴를 눌러서 영상의 오디오 필터가 인간의 가청 범위 위에 있는 소리를 들을 수 있게 만들도록 재설정했다. 그리고 영상을 다시 재생했다.

아빠, 엄마, 할아버지 보송이가 반원으로 앉아 있는 똑같은 장면이었다. 다만 이번에는 서로에게 이야기를 하는 것 같은 소리가 들렸다.

"보십시오."

할로웨이가 조용히 말하고 영상을 가리켰다.

"어떤 식으로 각자 말할 차례를 기다리는지 보세요. 상대가 하는 말에 반응하는 방식도."

그는 모니터 볼륨을 키웠다. 보송이들 사이에 오가는 지저귐이 커졌다.

"이들의 언어 구조를 들을 수 있을 겁니다."

몇 분이 더 지나고 나서 할로웨이는 영상을 멈추고 닫은 다음, 이번에는 할아버지 보송이와 얼룩이가 담긴 다른 영상을 열었다. 이제는 머리를 때리는 동작에 할아버지가 내보내는 끊임없는 소리가 더해졌고, 이 소리는 가끔 얼룩이가 내는 삑 소리에 끊겼다. 삑 소리는 뭐라 해도 심통스럽게 들렸다.

멈추고, 닫고, 또 다른 영상을 열었다. 이번에는 엄마 보송이가 아가 보송이의 털을 다듬고 있었다. 이 영상에서 엄마 보송이가 내는 소리는 다른 영상에서 들리던 소리들과 달랐다. 더 부드럽고, 더 치찰음이 많았다.

"세상에. 엄마가 노래를 하고 있어."

이자벨이 말했다.

영상에서는 아가 보송이가 엄마 보송이가 내는 소리에 제 소리를 더하여, 두 목소리가 화음을 이루었다. 모두가 잠시 동안 그 영상을 바라보고 귀를 기울었다.

할로웨이는 영상을 정지시키고 이자벨을 돌아보았다. 그는 이자벨에게 걸어가면서 말했다.

"미안하지만 왕가이 박사, 이것은 당신의 관찰 기술이 제대로 작동하지 않은 또 한 가지 경우입니다. 추정컨대 당신은 자라 XXⅢ의 생물들이 인간의 가청 범위 너머의 소리를 들을 수 있음을 알고 있었고, 이는 이들이나 다른 생물들이 그런 소리를 낼 수도 있다는 사실을 강하게 시사합니다. 그런데도 당신은 보송이들의 성별에 대한 내 추측을 들어 넘겼을 때와 마찬가지로 보송이들의 말이 다른 지성체들의 말과 비슷할 것이고, 따라서 당신이 들을 수 있으리라는 무조건적인 억측을 바탕으로 작업했습니다. 그로 인하여 보송이들이 지성체라는 당신의 주장에서 가장 중요한 부분인 언어 능력을 듣지 못하고 관찰하지 못했습니다."

할로웨이는 이자벨에게 인포패널을 내밀었다. 이자벨은 떨면서 받아들었다.

할로웨이는 마이어에게 몸을 돌렸고, 마이어는 할로웨이가 법정에서 벌거벗기라도 했다면 지었을 법한 표정으로 그를 쳐다보고 있었다.

"저는 이렇게 해서 이자벨을 옳지 않은 결론으로 인도했습니다, 마이어 씨, 재판장 님."

그는 비슷하게 충격받은 표정의 솔탄 판사 쪽으로 잠시 고개를 끄덕이고 말을 이었다.

"지난번에 이자벨과 이야기를 나누었을 때 저는 보송이들이 지성체라고 믿지 않는다고 말했다고 했습니다. 실제로 그랬으니까요. 그러나 그 후에 저는 보송이 하나가 제 개에게 앉기와 엎드리기와 구르기를 시키는 모습을 보았습니다. 언어적인 명령으로요. 저는 그 소리를 들을 수 없었지만 이 행성의 다른 동물들은 더 높은 주파수를 듣는다는 사실을 떠올렸습니다. 제 개와 마찬가지로 말입니다. 그래서 저는 데이터를 다시 뒤졌고, 보송이들이 내내 말을 하고 있었다는 사실을 알았습니다.

저는 이 사실을 말하지 않음으로써, 그리고 사실은 지난 며칠 동안 완전히 수긍하게 되었으면서도 여전히 제가 보송이들의 지성에 대해 의견을 달리한다고 생각하게 만들어서 이자벨을 호도했습니다. 보송이들은 말을 합니다, 마이어 씨, 재판장 님. 보송이들은 말하고 토론하고 다투고 노래합니다. 아무리 영리한 짐승이라 해도, 아무리 영리한 인간이 훈련 가능한 짐승들과 함께하더라도 꾸며낼 수 없는 재주입니다. 이들은 한갓 짐승이 아닙니다. 사람입니다.

그리고 왕가이 박사."

할로웨이는 다시 이자벨을 돌아보면서 말했다.

"내가 잘못했어. 내가 이 정보를 당신에게 숨기고, 당신이 외부의 공격으로부터 스스로의 주장을 방어하기 위해 필요한 모든 사실을 알지 못한 채 이 조사 자리에 들어오게 하고, 다른 사람들이 당신의 명성에 의심을 던지게 한 건 잘못이었어. 옳지 않은 일이었어. 그런 일을 한 것도, 그런 일을 허용한 것도 내 잘못이야. 미안해.”

할로웨이는 이자벨에게 등을 돌리고 다시 증인석에 앉았다.

“제 발표는 끝났습니다.”

그는 판사에게 말했다.

18장

"**이건 아무것도** 증명하지 않습니다."

다시 시작할 만큼 평정을 회복한 마이어가 말했다.

"보송이들에게 언어가 있다는 주장을 바로 무시할 수 없다는 사실은 증명하죠. 그것만으로도 의미가 있습니다. 꽤 큰 의미가 있어요."

할로웨이가 반박했다.

"당신이 이런 소리를 내도록 가르쳤을 수도 있지요."

마이어가 말했다.

"내가 동물들에게 아무도 들을 수 없는 말을 하도록 가르칠 만큼 복잡 미묘한 장난을 쳤다는 얘깁니까? 무엇을 위해서요, 마이어 씨? 이자벨을 속이려는 속임수였다면 실패했네요. 이자벨은 몇 분 전까지만 해도 몰랐으니 말입니다."

"자라투스트라 기업을 재정적 곤경에 몰아넣기 위한 장난입니다."

"그렇다면 나 자신을 재정적 곤경에 몰아넣는 장난이기도 하죠. 난 보송이들이 지성체로 간주되면 수십억을 잃을 입장이니 말입니다. 나에게는 보송이들이 단순한 짐승이기를 바랄 만한 아주 뚜렷하고도 분명한 이유가 있습니다."

마이어가 입을 열었지만, 할로웨이가 손을 들어 올렸다.

"다음에 당신이 어떤 방향으로 이야기를 전개해갈지 알아요. 이 상황을 나에게 유리하게 써먹을 방법이라고는 내가 주가가 떨어졌을 때 이득을 보겠다는 희망을 품고, 자라 기업 주식을 단기매매하려고 일을 꾸몄을 경우뿐이라는 거겠죠. 하지만 그런 주장을 미연에 방지하기 위해 기꺼이 솔탄 판사님에게 지난 몇 년간 제 재정과 통신 데이터에 대한 완전한 접근 권한을 드릴 용의가 있습니다. 얼마든지 과학수사 전문가들을 데려다가 제가 자라 기업 주식을 조작하려고 했다는 증거를 찾아보셔도 좋습니다. 하지만 그런 증거는 찾지 못할 거라고 지금 이 자리에서 장담할 수 있습니다. 이 시점에서 제가 가진 재산은 자라 기업에서 자동으로 자라투스트라 은행에 있는 제 계좌로 넣는 수익금뿐이에요. 해마다 0.5퍼센트 수익을 받을 겁니다."

그러자 마이어가 말했다.

"하지만 우리에게는 이 소리가 언어라는 사실을 알 방법이 없습니다! 당신은 측량업자이지 외계지성체 전문가가 아닙니다. 그리고 우리는 이미 왕가이 박사가 외계지성체 분야의 훈련을 받지 않았음을 확인했습니다. 두 사람 다 그 소리가 무엇을 의미하는지 추측할 지식 기반이 없어요."

할로웨이는 이자벨의 눈이 커지는 것을 보았다. 방금 마이어가 어떤 함정에 빠졌는지 알아차린 것이다. 할로웨이는 미소 지었다.

"정말이지 맞는 말씀입니다, 마이어 씨. 그러니 지식에 기반하여 추

측할 수 있는 누군가의 전문가 견해를 경청하는 게 어떨까요. 아널드 첸
을 소환했으면 합니다."

"누구요?"

"아널드 첸입니다."

할로웨이는 그 이름을 되풀이했다.

"외계언어학으로 박사 학위를 받았죠. 시카고 대학이었을 거예요. 첸
박사는 왕가이 박사와 같은 사무실에서 일합니다. 여기에서 조금만 걸
어가면 있는 곳이죠. 첸 박사는 실수로 자라 XXⅢ에 배치되었다고 알
고 있습니다. 우리에게는 행운이죠."

"이 말이 맞습니까?"

솔탄이 마이어에게 물었다.

"모르겠습니다."

마이어가 대답했다. 사건의 진행에 완전히 당황한 모양이었다.

"실례합니다만, 재판장님. 잭의 말이 맞습니다. 첸 박사는 외계언어학
자입니다. 또한 바로 이 순간에도 사무실에 있을 가능성이 높습니다."

이자벨이 끼어들었다.

"정확히 뭘 하면서 말입니까?"

솔탄이 물었다.

"좋은 질문이십니다, 재판장님. 분명히 첸 박사도 자기가 무슨 일을
해야 하는지 알고 싶을 거예요."

"그 사람을 데려오도록 하죠."

솔탄이 말했다.

"재판장님, 제가 한 가지 제안을 해도 괜찮다면, 자라 기업 사람들보

다는 법원 서기를 보내어 데려오셨으면 합니다."

할로웨이가 말했다.

"그게 대체 무슨 뜻이죠?"

마이어가 물었다.

"정황상 누군가가 전문가에게 지시를 내리려고 할 가능성이 상당하다고 생각하거든요. 그런 일을 겪었던 저 자신의 경험에서 좋은 예를 찾을 수 있겠군요."

할로웨이가 그렇게 말하고 나자 마이어는 입술이 얇아지도록 힘을 주고 다물었다.

"좋습니다."

솔탄이 말했다.

"또한 첸 박사에게 왜 소환되는지 말하지 말 것을 제안합니다. 아무 편견이 없는 상태로 영상을 경험하게 하죠."

"좋아요, 알겠습니다."

솔탄이 짜증을 내며 말했다.

"내가 내 일을 어떻게 하면 좋을지에 대한 제안이 더 있습니까, 할로웨이 씨? 아니면 이제 다 나왔습니까?"

"사과드립니다, 재판장님."

솔탄은 불쾌한 얼굴로 할로웨이를 노려보다가 마이어를 돌아보고 물었다.

"이 전문가에 대한 질문은 끝났습니까?"

"할로웨이 씨에게 더 할 말은 없습니다."

마이어가 대답하고 할로웨이를 벌레 보듯 노려보았다.

“할로웨이 씨, 내려가도 좋습니다. 법원 서기들이 첸 박사를 데려오는 동안 15분간 휴정합니다.”

솔탄이 말하고 자리에서 일어나 방으로 향했다. 마이어는 필기 내용을 정리해서 조수에게 던진 다음에 법정 밖으로 뛰쳐나갔고, 조수는 허둥지둥 그 뒤를 따랐다. 할로웨이는 랜던도 없어졌다는 사실에 주목했다. 분명히 오늘 일어난 사건으로 대장을 잡으러 갔으리라.

할로웨이는 증인석에서 나가다가 불현듯 앞에 서 있는 이자벨의 모습을 보고 놀랐다.

“여어.”

이자벨이 갑작스럽게 그를 확 끌어안았다. 할로웨이는 놀란 채로 그 자리에 서서 포옹을 받았다. 이자벨과 뺨에 정중하게 입 맞추는 정도 이상의 신체 접촉을 한 지가 꽤 되었다. 이자벨은 포옹을 풀고 나서 그의 뺨에 정중한 정도를 넘어서는 입맞춤을 선사했다. 정말로 다정한 입맞춤이었다.

“사과는 받아들였어.”

이자벨은 뒤로 물러서면서 말했다. 이쯤 해서는 설리번이 그 뒤에 와 있었다.

“흠, 잘됐네. 이번 사과도 받아주지 않는다면 포기할까 싶었거든.”

할로웨이가 말했다.

“고마워, 잭. 온 마음을 다해서, 진심으로 고마워.”

“아직 고마워하지는 마. 보송이들이 실제로 사람이라는 사실이 밝혀지면 난 파산하고 일자리를 잃을 테고, 그러면 나와 칼이 당신 집 앞에 나타날 테니까.”

“내가 꼭 칼에게 좋은 집을 줄게.”

“아, 멋지군.”

할로웨이는 그렇게 말하고 설리번을 건너다보았다.

“이생에서 좋은 일을 해봤자 어떤 보답을 받게 되는지 봤지.”

할로웨이의 말에 설리번은 미소만 짓고 아무 말도 하지 않았다. 정신이 다른 곳에 팔린 듯했다. 이자벨은 할로웨이의 뺨에 다시 한 번 입을 맞춘 다음, 설리번에게도 똑같이 하고 법정 밖으로 나갔다.

할로웨이는 설리번에게 관심을 돌렸다.

“이제야 미움받는 입장에서 벗어났군.”

“두 사람이 아직 데이트를 하고 있었을 때 그랬다면 좋았겠지.”

“그래, 뭐. 내 불운을 타산지석으로 삼으라고, 마크.”

“잭, 우리 둘이 할 이야기가 있어.”

“이자벨에 대한 건가?”

“아니, 이자벨에 대해서가 아니야. 다른 모든 것에 대해서지.”

“그건 좀 방대한데. 앞으로 5분에서 10분 동안 이자벨 말고 다른 모든 것을 다룰 만한 시간이 있을 것 같진 않군.”

“그래, 그럴 시간은 없어. 이 작은 익살극이 끝난 다음에 이야기를 나누도록 하지.”

“익살극이라니?”

할로웨이는 충격받은 척하면서 말했다.

“이건 사법 지혜의 진지한 적용이야.”

설리번은 이 말에 웃음을 짓고 말았다.

“이 조사가 내 예상과 다르게 진행되고 있다는 점은 기꺼이 인정하지.”

"지금 그렇게 생각하는 사람은 자네 혼자가 아닐걸."

할로웨이가 말했다.

■■■

쳰 박사가 솔탄의 서기에게 안내를 받으며 법정으로 들어왔다. 외계 언어학자는 어리둥절한 얼굴이었고, 관찰하는 사람에 따라선 낮잠에서 막 깨어났거나, 약간 취해 보이기도 했다.

"아널드 쳰 박사?"

솔탄 판사가 물었다.

"네?"

쳰이 대답했다.

"우리는 박사가 잘 알 만한 주제를 다루는 영상에 대한 증언을 받기 위해 박사를 소환했습니다."

"이거 그날 밤 일 때문이죠? 제가 너무 많이 마셨다는 사실은 인정하지만, 그날 벌어진 나머지 일과 저는 아무 관계도 없어요."

"쳰 박사, 무슨 말이죠?"

솔탄 판사는 잠시 후에 물었다.

"아, 아무것도 아닙니다."

쳰은 황급히 대답했다.

솔탄은 쳰을 자세히 들여다보고 말했다.

"오늘 술을 마셨습니까, 쳰 박사?"

"아닙니다."

첸은 당황한 눈치였다.

"그게 사실은……."

솔탄은 서기 쪽을 보았다.

"제가 찾아갔을 때 책상에 앉아서 자고 있었습니다."

서기가 대답했다.

"늦게 잠들었나 보군요, 첸 박사?"

솔탄이 말했다.

"조금 그랬습니다, 네."

첸이 시인했다.

"그래도 지금 똑바로 생각할 수 있습니까? 현재 알코올이나, 다른 오락용 혹은 약용 약물로 두뇌 작용이 손상되지는 않았습니까?"

"멀쩡합니다, 부인. 아니, 재판장님."

"증인석에 앉으세요, 첸 박사."

솔탄이 말하고, 첸이 증인석에 앉았다. 솔탄은 할로웨이 쪽을 보았다.

"당신 차렙니다, 할로웨이 씨."

할로웨이는 일어서서 다시 한 번 이자벨의 인포패널을 빌린 다음, 인포패널과 모니터를 연결했다.

"첸 박사님, 당신에게 영상을 하나 보여드릴 겁니다. 걱정 마세요. 그날 밤에 일어난 일이 담긴 영상은 아닙니다."

첸은 멍한 얼굴로 할로웨이를 쳐다보았다.

"그냥 영상을 보고, 이 영상이 진행되는 동안 당신이 받은 인상을 말해주세요."

할로웨이가 말했다. 그는 아빠, 엄마, 할아버지 보송이가 빈디를 먹는 영상을 불러냈다.

정지 화면을 본 첸이 물었다.

"저건 뭡니까? 원숭이인가요? 고양이인가요?"

"알게 될 겁니다."

할로웨이가 대답하고, 재생을 시작했다.

첸은 완전히 혼란에 빠진 얼굴로 1분 정도 영상을 지켜보았다. 그러더니 그의 머릿속에 5만 와트짜리 전구가 켜진 것 같았다.

첸은 할로웨이를 쳐다보았다.

"제가 해도 될까요?"

첸은 인포패널을 가리키면서 말했다. 할로웨이는 솔탄 쪽을 보았고, 솔탄은 고개를 끄덕였다. 그는 첸에게 인포패널을 넘겼다. 외계언어학자는 인포패널을 쥐고 영상을 뒤로 돌렸다가 첫 부분을 다시 재생했다. 그는 더 잘 듣기 위해 볼륨을 높였다. 그리고 몇 분 동안 영상을 뒤로 감았다가 앞으로 돌렸다가 했다.

첸은 마침내 할로웨이를 쳐다보고 말했다.

"저들이 뭘 하는지 아실 텐데요."

"당신이 말해주시죠, 첸 박사."

할로웨이가 말했다.

"대화를 하고 있어요! 이런 세상에. 정말로 이야기를 하고 있어요."

첸은 모니터를 다시 보았다.

"이것들은 뭡니까? 어디에서 찾아낸 거죠?"

"이들이 대화를 하고 있는 것이 확실한가요?"

마이어가 자리에 앉은 채로 물었다.

"글쎄요, 백 퍼센트 확신하지는 못합니다. 그저 지금 보여준 영상만 놓고 하는 말이니까요. 확실히 하려면 훨씬 많이 보아야 해요. 하지만 보세요."

첸은 영상을 멈추고 약간 뒤로 돌려서 다시 재생했다.

"여기에서 저들이 무슨 소리를 내는지 귀 기울여봐요. 음운 체계상으로 다양하기는 해도 무작위는 아닙니다."

"그게 무슨 뜻입니까?"

할로웨이가 물었다.

"글쎄, 보세요."

첸은 아까 보이던 졸린 기색을 완전히, 제대로 떨쳐냈다.

"새들의 노랫소리를 예로 들어보죠. 새소리는 변화가 거의 없이 반복됩니다. 음운 체계상으로 아주 일관성 있죠. 보통 우리가 언어라고 여기는 소리가 아닙니다. 언어는 제한된 음운 형태, 즉 음소를 쓰지만, 그 음소를 해당 언어의 형태학에 따라 거의 무한한 조합으로 쓰죠. 그러니까 다양하지만 무작위는 아닌 겁니다."

첸은 대화하는 보송이들을 가리켰다.

"이 작은 친구들이 하는 일도 비슷해요. 잘 들어보면 특정한 형태가 반복, 또 반복해서 쓰이는 것을 들을 수 있죠. 여기."

첸은 영상을 아빠 보송이가 말하고 있는 부분으로 이동시켰다.

"저 '체' 소리요. 많이 나오지만, 다른 소리와도 연결됩니다. 우리가 특정한 음소를 여러 번 반복해서 사용하는 것과 똑같죠. 특히 우리 언어에서 모음을 나타내는 음소를요."

"그러니까 이게 모음인가요?"

할로웨이가 물었다.

"그럴 수도 있습니다. 아니면 접두사일 수도 있어요. 여기에서만 들어서는 언제나 다른 소리 앞에 오는 것 같으니까요. 이 소리가 무슨 의미인지, 무엇을 나타내는지는 말할 수 없습니다."

"그러면 그냥 저들이 내는 소음일 수도 있겠군요. 고양이 울음소리나 새소리처럼요."

마이어가 말했다.

"글쎄요, 고양이나 새는 단지 소리를 내기 위해서만 소리를 내지는 않습니다."

첸은 약간 건방지게 대답했다. 할로웨이는 씩 웃었다. 할 일이라고는 없는 시간을 몇 년이나 보낸 후, 첸 박사의 두뇌가 맹렬한 기세로 돌아온 셈이었다.

"그리고 아닙니다, 전 그렇게 생각하지 않아요. 고양이는 '배고파'와 '나가고 싶어'를 다른 소리로 표현하지만, 그 어휘는 복잡하다고 할 만한 수준이 아니고, 소리 자체가 복잡한 의미를 전달하지도 않습니다. 새소리도 마찬가지예요. 이 생명체들이 하는 일은―다양하지만 하나의 체계 안에서 소리를 내는 듯한 이 행동은 저 소리가 그 자체로 단어라는 사실을 암시합니다."

첸이 고개를 들었다.

"영상이 더 있나요?"

"아주 많이요."

할로웨이가 대답했다.

첸은 크리스마스 선물로 강아지를 받은 아이 같았다.

“정말 잘됐네요.”

“첸 박사, 이것은 언어인가요? 말인가요?”

솔탄이 말했다.

“확정을 내리라고 하시는 겁니까? 데이터가 충분하지는 않거든요.”

“그렇다면 추정을 내려보세요.”

“추정을 해야 한다면, 네, 확실합니다. 음운 체계나 눈에 보이는 구조 때문만은 아닙니다. 이 영상에서 저 생명체들이 서로에게 반응하고 대응하는 방식을 보세요. 기계적으로 외운 소리나 본능에서 나오는 소리가 아니라, 새로운 소리 패턴을 신경 써서 듣고 반응하는 게 분명합니다. 이게 언어가 아니고 말이 아니라면…… 언어에 아주 가까운 무엇입니다.”

“당신 견해로는 연구를 더 해야 할까요?”

솔탄이 물었다.

첸은 별 멍청이를 다 본다는 눈으로 판사를 쳐다보았다.

“농담하십니까?”

“당신은 내 법정에 있습니다, 첸 박사.”

솔탄이 나직하게 대답했다.

“사과드립니다. 터무니없을 정도로 신 나는 일이라서요. 이건 외계언어학자로서 제발 내려주십사 기도할 만한 기회입니다. 이 생명체는 뭡니까? 어디 출신이죠?”

“여기 출신입니다.”

할로웨이가 말했다.

“정말요?”

첸이 말했다. 그리고 뒤이어 그 의미를 이해했다.

"오."

첸은 방 안을 둘러보며 말했다.

"우와."

"그래요. 우와죠."

할로웨이가 말했다.

솔탄이 마이어 쪽을 보았다.

"첸 박사에게 다른 질문 있습니까?"

마이어는 고개를 저었다. 마이어는 이 조사가 어떻게 귀결될지 알 수 있었다. 솔탄이 첸을 내려보냈다. 할로웨이는 첸의 손에서 인포패널을 뜯어내다시피 해야 했다.

할로웨이와 첸이 앉고 나자 솔탄이 말했다.

"나는 오늘 제공받은 정보에 근거하여, 자라투스트라 기업에 지성체 의심 보고를 제출하라고 명령할 근거는 충분하지 않다고 결정했습니다. 하지만 모든 증거로 미루어 보아 이 생명체들은 확실히 한갓 동물 이상의 존재입니다. 왕가이 박사와 첸 박사의 의견은 존중하지만, 이들이 진정한 지성체 수준의 능력을 발휘하는가 여부는 이 자리에 있는 누구도 확실히 결론지을 수 있는 일이 아닙니다. 추가 연구가 필요한 경우가 있다면, 바로 이런 경우겠지요.

지성체 판정을 관리하는 개척연맹 환경보호국에 이곳으로 추가 연구를 할 적절한 전문가들을 파견하고, '보송이들'의 지성에 대한 판정을 내려달라는 요청을 제기하겠습니다. 그때까지 자라투스트라 기업은 평소 해오던 작업을 계속하되, 이제는 분쟁 행성의 개발에 대한 환경보호국의 지침에 따라야 합니다. 이 조사의 판결은 오늘 오후에 공표하겠습니다. 반론 있습니까, 마이어 씨?”

“없습니다, 재판장님.”

“그렇다면 조사를 이만 마칩니다.”

솔탄이 일어서서 판사실 안으로 사라졌다.

19장

휘턴 오브리 7세가 마술처럼 눈앞에 나타났을 때, 할로웨이는 칼을 산책시키면서 개가 볼일을 보기 적당한 장소를 찾고 있었다.

할로웨이는 오브리 주위를 둘러보고 물었다.

"당신 그림자는 어디 있습니까? 화장실 말고 다른 곳은 경호원 없이 못 가는 줄 알았는데요."

오브리는 그 말을 무시했다.

"왜 법정에서 그런 곡예를 벌였는지 알고 싶군."

"어느 부분이 당신에게 곡예로 보이는지 궁금하군요. '사실대로 말한' 부분인지, 아니면 '당신에게 내가 사실대로 말할 거라고 말하지 않은' 부분인지."

"작작 해, 할로웨이. 우린 거래를 했잖아."

"아니요, 하지 않았습니다. 거래가 성사되었다고 말한 건 당신이죠. 내가 그 말에 동의한 기억은 없어요. 당신은 우리가 거래를 하기로 했다고 추정했고, 나는 굳이 당신의 오해를 바로잡지 않았죠."

"맙소사, 진심은 아니겠지."

"지랄 맞게도 진심입니다. 그리고 이걸 법정으로 끌고 갈 생각이라면 수많은 판례가 내 관점을 지지한다는 사실을 알게 되겠죠. 구두계약만으로도 불완전하지만, 당사자 중 한쪽이 소리 내어 명쾌하게 동의하지 않은 구두계약은 계약을 전한 음파만큼도 가치가 없어요. 물론 당신도 이 문제를 법정으로 가져가고 싶어 하진 않겠죠. 위증을 장려하는 행위는 내가 생각할 수 있는 어떤 법정에서도 그다지 좋게 보지 않거든요. 그리고 이런 준 법정 조사에서 위증을 하라고 누군가를 부추기는 행위가 과연 감옥에 갈 정도의 위법 행위가 되는지는 몰라도, 문제의 거래가 처음부터 법적인 지위를 갖지 못한다는 점은 확실해 보이는군요."

"잠시만이라도 당신과 나 둘 다 당신이 방금 주절거린 말이 조금도 중요하지 않다는 사실을 안다고 가정하기로 하지. 그리고 우리 둘 다 지금 진짜 사실이 무엇인지 안다고 해보자고. 지난번에 우리 둘이 대화했을 때 당신은 정말로 모든 면에서 우리가 계획한 대로 할 생각이었다는 사실 말이야. 알겠나?"

"그렇게 말씀하신다면야."

"좋아, 그렇다면 다시 묻지. 왜 법정에서 그런 곡예를 벌였는지 알고 싶어."

"보송이들이 사람이기 때문입니다, 오브리."

"아, 개소리 마, 할로웨이. 우리 둘 다 당신이 그것들이 사람이거나 말거나 신경도 쓰지 않는다는 걸 알아. 특히나 당신이 수십억 크레디트를 눈앞에 두고 있을 때는 말이야. 당신은 그런 식으로 생겨먹은 사람이 아니야."

“당신은 내가 어떻게 생겨먹은 사람인지 짐작도 못 할걸요.”

“그건 그렇군.”

오브리는 할로웨이의 말에 동의했다.

“난 모든 증거가 반대쪽을 가리키고 있는데도, 네놈이 논리적인 생각을 할 수 있고 필요하다면 스스로의 이익을 위해 일할 수 있다고 여겼으니 말이야. 지금 이건 너에게 전혀 도움이 되지 않아. 유일한 이익은 그 생물학자와 사이가 좋아지는 것뿐이지. 그 여자의 동정심을 사서 하게 될 섹스에 방금 날려버린 수십억만 한 가치가 있었으면 좋겠군, 할로웨이.”

할로웨이는 다섯까지 센 다음에 대답했다.

“오브리, 한 번도 개자식처럼 구는 상대에게 한 방 먹여본 적이 없는 사람 티가 풀풀 나.”

오브리는 두 팔을 활짝 벌렸다.

“어디 직접 해보지그래, 할로웨이. 정말로 어떻게 하나 보고 싶군.”

“이미 한 방 날렸잖아, 오브리. 잘 생각해보면 떠오를걸. 지금 이 사소한 대화를 하게 된 이유가 그거였지.”

오브리는 팔을 다시 내렸다.

“이건 날 겨냥한 일이 아니었잖아.”

“그야 그렇지. 그건 부수적인 이익이었을 뿐이야.”

할로웨이는 동의했다.

“그 보송이라는 녀석들이 지성체라는 결론이 날 일은 절대 없다는 건 알겠지.”

“당신이 반대론을 펴기 위해 엄청난 자원을 퍼부으리라는 점은 잘 알고 있어. 그 둘이 같지는 않지.”

“우리가 그렇게 만들 거야.”

“그렇다면 소송 진행과 전문가 초빙 등에 최소 비용만 쓰기는 글렀군. 자라 기업에게 그 정도야 아무것도 아니지. 오브리 당신이 회사 지분으로 매일 얻는 이자만 해도 그보다 많을지 몰라. 그러니 아무려면 어때. 하지만 당신이 이기지 못하면 보송이들은 자기네 행성에 대한 권리를 갖게 되고, 그 경우에는 이 모든 것이 무의미해지며, 당신은 이미 행성에서 긁어낸 자원을 권리라기보다는 선물이라고 생각해야겠지. 정말이지 불평할 수 없는 일일 텐데.”

“난 아직도 네놈이 왜 그랬는지 모르겠어.”

오브리가 말했다.

“이유는 이미 말했을 텐데.”

할로웨이가 말했다.

“난 믿지 않아.”

“댁이 믿거나 말거나. 이봐, 오브리. 전문가들이 결정을 내리려면 몇 년이 걸릴 수도 있어. 당신네 변호사들과 전문가들을 움직이면 확실히 그렇게 되겠지. 그 경우에는 행성을 개발할 시간이 여전히 몇 년이나 있어. 당신 회사와 주주들이 대비하기에 충분하고도 남을 시간이지.”

“아니면 몇 달 안에 결정을 내릴 수도 있지. 그 경우에 우리 회사는 망하는 거고.”

오브리의 말에 할로웨이는 고개를 끄덕였다.

“그렇다면 노력에 우선순위를 매기라고 제안하고 싶군. 당신 입으로 내가 발견한 태양석 층에 자라 기업의 수십 년치 수익만 한 가치가 있다고 했지. 내가 당신이라면 그쪽에 투입할 수 있는 모든 자원을 털어 넣겠어."

"거긴 이미 우리의 최우선순위야."

"이제는 특별히 긴급한 최우선순위가 되겠지. 그렇지 않나."

오브리가 갑자기 험악하게 웃었다.

"이제야 왜 그랬는지 알겠군, 할로웨이. 우리가 평상시 방법으로 태양석 층을 개발해서는 네놈이 충분히 빨리 부자가 되지 못하겠지. 넌 최대한 빨리, 최대한 많이 얻고 싶었던 거야. 그래서 솔탄 판사에게 그 말하는 작은 원숭이들의 모습을 딱 연구를 더 해야 한다는 판정을 내릴 수밖에 없을 만큼, 하지만 지성체 의심 보고를 제출하라고 하기에는 부족할 만큼만 보여준 거야. 자라투스트라 기업은 이 행성에서 가장 수익성 높은 프로젝트에 집중할 수밖에 없는 입장에 놓이고, 그 프로젝트는 우연히도 네가 얼마 전에 발견한 태양석 층이지."

할로웨이는 아무 대꾸도 하지 않았다.

"이건 네가 사실 그 작은 보송이들에 대해 전혀 신경 쓰지 않는다는 사실을 증명해. 네놈은 전문가들이 보송이들을 지성체로 보든 말든 상관없이 태양석 층의 네 몫을 받을 거야. 넌 그 생물학자 친구를 가지고 놀았고, 동시에 자라 기업도 가지고 놀았어. 아주 잘해냈지. 감탄이 다 나올 지경이야. 거의."

"그렇다고 자라 기업이 이익을 보지 않는 건 아니지. 그 태양석을 빨리 개발하면 당신 회사를 위해 보험을 드는 셈이야. 당신네는 태양석의 독점권을 쥐고 있어. 그 태양석을 저장해뒀다가 수십 년에 걸쳐서, 손익 계산을 추가로 북돋아야 할 때마다 찔끔찔끔 풀 수 있지. 내가 내 몫을 미리 받는다는 점은 중요하지 않아."

"우리가 독점권을 갖는 건 보송이들이 지성체가 아니라는 결론이 날 때뿐이야."

오브리가 말했다.

"판결이 어느 쪽이든 독점권은 그대로야. 얼마 전에도 누군가에게 한 말이지만, 보송이들은 최근 들어서 겨우 샌드위치를 발견했을 뿐이야. 지성체든 아니든 간에 보송이들은 행성간 무역의 세계를 다룰 준비가 되어 있지 않아. 개척연맹 정부가 수십 년 안에 그런 일을 허용할 가능성은 없어. 네가드가 자기네 행성에서 이루어지는 자원 거래에 진입할 권한이 있다는 판정이 난 것도 겨우 십 년 전이야. 보송이들은 네가드가 지성체라는 판정을 받았을 때보다 한참 뒤처져 있어. 자라 기업의 독점권이 조만간 몰수되는 일은 없을 거야."

"그렇다 해도 우리의 모든 행성 개발 자원을 그 태양석 층에 집중해서 다시 편성하자면 수억 크레디트의 비용이 들어."

오브리의 말에 할로웨이는 어깨를 으쓱였다. 메시지는 충분히 명확했다. '그러거나 말거나.'

"그리고 우리가 달리 결정할 수도 있지."

오브리가 말했다.

"나도 오브리 가문이 자라 기업의 의결권 주식을 서민 대중들에게 주는 게 적절하다고 생각하지 않는 줄은 알아. 하지만 회사의 B급 주식을 가진 사람들도 회사 경영진이 멍청한 짓을 하는 걸 보면 주식을 팔 수 있지. 예를 들자면 어떤 행성 전체가 곧 향후 개발을 하지 못하게 출입 금지될 가능성이 높을 때, 그 행성의 나머지 자원 전체를 합한 것만

한 가치가 있는 태양석 층을 개발하지 않는다거나 하는 짓 말이야. 그 경우에 의문이라고는 주가가 얼마나 떨어질까 하는 것뿐이지. 자라투스트라 기업의 상장이 폐지될 정도로 낮아질걸. 하지만 해보지 않고는 모르는 일이지. 안 그래?"

할로웨이의 말이 끝나자 오브리가 다시 한 번 조금도 즐거워 보이지 않는 미소를 지었다.

"할로웨이, 우리 둘이 이 사소한 잡담을 나눴다는 사실이 정말 기쁘다네. 정말 많은 것들을 시야에 넣게 해줬어."

"그랬다니 기쁘군."

"나와 공유하고 싶은 깜짝 선물이 또 있진 않겠지?"

"설마."

"물론 그렇겠지. 미리 말해준다면 깜짝 선물이 아닐 테니 말이야."

"빨리 배우시는군."

"한 가지만 더 말해두지. 난 네놈의 계약 기간이 끝나면 자라 기업에서 계약을 갱신하게 만들기로 결심했어. 모든 점을 감안했을 때, 네놈은 다른 곳에 있는 것보다 여기에 있을 때 손해를 덜 입힐 것 같군. 그리고 난 네놈을 내가 상황을 파악할 수 있는 곳에 두고 싶네."

"신임 투표에 감사드리지요. 그래도 전에 말한 대륙을 줄 계획은 없겠지?"

오브리는 걸어가버렸다.

"그럴 줄 알았어."

할로웨이는 말하고 칼에게 돌아섰다.

"참 대단하신 거물께서 가시는구나."

할로웨이는 개에게 말했다. 칼은 그 말에 '그거 잘되긴 했지만, 이젠 진짜로 오줌을 싸야겠는데요'라는 표정으로 화답했다. 할로웨이는 산책을 계속했다.

■ ■ ■

"늦었잖아."

설리번이 문으로 나오면서 말했다.

"제대로 열 받은 미래의 자라투스트라 기업 회장 겸 최고경영자가 불러 세우는 바람에."

할로웨이가 말했다.

"인정할 만한 변명이군."

설리번은 말하고 나서 혀를 축 늘어뜨리고 쳐다보는 칼을 내려다보았다.

"이자벨에게 칼을 데려오겠다고 약속했거든. 이자벨이 여기 있을 줄 알았어."

"곧 올 거야. 둘 다 들어오지그래."

설리번은 문가에서 비켜섰다.

설리번의 아파트는 자라투스트라 기업에서 지구 외 행성 근무자에게 제공하는 표준형 생활공간으로, 거실, 침실, 부엌, 화장실로 나뉜 28제곱미터짜리 방이었다.

"내 오두막집이 자네 아파트보다 크다니 충격인데."

할로웨이가 들어가면서 말했다.

"그렇게 차이가 나지는 않아."

"어쨌든 천장은 더 높아."

할로웨이가 위를 올려다보고 말했다. 하려고만 하면 천장에 손바닥을 붙일 수 있을 정도였다.

"그건 인정하지."

설리번이 현관에서 부엌으로 걸어가면서 말했다.

"자네야 고요한 새벽 시간까지 시끄럽게 구는 인턴이 위층에 사는 일도 없겠지. 맹세코 그 꼬마 녀석은 자라 기업에 다른 자리를 얻지 못하게 만들고 말겠어. 맥주 마시겠나?"

"부탁해."

할로웨이가 자리에 앉고, 칼도 앉았다.

"그래서 오브리가 무슨 일로 불러 세웠는데? 이런 걸 물어봐도 괜찮다면 말이지만."

설리번이 물었다.

"오늘 법정에서 무슨 생각을 하고 있었는지 묻더군."

"재미있군."

설리번이 거실로 돌아와 할로웨이에게 맥주를 건네며 말을 이었다.

"나도 똑같은 질문을 하려고 했는데."

"하지만 똑같은 이유에서는 아니겠지."

"아마 그렇지는 않겠지."

설리번은 자기 몫의 맥주 뚜껑을 비틀어 딴 다음에 자리에 앉았다.

"잭, 난 말하지 말아야 할 이야기를 하려고 해. 며칠 전에 브래드 랜던이 내 사무실에 들어오더니 흥미로운 계약 초안을 작성해달라고 하더군. 이 행성의 북서부 대륙 전체에 대한 운영권을 한 명의 계약업자에게 넘기고, 그 대가로 계약업자는 자라 기업을 위해 상당한 운영 및 조직 업무를 처리하고 총수익의 5퍼센트를 받는다는 계약이었지."

"그거 누군가에게는 멋진 일이군."

"맞는 말이야. 자, 나는 특별히 엄중한 생산 할당량을 충족하지 못하면 문제의 계약업자가 아주 적은 수익을 받도록 계약서를 만들라는 지시를 받았지만, 이 경우 '아주 적은' 수익이란 매우 상대적인 표현이라는 점을 이해하겠지. 이 자리를 얻는 사람이 누구든 간에 한 사람이 가늠할 수 있는 재산을 훌쩍 넘어서는 부자가 될 게 뻔했어."

"그렇지."

"그래서 나는 왜 자네가 오늘 그런 자리를 날려버렸는지 궁금하다네."

"그 계약이 나를 위한 것이었는지 어떤지는 모르잖아."

"이봐, 잭. 지금쯤이면 내가 바보가 아니라는 정도는 알 텐데."

"자라 기업의 변호사로서 하는 질문인가, 이자벨의 애인으로서 하는 질문인가?"

할로웨이가 물었다.

"어느 쪽도 아니야. 그냥 나로서 묻는 거야. 궁금하니까. 그리고 오늘 증인석에서 자네가 내가 예상하지 못한 일을 했기 때문이기도 해."

"내가 이자벨을 팔아넘길 줄 알았군."

"그렇게 노골적으로 말하고 싶지는 않지만, 그래. 그렇게 생각했어. 자네는 수십억을 얻을 기회를 그냥 흘려버렸어. 자네의 과거로 보아서는 그렇게 감상적인 사람 같지 않은데. 그리고 기분 나쁘라고 하는 소리는 아니지만, 자네는 예전에도 이자벨을 팔아넘겼지."

"기분 나쁘지 않아. 그리고 그건 이자벨 때문이 아니었어."

"그럼 무엇 때문이었나?"

설리번이 묻고, 할로웨이는 맥주를 마셨다. 설리번은 참을성 있게 기다렸다.

"내가 왜 변호사 면허를 잃었는지 기억하지."

"법정에서 경영자를 때려서였지."

"그놈이 고통에 빠진 부모들을 비웃었기 때문이야. 그 가족들은 전부 다 지옥에 떨어졌는데, 스턴은 웃을 만큼 편안한 기분이었어. 결국에는 우리 변호사들이 그 작자와 우리를 곤경에서 구해낼 만큼 훌륭하다는 사실을 알고 있었기 때문이지. 그놈은 자기가 감옥 안을 볼 일이 없다는 걸 알고 있었어. 나는 누군가가 그놈에게 메시지를 전해야 한다고 느꼈고, 마침 그러기에 딱 좋은 위치에 있었지."

"그래서 그게 우리의 현재 상황과 어떻게 연결되지?"

"자라 기업은 보송이들을 압도적으로 밀어버릴 계획이었어. 단지 자기네에게 그럴 힘이 있다는 이유 때문에, 그리고 보송이들이 자기네 이익을 확대하는 데 방해가 된다는 이유 때문에 보송이들이 사람으로 인정받을 수 있는 잠재적 권리를 부정할 계획이었지. 그리고 자네 말이 맞아, 마크. 나는 그 모든 일로 상당한 이득을 얻을 수 있었어. 동의하는 편이 내게는 이익이었지."

"아주 큰 이익이었지."

"그래."

할로웨이는 설리번의 말에 동의했다.

"하지만 그러고 나면 나는 나 자신과 살아야 해. 법정에서 스턴을 때린 건 옳지 않은 행동이었지만, 나는 그때도 후회하지 않았고 지금도 후회하지 않아. 자라 기업이 결국에는 보송이들이 지성체가 아니라는 결론을 내놓을지도 모르지만, 그렇게 된다 해도 정직한 방법을 통해서지, 내가 동조해서 일을 더 쉽게 만들어줬기 때문은 아닐 거야. 오늘 내가 한 일이 영리한 짓은 아니었을지도 모르지만, 적어도 자라 기업은 이제 보송이들을 비웃지 못해."

설리번은 고개를 끄덕이고 맥주를 한 모금 마셨다.

"정말 훌륭한 생각이군."

"고맙네."

"아직 고마워하지는 마. 훌륭한 말이긴 했지만, 난 잭 자네가 터무니없는 거짓말쟁이가 아닐까 싶거든."

"내 말을 믿지 않는군."

할로웨이가 말했다.

"믿고 싶기야 하지. 자네는 그럴듯한 말을 하고, 확실히 변호사 두뇌를 완전히 꺼버리지도 않았어. 자네는 언제나 자신이 좋은 사람이거나, 그렇지 않더라도 이해할 만한 동기를 가진 사람으로 끝나는 시나리오를 펼치는 데 능숙해. 자네에겐 설득력이 있어. 하지만 나 역시 변호사야, 잭. 난 자네의 매력에 면역이 있어. 그리고 난 자네의 합리적인 설명 아래에 다른 것이 있다고 생각해. 예를 들면 법정에서 스턴을 때린 이유에 대한 자네 이야기도 그렇지."

"그 이야기가 왜?"

"어쩌면 자네가 그 작자를 참고 볼 수가 없어서, 아니면 그 부모들을 비웃는다는 생각을 참을 수가 없어서 때렸을지도 모르지. 하지만 난 충동적으로 자네가 예전에 있던 법률사무소의 재정 기록을 확인해봤거든. 자네는 스턴을 때리기 2주 전에 500만 크레디트의 실적 보너스를 받았더군. 자네가 그 전에 받았던 가장 많은 보너스의 여덟 배가 넘는 금액이야."

"그건 특허권 침해 사건의 합의금으로 받은 몫이었어. 알레스트리아 대 팜코프 홀딩스 사건이었지. 그리고 다른 사람들은 나보다 더 큰 보너스를 받았어."

"알아. 나도 보너스 내역을 읽어봤어. 하지만 또한 나는 대부분의 두둑한 보너스가 자네 몫보다 몇 달 앞서서 나왔다는 사실도 알지. 자네는 흥미로운 시기에 보너스를 받았어. 그리고 그 정도 금액이면 회사 고문 변호사 한 명이 면허 정지와 생계 수단 상실을 덤덤하게 받아들일 만하지."

"지금 자네는 그저 추측하고 있을 뿐이야."

"그냥 추측이 아니야. 나는 노스캐롤라이나 검찰청에서 이 사건을 조사했다는 사실도 알고 있어. 잭, 자네가 했던 말과는 반대로 스턴과 알레스트리아가 재판에서 지고 있다는 게 일반적인 견해였어. 그리고 자네 입으로도 자네가 면허를 잃은 이유는 모두가 자네가 일부러 심리 무효를 끌어내려 했다고 믿었기 때문이라고 했지. 이 경우에는, 모두의 생각이 옳았을지도 몰라."

"검찰청에서는 그 보너스에 대해 아무것도 증명하지 못했어."

할로웨이가 이제는 짜증을 내면서 말했다.

"그 점도 알고 있어. 그걸 증명할 수 있었다면 자네가 여기 있지도 않겠지. 하지만 자네도 잘 알다시피, '증명되지 않았다'는 '틀렸음이 입증되었다'와는 달라."

"그런 차이가 있다 해도, 보송이들의 지성을 드러내서 내가 얻을 수 있는 게 없어. 내가 할 필요가 없는 일을 했다는 뜻이지."

"그래, 그랬지. 그러면서 자네는 판사에게서 연구가 더 필요하다는 판결을 이끌어냈어. 그 판결로 자라 기업은 이곳 자라 ⅩⅩⅢ에서의 자원 배분 전략을 즉시 재검토하게 되었고. 회사가 곧 이 행성에 있는 거의 모든 개발 자원을 자네가 발견한 태양석 층에 집중시키겠다고 발표한다 해도 별로 놀랍진 않을 거야, 잭. 그렇게 되면 보송이들 문제가 어떻게 되든 상관없이 자네는 빠르게 부자가 되겠지. 그 사실에 대해 난 매우 엇갈린 감정을 느끼게 돼."

"내가 부자가 되는 데 불만이라도 있나?"

"부자가 되는 데? 아니. 하지만 엄청난 부자가 되기 위한 책략에는? 그래. 그 부분에는 불만이 있어. 왜냐하면 내가 책임을 느끼니까. 자네와 이자벨에게 '연구가 더 필요하다'라는 선택지를 알려준 사람이 나니까. 그런 선택지가 나오면 여전히 수백만을 벌 수 있다고 자네에게 말했을 때는, 자네가 그 정도 금액에 만족하지 못하고 더 벌어들일 책략을 찾아내리라는 생각을 미처 하지 못했어."

"흥미로운 이론이군."

"자네 마음에 들지도 모른다고 생각했어. 오해하지는 말게, 잭. 어떤 면에서는, 무슨 이유에서 한 행동이든 간에 자네가 그런 행동을 취했다는 사실이 반가워. 그놈들이 자네에게 뭐라고 했든 간에, 이자벨의 직업적인 평판은 장난에 휘둘렸다는 비난을 넘어서서 살아남지 못했을 거야. 자네는 이자벨의 경력을 망쳤겠지. 예전의 자네 상황과는 달리, 이자벨에게는 경력이 무너졌을 때 받쳐줄 수백만 크레디트의 보너스라는 쿠션이 없어. 그러니 이기적인 이유에서 했든 어쨌든, 자네는 옳은 일을 했어. 이자벨이 나에게 자네가 이자벨의 정당성을 입증하기 위해서가 아닌 다른 이유로 그런 일을 했다는 말을 들을 일은 절대 없을 거야. 이만하면 괜찮겠나?"

할로웨이는 설리번의 말에 고개를 끄덕였다.

"좋아. 하지만 여기에 자네가 꼭 알아야 할 문제가 하나 더 있어. 자네가 생각해보지 않았을 게 뻔한 문제지. 보송이들의 미래야."

"그게 왜?"

"보송이들에 대해 어떻게 생각하지, 잭?"

"난 그 녀석들에게 지성이 있다는 증거를 보였어. 그걸로 짐작이 갈 텐데."

"자네의 경우에는 짐작이 안 가. 난 방금 긴 시간을 들여서 자네가 재미있는 방식으로 놀랍도록 자기 본위적이라는 점을 지적했어. 보송이들이 지성체라고 말하는 건 자네의 목적에 들어맞아. 그게 자라 기업을 상대로 장시간 사기를 치기 위한 또 한 가지 도구에 불과하다면 자네가 인정받을 공로는 없지."

"그렇지 않아."

할로웨이의 말에 설리번은 손을 들어 올렸다.

"그러지 마. 잠깐만이라도 헛소리는 집어치우라고, 잭. 변호사 두뇌와 세 수 앞을 내다보는 생각과 자아도취와 다른 무엇보다 중요한 돈에 대한 사랑을 다 제쳐놓고, 진지하고 솔직하게 대답해줘. 자네 정말로 보송이들에게 일어나는 일에 신경을 쓰나, 신경 쓰지 않나?"

할로웨이는 맥주를 한 모금 마시고, 다시 생각한 다음 맥주를 마저 마셨다. 그는 설리번에게 물었다.

"다른 모든 것을 제쳐놓고? 내 행동에 대해 자네가 내놓은 모든 이론과 근거와 가능한 설명을 다 제쳐놓고 말이지?"

"그래. 일단은 다 제쳐놓고."

"우리끼리 얘기로 말이지."

"우리끼리만 하는 얘기야."

"그렇다면, 그래. 그래, 난 보송이들에게 일어나는 일에 마음이 쓰여. 난 그 녀석들이 좋아. 그 녀석들에게 나쁜 일이 일어나지 않았으면 좋겠어."

"보송이들이 지성체라고 생각하나?"

"그게 정말 중요한가?"

"허튼소리는 그만하겠다고 했잖아."

"그랬지. 허튼소리가 아닌 내 대답은, 지금 나는 그 녀석들이 지성체든 아니든 별로 상관하지 않는다는 거야. 이자벨 생각이 옳아서 그 녀석들이 사람이고, 사람으로서 권리가 있을지도 모르지. 그런 결정이 나기 전에 내가 이 행성에서 돈을 긁어내려는 게 옳지 않은 생각인지도 모르지만, 그건 내가 처리할 문제야. 하지만 결국에는, 보송이들이 사람으로 판명이 나든 그렇지 않든 간에 그 녀석들이 지성체라는 게 길게 봐서 녀석들에게 득이 된다면, 그렇게 되는 편이 나도 기쁘겠어."

설리번은 잠시 동안 할로웨이를 응시하다가 맥주를 마저 마셨다.

"그걸 알게 되니 기쁘군. 이제 나는 내가 해서는 안 될 말을 하나 더 할 테니까 말이야. 잭, 자네가 오늘 증인석에 섰을 때 나는 자네가 이자벨에게 장난을 쳤다는 거짓말을 해버리길 빌었어."

"뭐라고?"

설리번이 할로웨이에게 할 수 있는 모든 이야기 중에서, 이야말로 할로웨이가 가장 예상하지 못한 말이었다.

"들은 대로야. 난 자네가 거짓말을 하고 판사가 보송이들은 지성체가 아니라는 판결을 내렸으면 좋았을 거라고 생각해."

"그건 설명을 좀 해줘야겠는데. 방금까지만 해도 그랬으면 이자벨의 신뢰성이 얼마나 엉망이 되었을지 설명하고 있었잖아. 이건 혼란스러워."

"자네의 거짓말은 이자벨의 신뢰성을 박살 냈겠지만, 보송이들은 구했을지도 몰라."

"조금도 설명이 되지 않았어."

"자네 정말로 쳉 대 블루스카이 기업 사건을 읽어봤나? 지성을 확증하는 기준을 정립한 그 판결문 말이야."

"법대에 다닐 때 읽었지."

"난 이 사건 때문에 기록을 다시 읽었어. 쳉 사건과 그 여파에 대한 기록을 모조리 읽었지. 법원이 왜 쳉에게 불리한 판결을 내렸는지 기억하나?"

설리번이 물었다.

"쳉은 비구름 부유체들이 지성을 갖고 있음을 증명할 수 없었기 때문이지. 부유체에게 언어가 있음을 증명할 수 없었어."

"맞았어. 사람들은 쳉이 증명할 수 없었다는 사실을 기억하지. 그러나 왜 증명할 수 없었는지는 기억하지 못해. 쳉이 그걸 증명하지 못한 이유는 부유체가 다 죽었기 때문이야. 비구름 부유체들은 쳉이 소송을 제기한 시점부터 재판이 고등법원에 이르기까지 사이에 멸종했어."

"죽어버렸군."

"아니야. 부유체들은 살해당했어, 잭. 부유체들은 수가 많았던 적이 없었고, 쳉이 소송을 제기하자 빠른 속도로 줄어들기 시작했지."

"사건이 법정으로 가자마자 보호 상태에 들어갔을 텐데."

설리번은 할로웨이의 말에 비딱하게 웃었다.

"그래, 감시의 눈길도 없고, 부유체들이 지성체로 판명되면 생계 수단을 잃을 측량업자와 노동자들만이 거주하는 행성에서 말이지. 그런 상황에서 '보호 상태'라는 말이 얼마나 잘 먹힐지 나는 모르겠군."

"무슨 말인지 알겠어."

할로웨이가 말했다.

"물론 부유체들을 살해한 혐의로 잡힌 사람은 없어. 하지만 개체 수가 아무 이유 없이 그렇게 빨리 줄어드는 법은 없어. 기후 변화도, 인류가 거주 동물에게 옮긴 질병도 없었어. 자료에 들어맞는 설명은 인류의 의도적인 살육뿐이야."

"분명히 이 사실을 알아차린 사람이 자네 혼자는 아닐 텐데."

"나 혼자가 아니지. 쳉 사건 이후 연맹 정부는 그런 일이 다시 일어나지 않도록 절차를 바꿨어. 이제는 살육의 의심이 있을 경우 정부에서 특별 책임자를 임명하여 살육을 멈추게 되어 있어. 하지만 특별 책임자를 임명하는 건 오직 지성체 의심 보고가 올라가거나, 보고를 올리라는 명령이 떨어진 이후에만 가능해. 이곳에서 그런 일은 일어나지 않았지. 지금 보송이들은 어떤 형태의 법적 보호도 받지 못해."

"그러니까 자네는 사람들이 보송이들을 사냥할 거라고 생각하는군."

"사냥은 불가피하다고 생각해. 그리고 자네와 내가 책임져야 할 일이지. 나는 자네와 이자벨에게 추가 연구가 필요하다는 선택지를 알렸다는 점에서 직접 책임이 있어. 잭 자네는 판사가 그런 판결을 내게 만들었다는 점에서 직접 책임이 있고. 말이 새어나가자마자 이 행성에 있는 모든 측량업자들과 노동자들이 보송이를 사냥하러 나설 거야. 보송이들이 어떻게든 지성을 증명할 기회가 오기 전에 죽여버리려고 하겠지. 지금 죽여버리면 어떤 식으로든 보송이들의 지성을 증명할 여지는 남지 않을 거야."

"그리고 보송이들이 몰살되고 나면 아무에게도 살인죄를 물을 수 없겠지. 누가 보더라도 그 작자들은 짐승을 죽였을 뿐이니까."

할로웨이가 말하자 설리번은 고개를 끄덕였다.

"우리가 보송이들을 멸종 표적으로 만든 거야. 깔끔하고 단순하게. 그래서 자네가 보송이들을 어떻게 생각하는지 알아야 했어. 지금 이 순간에 보송이들의 친구는 자네와 나와 이자벨뿐이니까."

순간 할로웨이의 재킷 주머니에서 소리가 울렸다. 휴대용 인포패널이었다. 할로웨이는 인포패널을 꺼내어 읽더니, 자리에서 일어섰다.

"무슨 일이야?"

설리번이 물었다.

"오두막집에 설치해둔 비상경계 시스템이야. 집이 불타고 있어."

할로웨이가 말했다.

20장

할로웨이는 아직 20킬로미터 떨어진 거리에서도 피어오르는 연기를 볼 수 있었다. 하늘을 가로지르는 가느다란 연필선 같았다.

"망할."

할로웨이는 혼잣말을 뇌까렸다. 좋은 소식을 말하자면, 그 가느다란 연기 줄기는 최악의 화재는 피했고 피해는 그의 집과 나무 위 주거지에만 미쳤다는 뜻이었다. 못나무들은 소실되지 않았고 나머지 숲도 바닥까지 타버리지 않았다. 할로웨이가 설치해둔 화재 진압 시스템이 제대로 할 일을 다한 모양이었다.

나쁜 소식을 말하자면, 그래도 그의 오두막집은 연기 나는 잔해가 되었음이 거의 확실했다. 칼을 이자벨에게 맡겨두고 와서 다행이었다. 칼은 정신적으로 화재의 피해를 받아들일 준비가 되어 있지 않았다.

보송이들에 대해서도 약간 걱정스럽기는 했지만, 약간뿐이었다. 보송이들이 지성체일 수도 있고 아닐 수도 있겠지만, 어느 쪽이든 불에서 도망칠 줄은 알 터였다.

몇 분 후에 할로웨이는 나무 위를 맴돌면서 피해 정도를 평가하고 있었다. 예상대로, 비교적 싼 플라스틱과 목재로 지은 오두막집은 엉망이 되었다. 인화성이 약한 금속과 합성 자재로 지은 창고와 착륙장은 연기를 피우고 겉이 화재 피해를 입기는 했어도 시커멓게 타거나 구조적인 피해를 입지는 않은 듯했다. 할로웨이는 들어가보기로 결정하고, 착륙대에 무게를 다 싣는 대신 제비정을 착륙대에서 1미터 위에 떠 있게 설정했다. 겉보기에는 착륙대에 구조적인 피해가 없어 보일지 몰라도, 지금은 그런 가정을 시험해보지 않는 편이 나았다. 구조물이 할로웨이의 무게를 감당하리라는 데에는 자신이 있었지만, 거대한 비행 기계를 버텨내리라는 자신감은 그만 못했다.

그는 제비정에서 내려서 착륙대에 체중을 실었다. 잘 버텨주었다. 그는 한 걸음을 내딛다가 엉덩방아를 찧을 뻔했다. 화재 피해 때문이 아니라, 위기 관리 시스템이 화재를 인식하자마자 몇 개의 배출구로 뿜어내어 주거지를 덮은 소화 약제 거품의 잔재 때문이었다. 할로웨이의 집은 숲 속에 있었고, 천둥이 치는 날이면 번개가 여기까지 길을 찾아 내려오는 일도 드물지 않았다. 이 나무 위 주거지 어딘가에 불이 난 일은 이번이 처음이 아니었다. 그렇게 처음 불이 난 후, 할로웨이는 대비를 해 두었다.

할로웨이가 처음에 들른 곳은 폐허가 된 오두막집이 아니었다. 그는 곧장 조금 큰 저장 창고로 향했다. 그는 조심스럽게 문을 건드렸다. 처음 불이 나고 몇 시간이 지나기는 했지만, 문이 아직 뜨거울 수도 있었다.

그렇지는 않았다. 더욱 다행스럽게도, 전기 자물쇠가 멀쩡했다. 할로웨이는 출입 번호를 입력하고, 혹시 과열된 공기가 폭발하듯 빠져나올 경우에 피하기 위해 옆에 비켜서서 문을 밀어 열었다.

측량용 폭탄이 있어야 할 바닥 자리에 빠끔하게 구멍이 나 있었다.

할로웨이는 씩 웃었다. 폭발물이 있던 자리에 구멍이 나 있어야 정상이었다. 그렇지 않았다면 내려설 플랫폼도 없었을 테고, 어쩌면 날아올 숲도 남아 있지 않았을 것이다. 측량용 폭발물을 지나치게 많이 보관하지는 않았지만, 그가 가진 양만으로도 주위를 다 쓸어버리고 남았다.

그는 구멍 쪽으로 걸어갔다. 그 구멍은 저장 창고 바닥에 설치된 뚜껑문이었고, 할로웨이는 폭발물을 튼튼한 용기에 넣어서 그 뚜껑문 위에 놓아두었다. 화재 비상경보가 울리거나 번개가 창고를 직격하면 뚜껑문이 열리고 폭발물 용기들은 한참 아래에 있는 정글 바닥으로 떨어지게 되어 있었다. 그 용기들은 비행기에서 떨어뜨릴 수 있도록 고안되었고 300미터까지는 추락해도 끄떡없었다. 여기서 정글 바닥까지 거리는 300미터에 한참 못 미쳤다. 안에 든 폭발물은 열에는 작동할 수 있어도 거칠게 다룬다고 터지지는 않았다.

할로웨이는 아래를 내려다보았다. 땅에 떨어진 용기들이 보였는데, 몇 개는 바로 밑에 있었지만 나머지는 아래쪽 못나무들의 가지에 걸려서 마구잡이로 흩어졌다. 언제든 포식동물을 만날 위험이 있는 만큼 약간 위험하기도 할뿐더러 귀찮기도 한 일이었지만, 그래도 폭발물이 불 속에서 터져서 정글 전체에 큰불이 나는 사태보다는 나았다.

아래 나뭇가지 속에서 무엇인가가 하얗게 빛났다. 얼룩 보송이가 빈 둥거리는 모습 같았다.

"불을 꺼볼 순 없었던 거냐?"

할로웨이는 보송이를 향해 외쳤다. 보송이는 대답하지 않았지만, 할로웨이도 정말로 답을 기대하지는 않았다.

이제 창고에서 나가서 오두막집으로 향할 차례였다.

주저앉은 지붕과 구멍이 뻥 뚫린 벽을 완비한 오두막집은 완전히 못 쓸 물건이 되었다. 화재는 여기에서 시작된 모양이었다. 할로웨이는 번개가 치면서 급격히 높아진 전압이 냉장고나 에어컨디셔너의 열펌프에 스파크를 일으킨 게 아닐까 싶었다. 오두막집에도 자체 화재 진압 설비가 있었지만 얄궂게도 그 설비는 할로웨이가 집 안에 있거나 근처에 있어서 제때 작동시켜야 쓸모가 있었다. 기본적으로 할로웨이는 주거지 안의 다른 모든 곳에 상당한 화재 진압 비용을 지불하면서, 정작 자기가 사는 구역에는 절약을 했다. 그는 그것이 합리적인 위험부담이라고 여겼다. 집 안에는 법대 시절의 모자를 제외하면 개인적으로나 재정적으로나 가치 있는 물건이 별로 없었다. 오브리타운에서 길게 쇼핑을 한번 하면 새로 채워 넣을 수 있는 물건들이 대부분이었다.

할로웨이는 모자를 찾아서 폐허 속을 훑어보았다. 무너진 책상 위에, 까맣게 타서 감시 카메라에 눌어붙어 있었다.

'이것도 어차피 더는 쓸 일이 없는 법대 물건이지.'

도리가 없었다. 나머지 물건들도 다 비슷하게 시커멓게 타서 녹고 부서졌다. 그는 한숨을 내쉬고 제비정으로 돌아갔다.

우선 착륙대가 제비정을 버틸 수 있는지 시험해보아야 했다. 버틸 수 있었다. 할로웨이는 확실하게 해두려고 세 번이나 이륙했다가 착륙하기를 반복했다. 착륙대는 버텼다. 오두막집 밖의 나머지 주거지는 정말로 구조적으로는 멀쩡해 보였다. 작은 위안이었다. 오브리타운 상점에 조립식 오두막집 재고는 있었지만, 그 외에는 대용품을 찾아내기가 힘들었을 것이다.

그 부분을 해결하고 난 할로웨이는 저장 창고로 돌아가서 뚜껑문을 들어 올려 제자리에 끼워 넣었다. 폭발물을 다시 그 위에 올려놓으려면 제비정을 타고 플랫폼 아래쪽으로 접근해서 지지대와 볼트도 다시 달아야 했다. 할로웨이는 다음으로 그 일을 했지만, 그 전에 인포패널을 이용하여 다 써버린 분량을 대체할 소화 약제 깡통부터 주문했다. 싸지는 않았지만, 할로웨이는 어쨌든 돈이 들어오기는 하겠거니 생각했다.

그다음은 정글 바닥행이었다. 폭발물 용기들을 제비정에 싣는 일이 기대되지는 않았다. 용기 하나하나는 커다란 여행 상자보다 크지 않았지만, 잘 파괴되지 않게 제작한 것이다 보니 무거웠고 그 안에 든 폭발물도 깃털 같은 무게는 아니었다. 한 가지 좋은 점은 이제 할로웨이가 고주파 소음을 터뜨리는 방법을 알고 있으니, 착륙해서 비상용 울타리를 친 다음 울타리 안에 있는 용기 한두 개를 제비정에 끌어다 싣고 울타리를 분해하고 몇 미터 이동해서 같은 일을 반복하는 대신, 착륙해서 한꺼번에 모든 용기를 실을 수 있다는 사실이었다. 하지만 할로웨이는 아직 나뭇가지 사이에서 어정거리고 있을 얼룩이를 생각해서 착륙할 때까지 기다렸다가 고주파 소음을 켰다.

15분 후, 할로웨이는 눈이 멀 듯한 두통을 느꼈고 더위 속에서 폭발물 용기를 끌고 다니느라 땀범벅이 되었다. 지난 몇 년 사이에 가장 격한 운동이었고, 마지막으로 이렇게 많은 물건을 옮겼을 때 이후 그의 심장은 헛되이 흔들리며 서로를 때리는 축 늘어진 햄 두 조각으로 바뀐 게 틀림없었다. 그는 마지막 용기들을 제비정 안에 끌어 넣은 다음 숨을 헐떡이면서 제비정 옆에 몸을 기댔다. 위를 올려다보자 몇 미터 위에 있는 나뭇가지에서 거의 똑바로 그를 내려다보는 얼룩이가 보였다.

"도와줘서 고맙다. 정말 고마워."

할로웨이는 보송이를 향해 소리쳤다. 이번에도 실제로 그 녀석에게 도움을 기대한 것은 아니었지만 말이다. 그저 그렇게 말하니 기분이 좋아졌을 뿐이다. 할로웨이는 현기증을 극복하려고 허리를 굽히고 무릎에 손을 올린 채 천천히 심호흡을 했다.

몇 초 후에 무엇인가가 작게 철퍽하고 그의 뒤통수에 내려앉았고, 이어서 조금 더 큰 것이 목에 떨어졌다. 올려다보니 얼룩이는 여전히 위에서 그를 빤히 바라보고 있었다.

할로웨이는 씩 웃었다. 망나니 꼬마 녀석이 그에게 침을 뱉고 있었다.

'뭐, 원숭이가 하는 짓보다는 낫겠지.'

그렇게 생각하고 목덜미에 묻은 침을 닦아내어 바지에 문지르려고 할 때, 그의 주변시가 무엇인가를 잡아냈다. 할로웨이는 손을 멈추고 얼굴 바로 앞으로 가져갔다.

얼룩이는 그에게 침을 뱉은 게 아니었다.

할로웨이가 다시 위를 올려다본 순간 그의 뺨에 핏방울이 떨어졌다.

"아, 안 돼. 이런 젠장."

그는 얼굴을 닦고 제비정 안에 들어가서 음향 시스템을 끈 다음 제비정의 회전날개를 가동시키고 날아올랐다.

■ ■ ■

할로웨이는 제비정을 거칠게 착륙시키고 지붕을 연 다음 최대한 부드럽게 얼룩이를 들어 올려 착륙대에 내려놓았다. 얼룩 보송이는 아무 반응도 보이지 않고 축 늘어져 있었다. 그는 제비정 안으로 돌아가서 구급상자를 거머쥐었고, 급하게 내리다가 다시 한 번 미끄러질 뻔했다.

얼룩이의 배에 시뻘겋게 피가 엉겨붙어 있었다. 배에서 왼쪽 팔로 흐른 한 줄기 핏자국을 제외하면 등과 사지는 깨끗했다. 할로웨이의 머리 위 나뭇가지에서 달랑거리던 팔이었다. 할로웨이는 얼룩이가 도착해 처음 보았을 때부터 그의 목에 핏방울을 떨어뜨렸을 때까지 쭉 같은 자세로 있었음을 인식했다. 내내 죽어 있었는지도 몰랐다. 아니면 살아 있었는데, 주의를 기울이기만 했으면 도울 수 있었는데 할로웨이가 명랑하게 인사나 하고 있었는지도 몰랐다.

'집중해.'

할로웨이는 상관없는 생각들을 떨쳐버리고 앞에 놓인 생명에게 집중했다. 할로웨이는 얼룩이의 배를 보고 피가 너무 많다는 사실을 깨달았다. 그 피가 다 어디에서 나왔는지 알 수가 없었다. 그는 제비정 안으로 돌아가서 싣고 다니던 물병을 찾아냈다. 3분의 2 정도가 차 있었다. 그는 물병을 가지고 돌아가서, 최대한 부드럽게 얼룩이 위로 물을 부으며 엉겨 붙은 피를 씻어냈다.

거의 바로 상처가 드러났다. 얼룩이의 왼쪽 아랫배에 손가락만 한 구멍이 나 있었다. 할로웨이는 잠시 못나무 가지가 그런 상처를 낼 수 있나 보다 생각했지만, 상처를 씻다 보니 안에 흐릿한 회색 물체가 보였다. 그는 다시 한 번 상처를 씻어서 최대한 많은 피를 닦아내고, 안을 다시 보았다.

총탄이었다.

설리번이 그랬다.

'우리가 보송이들을 멸종 표적으로 만든 거야. 깔끔하고 단순하게.'

할로웨이는 움직임을 멈췄다가 간신히 감정을 억누르고 거즈를 찾아서 구급상자 안에 손을 넣었다. 그는 거즈 포장을 찢어 열고 총상 위에 댄 다음, 그 작은 생명체에게서 피가 더 빠져나오지 않도록 단호하지만 부드럽게 압력을 가했다.

피는 더 흘러나오지 않았다. 얼룩이는 죽었다.

할로웨이는 숨결을 느끼려고 얼룩이의 입가에 뺨을 대어보고, 손을 대어 생기를 되살릴 수 있다는 듯이 얼룩이의 털을 쓰다듬었다. 아무런 숨결도 생기도 없었다. 얼룩이를 구할 수 있는 시간이 있었다 해도 그 시간은 조금 전에, 한 시간 전에, 혹은 몇 시간 전에 지나갔다. 자신의 판단이 틀렸기를 빌면서 얼룩이 위로 등을 구부리고 말없이 기다리는 것 말고는 할로웨이가 할 수 있는 일이 없었다.

얼룩이는 죽었다. 그는 몇 분이 지나서야 그 사실을 받아들였다.

고개를 들었을 때, 할로웨이는 혼자가 아니었다. 아빠, 엄마, 할아버지 보송이가 앞에 서서 얼룩이의 시체를 보며 비통해하는 그를 지켜보고 있었다.

할로웨이는 멍하니 셋을 바라보았고, 그의 두뇌 속에 든 톱니바퀴가 팽팽 돌아가다가 덜커덕 멈추면서 철렁하는 충격이 등을 타고 내려갔다.

"아가는 어디 있지?"

할로웨이는 특별히 누구에게랄 것도 없이 물었다.

그는 그들이 그 말을 이해했는지 알지 못했다. 그 질문을 던졌을 때 셋 모두가 오두막집의 폐허 쪽으로 고개를 돌렸다는 사실만 알았다.

"신이시여."

할로웨이는 벌떡 일어나서 오두막집 쪽으로 달려갔다가, 아직 뿜어져 나오는 열기와 연기 때문에 바깥에 멈춰 섰다. 그는 무너진 벽 사이로 아가를 찾으면서 제발 찾지 못하기를 빌었다.

그는 문 옆에서 아가의 시체를 발견했다.

이 모든 상황을 앞에 두고 할로웨이는 잠시 혼란을 느꼈다. 아가는 그가 떠날 때 집 안에 없었고, 그는 보송이들만이 아니라 도마뱀도 들어가지 못하게 모든 창문을 닫아두었다. 아가가 오두막집 안에서 죽다니 말이 되지 않았다.

그러다가 그는 얼룩이에게 박힌 총탄을 떠올렸다. 아가가 오두막집 안에 들어간 게 아니었다. 집 안에 놓인 것이다.

발치를 내려다보니 감시 카메라에 녹아 붙은 모자의 잔해가 보였다.

머릿속의 톱니바퀴가 다시 한 번 덜컥 맞물렸다. 할로웨이는 오두막집의 잔해에서 물러나 곧장 제비정으로 돌아간 다음, 받침대에 놓인 인포패널을 우악스럽게 낚아채고 의자에 앉았다. 그는 인포패널 위로 손가락을 놀려서 감시 카메라 영상을 열었다. 마지막 몇 시간분의 녹화 영상이 저장되었을 것이다. 그리고 마지막으로 그 감시 카메라를 건드렸을 때, 할로웨이는 카메라가 밖을 볼 수 있게 모자를 기울여두었다.

영상이 튀어나왔고, 카메라의 내부 시야는 모자에 가려졌지만 창밖 풍경은 선명하게 뚫려 있었다. 할로웨이는 아무 일도 일어나지 않는 영상을 초조하게 빨리 돌리다가 제비정 한 대가 착륙대에 내려앉고 한 남자가 나왔을 때 뒤로 돌려야 했다.

할로웨이는 그 장면을 멈추고 남자의 얼굴을 확대했다. 아무것도 보이지 않았다. 스키 마스크에 가려져 있었다. 할로웨이는 정글이 지배하는 행성에서 도대체 누가 스키 마스크를 가지고 있을까 생각하다가, 자라 기업이 먼 남쪽에서 고산지대 채굴 작업을 하고 있다는 사실을 떠올렸다. 스키 마스크는 상점에서 살 수 있었고, 이 남자도 필시 그랬을 것이다. 할로웨이는 영상의 정지 상태를 풀었다.

남자는 성큼성큼 착륙대를 가로질러 오두막집으로 향하더니 문 앞에 멈춰 섰고, 그러면서 오두막집 벽이 시야를 가리는 바람에 부분적으로 영상 밖으로 벗어났다. 남자가 조금씩 앞뒤로 움직이는 것을 보니 잠긴 문을 열려고 하는 게 분명했다. 남자는 책상 옆 창문으로 이동했고, 이 창문 역시 잠겨 있었다. 남자의 덩치는 카메라의 시야 대부분을 가렸지만 할로웨이는 그 덩치 뒤에서 무엇인가가 움직이는 것을 보았고, 곧 오른쪽 끝에서 주거지를 가로질러 그 남자에게 다가가는 아가가 보였다.

그 광경을 보자 마음이 아팠다. 아가는 보송이들 중에서도 가장 인간을 믿는 보송이였다. 다른 보송이들은 인간도 여느 동물처럼 위험할 수 있다는 사실을 이해하는 것 같았다. 하지만 무슨 이유에서인지는 몰라도 아가에게는 그런 본능이 없었다. 아가는 사람들을 좋아했다. 할로웨이는 심장이 내려앉는 기분으로 일이 어떻게 돌아갈지 알아차렸다.

남자는 무슨 이유에선가 몸을 돌렸다가 자기를 향해 걸어오는 아가를 보았다. 남자는 집 안에 침입하려던 시도를 그만두고 보송이 쪽으로 걸어가더니 작은 보송이 앞에 멈춰서 무릎을 굽히고 마침내는 손을 뻗어 보송이를 건드리고 어루만졌다. 아가는 스스럼없이 그 손을 껴안았다. 감시 카메라의 마이크 무음 설정을 해제하지 않았기에 할로웨이는 남자가 하는 말을 들을 수 없었다. 그러나 내용을 짐작할 수는 있었다.

그 남자는 신뢰감이라는 함정으로 먹잇감을 유인하는 포식자였다.

남자가 갑자기 일어서더니 부츠를 들어 올렸다.

할로웨이는 고개를 돌려야 했다.

그러나 그는 제때 고개를 다시 돌려서 다음에 일어난 일을 보았다. 숲 속에서 무엇인가가 몸을 던져서 남자의 얼굴에 내려앉더니, 마스크에 뚫린 눈구멍과 입구멍으로 얼굴을 할퀴고 물어뜯었다. 남자는 영상 속에서는 들리지 않지만 실제로는 분명히 컸을 소리로 울부짖으며 공격하는 상대를 떼어내려 했다.

얼룩이였다.

할로웨이는 저도 모르게 작은 환호성을 내뱉었다. 무모한 보송이 얼룩이는 한순간의 망설임도 없이 아가를—형제일까, 친구일까, 짝일까?—지켰고 이제는 그 남자에게 분노를 퍼부으며 비인간적인 행동을 한 인간에게 복수하고 있었다.

남자가 팔을 휘둘러 얼룩이를 때렸지만, 얼룩이는 춤을 추듯 움직이며 굳게 자리를 지키고 계속 남자의 머리와 얼굴을 찢었다. 그 작은 보송이가 남자의 행동에 대가를 물리고 있다는 점에는 의심의 여지가 없었다.

결국 남자는 얼룩이를 붙잡고 얼굴에서 떼어냈다. 얼룩이는 남자의 손을 할퀴고 물었다. 남자는 두 손을 들어 올려 전력으로 얼룩이를 바닥에 팽개쳤다. 할로웨이는 얼룩이가 느꼈을 충격을 배 속으로 느꼈다.

얼룩이가 바닥에서 재빨리 일어서더니 다시 남자를 공격할 태세를 갖췄다.

남자가 허리띠에서 권총을 뽑아 얼룩이를 쏘았다.

충격에 작은 보송이의 몸이 휙 돌면서 바닥 저편으로 날아갔다. 얼룩이는 공포와, 인간이라면 아드레날린에 해당할 무엇인가에 휩쓸려 내달렸고, 남자가 뒤에서 총을 쏘아대는 가운데 오두막집을 지나쳐서 뒤에 있는 못나무로 향했다. 총탄 하나가 창문을 뚫었다. 그 총탄이 오두막집 안에서 어딘가에 맞고 튀면서 화재가 날 상황을 만들었을 것이다. 할로웨이는 지금은 그런 일에 전혀 관심이 가지 않는다는 사실을 깨달았다.

남자가 권총을 떨구더니 얼굴을 붙잡고 고통에 몸부림을 쳤다. 남자는 아까의 공격으로 움직임 없이 누워 있는 아가를 보고 동작을 멈췄다. 남자는 아가에게 달려가서 두 번이나 더 짓밟고, 땅에 떨어진 권총을 집어 들고 쏘기까지 했다. 그런 다음 아가에게 소리 없이 분노에 찬 고함을 질렀다.

할로웨이는 이 남자가 누구인지 정확히 알 것 같았다.

이쯤 해서는 오두막집에 피어오르는 연기가 카메라 영상을 가리기 시작했다. 그럼에도 할로웨이는 그 남자가 손을 뻗어 아가의 시체를 잡더니 쿵쿵거리며 오두막집 문으로 향해 가 다시 한 번 부분적으로 영상에서 벗어나는 상황을 보았다. 남자의 몸이 발작적으로 흔들렸고 할로웨이는 몇 초 동안 어리둥절해하다가 무슨 일이 벌어지는지 알아차렸다. 남자는 개문을 걷어차고 있었다. 남자의 몸이 다른 식으로 움직이는 것을 보니 개문이 부서진 게 분명했다. 남자는 불 속에서 태울 셈으로 아가의 몸을 개문 안으로 던져 넣었다.

그 일을 끝낸 남자는 얼굴을 붙잡고 문에서 떨어져서 제비정으로 향했다. 남자가 제비정까지 반도 가기 전에 화재 진압기가 작동해서 착류대와 그 위에 있는 것들을 덮기 위해 통에 든 거품을 뿜어냈다. 남자와 그의 제비정을 포함해서 말이다. 남자는 거품을 피하려고 뛰다가 발이 걸려서 바닥에 넘어졌고, 더 많은 거품에 뒤덮였다. 그 남자가 막 두 사람을 죽이지만 않았어도 웃기는 장면이었으리라. 결국 남자는 제비정에 올라타 이륙했고, 새까맣게 탄 할로웨이의 법대 모자가 카메라 위로 늘어지면서 시야를 가림과 동시에 시야 밖으로 빠져나갔다. 다음 순간에는 카메라도 열기에 망가졌다.

■ ■ ■

할로웨이는 인포패널을 놓고, 얼룩이의 시신에 눈길을 고정한 채 제비정 밖으로 뛰쳐나갔다. 그는 시신 옆에 무릎을 꿇고 앉아서 얼룩이의 손에 손을 뻗고, 그 손끝을, 손톱을, 인간보다 날카로우면서도 원뿔처럼 생겨서 아마도 벌레를 잡고 과일 껍질을 비틀어 열기에 좋을 손톱을 보았다.

손톱에 피가, 그리고 아주 작은 피부 조각이 묻어 있었다.

할로웨이는 얼룩이의 손을 잡고 말했다.

"그래. 잡았다, 이 쌍놈의 새끼야. 넌 알지도 못하겠지만 내가 널 잡았어."

할로웨이는 그를 이상하게 보는, 적어도 할로웨이가 이상하다고 생각하는 눈빛으로 그를 쳐다보고 있는 아빠와 엄마와 할아버지 보송이를 올려다보았다.

그는 세 보송이에게 말했다.

"너희가 내 말을 이해하지 못하는 건 알아. 하지만 난 누가 이런 짓을 했는지 알아. 난 누가 이런 짓을 했는지 알고, 그놈을 벌할 거야. 내 말을 믿어도 좋아. 이 쌍놈 새끼를 잡을 거야. 약속할게."

그리고 잭 할로웨이는 얼룩이의 손을 놓고 제비정 착륙대 바닥에 주저앉아서, 눈을 감고, 울었다.

그는 자신의 책략과 계획이 얼룩이와 아가를, 무고한 두 생명을 죽였다는 사실을 너무나 확실하게 알았기에 울었다. 그들에게 또 어떤 다른 면이 있었든 없었든, 지성체든 아니든 할로웨이에게는 중요하지 않았다. 그의 행동으로 그런 죽음을 맞을 만한 이유가 있는 사람은 아무도 없었다. 잭은 그 자리에 누워서 죄책감과 부끄러움에 몸을 비틀며 울었다.

그는 다른 보송이들이 지켜보고 있음을 알았다. 상관없었다. 그는 꽤 오랫동안 그렇게 누워 있었다.

결국에는 누군가가 할로웨이의 뺨을 건드렸다. 눈을 뜨자 아빠 보송이가 그를 내려다보고 있었다. 할로웨이는 의아한 심정으로 아빠 보송이를 보았다.

아빠 보송이가 위를 가리켰다.

할로웨이는 위를 보았다.

위로 솟아난 못나무들에 보송이들이 가득했다. 수십 명이었다.

"이런 세상에."

할로웨이는 일어나 앉았다.

보송이들이 나무에서 내려와 착륙대 안으로 떨어지기 시작하더니 곧 착륙대가 보송이로 꽉 찼다. 할로웨이는 반쯤은 보송이들의 집회를 재미있어하고 반쯤은 불안해하면서 그들 모두를 바라보았다. 인간 하나가 보송이 둘을 살해한 직후였다. 보송이들이 그를 죽이려고 할 가능성도 충분히 있었다. 그런다고 그들을 탓할 수도 없었다.

착륙대 가장자리에 있는 작은 보송이 하나가 눈길을 끌었다. 할로웨이는 몇 초 동안 그 보송이를 바라보면서 왜 이 보송이가 이렇게 흥미를 끌까 생각하다가, 뒤늦게 그게 보송이가 아니라는 사실을 깨달았다.

할로웨이는 그 동물을 골똘히 노려보았다.

녀석은 흰꼬리감기 원숭이였다.

"무슨 이런 개똥 같은 일이."

아빠 보송이는 호기심 어린 얼굴로 할로웨이를 보았다. 할로웨이는 원숭이를 가리키며 말했다.

"난 저 원숭이를 알아. 저 망할 놈이 예전에 내 지갑을 훔쳤지. 저 녀석이 아직 살아 있다니 믿을 수가 없군. 너희들과 같이 있었다는 것도 믿을 수가 없고."

아빠 보송이는 할로웨이의 손가락을 따라가 원숭이를 보았다가, 다시 어느 모로 보나 어정쩡하다고 할 수밖에 없는 몸짓으로 어깨를 으쓱이며 할로웨이를 다시 쳐다보았다.

'그래, 원숭이야. 그래서 뭐가?'

마치 그렇게 말하는 듯했다.

"정말 이상한 하루가 되어버렸군."

할로웨이가 말했다.

물건 하나가 군중을 뚫고 할로웨이 쪽으로 날라져왔다. 그 물건을 전달한 보송이는 두 팔을 쭉 펴서 들고 약간 뒤뚱거리면서 무리 속을 헤쳐 나왔고, 다른 보송이들은 비켜서서 길을 내주었다. 물건을 든 보송이가 아빠 보송이에게 물건을 내밀자, 아빠 보송이가 찍찍거리는 소리를 냈다. 보송이는 그 물건을 할로웨이에게 건넸고, 그는 받아들었다.

인포패널이었다.

할로웨이는 잠시 동안 그것이 화재를 피한 여분의 인포패널인가 생각했지만, 곧 만듦새와 모델이 다르다는 사실을 깨달았다. 이 인포패널은 할로웨이가 가진 어느 인포패널보다 성능이 떨어지는 제품이었지만, 한 가지 고급 기능을 갖추었다. 화면 반대편에 태양 전지판이 달려 있어 한 시간만 햇빛 속에 내놓으면 일주일은 쓸 수 있을 만큼 충전이 되는 방식이었다. 사실 대부분 시간을 바깥에서 측량하며 지내는 사람들에게 유용한 기능이기도 했다.

할로웨이는 화면을 켰다.

맞춤형 전자 독해 입문서의 한 종류인 『최고의 읽기 모험』 시리즈의 마스코트인 앤디 알파카가 활짝 웃으며 인포패널의 카메라에 연결된 얼굴 인식 소프트웨어를 써서 할로웨이와 눈을 마주쳤다.

"안녕! 난 앤디 알파카야! 나랑 같이 읽기 모험을 계속하고 싶니?"

그래, 그것은 샘 해밀턴의 인포패널이었다. 몇 년 전에 제비정이 추락한, 반문맹이었던 불쌍한 샘. 원숭이는 확실히 살아남았다. 샘도 살아남은 것 같지는 않았다.

"비상용 울타리를 샀어야지, 샘."

할로웨이는 그렇게 말하고 앤디 알파카가 답을 기다리고 있는 인포패널을 다시 내려다보았다. 그리고 끈기 있게 그를 올려다보고 있는 보송이들을 보았다.

그날 세 번째로 할로웨이의 두뇌 속 톱니바퀴들이 거세게 맞물렸다.

21장

'워렌의 토끼굴' 문 안으로 걸어 들어갔다가 자기가 제일 좋아하는 자리를 누군가가 차지하고 있음을 안 조 들라이즈는 대단히 불쾌했다. 게다가 그 남자가 들라이즈 쪽으로 몸을 돌려 누구인지 알게 되자 더더욱 불쾌해졌다.

들라이즈는 문간에서 말했다.

"씹할 변호사 새끼가 뭐라고 했든 상관없어. 내가 거기까지 가는 동안 내 자리에서 비키지 않으면 네놈 얼굴을 박살낼 거야."

"그 씹할 변호사 새끼가 바로 저기에 있다는 점은 알아둬야 할 것 같은데."

할로웨이는 혼자 당구를 치고 있던 설리번을 가리켰다.

들라이즈는 멈칫했다.

"보호 없이는 아무 데도 못 가나 보지, 잭?"

들라이즈는 잠시 후에 그렇게 말하고 다시 자기 자리로 걸어갔다.

"내가 그만큼 겁을 줬다는 얘기겠구먼."

그러자 할로웨이는 들라이즈를 자세히 들여다보고 물었다.

"세상에, 조, 얼굴이 어떻게 된 건가? 고양이에게 진한 입맞춤이라도 하려다가 거부당한 모양새로군."

"너 따위가 상관할 일은 아니야."

"뭐랄까, 그 고양이를 비난하진 못하겠군."

할로웨이는 그렇게 말하고 들라이즈를 다시 보았다.

"그런데 얼마 전에 일어난 일이지? 나흘이나 닷새쯤 된 모양인데."

"좆 까."

들라이즈는 이제 할로웨이의 머리 위에 있었다.

"그리고 내 의자에서 꺼져."

"그럴 계획이었어. 냄새가 지독하거든. 네놈이 몇 년이나 방귀를 뀌어 댔으니 그럴 만도 하지."

"좋아, 그렇게 계속해봐."

"하지만 일어나기 전에 네놈에게 줄 게 있어."

"뭐?"

"이겁니다."

설리번이 소환장으로 들라이즈의 어깨를 때리면서 말했다. 설리번은 들라이즈가 할로웨이를 위협하는 동안 그 뒤로 다가가 있었다.

"당신 재판일이 나왔어요. 예심입니다."

들라이즈는 어깨 너머를 돌아보았지만 소환장을 건드리지는 않았다.

"무슨 이유로?"

"내 집을 불태운 죄다, 이 개자식아."

할로웨이가 말했다.

"무슨 소리를 하는지 모르겠군. 난 여기 있거나 일을 하고 있었어. 그리고 어느 쪽이든 간에 나를 봤다고 말해줄 사람들이 있어."

들라이즈가 말했다.

"그렇다면 걱정할 필요가 없겠군요. 그렇지요? 사흘 후에 그 증인들을 데리고 와서 술탄 판사와 잡담을 좀 하게 해주면 자유로운 몸으로 돌아갈 수 있어요."

설리번이 말했다.

"그 사소한 화재를 네놈이 보안사무소에 신고한 기억이 없는데."

들라이즈가 말했다.

"그것 참 수상하기도 하지."

할로웨이가 말했다.

"할로웨이 씨는 자라 기업 보안요원이 사건에 관련되었을 가능성을 고려하여 판사에게 직접 예심을 신청할 수 있게 해달라고 요청했습니다. 그리고 저는 자라 기업의 법적 대리인 자격으로 판사님께 우리 회사는 그런 결정에 반대하지 않는다고 했지요. 그래서 이렇게 됐습니다."

설리번이 말했다.

"놀랐지?"

할로웨이가 들라이즈에게 말했다.

들라이즈는 할로웨이를 비웃고 설리번을 돌아보았다.

"그게 사실이라고 해도 말이지, 뭐 사실이 아니지만, 어쨌든 댁은 왜 신경 쓰나? 당신은 자라 기업 변호사야, 저놈 변호사가 아니라. 저놈은 자라 기업 고용인이 아니야. 저놈 집도 자라 기업 재산이 아니고. 젠장, 자라 기업을 위해 일하는 건 이 멍청이가 아니라 나라고."

"기소 내용에 따르면 당신이 누군가의 집을 불태웠다고 하는 시각에는 자라 기업을 위해 일하지 않았지요. 그렇지 않습니까, 들라이즈 씨? 그건 자유 시간에 한 일이겠지요."

들라이즈는 히죽히죽 웃었다.

"정말로 그 소환장을 나한테 전하고 싶진 않을걸, 변호사."

"한 가지 알려드리지요, 들라이즈 씨. 손가락으로 만지지 않았다고 해서 소환장이 전달되지 않았다는 뜻은 아닙니다."

설리번이 말했다.

들라이즈는 코웃음을 치고 소환장을 받아서 바 위에 올려놓았다. 그는 설리번에게 몸을 돌리고 말했다.

"이건 모두에게 시간 낭비가 될 거요. 그리고 난 나를 개자식처럼 보이게 하려는 수작을 그리 친절하게 받아들이지 않아요, 변호사."

들라이즈는 엄지손가락으로 할로웨이를 가리켰다.

"이 똥덩어리에게 달라붙는 게 스스로에게 좋은 일인 줄 아나 본데, 우리끼리 말이지만 설리번, 당신 이번에는 말을 잘못 골랐어. 저놈이 당신을 끌고 갈 종착역이 마음에 들진 않을 거요."

"흠, 들라이즈 씨, 언젠가 제가 자라 기업 유치장에서 할로웨이 씨를 살해하지 못하게 막아야 했던 사람에게 그런 말을 들으니 생각할 거리 치고는 확실히 역설적이로군요. 제가 딱 그럴 가치가 있는 만큼 고려해 보리라는 점은 믿으셔도 좋습니다."

"그래, 분명히 그러시겠지. 하지만 이번에는 저놈도 감옥에 있는 게 아냐. 당신이 만들어준 손댈 수 없는 위치가 아니라고. 그리고 이 일이 다 끝나면 우리 모두 누가 개자식인지 알게 되겠지. 그렇지 않나?"

들라이즈는 할로웨이에게 몸을 돌렸고, 할로웨이는 눈이 멀 듯한 섬광으로 답했다.

"이건 또 무슨 수작이야?"

"사진을 찍었을 뿐이야."

할로웨이가 카메라를 내리며 대답했다.

"그 상처투성이 얼굴을 보니 얼마나 즐거운지 몰라, 조."

"내 자리에서 비켜, 이 새끼야. 당장."

"얼마든지."

할로웨이는 일어서면서 말했다.

"즐길 수 있을 때 즐겨둬."

들라이즈는 툴툴거리면서 자리에 앉았다.

■ ■ ■

"오늘 내가 자네를 얼마나 싫어하는지 말했던가?"

채드 본이 할로웨이에게 말했다. 두 사람은 칼을 산책시키고 있었고, 칼은 오브리타운의 골목길을 행복하게 쿵쿵거리며 걷고 있었다. 본은 할로웨이에게 전화해서 자기 사무실에서 만나자고 했지만, 할로웨이가 거절했다. 큰소리가 약간 오간 후 그들은 개를 데리고 길을 걷고 있었다. 후덥지근한 날씨였다. 본은 산책에 적당한 옷차림이 아니었고 벌써 땀을 뻘뻘 흘렸다.

"오늘 자네가 싫어할 만한 일은 안 했는데."

"같이 자네 개를 산책시키게 만들었잖아."

“그건 싫어할 만한 일이 아니지. 어차피 자네는 칼을 좋아하잖아.”

“내 사무실은 에어컨이 돌아간다고.”

“자네 칸막이 방은 아마 도청이 되겠지.”

“그러니까 이젠 짜증 나게 구는 데 더해서 편집증까지 생겼군.”

“지난 몇 주 동안 누군가가 내 제비정을 고장 냈고 내 집은 바닥까지 타버렸어. 이 정도면 편집증이 좀 생길 만도 하지. 그리고 어쨌든 자네에게 해야 할 말이 좀 있는데, 다른 누가 듣지 않았으면 좋겠거든.”

“자네가 듣는 목소리들 말고도?”

“귀엽게도 받아치는군.”

할로웨이는 칼이 특별히 흥미로운 묘목을 살피는 동안 걸음을 멈췄다.

“이봐, 채드. 자네와 나 사이에 문제가 있긴 해. 그리고 우리 사이의 문제점 대부분은 내 잘못이라는 것도 인정해. 그리고 난 자네가 일부러 날 조금 곤란하게 만든 적이 있다는 걸 알아. 내가 일부러 자네를 많이 곤란하게 만들었기 때문이지. 이렇게 말해도 괜찮겠지?”

“그만하면 괜찮아.”

본은 잠시 후에 대답했다. 칼은 묘목 검사를 마치고 미래에 올 개들을 위한 전언을 남겼다. 셋은 다시 걷기 시작했다.

할로웨이가 다시 말했다.

“그러니까 좋을 때도 나쁠 때도 있었다고 말해도 괜찮겠지. 하지만 내가 자네에 대해 존경하는 면이 하나 있어, 채드. 자네는 근본적으로 훌륭한 인간이라는 점이야. 자네가 나를 싫어하던 시기도 있었지만, 그래도 언제나 자네는 자네가 관리하는 계약업자들을 위해 여는 바보 같은 파티에 날 초대했지. 자네는 우리가 계약을 맺을 때도 언제나 공정했어. 그리고 난 모든 자라 기업 계약 대리인이 그렇지는 않다는 사실을 알아. 젠장, 심지어 자네는 내 개를 좋아하기까지 하지."

"칼은 좋은 개야. 자네에게 과분할 정도지."

"흠, 바로 그거야. 안 그래? 내가 언제나 축복받은 부분이 하나 있다면 나에게 과분한 사람들이 주위에 있다는 점이지. 칼. 이자벨. 설리번…… 그 친구는 내 전 애인과 만나고 있긴 하지만. 자네도 마찬가지야, 채드. 자네만의 짜증스러운 방식으로, 자네는 나에게 과분한 친구야. 내가 꽤 운이 좋다는 사실은 분명하지."

"그게 나에게는 수수께끼야. 정말 그래."

할로웨이는 본의 말에 미소 지었다.

"자네에게 이 이야기를 해주고 싶었던 이유도 자네가 근본적으로 나를 제대로 대해주었기 때문이야. 난 자네가 곧 아주 제대로 망하게 생겼다고 봐."

본이 걸음을 멈췄다.

"그게 도대체 무슨 뜻이야?"

"자네에겐 제비정이 있지."

"회사에서 지급받은 제비정이 있지. 그래서 뭐?"

"자네가 오늘 사무실에 돌아갈 때쯤이면 그 제비정을 압수당했음을 알게 될 거야."

"뭐야? 왜? 누가? 자네가?"

"나는 아니야. 아마 누군지는 몰라도 내가 내 집을 불태운 죄목으로 신청한 예심에서 조 들라이즈를 변호하는 사람이 증거물로 압수했을 거야."

"조 들라이즈가 내 제비정과 무슨 상관인데?"

"누가 봐도 상관이 없지. 그게 핵심이야, 채드. 그 제비정을 압수해가면 아마 몇 가지 검사를 할 테고, 내 생각에는 그 제비정에서 소화 약제의 잔재물을 발견할 거야. 내가 집에 설치한 것과 같은 소화 약제지."

본은 어리둥절한 얼굴이었다.

"그게 어떻게 거기 묻었는데?"

"그야 내 집이 불탔을 때 그 제비정이 거기에 있었기 때문이지."

할로웨이는 그렇게 말하고 다시 발걸음을 옮겼다. 같은 자리에 지나치게 오래 머물고 싶지 않았다.

"다른 물증이 더 있을지도 모르지만, 들라이즈의 변호사가 내 집에 불을 지른 게 들라이즈라는 내 주장에 합리적인 의심을 내놓기 위해 이용할 증거는 그걸 거야."

"난 자네 집이 불탄 날에 제비정을 운전하지 않았어."

"자넨 어디에 있었나?"

"그날은 쉬었어. 원래는 자네의 그 보송이인가 하는 녀석들에 대한 조사 자리에 가보려고 했는데, 일어났을 때 몸이 좋지 않아서 그만두기로 했지. 하루 종일 내 아파트에 있었어."

"같이 있었던 사람은?"

"없어."

"그렇다면 자네가 하루 종일 잤다는 사실을 입증할 증인은 없군."

"그래서?"

"그래서, 들라이즈는 이미 우리에게 일터에서나 그놈이 시간을 보내는 그 형편없는 술집에서나 자기를 봤다고 맹세할 증인이 수두룩하다고 주장했거든. 그놈이 무서워 법정에서 그놈이 자기가 주장하는 장소에 있었다고 말해줄 사람은 충분하다는 거지. 그놈이 실제로 있었던 장소인 불타는 내 집이 아니라."

"하지만 그건 말이 되질 않아. 들라이즈든 다른 누구든 그 제비정에 접속할 방법이 없어. 난 전자 열쇠를 내 주머니에 보관한다고."

본이 말했다.

"들라이즈가 자네 제비정에 탔던 적이 있나?"

할로웨이가 물었다.

"있다는 걸 알잖아. 들라이즈는 우리가 자네 집에 찾아갔을 때 오브리의 보안요원이었어."

할로웨이는 본을 바라보면서 그의 두뇌 속 톱니바퀴가 철컥 맞아들어가는 동안 숫자를 세었다.

"이런 썅."

본이 말했다.

"내가 제비정 밖으로 나오지 못하게 했기 때문에, 자넨 들라이즈에게 전자 열쇠를 맡겨뒀지. 그가 방법을 알고 있었거나 도움을 받았다면 암호를 깨고 사본을 만들기에 충분하고도 남는 시간 동안. 그랬다면 그놈은 나중에 언제든 제비정을 몰고 나올 수 있었을 테고, 언제 차고를 떠났든 등록된 건 자네의 전자 열쇠 서명일 거야."

할로웨이가 말했다.

"왜 나지?"

본이 물었다.

"자네가 내 대리인이니까, 채드. 자네가 나와 사이가 좋지 않다는 건 모두가 다 알아. 내가 자네의 골칫거리라는 사실도 모두가 알지. 자네와 내가 이런 일 저런 일로 언쟁을 벌인 기록은 뒤져보면 끝없이 나와. 내가 원하는 바를 얻어내려고 자네를 무시하거나 따돌리거나 다른 식으로 치고 지나간 예는 수도 없이 많고. 솔탄 판사가 보송이들을 더 연구해야 한다는 판결을 내린 지금은, 내가 이 행성에 사는 다른 모든 사람들의 일자리와 더불어 자네의 일자리도 위협한 셈이지. 모든 사정을 감안할 때 자네가 감정이 폭발해서 날 죽이기로 했다고 해도 별로 이상하지 않아. 자네는 내가 심리가 끝나자마자 집으로 돌아가리라 생각하고, 내가 있을 때 집을 태워버리기로 한 거야. 완벽하게 말이 되는 이야기지."

본이 걸음을 멈추더니 말없이 연석에 주저앉았다.

"완벽하게 말이 돼. 나처럼 채드 자네를 실제로 아는 누군가가 아니라면 말이야. 자네와 내가 좋지 않은 시간을 보내긴 했지만 난 자네가 훌륭한 사람이란 걸 알아. 그래서 미리 이 일을 경고해주는 거야."

본은 그대로 앉아서 고개를 저을 뿐이었다.

"자, 이제 돌아가야지."

할로웨이가 결국 본을 재촉하며 말했다.

"자네 생각이 틀릴 수도 있어."

본은 몇 분 동안 조용히 걷다가 말했다.

"그럴 수도 있지. 자네 사무실로 돌아갔다가 제비정을 가지러 차고에 나가보면 제비정이 얌전히 자네를 기다리고 있을지도 몰라. 그렇다 해도 세차는 철저히 해두는 편이 좋겠어. 반면에 돌아갔다가 내 말이 옳았다는 사실을…… 그리고 예심에서 증언을 하라는 통지를 받았다는 사실을 알게 될 수도 있지. 그런 경우라면 자네는 정황증거와 자네의 알리바이 부족이 합쳐져서 누군가를 곤경에서 구해내고 자네를 대신 그 자리에 밀어 넣으리라는 사실을 알게 될 거야."

"이 모든 걸 말해주면서도 내가 어떻게 벗어날 수 있을지를 말해주진 않는군."

본이 말했다.

"그건 말해줄 수 없어. 난 이미 하지 말아야 할 말까지 하고 있고, 내가 그럴 수 있는 유일한 이유는 자네나 내가 아는 한 아직 그놈들이 자네 제비정을 압수하거나 증언하라고 자네를 부르지 않았기 때문이야. 자넨 아직 심리 일정표에 들어가 있지 않아. 하지만 그렇게 될 거야. 그리고 그 전에 직접 몇 가지를 알아내야 해."

"이를테면?"

본이 물었다.

"이를테면 들라이즈를 곤경에서 구하는 게 자네를 늑대들에게 던져줄 만한 가치가 있는 일이라고 결정한 사람이 누구인가. 결정권자가 누구든 간에 그자는 자네가 무슨 짓을 하더라도 자기들에게 해를 끼칠 수 없다고 판단한 거야. 그러니 상대가 누군지 알아내면 다음 단계는 이거야. 그놈들에게 최대한 해를 끼칠 방법을 알아내는 것."

"그게 나에게 도움이 되지 않는다면 아무 의미가 없잖아."

"채드, 자네가 근본적으로 훌륭한 사람이라는 내 말뜻이 바로 그거야. 이런 식으로 말해보지. 살다 보면 때로는 이기고 때로는 지게 되어 있어. 하지만 자네가 진다는 것이 상대방이 이겨야 한다는 뜻은 아니야. 무슨 말인지 알겠나?"

“별로.”

“뭐, 어쨌든 생각해봐. 나중에 이해가 갈지도 모르지.”

셋은 모퉁이를 돌아서 자라 기업 행정지사 앞에 섰다.

“자네 정차역이야.”

할로웨이가 말했다.

“난 아직도 자네를 별로 좋아하지 않아.”

본이 할로웨이에게 말했다.

“난 자네에게 날 좋아할 만한 이유를 만들어준 적이 없어, 채드. 그리고 나 역시 자네를 그렇게 좋아하는 척하지는 않을 거야. 그저 내가 자네를 좋은 사람이라고 여긴다는 점만 알아둬. 자넨 좋은 사람이고, 자네 같은 사람이 사기당하는 건 부당해. 그리고 난 최대한 그런 일이 일어나지 않게 막아볼 거야. 됐나?”

“좋아.”

본이 말했다. 그는 충동적으로 할로웨이에게 손을 내밀었다. 할로웨이는 그 손을 잡았다.

“고마워.”

할로웨이가 말하고, 본은 고개를 끄덕인 다음 건물 안으로 들어갔다. 할로웨이는 본이 로비의 어둠 속으로 사라지는 모습을 지켜본 후 칼을 이끌어 길을 건넜다. 이자벨과 설리번이 기다리고 있는 곳으로. 칼은 곧장 이자벨에게 달려갔고, 이자벨은 기쁘게 칼을 쓰다듬었다.

“그쪽은 어때?”

설리번이 본에 대해 물었다.

“이젠 완전히 겁에 질렸어. 계획대로야.”

할로웨이가 대답했다.

"증언하라는 소환을 받으면 본이 어떻게 할까?"

설리번이 물었다.

"전혀 모르겠어."

할로웨이가 말했다.

"재미있겠군."

설리번이 말했다.

"바로 그거야."

할로웨이가 맞장구쳤다.

"그만해, 두 사람 다. 불쌍한 채드. 채드는 실제 인간이야. 두 사람이 가지고 노는 장기짝이 아니라고."

이자벨이 말했다.

"채드는 확실히 졸이야. 우리 졸이냐, 남의 졸이냐가 문제지. 그리고 최소한 우린 채드가 방화 누명을 쓰지 않게 막으려고 하고 있어. 생각해 보니 살인 미수도 있군."

할로웨이가 말했다.

"채드는 좋은 사람이야, 잭."

이자벨이 말했다.

"알아, 이자벨. 정말이야."

할로웨이의 말에도 이자벨은 그다지 수긍하는 표정이 아니었다.

"두 사람이 잡담을 나누러 나간 사이에, 이자벨과 난 흥미로운 소식을 들었어."

설리번이 말했다.

"뭔데?"

할로웨이가 물었다.

"우린 전근 통지를 받았어."

이자벨이 대답했다.

"우리 둘 다. 마크는 행성 자라 XI에서 법무팀장을 맡고, 나는 지구로 돌아가서 연구소를 하나 맡으래."

"언제 발효되지?"

할로웨이가 물었다.

"즉시 발효야."

설리번이 대답했다.

"우리 둘 다 지금 직위에서 해제되고 짐을 쌀 시간을 사흘 받았어. 우리가 타고 갈 빈스토크 수송선은 자네의 예심이 열리는 동안에 떠나게 되어 있고."

"참 놀랍지도 않은 우연의 일치로군."

할로웨이가 말했다.

"우리만이 아니야. 아널드 첸을 둘러싼 서류상의 혼란도 마법처럼 정리가 됐어. 첸은 우리와 같은 빈스토크 수송선을 타고 우라이에 가."

이자벨이 말했다.

"신이 났겠군."

할로웨이가 말했다.

"첸은 비참한 상태야. 그 문제로 나한테 전화해서는 통곡을 하더라. 새로운 지성체의 언어를 해독할 기회를 평생 기다려왔는데, 그러게 해주질 않으니까. 회사 측은 첸이 자기 파일에도 손을 못 대게 해버렸어. 나도 마찬가지고."

이자벨이 말했다.

"당신 파일이라면 나에게 아직 사본이 있어."

할로웨이가 말했다.

"그게 내가 통곡하지 않는 유일한 이유야."

이자벨이 말했다.

설리번이 다시 끼어들었다.

"회사는 환경보호국의 외계지성체 팀이 오기 전에 우리를 치워버릴 작정이야. 보송이들에 대해 조금이라도 아는 사람은 전부 다. 잭, 자네만 빼고 말이야."

"그게 불길하다고 생각하는군?"

할로웨이가 말했다.

"자네 생각은 다른가?"

설리번이 물었다.

"난 내 제비정이 하늘에서 떨어졌을 때부터 쭉 불길한 상태였어."

할로웨이가 대꾸했다.

"우린 당신이 걱정이야, 잭. 우리 둘 다 그래."

이자벨이 말했다.

"날 속이진 못해. 당신은 칼이 더 걱정이잖아."

할로웨이가 말했다.

"난 진지해, 잭."

이자벨이 말했다.

"나는 칼이 더 걱정이긴 해."

설리번이 말했다.

"그것 보라고."

할로웨이가 말했다.

"마크."

이자벨이 말했다.

할로웨이가 다시 말했다.

"이자벨, 마크. 두 사람이 받은 전근 명령은 아무것도 바꾸지 못해. 이 일들로 바뀌는 건 아무것도 없어. 오늘 아침 일어났을 때 우리에겐 준비할 시간이 사흘 있었어. 우리에겐 여전히 준비할 시간이 사흘 있어. 우리가 잘해낸다면, 필요한 시간도 사흘이면 충분해. 잘해내지 못한다면, 어차피 아무래도 상관없어질 거야. 당분간 미래는 알아서 돌아가게 놔두자. 우리에겐 사흘이 있어. 이제 작업에 착수하자."

22장

네드라 솔탄 판사가 착석하고 법정 안을 보았다.

"어디서 본 듯한 풍경이군요."

솔탄은 각자의 자리에 서 있는 할로웨이와 재니스 마이어를 향해 말했다.

"또 보송이라는 생명체에 대해 이야기하는 건가요, 변호인들?"

"아닙니다, 재판장님."

피고석에 나란히 선 들라이즈를 변호하는 마이어의 대답이었다.

"피고가 유인원 종류이기는 합니다, 재판장님."

할로웨이가 말했다.

"입조심하세요, 할로웨이 씨."

솔탄이 말하고 종이 한 장을 들어 올렸다.

"당신이 직접 변호를 한다고 써 있군요."

"제가 부탁할 만한 사람이 있기는 했는데, 오늘 이 행성 밖으로 추방당해서요. 제가 할 수밖에 없게 됐습니다."

"법정에서 스스로를 대변하는 사람에 대해 세상에서 뭐라고들 하는지 알겠지요, 할로웨이 씨."

"네. 잘 압니다. 하지만 저는 법에 대해서도 압니다. 심지어 변호사였던 적도 있죠."

"면허를 취소당했습니다."

마이어가 끼어들었다.

"법을 몰라서 면허를 잃은 건 아닙니다."

할로웨이가 말했다.

"그래요, 압니다. 지난번에 여기에서 벌인 곡예를 보고 당신 파일을 찾아봤습니다. 의뢰인에게 주먹을 날렸더군요."

솔탄이 말했다.

"맞아도 싼 작자였습니다."

"그랬을지도 모르지만, 이 자리에서 그런 짓을 했다가는 면허 취소 정도는 별것도 아니게 될 겁니다. 내 말 이해했습니까, 할로웨이 씨?"

"제 의뢰인을 때리지 않겠다고 맹세합니다."

"아주 재미있군요, 할로웨이 씨."

솔탄이 말했다.

"앉으세요."

모두 앉았다.

솔탄은 그녀가 무슨 말을 할지 정확히 아는 사람들 앞에서 수없이 여러 번 똑같은 장광설을 늘어놓았음을 짐작케 하는 어조로 말했다.

"이것은 판사 앞에서 진행되는 예심입니다. 개척행성의 성질상 대배심을 소집하기가 어렵거나 불가능할 경우, 원고와 피고의 쌍방 동의하에 판사가 소송 가능성이 있는 사건의 증거 및 증인을 검토하여 민사 혹은 형사상의 정식 재판으로 진행할 만한 근거가 있는지 여부를 결정하게 됩니다. 원고와 피고는 이와 같이 요청합니까?”

“네, 재판장님.”

마이어가 대답했다.

“네, 재판장님.”

할로웨이가 대답했다.

“변호인은 이 심리가 판사 단독으로 증거가 재판을 진행할 만큼 타당한가를 결정하기 위한 자리이며 재판 자체가 아니고, 따라서 증거 발견에 대한 관례적인 재판 규칙이 적용되지 않는다는 사실을 이해하고 있습니까? 다시 말해서 피고 측이나 원고 측, 또는 양측 모두 상대방이 호출한 증거나 증인에 대해 알지 못할 수 있습니다.”

“이해합니다.”

마이어가 대답했다.

“네.”

할로웨이가 대답했다.

“변호인은 정식 재판이 열릴 경우 그 전까지 이 예심에서 판사가 내린 결정과 판결에 법적 구속력이 있음을 이해하고 있습니까?”

솔탄이 말하고, 마이어와 할로웨이 둘 다 그렇다고 대답했다.

“좋습니다. 그러면 진행해봅시다. 할로웨이 씨, 들라이즈 씨를 어떤 죄목으로 고발합니까?”

“저희 집을 태웠습니다.”

“그러니까 방화죄로군요.”

"네, 방화죄입니다. 또한 제 별채를 불태우려다가 실패한 부분에 대한 방화미수죄, 개인 재산 파괴죄, 그리고 살인미수죄입니다."

"집이 불탔을 때 당신은 그 자리에 없었지요."

솔탄이 말했다.

"저희 집에 갔을 때 들라이즈 씨는 그 사실을 몰랐습니다."

할로웨이가 말했다.

"지나치게 멀리 나가지는 맙시다, 할로웨이 씨. 일단 방화죄와 개인 재산 파괴죄로 진행하겠습니다. 방화미수죄와 살인미수죄는 제출하는 증거에서 죄상이 분명해지면 다시 추가하겠습니다."

"좋습니다, 재판장님."

"마이어 씨, 혹시 당신의 의뢰인이 이 혐의들을 인정할 가능성이 있습니까?"

솔탄이 물었다.

"아닙니다, 재판장님. 제 의뢰인에게는 사건 당일 모든 시간대에 그의 소재를 설명해줄 증인들의 명단이 있습니다."

마이어가 말했다.

"물론 그렇겠지요."

솔탄은 메모를 하고 고개를 들었다.

"좋습니다, 할로웨이 씨. 원고 측 진술 먼저 하세요."

"감사드립니다, 재판장님."

할로웨이는 법정에 있는 대형 모니터에 연결하려고 인포패널을 집어 들었다.

"제가 보여드리고 싶은 첫 번째 증거는 저희 집의 감시 카메라 영상입니다. 저는 책상 위에 종일 돌아가는 카메라를 설치해두고 그 영상을 제 인포패널 저장공간으로 보냅니다. 실제 카메라가 화재에 파손된 이번 같은 경우에 편리하죠."

"보안이 되는 카메라로 찍은 영상인가요?"

마이어가 물었다.

"아닙니다."

"그렇다면 당신이 영상을 조작했을 가능성이 있군요."

"저는 이 영상이 조작되거나 편집되지 않았다는 사실을 기꺼이 법정에서 선서할 용의가 있으며, 공개 법정에서도 똑같이 증언할 수 있습니다."

할로웨이가 말했다.

"나중에 하지요. 일단은 영상을 봅시다."

솔탄이 말했다.

"네, 재판장님."

할로웨이는 영상을 틀었다. 영상이 모니터에 흘러나왔다. 제비정이 할로웨이의 주거지에 착륙하고, 제비정에서 남자가 걸어 나오고, 남자가 문과 창문이 열리나 시험해보고, 보송이들을 만나고, 아가를 짓밟고 얼룩이와 싸우는 영상이었다. 할로웨이가 슬쩍 보니 마이어는 그 남자가 아가에게 한 짓에 끔찍해하는 얼굴이었고, 들라이즈는 움직임 없이 앉아 있었다.

"멈추세요."

갑자기 솔탄이 말했다. 할로웨이는 영상을 멈췄다. 판사가 그를 돌아보았다.

"농담하는 겁니까, 할로웨이 씨?"

"어떤 면에서 말입니까, 재판장님?"

"이 영상은 아직까지 방화와 관련된 장면을 전혀 보여주지 않았습니다. 대신 내 눈에는 어떤 남자가 작은 짐승들과 싸우고 죽이는 장면만 보이는군요. 역겹기는 하지만, 당신의 주장과는 아무 관련이 없습니다."

"우선 재판장님께 지금 살해당하는 장면을 보신 보송이들이 짐승인지 아니면 사람인지 여부가 판가름 나지 않았다는 사실을 말씀드립니다. 그리고 보송이들이 사람으로 판명된다면, 저희 집에 불을 지른 사람, 제가 들라이즈 씨라고 주장하는 범인은 적어도 한 건 이상의 살인죄 혐의 또한 쓰게 되겠지요."

"할로웨이 씨."

솔탄이 입을 열자 할로웨이는 재빨리 말했다.

"하지만 그 부분은 제 주장에서 중요하지 않고, 저는 살인죄 혐의를 제기하고 있지 않습니다. 그럼에도 이 남자가 보송이들에게 한 행동은 사건과 관련이 있으며, 곧 그 부분을 보시게 될 겁니다."

"그랬으면 좋겠군요."

"네, 재판장님. 사실 이제 나옵니다."

할로웨이는 다시 재생을 시작했다. 남자가 얼룩이를 땅에 팽개치고 총으로 쏘았다.

"저기 총이 있습니다. 자, 보송이가 제 오두막집 쪽으로 도망치는 모습이 보이죠. 남자는 계속 쏘아댑니다. 그리고 저기, 총탄 하나가 집 안으로 들어갑니다. 저는 이 총탄이 처음 화재를 일으켰다고 봅니다. 잠시만 기다리시면 연기가 피어오릅니다."

법정은 연기가 오르기를 기다렸고, 그러면서 남자가 아가를 짓밟고 쏜 다음 그 시신을 불타는 오두막집 안으로 던져 넣는 모습을 지켜보았다. 마이어는 금방이라도 토할 것 같았다.

'잘됐군.'

할로웨이는 생각했다.

할로웨이는 카메라가 망가지는 시점에서 재생을 멈췄다.

잠시 후에 솔탄이 말했다.

"마이어 씨, 반증 있습니까?"

마이어는 눈을 깜박이더니, 사건에 다시 집중하려 한다는 사실을 숨기기 위해 헛기침을 하고 말했다.

"이 영상은 한 남자가 우연히 할로웨이 씨의 집에 불을 질렀다는 사실을 보여주지만, 그 남자가 들라이즈 씨라는 사실을 보여주지는 않습니다."

"저 남자는 집에 침입하려고 한 후에 불을 질렀고, 그것은 범죄와 결부된 행동이었다는 뜻입니다. 연맹법상 3급 방화죄에 해당합니다."

할로웨이가 말했다.

"문제의 남자가 다른 이유로 찾아갔을 수도 있습니다."

마이어가 말했다.

"스키 마스크를 쓰고서 말입니까? 정글 속에서. 땀이 줄줄 흐르는 날에. 게다가 보십시오. 이 남자가 다른 누군가와 마주쳐서, 그게 인간이든 아니든 간에 그가 보인 첫 반응은 짓밟고 쏘아 죽이는 것입니다. 보송이들이 사람이라면 살인입니다. 저 남자는 사교적인 방문을 한 것이 아닙니다, 재판장님. 그리고 이제 제가 왜 저 방문의 목적 중 하나가 저를 살해하는 것이었다고 생각하는지 아시겠지요."

할로웨이가 말했다.

"이 영상을 근거로 살인미수죄를 다시 포함시키지는 않겠습니다. 하지만 재산 파괴만이 아니라 방화 혐의까지 주장할 만한 근거가 있다는 데에는 동의합니다."

솔탄이 말했다.

"그러나 저 비디오에 나온 어떤 장면도 문제의 남자가 제 의뢰인이라는 증명은 되지 않습니다. 사실상 그렇지 않다는 사실을 가리키는 증거만 있을 뿐이지요. 할로웨이 씨?"

마이어가 손을 뻗어 인포패널을 요구했다. 할로웨이가 건네주자 마이어는 영상을 맨 처음으로, 제비정이 착륙하는 장면으로 돌렸다.

"저기. 저 제비정입니다."

"그게 왜요?"

솔탄이 물었다.

마이어가 제비정을 가리켰다.

"측면에 찍힌 일련번호를 보십시오. 자라투스트라 기업 번호입니다. 이 제비정은 제 의뢰인이 평상시에 접속하는 보안 제비정이 아닙니다. 자라 기업의 계약 대리인들이 현장에 있는 계약업자들을 방문할 수 있도록 제공하는 모델입니다."

"그렇다면 저 번호를 자라 기업 데이터베이스에 돌려서 누구의 제비정인지 말해주세요."

솔탄이 말했다.

"그럴 필요도 없습니다. 이미 알고 있으니까요. 저 제비정의 주인은 바로 지금 법정 밖에서 반박 증인으로 증인석에 설 시간을 기다리고 있습니다."

■ ■ ■

"진실만을 말하겠다고 선서합니까."

솔탄이 말했다.

"네."

채드 본이 대답했다.

"설명과 직업을 말씀해주십시오."

솔탄이 말했다.

"채드 본, 자라투스트라 기업의 계약 대리인입니다."

본이 대답했다.

"진행하세요."

솔탄이 마이어에게 말했다.

"본 씨, 당신은 할로웨이 씨의 계약 대리인이지요?"

마이어가 물었다.

"네, 그렇습니다."

"얼마나 오랫동안 그 일을 하셨습니까?"

"이곳 자라 XXⅢ에서 지내는 동안 내내 할로웨이의 대리인이었습니다. 거의 7년쯤 되어갑니다."

"할로웨이 씨에 대한 당신의 일반적인 견해는 어떻습니까?"

"불경한 말을 써도 됩니까?"

"안 됩니다."

본의 질문에 솔탄이 대신 답했다.

"그렇다면 우리는 긴장된 관계를 유지했다고 말하는 게 최선이겠군요."

본이 말했다.

"특별한 이유라도 있습니까?"

마이어가 물었다.

"이야기하자면 길어질 텐데 시간 괜찮으세요?"

본이 물었다.

"핵심만 말씀해주시죠."

마이어가 말했다.

"잭 할로웨이는 개척연맹 환경보호국과 자라 기업의 규정을 위반하기 일쑤고, 시비 걸기를 좋아하며, 매사에 변호사 노릇을 하려 들고, 제가 뭔가를 못 하게 하려고 하면 저를 무시하는 데다가, 어느 모로 보나 재수 없는 놈입니다."

본은 할로웨이를 보면서 말했다.

"긍정적인 면은 없습니까?"

약간 얼떨떨해진 마이어가 물었다.

"저 친구의 개는 좋습니다."

본이 대답했다.

"본인이 할로웨이 씨를 싫어한다는 말을 한 적이 있습니까?"

마이어가 물었다.

"정기적으로 했지요."

본이 대답했다.

"본 씨, 당신의 제비정이 범죄를 저지르는 데 쓰였을 수도 있다는 사실을 아십니까?"

"며칠 전 제 제비정이 압수당했을 때 그렇게 추측했습니다."

"그래요. 우리는 그 제비정에서 소화 약제 잔여물을 찾아냈습니다. 할로웨이 씨가 집이 불타지 않게 막으려고 쓴 것과 동일한 제품입니다."

"그렇군요."

"우리는 또한 당신 제비정의 일련번호를 알아볼 수 있는 영상을 보았습니다."

"좋아요."

"본 씨, 할로웨이 씨의 오두막집이 불탄 날 어디에 있었는지 설명할 수 있습니까?"

"아파서 거의 하루 종일 집에 있었습니다."

"그렇다면 당신은 아무도 보지 못했고, 아무도 당신을 보지 못했군요."

"네."

마이어는 솔탄에게 돌아서서 새로운 범죄 가설을 소개할 준비를 했다.

"아, 잠깐만요. 정확한 대답이 아니었네요. 만난 사람이 있습니다."

본의 말에 마이어는 의도한 대사를 삼켰다.

"다시 한 번 말씀해주시겠습니까?"

"만난 사람이 있습니다."

"누굽니까?"

"저 친구요."

본이 할로웨이를 가리키며 말했다.

"저 친구가 발견한 태양석 층에 대해 작은 실수를 저질렀다는 이야기를 해줘야 했거든요. 알고 보니 그 태양석 층은 자라 기업 소유가 아니라, 저 친구 소유더군요."

"뭐라고?"

"뭐라고요?"

마이어와 솔탄이 이구동성으로 외쳤다.

"예. 저 친구가 태양석 층을 발견하기 직전에 제가 계약을 끝내버렸거든요. 그럴 이유가 있기는 했지만요. 그런데 잭이 발견에 대해 이야기했을 때 너무 흥분한 나머지 제가 깜박하고 잭의 계약을 재개하지 않았나 봅니다. 계약을 재개했으면 발견은 자라 기업에게 다시 양도되었겠지요. 집에 있을 때 계약서들을 검토해봤는데 잭의 계약서가 빠져 있더군요. 그래서 조사를 좀 해봤지요. 알고 보니 버터스 대 웨일랜드 판례와 부하이트 대 자라투스트라 기업 판례 양쪽 모두에 의거해 잭이 태양석 층의 실 소유주더라고요. 자라 기업이 다시 빼앗으려고 할 수는 있겠지만, 그랬다가는 그린 대 윈스턴 판례에 다시 맞닥뜨리게 될 테고, 지난번에 자라 기업이 그 판례에 맞섰을 때를 생각하면 그런 위험을 감수하고 싶진 않았어요. 그래서 전 잭에게 알려줘야겠다는 의무감을 느꼈죠. 그날 잭이 오브리타운에 있다는 걸 알고 있었기에, 가서 그 이야기를 해줬습니다. 잭이 1조 2000억 크레디트의 재산에 대해 알고 싶어 할지도 모른다고 생각했으니까요. 저라면 알고 싶었을 거예요. 누군들 안 그럴까요?"

법정 안에 죽음과도 같은 정적이 감돌았다.

결국 마이어가 외쳤다.

"작작 해요! 진심으로 할로웨이가 그 태양석 층의 소유자라고 믿는
건 아니겠죠."

"그게 맞아요. 제 실수 때문에요. 유감입니다."

"유감? 당신의 소재에 대한 유일한 증인이 원고이고, 그가 방금 당신
이 자라 기업의 돈 1조 크레디트를 퍼준 사람인데 유감? 정말이지 나도
유감이라는 표현을 쓰고 싶네요."

"이 시점에서 제가 이의를 제기해도 되겠습니까?"

할로웨이가 손을 들고 물었다.

"뭡니까, 할로웨이 씨."

솔탄이 말했다.

"저만 그렇게 들은 건가요, 아니면 피고 측이 단 한 문장 안에 제 오
두막에 불을 지른 사람이 증인이라는 암시부터 증인과 제가 짜고 자라
기업을 털었다는 의견까지 담아낸 게 맞습니까?"

할로웨이가 물었다.

솔탄은 마이어 쪽을 보았다.

"일리 있는 지적입니다, 마이어 씨."

마이어가 말했다.

"재판장님, 진술 내용에 상관없이 이는 대단히 의심스러운 일입니다.
제 의뢰인을 방화죄로 고발하고 있는 할로웨이 씨가 본 씨에게 알리바
이를 제공할 수 있는 유일한 사람이라니요."

"아, 마크 설리번도 그 자리에 있었습니다."

할로웨이가 말했다.

"뭐라고요?"

마이어가 말했다.

"채드가 이 문제로 찾아왔을 때 저는 설리번의 집에 있었거든요. 믿을 만한 증인이 될 겁니다. 어쨌든 마이어 씨의 부하 직원이었으니까요."

할로웨이가 말했다.

"좋습니다. 서기를 보내어 설리번 씨를 데려오지요."

솔탄이 말했다.

"그건 불가능합니다."

마이어가 말했다.

"어째서요?"

솔탄이 물었다.

"마이어 씨를 제치고 승진했거든요. 행성 자라 XI의 새로운 자라 기업 법무팀장입니다. 오늘 떠나지요."

할로웨이가 대답했다.

"떠나기 전입니까, 떠난 후입니까?"

솔탄은 마이어와 할로웨이를 번갈아 보며 물었다.

"떠났습니다."

마이어가 대답했다.

"떠나기 전입니다."

할로웨이가 대답했다.

"세 시간 후에 출발하는 수송선입니다. 아마 빈스토크 승객 대기실을 어정거리고 있겠지요."

솔탄은 마이어를 주의 깊게 바라보며 말했다.

"앞으로의 진행을 위해 참고로 말해두자면, 마이어 씨, 누군가가 아직 행성 표면에 있다면 그 사람은 떠난 것이 아닙니다."

"알겠습니다, 재판장님."

마이어가 말했다.

"서기에게 지시해서 설리번 씨의 승선표를 취소하고 다음 수송선으로 다시 예약하게 하겠습니다. 다른 서기를 보내어 설리번 씨를 찾아서 여기로 데려오게 하지요. 30분 정도 걸릴 겁니다. 그때까지 휴정합니다."

솔탄은 그렇게 말하고 일어서서 본을 쳐다보았다.

"내려가도 좋습니다만, 다른 곳으로 가서는 안 됩니다."

솔탄의 말을 듣고 본도 일어섰다.

"잠시 그쪽으로 가도 되겠습니까, 재판장님?"

마이어가 물었다.

솔탄은 눈을 껌벅였다.

"휴정한다는 말의 어떤 부분에 문제가 있나요, 마이어 씨?"

"제발 부탁드립니다, 재판장님."

마이어가 말했다. 솔탄은 짜증을 내며 자리에 앉아서 마이어와 할로 웨이에게 앞으로 나오라고 손짓했다.

"태양석 층의 처분 문제를 이야기해야 합니다."

마이어가 말했다.

"아니요. 본 씨의 알리바이를 입증하는 부분을 제외하면, 그 문제는 이 사건과 무관합니다."

솔탄이 답했다.

"이 행성에서 벌어지는 다른 모든 일들과 관련이 있는 문제입니다. 본 씨는 공개 법정에서 자라 기업이 그 광석층에 대한 권한을 갖지 않는다고 증언했습니다. 저희 회사를 위험한 상황에 몰아넣는 발언입니다. 예심 판결을 받아야겠습니다."

마이어가 말했다.

"이 심리가 끝난 후에 하지요."

솔탄이 말했다.

"오래 기다리면 기다릴수록 회사 측이 들이미는 법적 근거도 지독해지겠죠. 이해관계자로서 말하는데, 저도 예심 판결을 받는 데에 찬성합니다. 빠를수록 좋습니다."

할로웨이가 말했다.

솔탄은 다시 눈을 가늘게 뜨고 말했다.

"좋아요. 둘 다 내 방으로 오세요. 10분 후입니다. 원하는 주장을 진술하되 빨리 하세요. 설리번 씨가 이 법정에 발을 들이는 순간 예심을 재개할 테니까요."

■ ■ ■

혼자 있을 때도 비좁은 솔탄의 판사실에 여섯 명이 들어가니 밀실 공포증이 일어날 지경이었다. 솔탄, 마이어, 할로웨이에다가 채드 본도 있었고, 마이어가 미친 듯이 불러들인 브래드 랜던, 휘턴 오브리 7세가 있었다.

"아늑하구먼."

할로웨이가 벽에 바짝 붙어서 말했다.

책상 앞에 앉은 솔탄이 할로웨이에게 눈길을 한번 주더니 마이어를 돌아보았다.

"하세요. 빨리."

"본 씨에게는 할로웨이 씨에게 그 광석층의 통제권을 허락할 권한이 없습니다. 본 씨는 계약 대리인이지 이사회 중역이 아닙니다."

마이어가 말했다.

"그 부분은 아무 관련이 없다는 점을 지적합니다. 본은 자기에게 권한이 있다고 말한 적이 없습니다. 제 계약을 무효로 만들었다고 했을 뿐입니다. 본이 무효로 만든 순간, 버터스 판례가 적용됩니다. 따라서 제 광석층입니다."

할로웨이가 주장했다.

"당신의 계약이 무효가 되었다면 그 후 당신은 불법으로 이 행성에 머무른 셈입니다."

마이어가 할로웨이에게 말했다.

"회사에 대한 충성심은 잘 알겠지만, 마이어 씨, 사실 자라 기업의 규정은 개척연맹법과 같지 않아요. 비계약 측량인이 자라 XXⅢ에 있으면 규정에 어긋나는 것은 맞습니다. 하지만 법에 어긋나지는 않습니다. 그리고 어차피 그 규정을 강제하는 것은 자라 기업의 몫입니다. 회사에서 굳이 저를 문까지 바래다준 적이 없다고 해도 제가 비난받을 일은 아니죠."

"그 부분은 바로잡을 거야."

오브리가 말했다. 순간 랜던이 보일락 말락 하게 움찔했다.

그 즉시 솔탄이 허리를 꼿꼿이 펴면서 랜던이 움찔한 이유가 분명해졌다.

"한 번만 더 내 앞에서 그런 발언을 했다간 당신 회사의 유치장에서 시간을 보내게 될 겁니다, 오브리 씨."

솔탄의 말이 끝나자 할로웨이가 끼어들었다.

"괜찮습니다, 재판장님. 제가 가까이에서 감독할 수 없다면 제 태양석 층에 대한 어떤 개발도 허용하지 않을 생각이라는 말은 해둬야겠지만요. 잘 도와줄 사람들을 구하기가 어렵거든요."

"조용히 하세요, 할로웨이 씨."

솔탄은 본에게 고개를 돌렸다.

"본 씨, 그 태양석 층을 발견하기 전에 할로웨이 씨의 계약을 말소한 것이 확실합니까?"

"네, 재판장님."

본은 판사에게 인포패널을 건넸다.

"여기 이게 계약 종료 명령입니다. 몇 분 후에 할로웨이 씨와 제가 태양석 층 발견에 대한 새로운 조건을 협상하여 원래 계약서에 덧붙인 부칙을 승인한 기록이 보이실 겁니다. 하지만 부칙이 덧붙여졌어야 할 계약 자체가 재개되지 않았기 때문에, 부칙도 무효로 돌아가죠."

솔탄은 몇 분 동안 인포패널을 보다가 마이어를 쳐다보았다.

"아무도 한 번 더 확인할 생각을 못 한 겁니까?"

마이어는 긴장한 목소리로 대답했다.

"모든 계약서는 표준 양식에 따르고 대리인을 통해서 처리됩니다. 법무팀에서는 대리인이 표시를 했을 경우에만 계약서를 봅니다."

솔탄은 본을 돌아보았다.

"그리고 당신은 계약서에 표시를 하지 않았군요."

"부칙에는 표시했죠."

본이 그렇게 말하고 문서 내력을 띄우려고 잠시 인포패널을 돌려받 아갔다.

"특이한 조항이 있는 건 부칙이었으니까요. 표준 계약서는 표준이었 기 때문에 표시할 이유가 없었어요."

"계약서의 효력을 재개해야 한다는 사실을 잊은 것만 빼면 말이죠."

솔탄이 인포패널을 다시 받아들며 말했다.

"그렇습니다, 재판장님."

"부칙에 들어간 서명은 당신 것이군요, 마이어 씨."

"네."

솔탄은 인포패널을 내려놓았다.

"복잡할 것도 없군요. 계약서가 없다면 버터스 판례가 적용됩니다."

"할로웨이 씨는 계약서가 있다고 믿고 있었습니다."

마이어가 말했다.

"할로웨이 씨가 지금 존재하지 않는 계약서를, 단지 자기가 존재한다 고 믿었다는 이유만으로 지켜야 할 법적인 의무가 있다는 얘깁니까? 아 니죠, 마이어 씨. 지금 불로소득을 얻고 있는 쪽은 자라 기업입니다. 어 쨌든 즉각적인 예심 판결을 원했지요. 판결은 이렇습니다. 나는 할로웨 이 씨에게 유리한 판결을 내리며 정식 재판 일정을 잡겠습니다. 민사소 송이며, 내 기억이 맞다면 귀사는 그 전에도 재판이 몇 건 걸려 있지요. 그러니 1년 후에 심리를 갖겠습니다."

솔탄이 말했다.

"일정을 당겨주시기를 부탁드립니다, 재판장님."

마이어가 말했다.

"고려해보겠지만, 오늘은 아닙니다."

솔탄이 말했다.

"이 결정으로 자라 XXⅢ에서 이루어지는 작업은 모두 정지 상태에 빠질 겁니다. 수만 명이 일자리를 잃을 테고요. 이미 판사님의 예심 판결 때문에 실직한 사람들이죠. 본인들만 아직 모를 뿐이지."

브래드 랜던이 말했다.

"그건 모두 할로웨이 씨에게 달린 일 아닌가요?"

솔탄이 말하면서 할로웨이를 쳐다보았다.

"일반 노동자들을 걱정하는 자라 기업의 마음 씀씀이에 깊이 감동했다고 해야겠군요. 그러니 얼마든지 태양석 층에 대한 작업을 계속해도 좋습니다. 제 요구는 총 수익의 절반뿐입니다"

랜던이 하얗게 질려서 말했다.

"반이라고."

"제가 더 가져야 한다고 생각하시지 않는다면요."

"그동안 기계와 인력에 드는 비용은 자라 기업이 감당해야 할 텐데."

오브리가 말했다.

"마이어 씨가 말한 대로, 이 행성에는 자라 기업 고용인과 계약업자들만 머물 수 있지요. 그 상황을 바꾸고 싶다면 언제든 알려주세요. 그때까지는 댁들이 감당할 비용입니다."

할로웨이가 대꾸했다.

"이건 공정한 비용 분담이 아닙니다."

랜던이 입을 열었지만, 할로웨이가 그 말을 끊었다.

"수익의 절반이냐, 아무것도 못 받느냐 중에 고르세요. 받아들이든지 말든지."

랜던은 오브리를 쳐다보았고, 오브리는 보일락 말락 하게 고개를 끄덕였다.

"좋습니다."

랜던이 말했다.

"좋아요, 모두 행복해졌군요."

솔탄이 말하고 일어섰다.

"이제 부디 나가주세요. 나도 처리해야 할 다른 일들이 있습니다."

솔탄은 작은 개인 화장실 문을 열고 그 속으로 사라졌다.

오브리는 서기 의자에 앉은 본을 건너다보고 말했다.

"벌레 새끼 같으니. 넌 다시는 직장을 구하지 못할 거다. 내가 약속하지."

본은 그 시선을 맞받으며 말했다.

"글쎄요. 당신 변호사가 이미 그렇게 만들고 있지 않았던가요? 지금과 아까 전의 차이라고는, 내 경력과 인생을 망쳐놓기로 한 결정이 방금 막 당신에게 6000억 크레디트의 대가를 치르게 했다는 점뿐이죠. 그만한 가치가 있었길 바랍니다, 오만한 멍청이 씨."

본은 일어서서 판사실을 떠났다.

■ ■ ■

"성명과 직업을 말하세요."

솔탄이 말했다.

"마크 설리번, 변호사입니다. 현재는 일시적인 실직 상태입니다."

설리번이 대답했다.

"설리번 씨, 할로웨이 씨가 댁을 찾아간 날, 방문객이 있었습니까?"

솔탄이 물었다.

"할로웨이 씨는 빼고 말씀이시겠지요."

"그렇습니다."

"두 명 있었습니다. 잭의 개까지 치면 셋이군요. 잭과 잭의 개를 빼면 우리 둘 모두의 친구인 이자벨 왕가이가 왔습니다. 그리고 채드 본이 잠시 잭을 찾아왔습니다."

"두 사람이 무슨 이야기를 했는지 아십니까?"

"아니요. 두 사람은 조용히 이야기했고, 그 후에도 잭은 그 일을 저와 의논하지 않았습니다. 그러다가 이자벨이 도착했고 우리는 다른 일들을 이야기했습니다."

설리번의 대답이 끝나자 솔탄은 마이어를 보았다.

"질문 있습니까?"

"없습니다, 재판장님. 저희에게는 여전히 사건 당일에 들라이즈 씨가 어디에 있었는지 증언할 증인들이 있습니다. 이 자리에서는 본 씨가 사건에 개입된 바 없다는 사실만 밝혀졌을 뿐입니다."

마이어가 말했다.

"본 씨는 그만하면 충분하다고 할 것 같군요. 설리번 씨, 내려가도 좋습니다. 서기가 빈스토크 터미널까지 다시 데려다 드릴 겁니다."

"괜찮으시다면 남고 싶습니다. 어차피 제 수송선은 열두 시간 후에나 떠납니다."

설리번이 대답했다.

"원하는 대로 하세요. 자, 할로웨이 씨. 두 번째 증거를 제출해주시죠."

23장

할로웨이가 말했다.

"고맙습니다, 재판장님. 자, 마이어 씨가 정확하게 지적한 대로, 앞서 제출한 증거는 방화가 일어났다는 사실만 보여줬습니다. 제 주거지에 착륙해서 보송이들을 폭행하고 죽였으며 그 과정에서 제 오두막에 불을 지른 남자의 신원은 밝혀주지 않았지요. 감시 카메라가 있다는 사실을 알았는지 몰랐는지, 문제의 남자는 자신의 정체를 주의 깊게 숨겼습니다. 스키 마스크를 썼지요. 장갑도 꼈습니다. 잡화점에서 자라 기업 노동자와 계약 측량업자 수천 명에게 판매한 평범한 부츠를 신었습니다. 의도적으로 신원 확인을 피하려 한 것은 분명합니다.

하지만 그 남자가 의도하지 않은 일이 일어났습니다."

할로웨이는 이전 영상의 짧은 발췌본을 불러냈다. 남자가 얼룩이에게 갑작스러운 얼굴 공격을 받는 장면이었다.

"이 남자에게는 분명히 보송이에게 한 방 먹을 의도가 없었습니다. 그가 얼마나 놀랐는지, 코를 떼어내고 눈알을 파낼 작정으로 덤비는 작은 생명체를 다룰 준비가 얼마나 안 되어 있는지 보십시오."

할로웨이는 이를 갈고 있는 들라이즈를 똑바로 보았다.

"고양이만 한 상대에게 저렇게 철저히 교육을 받다니 정말 놀랐겠지요. 자, 이 부분을 다시 봅시다."

"밝히려는 바가 없다면 안 됩니다, 할로웨이 씨."

솔탄이 말했다.

"옳은 말씀입니다, 재판장님. 실제로 저에게는 밝히려는 바가 있습니다."

할로웨이는 다시 한 번, 이번에는 느리게 영상을 재생했다.

"색안경을 낀 해설은 제처놓고, 이 보송이는 남자의 얼굴에 진짜 손상을 입히고 있습니다. 꽤 심각하게 긁힌 자국과 물린 자국, 베인 상처가 나고 있지요. 일주일 전에 일어난 일입니다."

할로웨이는 영상을 중간에 멈추고 원고석으로 가서 폴더에 끼워둔 사진을 한 장 꺼내어 솔탄에게 내밀었다.

"제가 사흘 전 보안 등급 카메라를 써서 찍은 들라이즈 씨의 사진입니다. 얼굴에 어떤 식으로 생채기가 났는지 보실 수 있습니다. 사실……."

그는 들라이즈가 앉은 자리를 가리켰다.

"공격받고 일주일이 지난 지금도 그의 얼굴에 남아 있는 상처를 보실 수 있지요."

솔탄이 마이어 쪽을 보았다.

"아마 그 상처에 대해서도 다른 설명이 있겠지요."

"있습니다, 재판장님."

마이어는 대답하고 나서 들라이즈 쪽을 보고 고개를 끄덕였다.

"그날 전 취했습니다. 워렌의 술집에서 너무 마셔서 집에 가다가 덤불에 얼굴을 처박았죠."

"축하합니다."

솔탄이 그렇게 반응하자 들라이즈는 어깨를 으쓱였다.

"자랑스럽지는 않지만, 그렇게 됐습니다."

"할로웨이 씨?"

솔탄이 물었다.

"흠, 저야 조가 얼마나 술을 좋아하는지 아니까 보통 때라면 저 말을 철석같이 믿었을 겁니다."

할로웨이가 말하고 다시 원고석으로 돌아가서 그래프와 문자가 찍힌 종이 한 장을 빼냈다.

"하지만 DNA 증거가 있다면 어떨까요."

솔탄은 찌푸린 얼굴로 그 종이를 받아들었다.

"당신 오두막에 불을 지른 남자가 DNA를 남겼다고요."

"확실히 그랬습니다."

할로웨이는 다시 원고석으로 걸어갔다.

"상상이 가실지도 모르겠습니다만, 남자가 보송이들을 공격하고, 보송이들이 맞서 공격했을 때 피가 많이 흘렀습니다. 저는 그 피를 검사했습니다. 권총 사격과 잔인한 물리 공격을 생각하면 당연히 대부분은 보송이의 피였죠. 하지만 인간의 피도 충분히 있었습니다."

"마이어 씨?"

솔탄이 물었다.

"원고가 직접 DNA 증거를 수집하고 처리하는 게 말이 됩니까, 재판장님?"

마이어가 물었다.

"저는 방화와 재산 파괴 혐의로 자라 기업 보안요원을 기소했습니다. 그리고 이곳의 보안대는 규모가 작지요. 제게는 자라 기업 보안대가 수집하고 가공한 증거물은 무엇이든 오염될 여지가 있으리라 의심할 만한 이유가 있습니다. 그리고 사실 이 DNA 증거는 보안사무소가 DNA 증거 분석을 맡겼을 곳과 똑같은 자라 기업 생물학 실험실에서 수집하고 가공했습니다. 저는 그저 중개인을 건너뛰었을 뿐입니다."

할로웨이가 대답했다.

"그 피를 할로웨이 씨의 주거지 바닥에서 채취했습니까?"

마이어가 물었다.

솔탄은 할로웨이를 보았다.

"네."

할로웨이가 대답했다.

"그 주거지 바닥에는 소화 약제가 넘쳐흘러 있었습니다. 소화 약제의 화학 성분이 피를 희석하고 분해했을 겁니다. 그런 출처에서 나온 DNA 기록은 의심스럽습니다."

마이어가 지적했다.

"제 동료의 말이 전적으로 옳습니다."

할로웨이는 말하고 나서, 자기가 그녀의 동료라는 암시를 듣고 마이어가 표출한 분노에 주목했다. 그는 원고석 아래에 손을 뻗었다. 그리고 그 안에 보관했던 튼튼한 냉각용기를 원고석 위로 들어 올렸다.

"다행히도 우리에게는 조직 표본에서 얻을 수 있는 DNA도 있습니다."

할로웨이는 용기의 뚜껑 걸쇠를 풀기 시작했다.

"무엇에서 나온 조직 표본 말입니까?"

솔탄이 물었다.

"무엇이 아닙니다."

할로웨이는 그렇게 말하고 뚜껑을 열었다.

"누구라고 해야겠죠."

그 말과 함께 할로웨이는 냉각용기 안에 손을 넣어 부드럽게 얼룩이를 꺼냈다. 그는 보송이의 시신을 탁자 위에 올려놓았다. 마이어가 저도 모르게 헉 소리를 냈다.

"법정 안에 사체를 가져올 필요는 없습니다, 할로웨이 씨."

솔탄이 날카롭게 말했다.

"외람되지만 그 말씀에는 동의하지 않습니다, 재판장님. 제가 시신을 가져오지 않았다면 마이어 씨가 증거의 신빙성을 받아들였을지 의심스럽습니다. 여기에는 두 가지 유형의 증거가 있지요."

할로웨이는 얼룩이의 작은 손을 들어 올렸다.

"첫 번째는, 보송이의 손톱 아래에 묻은 인간의 피부와 피입니다."

할로웨이는 얼룩이의 손을 부드럽게 내려놓고 다시 냉각용기 속에 손을 집어넣어 작은 단지를 꺼냈다.

"두번째는, 이 보송이에게서 빼낸 총탄입니다."

그는 폴더에 손을 넣어 세 번째 종이를 뽑아낸 다음, 총탄과 종이를 판사에게 가져갔다.

"여기 들라이즈 씨가 소유한 권총을 모두 압수해서 법과학적인 탄도 분석을 수행해달라는 요청서입니다."

그러자 마이어가 반박했다.

"저 총탄이 어디에서 나왔을지는 모르는 일입니다. 저 생명체의 몸에 난 총알구멍이 바로 저 총탄이 낸 구멍이라는 사실을 의미하지는 않아요."

"이 총탄은 자라 기업의 생물학자가 꺼냈습니다. 같은 생물학자가 DNA 검사를 하고 그 결과를 고용 데이터베이스에 기록된 표본들과 대조하기도 했지요. 분명 그 사람은 기꺼이 증언을 했을 겁니다."

할로웨이의 말에 솔탄이 고개를 들었다.

"기꺼이 했을 거라니요?"

"지구로 전근되었습니다. 설리번 씨가 탈 예정이었던 것과 같은 수송선으로요."

솔탄은 마이어 쪽을 보았다.

"마이어 씨, 하필이면 할로웨이 씨에게 정말 도움이 되는 사람들만 골라서 갑자기 이 행성 밖으로 전근 발령을 내린 특별한 이유가 있습니까?"

"분명히 우연입니다."

"아하, 그래요. 증언을 할 수 있도록 서기들을 보내어 다시 한 번 수색하고 구출해오게 하겠습니다. 할로웨이 씨, 그동안 그 사체는 다시 넣어주세요. 당분간 그 증거물을 압수해야겠습니다."

"네, 재판장님."

할로웨이는 다시 얼룩이 쪽으로 걸어가서 부드럽게 냉각용기 속에 얼룩이의 몸을 집어넣었다. 뚜껑을 다시 닫자 냉각용기의 축전지가 조용한 진동음을 냈다. 할로웨이는 냉각용기를 가져다가 판사 옆에 내려놓았다.

마이어가 말했다.

"우리는 문제의 생물학자가 이자벨 왕가이 박사라는 점에 주목해야 합니다. 왕가이 박사는 할로웨이 씨와 사귄 과거가 있습니다."

"알고 있습니다. 그래서 이 동물을 압수하는 것이기도 하지요."

솔탄이 말했다.

"동물이 아닙니다."

할로웨이가 말했다.

"생명체로 정정하겠습니다. 만족합니까, 할로웨이 씨?"

"네, 재판장님."

"독자적으로 이 생명체의 손톱 밑에 있는 DNA 검사와, 들라이즈 씨의 무기에 대한 탄도학 검사를 지시하겠습니다."

솔탄이 말했다.

"그…… 생명체의 시신은 내내 할로웨이 씨의 손안에 있었습니다. 그 증거는 오염되었을 것이 거의 확실합니다."

마이어가 말했다.

"어떻게요?"

할로웨이가 의아한 표정으로 물었다.

"제가 무언가 수를 써서 들라이즈 씨의 살을 긁어내 보송이의 손톱 밑에 밀어 넣었다는 겁니까? 조금 복잡한 이야기로군요."

"사체는 이제 제 수중에 있고, 어떤 조작의 흔적이 있는지 검사할 겁니다. 두 분이 반대하지 않는다면 말입니다."

솔탄이 말했다.

"반대 없습니다, 재판장님."

마이어가 말했다.

"이제 제가 왜 시신을 가져왔는지 아시겠지요, 재판장님. 시신이 없었다면 마이어 씨의 반대가 어떤 결과를 불러왔을지 생각해보십시오."

"눈길을 끌자고 과장하는 행위는 이제 그만하세요, 할로웨이 씨."

"사과드립니다, 재판장님."

"서기가 빈스토크에서 왕가이 박사를 데려오는 동안 다시 30분간 휴정입니다."

솔탄이 그렇게 말하고 일어섰다.

"30분 후에 봅시다."

솔탄은 판사실로 돌아갔다. 할로웨이는 원고석에 앉아서 마이어와 들라이즈가 맹렬히 상의하는 모습을 지켜보았다.

설리번이 원고석 바로 뒤에 있는 방청석으로 다가갔다.

"저 친구 별로 기분이 좋아 보이지 않는군."

그는 들라이즈 쪽으로 고갯짓을 하며 할로웨이에게 말했다.

"그야 자라랩터에게 먹혔을 줄 알았던 보송이가 자기를 괴롭히러 돌아왔으니 그럴 테지. 마침내 저 둔한 머리에도 그냥 이 문제로 재판을 받아야 할지 모르겠고, 정말 재판으로 가면 지겠다는 생각이 드는 모양이야."

"그리고 자네는 그 사실을 즐기고 있지."

"젠장, 당연하지."

설리번이 미소 지었다.

"내가 아는 잭 할로웨이답군. 언제나 싸구려 현장에 열중할 준비가 되어 있는."

"싸구려가 아니지. 지금까지만 해도 자라 기업에 6000억을 물렸는걸."

"오전에 한 일치고 나쁘진 않네."

"오늘은 아직 한참 남았어."

"재니스가 왔군."

설리번이 말했다. 할로웨이가 고개를 들어보니 마이어가 앞에 서 있었다.

"이야기 좀 해요."

마이어가 말했다.

"물론이죠."

할로웨이도 일어섰고, 두 사람은 들라이즈와 설리번을 남겨두고 법정 밖으로 걸어 나갔다.

"전부 다 감당할 수 없는 수준으로 치닫고 있어요."

마이어가 빈 회의실로 걸어 들어가면서 말했다.

"그거야 내가 증거물로 당신 의뢰인의 엉덩이를 걷어차고 있기 때문에 하는 말이죠."

할로웨이가 말했다.

"우쭐해하지 마요. 동물 사체를 보여주는 건 예심으로 끝이고, 실제 재판에서라면 내가 박살을 낼 거예요. 젠장, 할로웨이. 당신 저걸 일주일은 붙들고 있었나요? 정말로 내가 그 부분에 대해 합리적인 의심을 이끌어내지 못할 거라 생각해요? 병적이라는 점은 넘어간다고 쳐도요."

"알겠어요. 그러니까 나에게 은혜를 베풀어 어른의 재판에서 엉덩방아를 찧는 망신살에서 나를 구해주고 싶다는 거군요."

"그러지 마요. 난 당신에 대해 알아요, 할로웨이. 당신이 이 짓을 생계로 삼았다는 걸 안다고요. 의뢰인을 때리기 전까지만 해도 잘나갔다는 것까지 알죠. 그리고 난 당신이 열정 때문에 의뢰인을 때린 게 아니라는 사실도 알아요. 당신은 결과를 얻기 위해 행동했고, 그 대가를 넉넉히 받았으며, 당신이 이 행성에서 보낸 시간은 사실 긴 휴가 같은 거였죠. 그러니까, 그래요, 할로웨이. 난 당신이 뛰어나다는 걸 알아요. 됐나요?"

"좋아요, 좀 낫군요."

"하지만 우리 둘 다 어차피 이건 다 개소리라는 사실을 알죠. 당신과 들라이즈 사이에는 쌓인 게 있어요. 좋아요. 들라이즈가 결국 선을 넘었어요. 좋아요. 들라이즈가 개자식이라는 데 모두 동의하고 이 정도에서 합의해요."

"제안은 뭡니까?"

"소송을 취하해요. 들라이즈는 유죄를 인정하지 않고 사과할 거예요. 자라 기업은 들라이즈를 해고하고 고용 기록에 다시는 보안 분야에서 일하지 못하게 하라는 내용을 넣을 테고요. 하지만 전과는 남길 수 없어요. 우린 들라이즈를 배에 실어 보낼 거고, 들라이즈는 평생 어딘가에서 접시닦이나 하면서 고마워할 거예요. 그리고 이 시점에는 당신에게 중요하지도 않겠지만, 억만장자 씨, 자라 기업은 당신의 오두막과 그 외에 화재 피해를 입은 모든 물건에 대해 배상하겠어요."

"다 해서 얼마요?"

"인색하지는 않을 거예요."

"그리고 보송이들은요?"

"보송이들이 뭐가요?"

"당신네 깡패가 하나를 밟았고, 또 하나를 쏘아서 둘 다 죽였어요.

그 목숨에 가치가 있기는 해야지요."

"액수만 불러요. 하지만 미친 소리는 하지 마요."

"나쁜 거래는 아니군요."

"당신은 원하는 걸 얻겠죠. 젠장, 모두가 원하는 바를 얻는 거래예요. 들라이즈가 보안 분야에서 퇴출되는 것까지요. 그 작자는 위험해요. 당신은 우주에 은혜를 베푸는 셈이에요."

"그야 조가 그 조건을 받아들이게 할 수 있다면 말이죠."

"그 부분은 걱정하지 마요. 그게 내 일이고, 난 일을 잘해요."

"분명히 그렇겠지요."

"그러면 거래 성사인가요?"

"절대 아니죠."

"싫다고요?"

"절대로. 어림도 없어요."

"이유를 물어봐도 될까요?"

마이어가 물었다.

"그건 마이어 씨, 당신의 뛰어난 기술과 지능에 경의를 표하기는 하지만, 문제는 당신이 내가 이 재판으로 무엇을 얻고 싶어 하는지 눈곱만큼도 모른다는 사실입니다."

■ ▨ ▨

이자벨의 증언은 김빠지는 것이었다. 네, 재판장님, 잭이 조사해달라고 시신을 가져왔습니다. 아니요, 재판장님, 제가 알기로는 어떤 방식으로도 조작이 가해지지 않았습니다. 네, 제가 직접 총탄을 끄집어냈습니다. 아니요, 저는 면허를 받은 검시관이 아닙니다. 네, DNA 검사는 예비 단계였습니다. 전근 통지를 받고 나흘 동안 실험실에 접근할 수 없었습니다. 아니요, 왜 저를 실험실에 가지 못하게 했는지는 모릅니다. 할로웨이는 증인석에서 걸어 나오는 이자벨에게 미소 지었다. 이제 친구들이 다 모인 셈이었다.

"할로웨이 씨, 피고 측 증거물로 넘어가기 전에 제시할 다른 증거가 있습니까?"

이자벨이 방청석에 앉은 후 솔탄이 물었다.

"물리적인 증거는 없습니다, 재판장님. 하지만 방화에 대한 증인이 있습니다. 들라이즈 씨가 마스크를 쓴 남자라고 확증할 수 있는 증인입니다."

"좋습니다. 증인을 데려오세요, 할로웨이 씨."

"증인은 제 제비정 안에 있습니다, 재판장님. 제비정은 주차장에 있고요."

"그렇다면 누군가를 보내세요."

"괜찮으시다면, 설리번 씨가 제 제비정의 모양새를 압니다."

"좋습니다."

솔탄이 짜증을 내며 말했다.

"빨리 하세요."

할로웨이는 설리번에게 고개를 끄덕이고 전자 열쇠를 건넸다. 설리번이 법정을 나갔다.

"증인을 제비정 안에 두고 온 이유가 있습니까, 할로웨이 씨?"

기다리는 동안 솔탄이 물었다.

"증인은 제 개와 같이 있고 싶어 했습니다."

할로웨이가 대답했다.

"증인이 당신과 개인적으로 관계가 있는 사람인가요, 할로웨이 씨?"

마이어가 물었다.

할로웨이는 미소 지었다.

"그렇게 말할 수도 있겠네요, 마이어 씨."

법정 문이 열리고 설리번이 걸어 들어왔다. 그 뒤를 따라오는 작은 그림자는……

아빠 보송이였다.

24장

"거기까집니다, 할로웨이 씨. 판사석으로 오세요. 당장."

솔탄이 말했다.

할로웨이는 판사석으로 다가갔다. 단독으로 결정을 내린 재니스 마이어도 같이 다가갔다.

"당신은 법정을 모독하고 있습니다."

솔탄이 침을 뱉듯이 말했다.

"증인을 소환한 게 말입니까, 재판장님?"

할로웨이가 물었다.

"나를 바보로 만들려 하고 있지 않습니까."

"재판장님을 바보로 만들 의도는 없습니다."

"정말인가요. 내가 앉은 자리에서 보기에는 당신이 하고 있는 일이 딱 그렇게 보이는데요. 그렇지 않다면 기회가 있을 때마다 심리에 이 동물들을 끼워 넣을 리가 있습니까."

"이들은 동물이 아닙니다."

할로웨이가 입을 열었다.

"지금 그런 논쟁은 시작할 생각도 마세요, 할로웨이 씨. 정말이지 그럴 기분이 아닙니다."

솔탄이 경고했다.

할로웨이는 솔탄의 분노를 더할 위험을 감수하고 말을 이었다.

"제가 이들을 심리에 끼워 넣은 것도 아닙니다. 보송이들에 대한 공격을 담은 영상과 공격받은 보송이의 시신은 피고의 죄목과 중요한 관련이 있습니다."

"하지만 당신은 우리의 감정을 가지고 장난을 치기 위해 이 생명체들을 이용하는 데 아무 거리낌이 없었지요. 그렇지 않나요."

마이어가 말했다.

"당신 감정에는 별로 관심이 없습니다, 마이어."

할로웨이가 대꾸했다.

"그리고 나는 내 감정을 가지고 놀려는 당신의 시도에 별로 관심이 없습니다."

솔탄이 할로웨이에게 말했다.

"우리는 사건을 구성하는 사실들을 살피기 위해 이 자리에 있습니다, 할로웨이 씨. 내가 이제까지 관대하게 넘긴 것은 당신이 사실들에 접근하려 하고 있다고 생각했기 때문입니다. 하나 이것은—"

솔탄은 이제는 법정 변호인석에 도착해서 흥미진진하게 세 사람을 지켜보고 있는 아빠 보송이 쪽으로 경멸하듯 고갯짓을 했다.

"—당신이 이 자리에 사실을 제시하기 위해 온 것이 아니라, 전혀 다른 짓을 하려고 왔음을 분명하게 보여줍니다. 과시용으로 사체를 법정에 가지고 들어온 것만으로도 충분히 나빴습니다. 산 채로 데려와서 나를 바보로 만드는 사태는 용납하지 않겠습니다. 당신은 내 관대함에 기대려다가 스스로를 궁지에 몰아넣었어요."

할로웨이는 단호하게 말했다.

"이 생명체는 증인입니다, 재판장님. 말씀하시는 대로 사실을 원하신다면, 제가 이 생명체를 소환하여 증언을 들을 수 있도록 해주십시오."

"그래서 어떻게 증언을 듣겠다는 거죠?"

마이어가 나섰다.

"갑자기 저들의 의사소통에 전문가가 되기라도 했나요, 할로웨이? 아니면 첸 박사를 불러서 통역을 시킬 계획인가요? 이 동물들에게 언어가 있다는 주장으로 학문적 생애 전반에 얻을 것이 있는 외계언어학자를 부르는 건 전혀 문제가 안 되거든요."

"당신이 내 잠재적인 증인에 대해 그렇게 걱정해주다니 흥미롭군요. 자라 기업이 내가 부를 증인을 죄다 빼돌리느라 얼마나 애를 썼는지 감안하면 말입니다."

할로웨이가 말했다.

"할로웨이 씨는 첸 박사를 소환하지 않습니다, 마이어 씨. 아무도 소환하지 않아요. 반복해서 말합니다, 할로웨이 씨. 당신은 법정을 모독하고 있습니다. 본 사건의 나머지 부분을 진행하기 위해 새로운 법적 대리인을 찾을 때까지 휴정하겠습니다. 심리를 재개하면 당신은 법정 안에 들어올 수 있고 새로운 법적 대리인과 소통할 수 있지만, 그게 다입니다. 심리가 끝나면 당신은 구금됩니다."

"저를 자라 기업 보안대의 사랑스러운 손에 맡기시겠다고요? 정말로 절 궁지에 몰아넣을 작정이시군요."

"그만하면 됐습니다, 할로웨이 씨."

솔탄이 말하고 일어섰다.

"제겐 증인이 있습니다, 재판장님. 제 증인에게 발언할 기회를 주셔야 합니다."

할로웨이가 큰 소리로 말했다.

"내 시간을 낭비하는 것도 여기까지입니다, 할로웨이 씨. 안 됩니다."

"그럼 전 이야기하지 못하나요?"

아빠 보송이가 높고 가늘지만 분명한 목소리로 물었다.

"전 이야기를 하러 왔어요. 제 이야기를 하러 왔어요. 이제 이야기하지 못하나요?"

■ ■ ■

할로웨이는 다른 누군가가 말을 할 때까지 머릿속으로 초를 헤아렸다. 아홉까지 셌을 때 솔탄 판사가 선 채로 말했다.

"내가 지금 제대로 들은 게 맞나요?"

할로웨이는 재빨리 말했다.

"제가 말씀드리려던 게 이겁니다, 재판장님. 제겐 증인이 있습니다. 증언할 준비가 된 증인입니다."

할로웨이는 마이어를 돌아보았다.

"그리고 통역자는 필요 없습니다."

그는 호기심 어린 눈으로 쳐다보고 있는 아빠 보송이를 보고 말했다.

"솔탄 판사님께 인사드려요."

아빠 보송이는 고개를 돌리고 판사를 보았다.

"안녕하세요, 솔탄 판사님."

보송이는 천천히 말했다.

솔탄 판사가 자리에 앉았다.

마이어가 유리한 입장을 되찾으려고 허둥지둥 말했다.

"할로웨이 씨가 문장을 외우도록 가르친 겁니다. 저 동물이 앵무새만큼 똑똑하다는 사실을 증명하는 일이죠."

"할로웨이 씨……."

솔탄이 입을 열었다.

"직접 대화해보십시오, 재판장님. 제가 속이려 든다고 생각하신다면 여기 이 보송이에게 말을 걸어보세요. 질문을 해보세요. 어떤 질문이든 좋습니다. 하지만 제안을 해도 된다면, 쉬운 단어를 쓰십시오. 어휘 폭이 넓지 않거든요."

할로웨이가 말했다.

"이건 말도 안 되는 짓입니다, 재판장님."

마이어가 말했다.

"재판장님, 제가 주목받기를 좋아할지는 몰라도 바보는 아닙니다. 정말로 제가 시킬 수 있는 일이 겨우 떠먹여준 단어와 문장을 외우는 것뿐이었다면 재판장님 앞에 이 생명체를 데려왔으리라 생각하십니까? 그런 속임수가 얼마나 갈까요? 질문이 한 차례만 돌면, 기껏해야 두 차례만 돌면 모든 것이 대본을 벗어나겠지요. 제가 재판장님이 물어보실 만한 모든 질문과 말에 어떻게 대답할지를 가르치기란 불가능합니다. 그리고 그다음에는요? 재판장님을 속이려고 해서 제게, 그리고 제가 들라이즈 씨를 상대로 벌인 소송에 무슨 득이 있겠습니까?"

할로웨이는 들라이즈를 손가락질했다.

"제가 얻을 수 있는 거라곤 저자의 친구들이 감시하는 보안 유치장에서 보낼 시간뿐이겠지요. 그러니, 아닙니다. 이건 속임수가 아니에요. 수긍이 갈 때까지 무엇이든, 얼마든지 물어보십시오."

"재판장님, 이런 조롱은 당장 멈춰야 합니다."

마이어가 말했다.

"조용히 하세요, 마이어 씨."

솔탄이 날카롭게 말했다. 마이어는 입을 다물었고, 할로웨이 쪽으로 독살스러운 눈빛을 보냈다. 할로웨이는 무표정을 유지했다. 솔탄은 말없이 판사석에 앉아서 조금 전에 일어난 사건을 곱씹었다.

잠시 후에 할로웨이가 판단을 촉구했다.

"재판장님, 이제 어떻게 할지 말씀해주셔야 합니다. 그리고 저는 제가 아직도 법정모독죄에 걸려 있는지 알아야 합니다."

솔탄은 할로웨이 쪽을 보았다.

"할로웨이 씨, 이 증인이 당신이 말하는 대로가 아니라는 증거를 조금이라도 찾아낸다면, 법정 모독죄는 당신이 해결해야 할 문제 중에 가장 작은 문제가 될 겁니다."

"좋습니다. 하지만 그래도 먼저 보송이에게 말을 걸어봐주십시오."

할로웨이와 마이어는 각자 자리로 돌아갔다.

솔탄은 여전히 테이블 위에 서서 태연히 그녀를 바라보고 있는 보송이를 내려다보았다. 솔탄은 말을 하려고 입을 열었다가, 다물었다가, '내가 이런 짓을 하다니 믿을 수가 없군' 하는 표정을 지었다. 그리고 다시 할로웨이를 쳐다보고 물었다.

"이……것에게 이름이 있습니까, 할로웨이 씨?"

"보송이에게 직접 물어보시죠."

솔탄은 보송이를 돌아보고 천천히 물었다.

"이름이 있나요?"

"네."

보송이가 대답했다.

잠시 정적이 흐른 후에 솔탄은 좀 더 의미를 있는 그대로 전해야 할지도 모른다는 생각을 해내고 말했다.

"부디 이름을 말해주세요."

"제 이름은……."

이 대목에서 정적이 지나가고.

"잭 할로웨이는 저를 '아빠'라고 부르지만 그건 제 이름이 아니에요. 제 이름은……."

솔탄이 어리둥절해서 고개를 들었다.

"이름을 듣지 못했는데요."

"들으실 수 없었던 겁니다. 보송이의 언어는 우리의 가청 범위를 벗어난다는 점을 기억하시죠. 영어로 이야기할 때는 최저 음역대로 말하는 겁니다."

할로웨이가 설명했다.

솔탄은 고개를 끄덕이고 보송이에게 물었다.

"아빠라고 불러도 될까요?"

"잭 할로웨이는 절 '아빠'라고 불러요. 당신은 저를 '아빠'라고 불러도 됩니다."

"이 상황을 어떻게 느끼나요, '아빠'?"

솔탄이 물었다.

"저는 보통 손으로 느껴요."

아빠가 대답했다.

"좀 더 직접적으로 질문하시는 편이 좋겠습니다."

할로웨이가 말했다.

"좋습니다. 아빠, 어떻게 우리 언어를 말하지요?"

"입으로요."

아빠는 그렇게 대답하고, 어떻게 이런 것도 모르고 어떻게 느끼는지도 모를 수가 있는지 의아하다는 듯한 눈빛을 솔탄에게 던졌다.

"아니 내 말은, 누가 당신에게 우리 언어를 가르쳐줬나요? 잭 할로웨이가 말하는 방법을 가르쳤나요?"

"당신들의 언어는 잭 할로웨이를 만나기 전에 알았어요. 어떤 사람도 당신들의 언어를 말하는 방법을 가르치지 않았어요. 앤디 알파카가 당신들의 언어를 말하는 방법을 가르쳤어요. 평평한 말하는 돌 안에 있는 앤디 알파카가 가르쳐줬어요."

"이건 말이 안 돼요. 전혀 말이 안 됩니다."

마이어가 말했다.

"평평한 말하는 돌이 뭐죠?"

솔탄이 물었다.

아빠 보송이는 몸을 돌려 할로웨이의 인포패널을 잡더니, 다시 몸을 돌려 판사에게 보여주었다.

"이것이 평평한 말하는 돌이에요. 당신들은 다른 말로 부르지요."

"인포패널이군요."

"네. 남자와 원숭이가 하늘에서 떨어졌고, 남자는 ―에게 죽었어요."

아빠가 보송이 말을 쓸 때는 들리지 않았다.

"우리가 무엇을 볼 수 있을지 보려고 제비정 안에 들어갔더니 평평한 말하는 돌이 있었어요. 돌이 우리에게 당신들의 언어를 가르쳤어요."

솔탄은 할로웨이를 보았다.

"통역하세요."

"샘 해밀턴이라는 측량업자가 있었습니다. 애완동물로 원숭이를 길렀지요. 그 친구 제비정은 추락했고, 샘은 자라랩터에게 죽었습니다. 보송이들은 제비정의 잔해를 확인하러 갔다가 샘의 인포패널을 찾았습니다. 샘은 거의 문맹이었기 때문에 읽는 법을 배우려고 아이들용 읽기 소프트웨어를 쓰고 있었어요. 적응 능력이 있는 소프트웨어라서 사용자의 이해 수준을 고려하고 기준을 맞추게 되어 있었습니다."

할로웨이의 말이 끝나자 마이어가 반박했다.

"이것들이 선진 기술품을 통해서 인간의 언어를 읽고 말하는 방법을 배웠다는 소리를 진심으로 하는 겁니까?"

"네, 인간 어린아이처럼요. 그 또한 놀랍지요."

"이것들과 달리 인간 어린아이는 언제나 말을 시키는 다른 인간에게 둘러싸여 있어요."

"그리고 인간 아이와 달리, 인포패널을 발견한 보송이들은 성인이었고, 인포패널이 무엇을 보여주는지 이해할 만큼 영리했지요. 당신은 아직도 이들이 짐승이라는 가정 아래 생각하고 있군요. 짐승이 아닙니다. 이들은 당신이나 나 못지않게 영리해요."

그러자 술탄이 물었다.

"왜 이전에는 이 사실을 말하지 않았습니까? 당신은 지난주에 이 자리에서 보송이들에게 언어가 있다고 주장했어요. 하나를 데려와서 우리 말을 하게 했다면 당신의 이론을 증명하는 데 훨씬 도움이 됐을 겁니다."

할로웨이는 보송이 쪽으로 고갯짓을 했다.

"그건 아빠에게 물어야 할 질문입니다."

술탄은 아빠 보송이를 보고 말했다.

"잭 할로웨이를 만나기 전에 우리 언어를 알았다고 했지요."

"네."

"그런데 잭 할로웨이를 만났을 때 우리 언어로 말을 걸지 않은 건가요."

"네."

"왜지요?"

"저는 잭 할로웨이가 알기를 바라지 않았어요. 우리는 잭 할로웨이가 좋은 사람인지 나쁜 사람인지 몰랐어요. 당신들에게는 나쁜 사람이 많아요. 나쁜 사람들은 우리 집을 빼앗고 음식을 빼앗고 다른 —과 먼 곳으로 가게 만들어요. 우리는 좋은 사람이 있는지 어떤지 몰랐어요. 우리가 본 사람들은 다 나빴어요. 우리는 이동하다가 잭 할로웨이가 사는 곳을 찾았어요. 저는 그 집을 보고 싶었고 보러 갔어요. 잭 할로웨이와 칼이 왔고 저는 무서웠어요. 하지만 잭 할로웨이는 좋은 사람이었고 저에게 음식을 줬어요. 저는 제 사람들에게 돌아가서 좋은 사람을 찾았다고 말했어요."

재니스 마이어가 코웃음을 치는 소리가 들렸다.

"저는 다시 가고 싶었지만 제 사람들은 무서워했어요. 저는 칼에 대해 말했고, 칼이 우리를 따르는 원숭이와 얼마나 비슷한지 말했어요. 똑똑하지 않지만 사람들이 좋아하는 동물이었지요. 저는 가서 조용히 있으면서 잭 할로웨이와 인간들에 대해 더 배우겠다고 말했어요. 저는 당신들의 언어를 말하지 않을 생각이었어요. 잭 할로웨이에게 제가 당신들의 언어를 말할 수 있다는 사실을 알리지 않을 생각이었어요. 저는 잭 할로웨이가 똑똑한 저를 어떻게 대할지 보기 전에 말할 줄 모르는 저를 어떻게 대하는지 보려고 했어요. 잭 할로웨이가 좋은 사람이라면, 그때는 우리도 진짜 우리를 드러내고 우리가 똑똑하다는 사실을 알릴 수 있다고 생각했어요. 잭 할로웨이가 나쁜 사람이라면, 전처럼 숨고 다른 곳으로 갈 생각이었어요."

할로웨이는 솔탄에게 설명하는 아빠의 말을 들으면서 다시 한 번 놀랐다. 샘이 인포패널에 넣어둔 소프트웨어는 가장 높은 단계에서도 어른들의 복잡한 개념이나 읽기 수준에 미치지 못했기 때문에, 아빠의 단어 사용은 단순했다. 그런데도 아빠는 자신 있고 유창하게 말했다. 영어를 많이 알지 못했으면서도, 자기가 배운 작은 부분에 대해서는 정말 잘 알았다. 이런 발언이 가능할 만큼 잘 알았다.

아빠는 할로웨이에게 고개를 돌렸다.

"목구멍이 아파요."

"당연하지. 아주 낮은 목소리로 말하고 있으니까."

할로웨이가 말했다.

솔탄이 할로웨이를 보고 말했다.

"이 남자는 자기가 첩자였다고 하는군요. 애완동물처럼 구는."

"그렇습니다. 완전히 애완동물 같지는 않았지만 말입니다. 아빠가 영리하다는 사실은 분명했어요. 단지 지성체 수준으로 영리하다는 사실이 분명히 드러나지 않았을 뿐이지요. 게다가 아빠는 사실 남성이 아닙니다."

할로웨이의 말에 솔탄은 얼굴을 찌푸렸다.

"당신은 '아빠'라고 부르지 않나요."

"생물학적인 실수죠. 가부장적인 추측이었습니다. 판사님도 그러고 계십니다."

"흠, 아무튼……."

솔탄은 아빠에게 관심을 돌리고 물었다.

"당신들 모두가 우리 언어를 하나요?"

"아니요. 저는 해요. 다른 몇 명도 해요. 많지는 않아요. 배우기가 어려워요. 잭 할로웨이와 함께 있게 된 이들 중에서는 저뿐이었어요."

"왜 우리 언어를 배우고 싶었나요?"

"우리는 당신들이 왜 그런 짓을 하는지 알고 싶었어요. 우리는 평평한 말하는 돌을 찾았을 때 그 돌이 도와주면 인간과 이야기하는 방법을 배울 수 있을 줄 알았어요. 우리는 배우고 나서 이야기할 인간을 찾았어요. 우리는 좋은 사람들을 찾지 못했어요. 우리는 나쁜 사람들만 찾았어요."

"누가 나쁜 사람들이죠? 우리에게 나쁜 사람들이 많다고 했는데요."

"네. 그 사람들은 기계를 가지고 땅과 숲을 찢고 공기에서 나쁜 냄새가 나게 해요. 숲은 우리가 살고 음식을 얻는 곳이에요. 나쁜 사람들이 오면 우리는 숲에 남지 않아요. 나쁜 사람들은 우리를 보지 못해요. 우리는 나쁜 사람들이 가까이 가는 동물들을 어떻게 죽이는지 봐요. 우리는 가서 숨어요."

이 말을 들은 솔탄은 할로웨이를 흘긋 보았다.

"아무래도 여기 있는 당신 친구에게 당신의 직업을 말하지 않은 모양이군요, 할로웨이 씨."

할로웨이는 난감한 표정을 지었다.

"그럴 생각은 못했습니다. 네."

"여러 면에서 역설적인 상황이군요."

솔탄이 말했다.

"인정합니다."

할로웨이가 말했다.

"하지만 이들의 정체성과 생활 방식을 감안하면, 왜 이들이 마주치는 측량업자들과 노동자들을 나쁜 사람으로 보는지 이해하기 쉽습니다. 또 이들이 어떻게 저를 찾게 되었는지도 설명이 되지요. 샘 해밀턴이 맡았던 구역은 제 담당 구역 옆이었습니다. 그리 오래전 일이 아닙니다만, 그쪽에 새로 온 측량업자가 지역 경계선에서 구리를 발견했고, 자라 기업이 들어와서 구리를 상당히 캐냈지요. 아빠네 보송이 부족은 터전을 옮겨야 했을 겁니다. 이들은 그 후로 쭉 새로운 집을 찾아서 숲 속을 이동했지요. 그리고 웃기면서도 슬픈 이야기를 듣고 싶으시다면, 아빠에게 왜 저와 같이 살면 괜찮을지도 모른다고 생각했는지 물어보십시오."

솔탄이 아빠를 보고 물었다.

"왜 잭 할로웨이와 같이 살고 싶었나요?"

"인간도 자기들이 사는 땅과 숲을 뜯어내지는 않을 테니까요."

아빠가 대답했다.

"생각해보십시오, 재판장님. 이 진술에 담긴 역설은 제쳐두고, 이는 훌륭한 인지 모형화입니다. 이 보송이는 인간에 대해 아는 바를 가지고 우리가 서로에게 어떻게 행동할지 추측하고, 그런 행동이 자신의 이익과 자기 부족 사람들의 이익에 어떻게 작용할 수 있을지 생각한 겁니다."

"그게 사실이라면 이 보송이는 내내 당신을 이용해온 셈입니다, 할로웨이 씨."

솔탄이 말했다.

"보송이의 지성을 보여주는 또 하나의 예입니다, 재판장님."

"그 사실이 거슬리지 않나요."

"별로 그렇지 않습니다, 재판장님."

"할로웨이 씨, 그것 참 놀랍지 않군요."

"네, 재판장님. 이제 상기시켜드려도 될지 모르겠습니다만, 이 시간이 우리 모두에게 참으로 계몽적이기는 하지만, 제가 아빠를 여기 데려온 데에는 특별한 이유가 있고, 그것은 이 예심에서 증언을 듣기 위함입니다. 재판장님께서 아빠 보송이가 속임수도 앵무새도 아니라는 점을 확신하셨다면, 아빠를 증인석에 세우고 싶습니다."

할로웨이의 말에 마이어가 나섰다.

"재판장님, 저는 강력하게 반대합니다. 이 생명체는 아직 지성체로 증명되지 않았습니다. 이 생명체의 증언은 우주개척연맹이나 지구에 있는 어떤 법정에서도 증거로 인정되지 않을 겁니다. 이 증언을 허락하신다면, 재판장님이 피하고 싶다고 말씀하셨던 여흥거리를 받아들이시는 셈입니다."

솔탄은 마이어를 보고 눈을 껌벅이다가 물었다.

"마이어 씨, 지난 몇 분 동안 우리가 같은 법정에 있었던 게 맞습니까? 나는 방금 이 생명체와, 마이어 씨가 의뢰인과 나누었을 어떤 대화보다 더 길고 설득력 있는 논의를 나누었습니다. 이제 이 생명체가 지성체냐 아니냐는 문제가 아닙니다. 그 질문에 대한 답은 이미 몇 분 전에 만족스럽게 주어졌어요. 지금 남은 유일한 문제는 이 특정 생명체가 신뢰할 만한 증인이냐 아니냐입니다. 그러므로 마이어 씨, 나는 증언을 듣겠습니다. 증언 내용을 들은 후에 결정을 내리겠습니다."

"그렇다면 30분간 준비를 위한 휴정을 요청하고 싶습니다."

"또 휴정이라. 안 될 것도 없겠지요."

솔탄은 그렇게 답하고 판사실로 향했다.

마이어는 쏜살같이 일어나서 법정 문 밖으로 튀어나갔다. 들라이즈는 입을 헤벌린 채 마이어의 뒷모습을 보았다. 그는 자기를 쳐다보는 할로웨이의 시선을 알아차리고 눈을 부라렸다.

"아무래도 넌 이제 네 변호사의 주된 관심사가 아닌 모양이야, 조. 내가 너라면 걱정이 되겠어."

할로웨이가 말했다.

들라이즈는 팔짱을 끼고 앞만 노려보면서 할로웨이를 무시했다.

25장

솔탄 판사가 판사실에서 나왔을 때는 자라 XXⅢ에 있는 자라 기업 변호 함대 전체가 브래드 랜던과 휘턴 오브리 7세와 함께 기다리고 있었다.

"흠, 이건 아주 놀랍다고는 못 하겠군요."

솔탄이 자리에 앉으면서 말했다.

마이어가 허락도 구하지 않고 판사석에 접근하더니 솔탄 앞에 폴더 하나를 내놓았다.

"이 예심을 정지하라는 요청입니다."

마이어는 판사 책상에 두 번째 폴더를 떨어뜨렸다.

"예심 장소를 변경하라는 요청입니다."

세 번째 폴더.

"소위 '보송이'들에 대해 더 연구해야 한다는 앞서의 결정에 대한 효력 정지 및 검토 요청입니다."

네 번째 폴더.

"부정행위로 판사님을 면직하라는 요청입니다."

솔탄은 폴더들을 보고 마이어를 보았다.

"누군가가 생산적인 30분을 보냈군요."

"재판장님, 재판장님의 법적 기준은 위험하고 해로울 정도로 느슨하다는 사실이 명백해졌고—"

"너무 늦었습니다, 마이어 씨."

솔탄이 마이어의 말을 끊었다.

"뭐라고 하셨습니까, 재판장님?"

"너무 늦었다고 했습니다. 나는 사실 멍청하지 않기 때문에, 변호인이 이런 법적 농담을 산더미처럼 작성하러 나가 있는 동안 판사실에서 보송이들에 대해 연구가 더 필요하다는 판결을 수정하고 있었습니다. 판결은 자라 기업에 지성체 의심 보고를 제출하라고 권고하는 내용으로 수정되었으며, 기간은 2주가 아니라 즉시입니다, 마이어 씨. 우리가 증언을 듣는 동안 당신네 사람 하나를 골라서 보고서를 작성시킨 다음, 법원 서기에게 오늘 일과 종료 시간까지 제출하도록 하세요. 그러므로 이 요청은……."

솔탄은 세 번째 폴더를 들어 올렸다.

"이제 쓸모가 없고 부적절해졌습니다."

솔탄은 나머지 폴더를 가리키며 말했다.

"나머지 요청에 대해서는, 예심 정지 요청은 거부하고, 예심 장소 변경 요청도 거부하며, 나를 면직시키라는 요청에 대해서는 얼마든지 서기에게 제출하기 바랍니다. 내 서기가 일과 종료 시간에 다른 모든 요청과 함께 송부할 겁니다. 그때까지는 예정대로 계속하겠습니다."

"죄송하지만 그럴 수가 없습니다."

마이어가 말했다.

"다시 말해주시겠습니까, 마이어 씨."

"저는 변호사로서 도의상 이 심리를 계속 진행할 수 없습니다. 제 의뢰인이 재판장님에게 공정한 심리를 받기는 불가능하다고 생각합니다."

"그건 어느 쪽 고객 말입니까, 마이어 씨? 여기 와 있는 들라이즈 씨인가요, 아니면 자라 기업인가요?"

"어느 쪽이든, 아니 둘 다입니다. 저는 이 심리를 계속하기를 거부하며, 저희 직원이 지성체 의심 보고를 제출하게 하지도 않겠습니다. 재판장님께 첫 번째 결정을 밀고 나가시거나, 두 번째 요구를 관철하실 권한이 있다고 보지 않습니다."

"고용주를 위해 기꺼이 법리학의 바퀴에 렌치를 던져 넣는 마음에는 감탄합니다만, 마이어 씨, 나는 결정을 알렸습니다."

"알리시기는 했지요. 이제는 그 결정을 강제하셔야 할 겁니다."

"아름다운 감상이로군요, 마이어 씨. 당신에게는 불행히도, 이곳은 1830년대 미합중국 대법원이 아니며 당신은 확실히 앤드루 잭슨이 아닙니다.(미국의 제7대 대통령. 1830년대에 인디언 강제 이주법을 제정, 통과시켰다. 이 사건이 대법원까지 가서야 판결이 났기에 나온 비유—옮긴이) 내 결정을 강제하는 부분에 대해서는, 내 머리 위 벽에 붙은 감시 카메라들을 주목해주기 바랍니다."

"카메라를 왜요?"

마이어가 물었다.

"저 감시 카메라로 녹화한 내용은 이 행성에 있는 보안사무소로만 전송되지 않습니다. 보안을 갖추고 암호화된 또 하나의 무선 데이터가 우주개척연맹 통신위성으로 직행했다가 그 후에는 제일 가까운 연맹 정부 순회재판소의 데이터뱅크로 들어가지요. 이 경우에는 제7순회재판소가 되겠군요. 이는 대부분 판사들을 감시하기 위한 것으로, 탐사 개발 인가를 받은 행성에 배치된 판사들은 대대로 부패와 뇌물에 넘어가는 경향이 있기 때문입니다. 우리가 가난하고 공정한 상태를 유지하며 방심하지 않게 해주는 멋진 물건이지요."

솔탄은 말을 이었다.

"하지만 다른 목적도 있습니다. 만약 어느 판사가 탐사 개발 기업이 힘으로 법정을 둘러가려 든다고 생각하거나, 아니면 예를 들어 어느 지역 법무팀장이 법정 명령을 불법으로 무시하겠다는 생각을 한다거나, 아니면 그보다 더 나쁜 일이 일어날 경우, 해당 판사가 버튼을 누르면 감시 카메라의 내용이 어딘가의 방에 앉아 있는 순회재판소의 판사 한 명에게 생방송으로 전송됩니다. 후미진 행성에 있는 기업 경영진들이라 해도 법보다 위에 있지는 않다는 사실을 확실히 하기 위해 우리가 쓰는 하찮은 수단이지요. 나는 이 법정에 돌아오기 직전에 그 작은 버튼을 눌렀습니다.

그러니 마이어 씨, 당신에게는 선택권이 있습니다. 당신이 의뢰인인 들라이즈 씨를 위해 이 심리를 계속하거나, 아니면 내가 순회재판소에서 연맹 집행관들을 보내어 당신을 법정모독죄와 사법절차방해죄로 끌어내도록 하는 거지요. 당신은 변호사 면허가 취소되고 징역형을 살 가능성이 매우 높으며, 당신이 자라투스트라 기업의 고위직에 있는 만큼 회사에도 아주 무거운 벌금이 부과될 겁니다.

마찬가지로, 오늘 일과 종료 시간까지 서기에게 지성체 의심 보고를 제출하지 않으면 제7순회재판소에서 자라투스트라 기업이 지난 10년 간 이 행성에서 얻은 수익에 해당하는 자산을 몰수하라는 명령을 내릴 것입니다. 또한 당신을 막으려고만 했다면 막을 수 있었을 장래 회장 겸 최고경영자 앞에서 이런 세력 과시를 했다는 점에서 당신이 회사의 명령을 수행하고 있었다는 데 의혹의 여지가 없기에, 자라 기업이 모든 처벌을 함께 받게 되며, 이 처벌에는 거기 당신, 오브리 씨와 이 방 안에 있는 모든 자라 기업 변호사에게 부과하는 징역형이 포함됩니다. 운 좋게도 더는 당신 부서에서 일하지 않는 설리번 씨만이 예외입니다.

그러니 마이어 씨. 카메라를 보고 웃은 다음 어떻게 할지 말해보세요.”

“진짜 잘하는걸.”

할로웨이는 아빠 보송이에게 속삭였다. 아빠 보송이는 모든 것을 흥미진진하게 지켜보았다. 세부 사항은 이해하지 못할지 몰라도, 할로웨이가 생각하기에 상황이 어떻게 돌아가는지 대략의 흐름과 감정선은 파악한 듯했다.

마이어는 잠시 후에 딱딱하게 말했다.

“일단은 따르겠습니다. 그래도 서기에게 판사님의 면직 요청은 제출할 겁니다.”

“이 시점에서 그러지 않는다면 나로서도 실망입니다. 마이어 씨, 그 전까지는 내 자리에서 물러서서 업무에 복귀하세요.”

마이어는 물러서면서 카메라를 흘긋 돌아보았다.

술탄이 힘차게 말했다.

“이제 오늘의 반란은 진압했군요. 증언을 들어야 할 증인이 있을 텐데요. 할로웨이 씨?"

■ ■ ■

"이름을 말해주세요."

솔탄이 아빠 보송이에게 물었다.

"제 이름을 아시는데요."

아빠가 말했다. 아빠는 증인석에, 앉아 있다기보다는 서 있었다.

"부디 다시 말해주세요."

"저는—"

사이를 두고.

"잭 할로웨이와 다른 인간들은 아빠라고 부릅니다."

"증인에게 질문하세요."

솔탄이 할로웨이에게 말했다.

"아빠, 아가와 얼룩이가 살해된 날을 알지요."

할로웨이가 말했다.

"네."

"누구요?"

솔탄이 물었다.

"살해당한 두 보송이를 말합니다. 제가 아가와 얼룩이라고 불렀지요. 아가는 짓밟힌 쪽이고, 얼룩이는 총에 맞은 쪽입니다."

할로웨이가 대답했다.

"계속하세요."

솔탄이 말했다.

"아가와 얼룩이는 당신에게 누구였나요."

할로웨이가 물었다.

"당신이 아가라고 부르는 아이는 내 자식이었어요. 당신이 얼룩이라고 부르는 아이는 때가 되면 내 자식의 짝이 될 예정이었지요."

아빠가 대답했다.

"그날 무슨 일이 있었는지 말해줘요."

할로웨이가 말했다.

"재판장님, 우리는 이미 영상으로 사건 당일 일어난 일을 몇 번이나 보았습니다. 이미 아는 사실로 규정하고 넘어갈 수 있습니다."

마이어가 말했다.

"재판장님, 증인이 사건을 설명하는 일이 허락되지 않는다면 증언에 별로 의미가 없습니다."

할로웨이가 말했다.

"동의합니다. 하지만 세부 사항을 깊이 파고들지는 맙시다, 할로웨이 씨."

솔탄이 답했다.

"네, 재판장님."

할로웨이는 다시 아빠를 돌아보았다.

"그날 무슨 일이 일어났는지 말해보세요."

"당신은 나가고 없었어요. 당신이 없으면 우리는 당신 집을 떠나 우리 부족 사람들에게 가서 이야기도 하고 같이 있지요. 아가가 당신 집으로 가는 제비정 소리를 들었어요. 아가가 보러 갔어요. 아가는 칼을 보고 싶어 했어요. 얼룩이가 아가와 같이 갔어요. 나는 근처에 있었지만 나무 위에서 먹고 있었어요. 나는 같이 가지 않았어요.

얼룩이가 이 사람은 당신이 아니라 다른 사람이라고 외치는 소리가 들렸어요. 그런 다음 내 자식의 비명 소리가 들리더니 멈췄어요. 그리고 얼룩이가 고함치는 소리가 들렸어요. 그리고 그 사람이 고함을 쳤어요. 그리고 얼룩이가 도움을 청했어요.

숲에서 나가다가 아주 커다란 소리를 들었어요. 그리고 당신 집 옆에 있는 나무까지 간 나는 그 사람이 내 자식을 밟는 모습을 보았어요. 그 사람이 내 자식을 죽이는 모습을 보았어요. 그 사람이 내 자식을 잡고 내 자식을 당신 집 안에 넣는 모습을 보았어요. 당신 집은 불타고 있었어요. 그러더니 그 사람이 말하는 소리가 들렸어요."

"그 사람이 뭐라고 했는지 말해주시죠."

할로웨이가 말했다.

"뜻을 모르는 말이 있었어요."

"한번 말해봐요."

"그 사람은 '아시팔 내얼굴'이라고 했어요."

"그 사람이 '아 씹할, 내 얼굴'이라고 했군요."

"네. 그렇게 말했어요. 그 사람은 목소리가 아주 컸어요."

"그 사람의 얼굴을 봤나요?"

"얼굴은 보지 못했어요. 얼굴을 볼 필요가 없었어요. 난 그 목소리를 알아요."

"어떻게 그 목소리를 알았나요?"

"그 사람은 예전에 당신 집에 온 적이 있어요."

“언제 우리 집에 왔죠?”

“그 사람은 다른 세 명과 같이 왔어요. 당신은 다른 세 명을 집 안에 들였어요. 그 사람은 집에 들어가지 못하게 했어요. 그 사람이 제비정에서 내리지 못하게 했어요.”

“어떻게 그게 같은 목소리인지 알지요?”

“그 사람은 제비정 안에서 무척 큰 소리를 냈어요. 얼룩이가 보러 갔는데, 그 사람은 좋아하지 않았어요. 나는 나무에 있었고 그 사람이 고함치는 소리를 들었어요.”

“그때는 얼굴을 봤나요?”

“네.”

아빠가 대답하더니 들라이즈를 가리켰다.

“저 사람이에요.”

할로웨이는 마이어를 흘긋 보고, 그다음에는 변호사 함대와 함께 방청석에 앉아 있는 오브리와 랜던을 보았다. 그는 두 사람에게 웃어준 다음에 인포패널을 집어 들었다.

“아빠가 말하는 것은 이날의 일입니다.”

할로웨이는 얼룩이가 유리에 엉덩이를 문지르는 동안 들라이즈가 제비정 안에서 주먹을 흔드는 영상을 띄웠다.

“불행히도 이 영상에 소리는 나오지 않습니다만, 들라이즈 씨가 상당히 언성을 높였다는 점은 분명히 드러난다고 생각합니다.”

“할로웨이 씨, 전에는 들라이즈 씨가 당신 집에 간 적이 있다는 말을 하지 않았는데요.”

솔탄이 말했다.

"깜박했나 봅니다. 실제로 저희 집에 들어오지는 않고, 제비정 안에 갇혀 있었기 때문이겠죠. 보시다시피요."

"애초에 들라이즈 씨가 그곳에 간 이유는 뭡니까?"

"주장에 따르면 휘턴 오브리의 보안 책임자로서였습니다."

"그러면 오브리 씨는 당신 집에서 뭘 하고 있었지요?"

"당면한 문제에 관련이 있을지 모르겠는데요."

"그 판단은 내가 하게 해주세요."

"알겠습니다."

할로웨이는 대답하고 나서 오브리와 랜던 쪽을 보았다.

"그 사람들은 저를 매수하여 보송이가 지성체인지 여부를 결정하는 조사를 뒤엎으려고 왔습니다. 제게 북서부 대륙 전체를 제시했지요."

"그 사람들이라면."

"네. 오브리와 그 비서인 브래드 랜던입니다. 채드 본도 그 자리에 있었습니다만, 그들의 방문을 채드의 공식적인 계약 대리 회의로 위장해 저희 집에 오기 위한 핑계로 그 친구를 이용한 것에 불과하다고 믿습니다. 채드에게 물어보셔도 좋습니다. 이 시점에서는 분명히 즐겁게 말할 겁니다."

할로웨이의 말에 마이어가 반박했다.

"이는 모두 증거도 없는 주장에 불과합니다, 재판장님. 그리고 이번만은 할로웨이 씨 말이 옳습니다. 이 자리는 지금의 질의에 적당한 장소가 아닙니다."

"동의합니다. 이제 와 생각해보니, 이 사건이 들라이즈가 어떻게 제비정에 접근할 수 있었는지 설명해주기는 하지만 말입니다. 저 제비정 안에 내내 혼자 있었으니 전자 열쇠의 데이터를 복제하기에 딱 좋은 시간이었겠지요. 물론 들라이즈가 보송이들에게 고함을 치느라 바쁘지 않았을 때 말입니다."

"그런 증거는 없습니다."

마이어가 말했다.

"아, 분명히 보송이에게 고함을 지르고 있는데요."

할로웨이가 일부러 마이어의 발언을 왜곡하여 말했다.

"사실 나중에 저 친구가 쏜 바로 그 보송이입니다."

"그만하면 됐습니다, 할로웨이 씨."

솔탄이 말했다.

"이건 완전히 웃음거리입니다, 재판장님. 방금 할로웨이가 오브리 씨와 랜던 씨를 중상하도록 허용하신 것만으로도 충분히 나빴습니다만, 이 생명체의 재미있는 증언은 우스꽝스러운 정도를 넘어섰습니다. 이 생명체는 들라이즈 씨와 스키 마스크를 쓴 남자 사이에 시각적인 연관을 지을 수 없습니다. 그 대신 우리보고 이 생명체가 단 한 번 들었을 뿐인 목소리를, 최초의 조우로부터 며칠이 지난 후에 알아들을 수 있었다고 믿으라는 겁니까. 사기입니다, 재판장님. 그야말로 사기예요."

마이어의 말이 끝나자 솔탄이 말했다.

"나라면 '사기'라고 부르지는 않겠습니다만, 마이어 씨의 지적에 일리가 있습니다, 할로웨이 씨. 증인을 '목격자'라고 하지 '청취자'라고 하지 않는 데에는 이유가 있어요."

"재판장님, 들라이즈 씨가 말을 하지 않도록 명령해주시기를 부탁드립니다."

할로웨이가 말했다.

"무슨 말입니까?"

"부탁드립니다, 재판장님."

솔탄은 묘한 눈으로 할로웨이를 보았다.

"들라이즈 씨, 당신은 내가 말하라고 할 때까지 발언이 금지됩니다. 이해했으면 고개를 끄덕이세요."

들라이즈는 고개를 끄덕였다.

"원하는 대로 피고는 침묵하고 있습니다, 할로웨이 씨."

솔탄이 말했다.

"감사드립니다만, 들라이즈 씨가 재판장님이 말씀하시기 전에도 침묵했다는 점을 언급해두고 싶습니다. 사실 들라이즈 씨는 아빠 보송이가 법정에 들어와 있는 동안 내내 조용했습니다. 그러니 제가 작은 시험을 제안하겠습니다. 마이어 씨는 아빠가 예전에 단 한 번 들었을 뿐인 목소리를 알아듣기란 불가능하다고 하십니다. 좋습니다. 용의자를 늘어세워봅시다."

할로웨이는 소규모 변호사 군단을 향해 손을 흔들었다.

"이 법정에는 남자가 가득합니다. 원하는 만큼 많은 수를 뽑아서 들라이즈 씨와 같이 세우세요. 그런 다음 아무도 보지 못하게 아빠를 돌려세웁니다. 전원이 같은 문장을 말하게 합니다. 아빠가 사람을 잘못 고르거나 목소리를 구분하지 못한다면, 증언을 기각하세요."

솔탄은 막 이의를 제기하려 드는 마이어를 돌아보았다.

"청취 증인에 반대한 사람은 당신입니다."

솔탄은 마이어의 입을 막고 말했다.

"네 명을 고르세요. 할로웨이 씨, 당신도 네 명을 고르세요. 뽑힌 사람은 법정 뒷벽으로 가되, 아직 줄지어 서지는 마십시오. 들라이즈 씨, 당신도 뒤쪽으로 가세요."

할로웨이와 마이어가 네 사람씩을 골랐다. 들라이즈는 발을 끌며 뒷벽으로 향했다.

솔탄이 말했다.

"나도 한 사람 뽑겠습니다. 오브리 씨, 벽으로 걸어가주세요."

"재판장님, 이는 터무니없는 일입니다."

브래드 랜던이 말했다.

"말 꺼낼 생각도 마세요, 랜던 씨. 당신 상사는 벽으로 가든가 아니면 법정모독죄로 유치장에 가는 겁니다. 둘 중 하나예요. 난 시간이 남아돌지 않습니다."

오브리가 벽으로 걸어갔다.

"할로웨이 씨, 증인을 준비시키세요."

할로웨이는 증인석으로 걸어가서 아빠를 돌려세웠다.

"보지 마요. 사람들이 말을 할 텐데, 아는 목소리가 들리면 그렇게 말하는 겁니다. 알겠죠?"

"네."

아빠가 대답했다. 할로웨이는 솔탄을 올려다보았고, 솔탄은 고개를 끄덕였다.

"직원들을 배치하세요, 마이어 씨."

마이어는 들라이즈가 여덟 번째에 서고, 오브리가 열 번째에 서게 사람들을 배치했다.

"마지막 사람을 다른 사람과 바꾸세요."

솔탄이 말했다.

마이어는 뺨 안쪽을 깨물면서 오브리를 네 번째 남자와 바꿨다.

"뭐라고 말하게 할까요, 할로웨이 씨?"

솔탄이 물었다.

"'아 씹할, 내 얼굴'이면 좋을 것 같습니다."

할로웨이가 말했다.

"1번, 말하세요."

"아 씹할, 내 얼굴."

남자가 말했다. 할로웨이는 아빠 보송이를 내려다보았고, 아빠는 꼼짝도 하지 않고 말이 없었다.

"2번."

잠시 후에 솔탄이 말했다. 두 번째 남자가 말했다. 아빠는 아무 말도 하지 않았다. 3번까지 똑같았다.

"아 씹할, 내 얼굴."

오브리가 말했다.

"이 목소리는 알아요. 잭 할로웨이의 집에 찾아온 다른 사람들 중에 있었어요. 내 자식을 죽인 사람은 아니에요."

아빠가 말했다.

솔탄은 '잡았다'라는 듯한 얼굴로 오브리를 보았다. 오브리는 그다지 걱정하지 않는 기색이었다.

"5번."

솔탄이 말했다.

다섯 번째 남자가 대사를 읊었다. 아빠는 아무 반응도 없었다. 6번에도 반응이 없었다. 7번에도 마찬기지였다.

"아 씹할, 내 얼굴."

들라이즈가 말했다.

아빠가 날카로운 숨을 들이쉬더니, 잠시 후에 내뱉었다. 그리고 말했다.

"이 목소리를 알아요. 내 자식을 죽인 사람의 목소리예요. 내 자식의 짝을 죽인 사람의 목소리예요."

"확실한가요."

솔탄이 물었다.

"전 이 목소리를 알아요."

아빠가 대답했고, 그 목소리는 놀라울 정도로 단호했다. 아빠는 솔탄을 올려다보았다.

"당신은 자식이 없나요? 누군가가 당신 자식을 죽인다면, 당신도 그 사람에 대해 알 거예요. 그 사람의 얼굴을 알 거예요. 그 사람의 손을 알 거예요. 그 사람의 냄새를 알 거예요. 그 사람의 목소리를 알 거예요. 이 것이 내 자식을 죽인 사람의 목소리예요. 내가 볼 수 없는 내 아이. 내가 안을 수 없는 내 아이. 가버린 내 아이. 내 아이는 떠났어요. 이 사람이 내 아이를 죽였어요. 난 이 목소리를 알아요."

아빠는 증인석에 무릎을 꿇고 소리 없이 통곡했다. 적어도 인간의 귀에는 소리가 들리지 않았다.

법정 안은 완전한 정적에 싸였다.

"재판장님."

몇 분이 지나고 할로웨이가 조용히 말했다.

솔탄은 조용히 대답했다.

"이 증언은 유효합니다. 전원 다시 착석하세요."

26장

모두가 자리에 앉은 후, 할로웨이가 말했다.

"재판장님, 아빠의 증언이 유효하다면, 다루어야 할 사안이 또 하나 생깁니다."

"어떤 사안인가요, 할로웨이 씨."

솔탄이 말했다. 진이 빠진 듯한 모습이었다.

"우리는 들라이즈 씨가 방화 현장에 있었음을 합리적으로 규명했습니다. 마이어 씨는 아직도 들라이즈 씨의 소재를 증언할 소위 목격자들을 불러내려 할지도 모르지만, 우리에게는 DNA 증거와 신뢰할 만한 증인이 있고, 다른 방화범의 가능성도 제외했습니다. 마이어 씨의 증인 중 누구도 오늘 제가 제시한 증거에 견줄 만하리라 생각하지 않습니다. 그리고 무엇보다도, 우리는 보송이들이 지성체라는 사실을 합리적으로 확실하게 규명했습니다. 아빠의 증언을 받아들임으로서 재판장님은 사실상 보송이라는 종이 지성체라고 선언하신 셈이지요."

"나는 아직도 그 다른 사안이 뭔지를 들으려고 기다리고 있습니다."

"명백하지 않습니까. 저는 살인에 대해 말하고 있습니다."

"뭐야?"

들라이즈가 고함을 질렀다. 예심이 진행되는 내내 노려보기만 하다가 갑자기 폭발한 셈이었다.

"살인입니다."

할로웨이는 고개를 돌려 들라이즈를 보고 다시 말했다.

"넌 그 보송이들을 살해했어, 조."

"개똥 같은 소리."

들라이즈가 일어서면서 말했다.

"아니, 개똥 같은 소리가 아니야, 조."

할로웨이는 들라이즈에게 가만히 다가갔다.

"이번에는 아니지. 이번에는 제대로 똥통에 빠졌어. 네놈이 자그마한 지성체에게 걸어가서 부츠를 들어 올리고, 그 자리에서 생명을 짓밟았기 때문이야. 그리고 그 지성체의 짝이 막으려고 하자 그쪽도 죽어버렸지. 그야말로 어엿한, 완전하고도 알기 쉬운 두 건의 살인이야."

"재판장님."

마이어가 이 대화를 멈추라는 뜻을 담아 들라이즈와 할로웨이 너머로 솔탄을 보았다.

"할로웨이 씨."

솔탄이 말했다.

할로웨이는 판사를 무시하고 계속 말했다.

"이게 어떻게 보일 것 같아, 조? 우리가 새로운 지성체 종족을 발견했는데, 우리 스스로를 빼고 찾아낸 겨우 세 번째 지성체인데, 네놈이 처음 한 짓이 그중 하나를 밟아 죽인 거란 말이야. 그 일이 어떻게 돌아갈 것 같아, 조?"

"내 앞에서 꺼져, 잭. 경고야."

"너도 사람들이 달려들 죄목이 살인만이 아니라는 걸 알 테지, 조. 사람들은 네가 외계지성체에 대한 증오 범죄를 저질렀다고도 몰아댈 거야, 아마. 네가 첫 번째 작은 보송이를 목표로 삼은 게 그 때문이라는 건 의심할 여지가 별로 없잖아, 안 그래? 가서, 보고, 바로 밟아 죽였으니 말이야."

"재판장님!"

마이어가 말 그대로 비명을 질렀다.

할로웨이는 계속 말했다.

"그냥 살인이라면 종신형 정도로 끝날지도 몰라, 조. 하지만 그렇지가 않지. 외계지성체 증오 범죄라는 부칙이 붙으면 사형이야. 두 가지 죄목이라고. 넌 죽을 거야, 조. 단지 재미있다는 이유로 그 작은 생명을 짓밟았기 때문에!"

들라이즈가 울부짖으며 피고석 너머로 할로웨이에게 몸을 날렸다. 할로웨이는 저항 없이 그 태클을 받고 쓰러졌다. 설리번이 방청석 난간을 뛰어넘어서 들라이즈를 붙잡았지만, 들라이즈가 할로웨이의 얼굴과 머리에 거센 타격을 날리기 전에 떼어내지는 못했다. 할로웨이는 굳이 주먹을 막지도 않았다. 설리번에 이어 자라 기업 변호사들이 몰려들어서야 마침내 들라이즈를 사냥감에서 떼어낼 수 있었다.

할로웨이는 일어나서 재킷 소매로 얼굴에 묻은 피를 닦았다. 그는 말 그대로 충격에 빠진 얼굴을 한 솔탄을 마주 보았다.

"제가 말한 대로, 재판장님, 두 건의 살인입니다."

할로웨이는 눈썹에서 눈 안으로 핏방울이 떨어져 내리는 것을 문질러 닦았다.

"그리고 하시는 김에 폭행죄도 곁들여주시죠."

"이건 개소리야!"

들라이즈가 한 무리의 변호사들 뒤에서 외쳤다.

"협상하고 싶습니다, 재판장님."

"무슨 말을 하는 건가요, 들라이즈 씨?"

솔탄이 물었다.

"닥쳐, 조."

마이어가 들라이즈에게 말했다.

"너나 닥치시지, 마이어. 내가 저 뒤에 있는 놈들을 위해 죽어줄 줄 알아? 내가 죽는다면 저놈들도 같이 가는 거야."

"들라이즈 씨!"

솔탄이 다시 외치자 들라이즈는 입을 다물었다.

"다시 묻겠습니다. 무슨 말을 하는 겁니까?"

"전 명령을 받고 할로웨이의 집에 갔습니다. 할로웨이의 집에 함정을 설치하고 눈에 띄는 건 다 죽이려고 갔지요."

"누구의 명령입니까?"

"아, 짐작하실 수 있을 텐데요, 재판장님. 하지만 합의가 되기 전에는 한마디도 더 하지 않겠습니다."

솔탄은 들라이즈를 응시하다가 마이어를 보았다.

"당신 의뢰인이 합의를 하고 싶어 하는군요, 마이어 씨."

“저는 이제 들라이즈 씨의 변호사직에서 물러나야겠습니다.”

마이어가 말했다.

“그럴 줄 알았습니다.”

솔탄이 말했다. 솔탄은 법정 안을 둘러보다가 찾던 사람을 발견하고 다시 말했다.

“설리번 씨, 당신은 현재 소속이 없는 상태겠지요.”

“정확하십니다, 재판장님. 저는 대략 40초 전에 자라투스트라 기업을 그만뒀습니다.”

“멋지군요. 그렇다면 단기간만이라도 들라이즈 씨를 변호해주겠습니까. 개척연맹의 관선 변호인 표준 임금을 제시할 수 있습니다.”

“기꺼이 응하겠습니다.”

솔탄은 아빠 보송이에게 시선을 돌렸다. 아빠 보송이는 아직 증인석에서, 일어나는 모든 일을 조용히 넋을 빼고 지켜보고 있었다.

“아빠 보송이, 당신은 당신 종족을 대변하는 사람이지요.”

“네.”

“곧 우리 종족 사람들이 당신 종족 사람들과 대화를 해야 할 겁니다. 당신들이 우리들과 대화를 하도록 도와줄 사람을 고른다면 도움이 될 거예요. 당신에게 좋고 당신 종족에게 좋을 사람으로 말입니다.”

“저는 잭 할로웨이를 고르겠습니다.”

아빠 보송이가 대답했다.

“확실한가요?”

솔탄이 물었다.

“확실해요. 저는 당신네 사람들이 아는 것을 다 알지는 못해요. 하지만 저는 영리해요. 저는 잭 할로웨이가 지금 여기에서 무슨 일을 했는지 알아요. 잭 할로웨이는 당신이 우리 부족을 해치고 내 자식을 죽인 나쁜 사람들을 알아보게 도왔어요. 잭 할로웨이는 좋은 사람이에요. 저는 잭 할로웨이를 고르겠습니다.”

아빠의 말이 끝나자 솔탄이 말했다.

“할로웨이 씨, 방금 지명받은 책무를 이해하고 있겠지요.”

“보송이 나라의 방위장관인 것 같군요.”

“이 책무를 받아들입니까?”

“받아들입니다.”

“그렇다면 축하합니다. 이 시점을 기해 당신은 사실상 이 행성 전체를 책임지게 되었으니 말입니다.”

“잠깐.”

휘턴 오브리 7세가 말했다.

“그럴 순 없어요. 자라투스트라 기업은 개척연맹 정부에서 탐사 개발 독점 사업권을 받았어요. 당신 수준의 판사가 그런 권한이 적용되지 않는다는 결정을 바로 내릴 순 없습니다. 그리고 계약직 측량업자에게 그런 책임을 넘겨줄 수는 더더욱 없어요.”

“오브리 씨, 지금 당신은 이 법정에서 어떤 지위도 갖추지 못했지만, 방금 당신이 쓴 표현이 내가 이어서 할 발표에 딱 들어맞으니 그 표현을 쓰겠습니다. 하지만 우선 모두 자리에 앉아야 합니다.”

법정은 천천히 질서를 되찾았다.

“자, 그러면…… 오브리 씨, 공교롭게도 방금 내가 내린 것 같은 지성체 의심 보고 명령이 떨어지고 나서 개척연맹 정부 소속의 어느 판사가 행성 토착 지성체의 생명이 위협에 처했다는 강력한 증거를 발견할 경우, 그 판사는 해당 행성의 최고위 판사에게 그 사실을 보고해야 합니다. 그러면 최고위 판사는 외계지성체 특별 책임자의 역할을 직접 맡거나, 다른 사람을 그 자리에 임명하지요. 특별 책임자의 임무에는 지성체일 가능성이 있는 새로운 생명체를 대상의 지성을 완전히 평가할 수 있을 만큼 오랫동안 현존시키는 일이 포함됩니다. 특별 책임자는 해당 종의 생존을 보장하기 위한 조치를 취할 수 있을 뿐 아니라, 반드시 조치를 취하기도 해야 합니다. 이 조치에는 계엄령 선포와 모든 사업권의 중지까지 포함됩니다.

오브리 씨, 방금 당신이 거들먹거리면서 말한 대로, 나는 개척연맹의 평범한 판사일 뿐입니다. 하나 부분적으로는 당신 회사의 탐사 개발 행성에서 법률의 개입을 최소한으로 받고 싶어 한 당신들의 욕망 때문에, 나는 이 행성의 유일한 개척연맹 판사이기도 합니다. 때문에 나는 외계지성체 특별 책임자가 되고, 이는 내가 보송이들을 보호하기 위한 행동을 할 수 있으며, 반드시 행동에 나서야 한다는 의미지요.

오늘 이후 나는 이 행성에 사는 인간들과 귀사가 보송이들에게 뚜렷한 당면 위험이라는 강한 믿음을 얻었습니다. 이미 내가 충분히 증거를 본 지성의 존재를 사법 조직이 증명할 때까지 기다리지는 않겠어요. 이곳에서는 이미 학살이 시작되었습니다. 벌써 생명체 둘이 죽었습니다, 오브리 씨. 당신이 그 일을 부추겼는지, 격려했는지, 아니면 일부러 눈을 감았는지 여부는 지금 나의 관심사가 아닙니다. 내 관심사는 인간의 손에 보송이가 더 죽기 전에 막는 일입니다.

따라서 오브리 씨, 외계지성체 특별 책임자로서 나에게 부여된 권한으로, 자라 XXⅢ으로 알려진 행성에 주어진 자라투스트라 기업의 탐사 개발 인가는 즉시, 보다 면밀한 검토가 있을 때까지 잠정 취소합니다. 모든 탐사와 개발을 즉각 중단합니다. 모든 고용인과 계약인은 30일 안에 이 행성을 떠날 것을 명합니다. 계엄령을 선포합니다. 24시간 안에 연맹 집행관들이 와서 자라 기업의 보안 병력과 교대할 것이며, 자라 기업의 보안 병력은 그 즉시 모든 무기와 보안 권한을 넘겨주어야 합니다.

뿐만 아니라 나는 잭 할로웨이를 외계지성체 특별 부책임자로 임명하며, 이 직무에는 지적인 종이라는 최종 인증이 나올 때를 기다려서 '보송이'로 알려진 생명체들에게 이 행성의 모든 법적 권한을 양도하는 소임이 포함됩니다. 잭 할로웨이는 보송이들에게 직접적으로 연관된 모든 일과 행성 내부 일을 운영하며, 나는 개척연맹에 관련한 외부 일을 돌봅니다. 그러므로 지금부터 이 행성에 원하는 바가 있다면 잭 할로웨이에게 말해야 합니다. 잭 할로웨이가 보송이들에게 말할 사람이니까요."

"이 판결에 대해 항소하겠습니다."

마이어가 말했다.

"물론 그러시겠지요, 마이어 씨. 하지만 그때까지는 할로웨이 씨에게 말하세요. 알아들었습니까?"

"네, 재판장님."

"좋습니다. 그리고 아직도 할로웨이 씨의 집에 불이 난 날 들라이즈 씨가 어디에 있었는지 설명할 증인들을 소환할 계획인가요?"

"아닙니다, 재판장님."

"그렇다면 또한, 그리고 독립적으로, 들라이즈 씨를 방화와 개인 재산 파괴 혐의로 재판에 회부할 증거가 충분하다고 봅니다. 이 의견은 오늘 일어난 다른 모든 일과 함께 법원 사이트에 발표할 것이며, 재판 날짜는 추후에 정하겠습니다."

솔탄은 앞서 마이어가 판사석에 놓아둔 폴더를 하나 들어 올렸다.

"긍정적으로 보세요, 마이어 씨. 원하던 대로 재판 장소는 바뀔 겁니다."

솔탄이 일어섰다.

"이것으로 예심을 마칩니다. 고맙게도."

솔탄은 법정을 떠났다.

할로웨이는 눈에 띄게 충격을 받은 마이어에게 걸어갔다.

"마이어 씨."

한 번 더 불러서야 마이어의 주의를 끌 수 있었다.

"뭘 더 원해요, 할로웨이?"

"그냥 이 말을 해주고 싶었어요. 이제는 내가 이 모든 짓거리로 뭘 원했는지 알겠죠."

■ ■ ■

다음 날 오후 할로웨이는 인포패널을 준비하고 한쪽에는 아빠 보송이를, 반대쪽에는 칼을 대동하고 큰 걸음으로 자라 기업 건물에 있는 간부회의실에 들어섰다. 그는 테이블 왼쪽 중앙에 자리를 잡았다. 테이블 반대쪽에는 들라이즈, 들라이즈를 대변하는 설리번, 오브리와 랜던을 대변하는 마이어, 자라투스트라 기업 이사회를 대변하는 오브리와 랜던이 앉았다. 할로웨이는 인포패널을 내려놓고 아빠 보송이를 테이블 위에 편안하게 앉혔고, 칼은 엎드려 있게 했다. 칼은 행복하게 엎드렸다.

할로웨이는 기분 좋게 말했다.

"어젯밤에는 아기처럼 잤네요. 다들 잘 잤습니까?"

"필요 이상으로 재수 없게 굴진 마, 잭."

설리번이 말했다.

"맞는 말이야."

할로웨이는 말했다.

"난 아빠 보송이와 이야기를 했고, 아빠 보송이는 부족 사람들과 이야기를 했고, 나는 들라이즈 씨와의 개인적인 상황을 다시 검토해봤고…… 그래서 이제 모두에게 통할 만한 제안이 나왔다고 생각합니다. 설리번 씨, 나는 방화와 개인 재산 파괴에 관련한 손해배상으로 명목상 1크레디트만 받고 들라이즈 씨와 합의하겠습니다. 마찬가지로 보송이들도 들라이즈 씨, 오브리 씨, 랜던 씨 또는 자라투스트라 기업에 얼룩이나 아가의 죽음에 대한 손해배상을 요구하지 않을 겁니다. 더하여 나는 보송이들을 대신하여 개척연맹 정부에 들라이즈, 오브리, 랜던 또는 자라 기업에 대한 모든 고소를 취하할 것을 요청하겠습니다.

마지막으로, 솔탄 판사에게 자라 기업의 탐사 개발 인가를 취소한다는 명령을 철회하라고 요구하지는 않겠지만 그 대신 회사에 6개월에 걸쳐 조직적으로 사람들과 자산을 줄여나갈 것을 허용하게 수정해달라고 요청하겠으며, 자라 기업에 이 행성에 대한 추가 채굴이나 자원 추출을 허용하지는 않겠지만 연장된 삭감 계획의 일부로 이미 채굴하거나 추출한 자원의 처리는 끝마칠 수도 있을지 모릅니다. 물론 이 모든 일에 성가신 부분들이 있겠지만, 대체적인 범위는 그래요."

"무엇을 대가로?"

오브리가 말했다.

"간단해요. 당신들이 떠나는 조건입니다. 우선은 당신들 셋, 당신, 오브리와 당신, 랜던, 그리고 내 관점에서 강조하자면 특히 너, 조. 이렇게 셋은 이 행성을 떠나서 다시는 돌아오지 않습니다. 다시는. 하지만 좀 더 광범위하게는 자라투스트라 기업이 솔탄 판사의 판결에 항소하지 않고, 보송이들이 지성체라는 주장에 이의를 제기하지 않으며, 어떤 식으로도 이 행성에 남으려고 해서는 안 된다는 뜻이죠. 모두 그냥 떠나는 거예요. 지금 가진 물건을 챙겨서 가요. 그게 다고, 전부고, 완전히 끝입니다. 모두 깨끗하게 다시 시작하는 거죠."

"우리가 그 협상에 동의하지 않을 이유가 없겠는데요."

설리번이 말하자 오브리가 대꾸했다.

"물론 당신은 그렇겠지. 당신은 수십 년치 수익을 버리고 떠나라는 요구를 받지 않았으니까."

"이건 '전원 아니면 무효' 거래라는 점을 말해둬야겠군요. 전원 동의가 아니면 내가 제안한 내용은 전부 백지로 돌아갈 겁니다."

할로웨이가 말했다.

"이 회사더러 여기에서 해놓은 모든 일을 버리고 떠나라고 할 순 없어."

오브리가 말했다.

"할 수 있고말고. 방금 했잖아. 그리고 더 중요한 건 말이야, 오브리. 당신이 몇 년이고 질질 끌면서 소송을 제기하고 항소를 할 수 있으리라는 점은 의심하지 않지만, 두 가지 근본적인 문제가 있어. 첫 번째는 결국 누가 뭐라고 해도 보송이들이 지성체라는 점이지. 자라 기업은 이제

이 행성에 아무 권한이 없어. 당신들은 그저 피할 수 없는 결과를 연장하면서 수백만을 쓰게 될 거야. 두 번째는 당신들이 아주 나쁜 놈들이고, 돌아갈 죄목이 아주 많다는 점이야."

할로웨이의 말이 끝나자 들라이즈가 말했다.

"엄청나게 많지. 잭, 자네의 제비정 추락 사고도 포함시키게나. 이놈들은 일찍부터 자넬 치워버리려고 했거든."

"젠장, 그럴 줄 알았어."

할로웨이는 테이블을 치면서 말했다.

"그러니까 그것도 당신 몫이군, 오브리."

"그렇지. 내가 보장해."

들라이즈의 말에 오브리가 그쪽에 시선을 던졌다.

"그러니까 오브리, 싸우고 싶다면 얼마든지 해봐. 하지만 내가 장담하는데, 계속 싸운다면 결국 넌 테이블에 묶여서 시계를 쳐다보며 머릿속의 뉴런이 모조리 망가질 때까지 마지막 몇 초를 세는 신세가 될 거야."

할로웨이가 말했다.

"아무래도 자기 능력을 과대평가하는 것 같군."

오브리가 대꾸하고 미소 지었다.

"그것 참 이상한 말이군. 내가 한 달 만에 행성 하나를 빼앗고 당신 회사의 심장을 도려냈다는 점을 생각하면 말이야."

오브리의 미소가 사라졌다.

"두 달을 주면 내가 뭘 할 수 있을지 자문해봐. 아니면 일 년을."

"거래에 응하겠습니다."

랜던이 말했다.

"브래드……."

"닥쳐, 휘턴."

오브리가 입을 열자마자 랜던이 날카롭게 말했다.

"넌 이제 이 문제에 표결권이 없어. 끝났어."

오브리가 입을 다물었다.

할로웨이는 놀라서 랜던을 보다가 겨우 말했다.

"그러니까 당신은 사실 오브리의 개인 비서가 아니었군."

"세상에, 아니죠. 상황이 이렇게 나빠지긴 했지만, 감독이 없었다면 더 나빴을 겁니다."

"그건 모르겠군. 지금도 꽤 나쁜데."

"그래도 여기에서 더 나빠지지는 않을 겁니다. 오브리 가문의 나머지 사람들은 휘턴 오브리라는 이름을 회사 수장으로 내거는 데 상표 가치가 있다는 사실을 인식해왔습니다. 우리의 B급 주주들에게 매력적인 안정성을 제공하지요. 하지만 지난 몇 세대는 합스부르크 왕가의 전철을 밟아왔어요."

랜던은 오브리를 손가락질했다.

"이 녀석의 할아버지는 그린 대 윈스턴 사건으로 회사를 거의 말아먹다시피 했고, 우리가 지금 영광스러운 지도자인 이 녀석의 아버지를 지속적인 알코올 의존증의 인사불성 상태에 두지 않았다면 아마 그 작자는 회사가 현재 유지하고 있는 생태친화 정책을 모조리 뒤집으려고 했을 겁니다. 우리도 이 녀석은 좀 나을지 모른다고 생각했지요. 적어도 약간의 지적 능력과 사업에 대한 실제적인 관심을 보여주기는 했으니까요. 그래서 상석을 주고, 책략도 허용하고, 어떻게 하나 보려고 회사 재산에 순회 방문을 시켰어요. 이제는 답을 알았지요.”

“비싼 수업이었군.”

할로웨이의 말에 랜던은 어깨를 으쓱였다.

“당장 비싸게 먹힌 건 맞습니다. 하지만 앞날은 길어요. 우리는 때가 되면 보송이들이 이 행성의 상업적 가치를 깨닫고 자신들의 필요와 욕구에 맞게 개발하고 싶어 하리라는 믿음을 갖고 있습니다. 그때가 오면 보송이들이 우리를 가치 있고 열정적이며 사려 깊은 잠재적 동업자로 고려해주기를 희망합니다.”

“그건 상황 나름이지. 이 녀석이 책임을 맡게 될까?”

랜던은 소리 내어 웃었다. 오브리는 도끼눈을 했다.

“그렇다면 다 됐군.”

할로웨이가 말했다.

“자, 들라이즈 씨, 오브리 씨, 랜던 씨, 현관으로 나가면 빈스토크까지 데려갈 제비정이 기다리고 있을 겁니다. 수송선도 기다리고 있어요. 개인 소지품도 같이 보내줄 겁니다.”

세 사람 모두 충격받은 얼굴이었다.

“지금 당장 떠나라는 건가?”

오브리가 말했다.

“네, 지금 떠납니다.”

작고 높은 목소리가 말했다. 아빠 보송이였다.

세 사람은 아빠 보송이가 말을 할 수 있다는 사실을 잊고 있었기라도 한 듯한 얼굴로 그쪽을 보았다.

“당신들이 떠나겠다고 했으니, 떠나요. 내 자식을 죽인 사람들이 내

자식이 움직였던 공기 속에서 움직이는 것도, 내 자식이 보았던 태양을 보는 것도 싫어요. 당신들은 좋은 사람이 아니에요. 이런 좋은 것들을 누릴 자격이 없어요."

아빠는 일어서서 테이블을 가로질러 걸어가더니 오브리 앞에 섰다.

"당신이 아는 모든 것을 알지는 못하지만, 나는 영리해요."

아빠는 들라이즈를 가리켰다.

"나는 이 사람이 내 자식을 죽였다는 걸 알아요. 이제는 당신이 이 사람에게 내 자식을 죽이라고 했다는 걸 알아요. 당신은 이 사람과 함께 내 자식을 죽였어요. 잭 할로웨이는 나에게 말했어요……."

아빠는 할로웨이를 쳐다보았다.

"쌍놈 새끼."

할로웨이가 도움을 주자 아빠는 다시 말했다.

"잭 할로웨이는 나에게 내 자식과 내 자식의 짝을 죽인 쌍놈 새끼를 잡겠다고 말했어요. 잭 할로웨이는 그 쌍놈 새끼를 잡았어요. 잭 할로웨이는 당신을 잡았어요. 당신은 내 자식을 죽인 사람이에요. 우리 행성에서 나가요, 쌍놈 새끼."

에필로그

할로웨이는 기폭 패널을 땅에 내려놓고 아빠 보송이를 보았다.

"좋아. 우리가 연습한 대로 하는 거야."

아빠 보송이는 할로웨이를 쳐다보고, 신호를 기다리다가 개다운 작은 정신이 나가버릴 지경인 칼을 돌아보았다. 아빠 보송이는 기다리고, 기다리고, 또 기다리다가 칼이 '뭔가 하지 않으면 오줌을 싸고 말겠다'라는 뜻으로 작게 낑낑거렸을 때 입을 열었다. 할로웨이는 발파 신호를 듣지 못했지만, 칼은 확실히 들었다. 칼은 잽싸게 달려 나가서 패널에 앞발을 내렸다.

폭죽이 일제히 하늘로 올라가더니 예전에 자라 기업의 행정지사로 쓰였던 건물 옥상에서 지켜보던 인간과 보송이들 머리 위로 높이 호선을 그리고 나서 색색깔로 폭발했다. 모두가 각자의 방식으로 환호했다. 폭발에 쾅 소리가 조금 더 났더라면 좋았겠다고 생각한 칼만 빼고. 할로웨이는 칼에게 남은 핫도그를 먹였다. 칼은 만족했다.

그렇게 해서, 이제 자라 XXⅢ은 자라 XXⅢ이 아니었다. 이제는 공식적으로 보송이들의 행성이었다.

행성 양도의 마지막 서류 절차는 이날 일찍, 자라투스트라 기업의 마지막 인원과 중장비들이 빈스토크로 올라가고 개척연맹 정부가 공식적으로 이 행성의 권한을 할로웨이에게 양도하면서 이행되었다. 할로웨이의 공식 직함은 이제 보송이인들의 국가에 대한 전권공사였다. 할로웨이는 서류 양식에 서명하고, 연맹 관리들과 악수를 하고, 아빠 보송이와 연맹 공무원들과 함께 사진 촬영을 했다. 개척연맹의 입장에서 보자면 이 행성이 독립한 순간은 그때였다.

하지만 독립을 공식적인 일로 만들자면 불꽃놀이가 있어야 하는 법이다.

폭죽은 터졌고, 파티는 유쾌한 혼돈과 뒤범벅으로 돌아갔다. 할로웨이는 손을 뻗어 기폭 패널을 집어 들고 전원을 끈 다음, 보송이들 한 무리와 활발한 대화를 나누고 있는 아널드 첸에게 손을 흔들어주고, 즐거운 얼굴로 그를 지켜보던 이자벨 쪽으로 걸어갔다.

"여기."

할로웨이는 이자벨에게 패널을 건넸다.

"당신이 기념품을 좋아할지도 모른다고 생각했어."

이자벨은 패널을 받으면서 말했다.

"정말이지 우습네. 당신이 정말로 그런 곡예를 다시 벌이다니 믿을 수가 없어. 공식 행사에서. 게다가 아빠까지 꼬드겨서."

"글쎄, 훌륭한 재주잖아. 게다가 어차피 아빠는 보송이들의 통치자나 다름없고, 나는 보송이들의 전권공사야. 우리가 이런다고 곤란해질 일은 없어."

"잭 할로웨이, 당신은 언제나 곤란을 피해가는 방법을 알고 있었지. 하지만 이제 당신이 칼에게 폭탄 터뜨리는 방법을 가르쳤다는 내 말이 옳다는 사실이 증명됐네."

이자벨은 강조를 위해 할로웨이의 가슴팍을 찔렀다.

"결국에는 현장에서 잡혔군. 당신이 이겼어."

할로웨이가 말했다.

"달콤한 승리야."

이자벨이 단언했다.

"분명히 그렇겠지."

할로웨이는 말하고서 주위를 둘러보았다.

"그런데 당신 남편은 어디 있지? 불꽃놀이를 놓쳤잖아."

"아직 채드 본과 같이 전화 회의 중이야. 관광객들과 왜 그쪽에서 제안한 정글 투어가 잡아먹히고 싶지 않은 사람에게 나쁜 계획인지를 두고 또 격론을 벌이고 있어."

"보송이들이 관광 수수료를 제대로 받기만 한다면 난 기꺼이 관광객들이 잡아먹히게 내버려둘 수 있는데."

"재구매자가 줄어들 거야."

"이봐, 난 아이디어를 내는 사람이야. 세부 사항은 채드와 마크가 다루지."

"그나저나 당신이 어떻게 일을 처리하는지 내가 신경 쓰지 않는다고는 생각하지 마. 당신이 계속 마크를 얼굴도 못 볼 정도로 바쁘게 만들면 우리가 결혼한 의미가 별로 없잖아."

"바쁜 사람은 마크만이 아니랍니다, 보송이 국가의 과학탐사장관이신 이자벨 왕가이 박사님."

할로웨이는 이자벨의 호칭을 제대로 쓰면서 말했다.

"그거야 사실이지만, 내 일은 흥미롭기라도 하지. 당신이 마크에게 시키는 일은 고되고 지겹기만 해."

"법무장관이라는 게 원래 고되고 지겨운 자리야."

"당신이 그렇게 만들잖아."

"국가 건설은 파티와 불꽃놀이만으로 이루어지지 않아."

"라고 파티에서 불꽃을 터뜨린 사람이 말했습니다. 좋은 생각이 있어. 당신, 전권공사님께서 가서 내 남편을 파티에 데리고 나오는 게 어떨까. 그러면 그이도 자기가 기여한 국가 건설의 과실을 즐길 수 있잖아. 그다음에는 우리 둘에게 일주일 휴가를 주는 거야. 그러면 우리는 이제야 겨우 신혼여행을 갈 수 있을 테고, 그이와 나도 우리 결혼의 과실을 즐길 수 있겠지."

"탁월한 생각이야. 그리고 신혼여행이라고 하니까 생각났는데, 아주 멋진 정글 투어가 생길지도 모른다고 들었어."

"그건 당신 먼저, 잭."

이자벨은 그렇게 말하고 할로웨이의 뺨에 입을 맞췄다.

"남편을 부탁해."

"갑니다."

할로웨이는 중간에 냉장고에서 맥주 두 병을 꺼내고 옥상 출구로 나갔다.

할로웨이는 집무실에서 설리번을 찾아냈다. 예전에 재니스 마이어의 사무실로 쓰인 방이었다.

할로웨이는 열린 문을 두드렸다.

"자네 부인이 찾아오라고 보냈어."

그는 집무실 안으로 들어가서 설리번에게 맥주 한 병을 건넸다.

설리번은 맥주를 받아 들었다.

"좋아. 따라갈 준비 됐어. 내가 중요한 걸 놓치진 않았지?"

"불꽃놀이를 놓쳤지."

"창밖으로 봤어. 칼을 시켜서 터뜨렸나?"

"오브리타운을 칼스버그로 개명했으니 그편이 어울린다고 생각했지."

"우주 최초로 개의 이름을 따서 지은 행성 수도 이름이야. 우린 정말로 뭐든 최초인 나라로군."

"보송이 나라를 위하여."

할로웨이가 맥주병을 들어 올리며 말했다.

"보송이 나라를 위하여."

설리번이 말했다. 두 사람은 병을 부딪치고 맥주를 마셨다.

"정글 투어 논의는 어떻게 됐어?"

할로웨이가 물었다.

"활동하는 자라랩터들이 담긴 영상을 채드가 보냈더니 물러섰어. 자성을 촉구하는 데에는 피투성이 포식동물만 한 게 없지. 물론 그 전화 회의를 마치고 나서 몇 분 후에 한 명이 채드에게 전화해서 정글 투어 대신 사냥 투어를 제안하기는 했지만."

"기업가 정신은 언제나 쉴 줄을 모르지."

"언제나 별로 똑똑하지 않기도 하지. 사냥 투어를 허용할까 싶기도 해. 단검으로만 무장한다는 조건으로."

할로웨이는 그 말에 히죽 웃었다.

설리번은 말을 이었다.

"하지만 사실 내가 걱정하는 건 생태 관광객들이 아니야. 채굴 회사들이 신경 쓰일 뿐이지."

"그 부분은 확실히 했잖아. 최소한 20년간은 어떤 종류의 상업적인 광물 개발도 없고, 그 후에도 최소한으로 한다고."

"어떻게든 빠져나갈 수 있다고 생각하는 사람은 언제나 있어. 특히 태양석이 걸린 문제에서는 말이야. 이미 자유계약 탐사자를 몇 명 잡은 건 알지. 그 작자들은 학자들과 같이 내려왔다가 몰래 빠져나가려고 해. 한 명은 실제로 제비정을 하나 훔쳐내서 자네가 발견한 태양석 층으로 가는 데까지 성공했어, 잭."

"그자에게 어떻게 했나?"

"우리가 뭘 하지는 않았지. 제비정 옆에서 팔 한 짝을 발견했어."

"그럼 해결됐네."

"앞으로는 더 나빠질 거야."

설리번이 문제를 지적했다.

"알아. 파일 더미에 그 문제도 올려."

"자네 생각은 어때, 잭? 이 일에 이런 고생을 할 가치가 있는 건가?"

"반대쪽 선택지보다야 낫지. 우리에게나 보송이들에게나."

두 사람은 잠시 동안 말없이 맥주를 마셨다.

설리번이 말했다.

"잭, 내가 예심에서 위증을 했을 때를 기억하지. 채드가 자네와 이야기하는 모습을 봤다고 했을 때 말이야."

"기억해. 자네가 그런 일을 하다니 엄청나게 힘들었겠다고 생각한 기억이 나."

"그랬지. 그리고 아직도 완전히 옳은 일을 했다고 느끼지는 않아. 생각할 때마다 나를 괴롭히는 일이야. 자네도 같은 때에, 같은 방식으로 위증을 했어, 잭. 그런데 자네는 전혀 구애받는 것 같지 않아."

"나는 신경 쓰지 않아. 언젠가 자네에게 가끔은 옳지 않은 일을 하는 게 기분이 좋을 때도 있다고 했지. 흠, 이번에는 옳은 일을 해서 기분이 좋았어. 그저 옳은 일을 하기 위해 거짓말을 해야 했을 뿐이야. 우린 변호사야, 마크. 거짓말은 기술의 일부라고."

"그러고 보니 생각나는데, 내가 다시 자네 메일을 읽고 있었거든."

"누군가는 읽어야지."

할로웨이는 맥주를 한 모금 더 마셨다.

"자네가 노스캐롤라이나 변호사 협회에 복권되었다는 사실을 알면 기쁘겠군. 보송이들이 지성체로 인정받게 만든 공로로."

"그렇게 말하니 참 멋있게 들리는걸. 마음에 들어. 마치 쭉 그런 계획이었던 것처럼 들리잖아."

"쭉 계획한 바는 뭐였나, 잭?"

설리번이 물었다.

"정말로 계획이라고는 없었다는 점을 분명히 했을 텐데, 마크."

"그거야 자네가 하는 소리고. 나는 그렇게 믿지 않아. 그리고 자네도 그렇게 믿지 않는 줄 알아. 이봐, 잭. 오늘 자네는 국가 설립에 참여했어. 자기들끼리는 해낼 수 없었던 사람들을 위해 행성 하나를 얻어냈어. 그들 발밑에 있는 땅속을 파헤치기 위해 곧 전부 다 죽이고 말았을 작자들로부터 이 사람들을 안전하게 지켜줬지. 그런 일을 계획 없이 하지는 않아. 그런 일을 왜 하는지 모르면서 하지도 않아. 그러니 우리끼리만의 이야기야, 잭. 왜 그랬는지 말해줘."

할로웨이는 잠시 후에 말했다.

"처음에는 나 자신을 위해서 했어. 난 언제나 그래왔고, 나한테는 그런 방식이 늘 통하는 것 같았으니까. 그러다가 나중에는 무슨 일이 일어날 수 있을지, 그 일이 내게는 얼마나 유리하게 풀릴지가 궁금해져서 했지. 그러다가 마지막에는 일이 어떻게 되어야 하는지 알았고, 그렇게 만들 수 있는 사람은 나밖에 없다는 사실을 알았기 때문에 했어."

"그렇게 만들 수 있는 사람이 왜 자네뿐이었다는 거야?"

"그야 아빠 보송이의 판단은 틀렸으니까. 아빠 보송이는 내가 좋은 사람이라고 했지. 나는 좋은 사람이 아니야, 마크. 나는 이기적이고 비윤리적이고 내가 원하는 바를 얻기 위해서라면 얼마든지 거짓말을 하고 속이는 사람이야. 자네는 위증을 하기가 힘들었다고 했지. 난 두 번 생각하지도 않고 거짓말을 했어.

그리고 보송이들에게 필요한 건 그거였어. 오해하지는 마. 보송이들에게는 자네와 이자벨과 채드 본 같은 좋은 사람들이 필요해. 지금은 나보다 자네들 셋이 더 필요하지. 하지만 자네들이 보송이들을 도울 수 있으려면, 먼저 내가 보송이들을 자네들에게 넘겨줘야 했어. 그럴 수 있는 사람은 나밖에 없었지. 나는 심리 무효를 얻어내려고 의뢰인을 때릴 수 있는 사람이니까. 나는 기업의 진상 조사에서 여자 친구에 대해 거짓말을 할 수 있는 사람이야. 나는 모두가 자기들이 왜 지금 그 일을 하고 있는지 안다고 생각하게 만들고, 그렇게 생각하게 만들어서 사실은 내가 원하는 일을 하도록 줄을 당길 수 있는 사람이야.

나는 좋은 사람이 아니야, 마크. 하지만 내가 딱 맞는 사람이었어. 그리고 이 일에서는 그걸로 충분했지."

설리번은 잠시 동안 할로웨이를 바라보았다. 그러다가 맥주병을 내밀었다.

"그렇다면 딱 맞는 사람을 위해서. 잭, 자네를 위해서."

할로웨이는 미소 짓고 설리번과 병을 부딪친 다음, 맥주를 끝까지 마셨다.

<h1 style="text-align:center">감사의 말</h1>

고마운 이들을 특별한 순서 없이 적는다. 빌 셰이퍼, 야니 쿠즈니아, 패트릭 닐슨 헤이든, 셔리 프리스트, 일리아니 토레스, 헤더 손더스, 아이린 갤로, 피터 루첸, 케카이 코타키, 윌 위튼, 데빈 데사이, 도셀 영, 저스틴 라발레스티에, 메리 로비넷 코왈, 리건 에이버리, 캐런 마이스너, 시안 챙, 앤 KG 머피, 그리고 존 앤더슨.

더하여 펭귄사, 그 중에서도 특히 존 슐라인과 수전 앨리슨, 그리고 H. 빔 파이퍼의 유산에 감사한다.

이번에도 한 번 더 나의 소설 에이전트인 이선 엘렌버그에 대한 특별한 감사 인사를 따로 빼두고 싶다. 이선은 열정과 독창성을 가지고 꽤 골치아픈 데다가 수익을 내지 못할 수도 있는 프로젝트와 씨름해 주었다. 좋은 에이전트가 있다는 것은 좋은 일이다.

언제나 그렇듯, 아내인 크리스틴과 우리 딸 아테나에게 많은 사랑과 고마움을 전한다.

국내에서도 좋은 반응을 얻은 존 스칼지의 대표작 『노인의 전쟁』 시리즈는 2008년에 일단락을 지었다. 이듬해에 작가가 내놓은 작품은 신을 엔진 삼아서 우주선을 움직이는 독특한 세계를 무대로 하는 판타지 소설 『신神 엔진The God Engines』이었다. 이 소설은 작가의 전작을 읽은 독자들이 놀랄 만큼 파격적이고 어두운 분위기가 인상적이다. 나는 작가의 이런 새로운 모습이 마음에 들었고, 이 작품을 국내 팬들에게도 소개하고 싶었다.

마침 『신 엔진』에 관심을 보인 출판사에서는 당시 출간 직전이었던 최신작을 함께 검토해달라고 요청했다. 새 장편은 『Andoroid's Dream』이나 『Agent to the Stars』 같은 초기작들만큼 빠르고 즐거우면서도, 예전에 비해 훨씬 정돈된 구성과 깔끔한 필력을 보였다. 현실을 떠올리며 씁쓸해지는 순간도 있고, 밝다고만 말하기에는 비통한 순간들이 있지만, 흐름은 경쾌하고 결말은 통쾌했다. 그리고 전에 본 적 없이 귀엽고 사랑스러운 이들이 등장했다. 그렇다. 그게 바로 바로 본서 『작은 친구들의 행성(원제 : Fuzzy Nation)』이었다.

결론은 두 권 모두 출간하는 것으로 났지만, 존 스칼지라는 작가를 새롭게 만나는 독자들에게는 본래 스타일에 가까운 작품이 낫다는 편집부의 판단으로 이렇게 본서가 먼저 세상에 나오게 되었다.

작품의 출간 경위를 먼저 털어놓았으니, 뒤로 돌아가서 작가에 대해 간단히 소개해보자.

존 스칼지는 시카고 대학을 졸업하고 《프레스노 비》 신문에서 영화 비평을 시작, 1995년에 결혼하고 1998년에 프리랜서 활동을 시작했다. 같은 해에 개인 블로그 "Whatever"를 열고 다양한 분야에 대한 글을 올리기 시작했으며, 몇 년 후 이 블로그에서 연재하면서 입소문을 탄 소설 『노인의 전쟁』이 정식 출간되어 상업적인 성공을 거두면서 본격적인 작가 생활을 시작했다.

그는 '전통적인' 출판계로 진입한 후에도 전과 다름없이 블로그를 운영하고, 온라인 활동과 팬덤 활동을 활발하게 계속하고 있다. 소설이나 논픽션을 블로그에 먼저 공개하거나 반대로 정식 출간한 책을 '셰어웨어'로 제공한 경우는 이 시대에 (특히 한국에서는) 새롭다고 할 수도 없겠지만, 좀비 컨셉으로 인터뷰를 하거나, 신작 소설의 원고로 경매를 벌여 그 기금을 도서관에 기증하는 아이디어를 내는 등 작품 안팎으로 재미있는 시도를 이어가고 있다. 중편에 삽화를 넣어 출간하는 챕북 형태는 물론이고 오디오북이나 전자책 같은 형식도 적극적으로 활용하는 점 역시 눈에 띈다. 직접 기획하고 다른 작가 네 명과 합작해서 만든 앤솔러지 『메타트로폴리스』는 처음부터 듣는 소설로 기획했다가 읽는 소설로도 출간한 경우였으며, 그 외에도 중편이나 단편 작품을 오디오북으로 내는 데 적극적이다. 전자책도 마찬가지여서 전통적인 출판 방식으로는 단독 출간할 수 없었던 단편을 전자책으로 계속 내고 있으며, 2013년에는 새 작품『Human Division』을 챕터마다 1달러짜리 전자책으로 주간 연재처럼 발표한다는 계획을 내놓기도 했다.

그런 다양한 시도 사이에, 본서가 있다.

책머리에 이미 작가가 직접 이야기했지만, 본서는 빔 파이퍼의 1962년 작『작은 보송이Little Fuzzy』를 저작권자 허락하에 '리부트'한 작품이다. 등장인물과 줄거리 양쪽 모두를 가져와서 다시 만드는 기법인 리메이크와 달리, 컴퓨터 용어에서 빌려온 표현인 리부트는 핵심 인물과 중심 아이디어만 가져오고 새로운 이야기를 만드는 방식을 뜻한다. 최근에 나온 J. J. 에이브럼스의 새로운 스타트렉 영화판이나, 크리스토퍼 놀란의 새로운 배트맨 시리즈가 그 좋은 예이다. 같은 이름의 주인공이 등장하고, 분명히 원작의 정수이자 핵심이라고 할 만한 부분이 들어가 있으며, 때로는 전체 흐름까지 비슷할 때도 있지만, 그럼에도 리부트 작은 원작의 그림자로 여겨지지 않는 독립적인 작품이다. 원작보다 나은 리메이크는 거의 없다지만 리부트는 그렇지 않은 것도 그 자유도의 차이 때문일 것이다.

예컨대 본서의 원작이라고 할 수 있는『작은 보송이』에도 잭 할로웨이와 보송이 가족은 나오지만, 본서의 다른 등장인물들은 나오지 않는다. 이자벨 대신 과학자들 한 무리가 나오고, 자라투스트라 기업 측 인물이 더 많이 나온다. 칼도 없다. 잭 할로웨이의 보송이 발견, 기업의 방해와 살해 행위, 지성체냐 아니냐를 둘러싼 법정 싸움이라는 굵직한 사건은 같지만 상세한 부분과 구성 방식이 완전히 다르다. 보송이들은 지구 생물과 똑같이 두 가지 성별로 나뉘며, 작가가 귀엽게 묘사하기는 했어도 이들을 고양이에 비유하지는 않았다. 참, 그리고 파이퍼의 잭 할로웨이는 절대 건드려서는 안 될 악랄한 전직 변호사가 아니라 선량하고 성실한 노동자에 가깝다.

존 스칼지는 왜 이런 리부트 작을 썼느냐는 질문에 대해 TV나 영화로 만들어지는 SF 시리즈는 자주 리부트를 하는 반면, 소설에서는 그런 예가 없다는 사실을 깨닫고 한번 해보자고 생각했다고 말했다. 실제로 리부트는 영화와 만화, 게임계에서는 꽤 이루어지지만 소설에서는 전례가 없다. 작가는 몇 년 전에 이미 외전이라는 형태로 자기 작품을 다른 시점에서 다시 쓰는 시도를 선보이기도 했는데, 본서의 경우는 거기에서 몇 걸음을 더 나아간 셈이다. 물론 다른 이유도 있다. 영화계에서 리메이크나 리부트는 원작의 명성에 기대는 비교적 안전한 선택으로 여겨지는데, 이 책의 경우에는 거꾸로 리부트 작품을 통해 작가가 원작이 재조명되기를 바라기도 했다. 실제로 미국에서 원작은 본서와 비슷한 때에 재출간되기도 했으니, 독자 입장에서만이 아니라 이야기를 만드는 입장에서도 관심이 갈 만한 시도다.

물론 이 책이 어떤 시도이며 그 부분에서 어떤 결과를 낳았는가에 대한 이런 구구절절한 설명은, 그런 뒷내용을 전혀 알지 못해도 이 책을 즐기기에 아무 어려움이 없기에 더 의미가 있다. 독자들도 그렇게 느끼리라 믿는다.

이 지면을 빌려 번역에 대한 설명을 덧붙인다.

존 스칼지는 우주 시대를 배경으로 하는 거의 모든 작품에서 'Colonial Union'이라는 표현을 쓰는데, 이는 식민지 연방으로 출발한 미국의 역사가 반영된 용어다. 우리나라의 경우에는 식민지라는 용어가 미국에서와 조금 다른 함의를 띠기에 '우주 개척 연맹'이라는 표현을 썼다.

'퍼지Fuzzy'를 '보송이'로 옮기기까지 많이 고심했다. 고유 명사로 생각하여 그대로 옮기는 편이 낫지 않을까 생각하기도 했지만, 두 가지 이유에서 옮기기로 했다. 첫째, 퍼지Fuzzy라는 단어가 흔히 쓰이지 않아, 영어 단어 혼용에 익숙한 독자라 해도 그 뜻을 바로 떠올리기가 어렵다. 오히려 퍼지fudge 사탕이나 땅딸막하고 통통한 무엇인가(pudge, 또는 퍼지다)가 떠오를 수도 있는데, 바라는 바가 아니었다. 둘째, 본문을 읽어보면 이 명칭은 주인공 잭 할로웨이가 귀여운 동물이라고만 생각하고 별 생각 없이 붙인 이름이다. 우연히 만난 개나 고양이를 대충 '복실이'나 '나비'라고 부르다가 그 이름이 정식 명칭이 되어버린 셈이다. 가볍고 코믹한 상황과 이 새로운 종족의 귀여움이 함께 느껴지는 이름이어야 했다.

보송이라는 번역어를 정하고 나니 제목이 또 문제였다. 원제 'Fuzzy Nation'은 미국의 체로키족 자치정부Cherokee Nation를 연상시키려는 의도가 엿보이는 제목인데, 보송이 나라로 직역해서는 오히려 의미가 살지 않았고, 아동 소설 같은 느낌이 너무 강했다. 그래서 파이퍼의 원작 소설『Little Fuzzy』를 참고하여 '보송이'를 '작은 친구들'로 다시 한 번 의역하여 『작은 친구들의 행성』으로 정했다. (재미삼아 적어두자면, 본서의 독일어판 번역제는 『야생의 행성』, 스페인어판 번역제는 『뜻밖의 손님』이었다.)

법률 용어 자문이 되어 주신 정소연 님, 음파 폭약을 이해하는 데 도움 주신 돌균 님, 기술적인 부분에 도움 주신 류형석 님, 믿음직한 교정자 양은영 님, 끝까지 책임감을 발휘하여 고민을 함께해준 최지혜 님, 그리고 이름이 전면에 나오지는 않지만 책을 만드는 데 꼭 필요한 모든 분들에게 감사드린다. 이 이야기가 잠시라도 독자들에게 즐거움을 선사하기를, 그리고 세상 모든 보송이들이 행복하게 살기를 빈다.

이수현

작은 친구들의 행성

초판 1쇄 펴낸날 2013년 2월 20일

지은이 존 스칼지
옮긴이 이수현
펴낸이 양숙진

펴낸곳 폴라북스
등록번호 제22-3044호
주소 137-905 서울시 서초구 잠원동 41-10
전화 02-2017-0280
팩스 02-516-5433
홈페이지 www.hdmh.co.kr

ISBN 978-89-93094-84-8 03840

* 폴라북스는 (주)현대문학의 새로운 종합출판 브랜드입니다.
* 책값은 뒤표지에 있습니다.